O COMPILADOR DO FUTURO

RODRIGO CAIADO

O COMPILADOR
DO FUTURO

ns

São Paulo, 2020

EDITOR: Luiz Vasconcelos
PREPARAÇÃO E DIAGRAMAÇÃO: Equipe Novo Século
REVISÃO: Daniela Georgeto
CAPA: Bruna Casaroti

Texto de acordo com as normas do Novo Acordo Ortográfico da Língua Portuguesa (1990), em vigor desde 1º de janeiro de 2009.

Dados Internacionais de Catalogação na Publicação (CIP)

Caiado, Rodrigo
O compilador do futuro / Rodrigo Caiado.

Barueri, SP: Novo Século Editora, 2020.

1. Ficção brasileira 2. Ficção científica I. Título.

20-2449 CDD-869.3

Índice para catálogo sistemático:
1. Ficção: Literatura brasileira 869.3

uma marca do
Grupo Novo Século

GRUPO NOVO SÉCULO
Alameda Araguaia, 2190 – Bloco A – 11º andar – Conjunto 1111
CEP 06455-000 – Alphaville Industrial, Barueri – SP – Brasil
Tel.: (11) 3699-7107 | E-mail: atendimento@gruponovoseculo.com.br
www.gruponovoseculo.com.br

Dedico este livro a todas as pessoas importantes da minha vida que, de alguma forma, contribuíram para a continuidade deste projeto literário que me engrandece sobretudo pelo prazer de escrever, pela inspiração desenfreada e pela realização pessoal por cada elogio que recebo de meus leitores. Mas, em especial, ao meu falecido pai, Victor Rezende de Castro Caiado, o primeiro a enxergar em mim esse potencial e incutir o gosto pela leitura; à minha avó, Marilda de Godoi Carvalho, escritora e quem muito contribuiu para a preservação do patrimônio histórico da antiga capital de Goiás, bem como à minha mãe, Nancy Godoi de Carvalho, à minha filha, Carolina Carvalho de Castro Caiado, à minha irmã, Cejana Carvalho de Castro Caiado, à minha sobrinha, Brunna Caiado Pontes, e, como não poderia deixar de ser, à minha esposa, Adriana Mota Carvalho de Castro Caiado, que esteve ao meu lado durante essa fase, prestando grande ajuda no trabalho de revisão desta última obra, e, finalmente, ao Cleber Vasconcelos, por tornar viável essa nova parceria com o Grupo Novo Século.

Este relato parece voltar no tempo, de uma era bem adiantada. Embora assim pareça em apenas algumas de suas passagens, não é nessa ordem que se inicia, pois, se o futuro é improvável e incerto para servir de referência para o início desta estória, torna-se ainda mais difícil qualquer expectativa de regresso à velha realidade concebida e já bem conhecida em uma época remota.

E, embora a possibilidade de retorno definitivo do presente também possa parecer indesejada, o passado, mesmo assim, se consolida de uma forma bem peculiar na mente das pessoas, fazendo com que elas creiam que há êxito em reviver dramas irrecuperáveis e marcantes por um capricho ou mero subterfúgio.

No entanto, nessa hipótese, torna-se um estigma que nunca se dissipará de suas almas, seja por um grande sonho impossível de realizarem na forma de uma ilusão perdida e irrecuperável no presente ou por chegarem ao limite de perderem as únicas esperanças nesse tempo, o que, sem dúvida, interferirá na realidade.

Porém, ainda assim, para os iludidos e inconformados, é constante essa busca por um novo recomeço em suas vidas, e os que descobrem a possibilidade sabem que na arte esse desejo se revela em vários e diferentes níveis. Mas, nesse caso, quando menos se espera, o passado também cobra o seu tributo e pode constituir-se, incondicionalmente, na pior armadilha para um observador desavisado.

E, assim, torna cada vez mais insignificante a experiência cotidiana, diante da lacuna que se abre de outra dimensão, onde tudo para e parece perder a forma e a razão de existir desde a perspectiva do começo.

Esse expectador pode estar perfeitamente em um museu de arte observando um recanto sonhado transformar-se em um cárcere privado para o qual a obra lhe remete até se esquecer de si. E, assim, desprovido de memória e emoções possíveis, só lhe resta, no final, o recomeço, mas com uma nova personalidade usurpada, em uma realidade já perdida.

Entretanto, o mesmo sentimento crônico de obsessão tardia pelo passado irrecuperável não aflora apenas irresistível de uma mente conturbada; ele pode ser induzido por uma entidade demoníaca que o identifica através dos olhares e o consome em cada alma vulnerável, até que um dia se faça surgir a nova tendência coletiva para voltar no tempo e, com isso, venha a operar-se o desaparecimento da humanidade do mundo real no próprio esquecimento.

E se para o agente indutor e perverso qualquer sentimento de inconformismo ou negação quase nunca lhe escapa, algumas vezes essa impressão se disfarça nas formas mais elementares de manifestação para certos indivíduos duros e totalmente impassíveis, o que também leva a criatura do mal a valer-se da instigação para testá-los e a fundir, na mesma ótica do apreciador tocado pela arte, uma gama maior de impressões falsas e nocivas que, como cores mórbidas de uma aquarela que se mesclam a qualquer outro tom de vulnerabilidade, acabam por revelar a eles o pior parasita que nunca se pôde imaginar desde o surgimento da humanidade.

***

Um mendigo caminha solitário em busca de restos de bebida em garrafas e copos que garçons demoravam a recolher das mesas vazias dos restaurantes e botecos espalhados pelas calçadas da Avenida Atlântica.

O álcool parecia ser a melhor maneira de aplacar os efeitos da falta da droga naquela hora da madrugada.

Porém, uma necessidade ainda mais profunda, que parecia originar da horrível sensação de abstinência física misturada ao torpor da embriaguez, emergia como uma compulsão impossível de satisfazer e tão confusa e fragmentada como era a sensação de estar de volta de lugares perdidos no tempo onde deveria permanecer um pouco mais. O espírito parecia diluir-se no presente, como fumaça invisível no vento, e já não se reconhecia mais.

Talvez algo distante como a saudade, que parecia materializar-se de forma assustadora e assim se concretizava, a saudade que podia ser notada retida em vários planos, disfarçada no espaço estático e abstrato de um panorama e não pudesse evadir de lá sem que alguém a trouxesse de volta, da perspectiva única de uma obra cristalizada numa imagem e totalmente imune à dinâmica do tempo que se distanciava cada vez mais do presente, como expressões da arte que remetem à loucura uma impressão que só a quietude dos museus ou a de alguns poucos lugares que conhecia poderia instigar. E, por mais estranha que parecesse a louca obsessão, Pablo também desconfiava de que não era exatamente a paz tão cobiçada por todos que um dia pudesse encontrar, mas que devia arriscar-se assim mesmo.

Aquela alucinação parecia atingir um nível que voltava a incomodar. Portanto, era preciso se drogar de novo.

Mas seria a melhor solução? Deveria mesmo acalmar os demônios, como sempre fazia, ou simplesmente alimentá-los?

A degradação humana pode se tornar ainda mais acachapante em qualquer fase da vida quando se perde de repente a família inteira e, em decorrência disso, o emprego e até a dignidade, depois de um tiroteio entre policiais e uma facção rival do Comando Vermelho.

Mas a derrocada parecia ter atingido mesmo o limite quando passou a endividar-se e ser evitado pelos próprios amigos, que não podiam mais contribuir para evitar sua decadência moral depois de se tornar um alcoólatra e viciado em drogas e passar a ser constantemente ameaçado por agiotas.

Tudo parecia perdurar até o dia em que, depois de visitar um museu, se tornaria totalmente imune e indiferente ao passado e a todas as lembranças que o perseguiam, como se uma influência externa iniciasse um processo lento e sistemático de revitalização e preparação de uma mente para a sua chegada definitiva e triunfal a um futuro breve.

E assim, já de posse do hospedeiro originário, a entidade estaria pronta para disseminar o terror como o pior e mais agressivo vírus até o fim, quando estivesse próximo o momento de descartá-lo, depois de se servir e aproveitar-se dele o suficiente, como o pior azar que alguém, não por acaso, poderia imaginar possível.

Desse modo, logo após ver-se livre de todas as lembranças menos recentes, como uma amnésia inexplicável, Pablo se reintegra ao velho grupo de amigos, que nunca desconfiaram de nada, sua vida dá uma guinada, e tudo fica ainda mais fácil ao descobrir o contrabando, principalmente o de armas pesadas de última geração, das quais a polícia era deficitária, e aliar-se aos elementos mais perigosos que reconheceram nele habilidades raras de um negociador articulado, com o dom de burlar toda forma de controle do Estado.

Outra possibilidade viria ainda do mercado negro de obras de arte, um nicho que possibilitou ampliar relações e conhecer os maiores esquemas de lavagem de dinheiro, sedimentando uma conexão mais efetiva e sofisticada, com pessoas com quem já estabelecia relações no exterior, graças ao seu inglês fluente.

Entretanto, ter se descoberto como uma espécie rara de marchand depois de uma terrível experiência no museu parecia também incompatível com a nova proposta de uma corja de falsificadores, o tipo de quadrilha mais desbaratada de que na época se ouvia falar.

Mas havia outro motivo além daquele, que nem tinha tanto a ver com os princípios dos amadores da arte que, como ele, apreciavam o processo criativo e se revoltavam com a estupidez de alguns abastados gananciosos, mais interessados em ostentarem o luxo e aparecerem para a sociedade enriquecendo-se ainda mais da lavagem do dinheiro sujo que obtinham da corrupção.

A razão estaria mais ligada a um estranho prazer de observar até que ponto o fascínio efêmero das pessoas predominava mais no passado do que no presente ou no futuro. Talvez uma nova motivação no subconsciente plantada por um sentimento predatório de outras eras que ainda não podia identificar no íntimo e passava a dominar os seus instintos e a fazer vibrar com aquilo, quando se via atraído pelas impressões dos inconformados, saudosistas ou mesmo dos simples afetados pela monotonia presente, que descuravam das próprias virtudes e iam captar na arte expressões que melhor traduzissem no espírito a essência única do que eles foram, revelando cada personalidade como uma senha, em museus ou em quaisquer outros lugares com objetos impregnados da essência do passado.

Lugares em que, em sua maioria, também se podia buscar o momento mágico e exato da inspiração do artista; refúgios ligados à dor, ao êxtase ou a sentimentos profundos que convergiam conflitando-se em instabilidades emocionais e distanciavam-se, assim, do ego e das certezas da vida, manifestados em explosões incontroláveis de humores espontâneos, síndromes de pânico, horrores e solidão. Mas acabavam conduzindo o observador a uma armadilha perfeita, configurada em um pesadelo que jamais podia imaginar tão aterrorizante ou muito menos se lembrar de como todo o processo de abdução havia se iniciado, pouco antes da reviravolta que se operara em sua vida.

***

Numa manhã de sábado, com o advento da mostra inaugural imperdível, já aberta a visitações na galeria de exposições do Museu de Belas Artes, as portas finalmente se abriam e Pablo seguia o fluxo da fila em direção à entrada depois da espera de quase uma hora sentindo-se parecer indisfarçável indigente, mesmo vestido com a jaqueta que havia conseguido emprestada de um camarada que lhe devia favores, no albergue.

No semblante, os grandes olhos negros saltados e os ossos salientes do rosto magro e descarnado revelavam o abatimento evidente de noites maldormidas pelo uso da cocaína e do crack, que minimizavam a sensação de fome e o desconforto de algumas lembranças que inutilmente vivia tentando evitar, mas ainda pareciam ter alguma ligação com o fato de estar ali.

Porém, naquele dia em especial, plenamente lúcido, havia conseguido entrar logo cedo, sem que ninguém viesse importuná-lo, como um sinal de que era o momento adequado para estar naquele lugar e de que existia algo que podia lhe interessar mais do que a qualquer outro visitante que dispusesse de todo o tempo do mundo só para circular pelas galerias, sem se deter por tanto tempo diante de um belo afresco que, por um motivo qualquer, já começava a chamar sua atenção.

Era estranha a coincidência de ter encontrado com tanta facilidade e logo no início da visita o motivo de estar ali: uma pintura com detalhes que sugeriam uma conexão, a partir de uma passarela, a novas possibilidades, talvez como a metáfora reveladora e mais perfeita possível da estreita fronteira que delimitava o presente do passado oculto, mas de alguma forma acessível naquele panorama, em uma dimensão aparentemente indecifrável ao fundo, em segundo plano.

Talvez o espaço recuado turvo e distante, presente em tantas outras obras de arte, não correspondesse às possibilidades que pudessem estar ali ocultas na floresta a qualquer outro observador, mas, por algum outro motivo, pareciam querer transportá-lo exatamente naquela direção, de volta ao que parecia ser o recomeço, onde relutava tanto em estar de novo, por parecer impossível regressar sem a possibilidade de reverter os acontecimentos. Contudo, a mente se abria ainda mais, conforme distanciava-se da realidade e mergulhava nas cores para outra perspectiva do espaço-tempo ainda oculto e bem preservado em um grande trauma.

Não poderia haver outra tela que evocasse tanto glamour aos admiradores e ao mesmo tempo traduzisse um estado emocional tão peculiar como O Lago das Ninfeias, de Claude Monet, e que parecesse, no mesmo instante, retratar tão bem a solidão de uma alma, em constante busca pelo propósito de toda uma existência que se perdeu no passado e precisava ser resgatada de algum modo para que tudo voltasse a fazer sentido, como o rio que corria lentamente por debaixo da passarela.

"Venha comigo visitar o paraíso...", pensava ele escutar, no mesmo convite que o autor fazia a todos os que lessem as referências da obra, revelando suas impressões em toda a evidência descrita.

Mas pensava em seguir outro caminho, remoto e distante, depois de ser introduzido naquele sonho. E já se sentia até capaz de se libertar para uma outra atmosfera onde inconscientemente, seria possível encontrar justificativas para duvidar de uma tragédia que havia se tornado realidade ou, no mínimo, o ajudasse a compreender melhor o fato em vez de continuar alimentando uma amnésia presente de inconformismo que apenas a magia da arte impressionista de Monet parecia capaz de desanuviar em outro panorama delirante e distante do mundo, bem mais instigante e convidativo para uma aventura misteriosa e excitante que possibilitasse até rever seus entes queridos.

"Por aí não!", alertava o autor que invadia ainda a sua mente, na tentativa de frear os seus impulsos e as intenções que tinha de se atirar rumo ao desconhecido.

Mesmo assim, surgia no íntimo a predisposição para acreditar que não deveria ser apenas um simples passeio, mas o melhor abrigo que estaria ao alcance, indevassável, silencioso e imerso em cores belas, sob uma manta verde e aconchegante de sonhos para se cobrir do mundo e não ser mais atormentado por sentimentos implacáveis.

Contudo, o que parecia no início apenas um desejo, abria-se, de repente, numa perspectiva diferenciada em alta escala, como uma passagem discreta que o levava a sonhar acordado, fazendo a imaginação prosseguir alimentando-se compulsivamente e de tal maneira que já não havia possibilidade de retorno.

"Você ultrapassou a dimensão proposta, e não posso mais conduzi-lo", parecia dizer o grande mestre, autor da obra, que já não era uma simples referência, enquanto ele se enveredava na pequena ponte para o desconhecido.

"A perspectiva inicial é única em cada espírito e não pode ser compartilhada. Todos sabem disso", respondia Pablo, obcecado e determinado em prosseguir, embora ainda meio confuso, como se seu corpo, instável e pesado, desse os primeiros sinais de alerta de que sua alma não poderia estar em mais de um lugar ao mesmo tempo para manter-se firme, naquela manhã onde tudo transcorria de fora, no Museu de Belas Artes.

Porém, mal se mantendo de pé, ainda estava plenamente consciente e seguia em outra dimensão adiante, mesmo sem acreditar como havia se infiltrado no labirinto de cores ou o que pudesse significar, no final, qualquer escolha, pouco antes de perder todos os sentidos do corpo que ainda se posicionava petrificado à distância delimitada e recomendada das telas para todos os visitantes do museu.

E, embora não conseguisse ao menos manter o pescoço ereto e a cabeça erguida, via a imagem de fundo, que considerava o passado, pouco a pouco se tornar cada vez mais nítida, enquanto seu corpo distante tombava, com os olhos totalmente revirados como os de um zumbi, segundos antes de se libertar da realidade e ser tragado para uma última viagem através dos segredos ocultos de um microuniverso, que prometia uma bela surpresa, como um brinde à imaginação, somada a todo conhecimento e a toda sensibilidade pela arte que possuía.

Então, repentinamente, passou a deslocar-se com ainda mais rapidez pela nova atmosfera do quadro, e uma percepção ainda maior invadia os sentidos e convidava para uma jornada de descobertas, quanto mais se revelava real o panorama oculto e próximo à floresta com tons de cores ainda mais fortes e um céu colorido para o norte, em variações impressionantes e impossíveis de se observar de fora, na hora em que já caminhava pela passarela que parecia demarcar o tempo.

E, assim, prosseguindo em direção ao centro da passarela, a expectativa de que era ali o local propício para qualquer encontro ressurgia, enquanto também contemplava os reflexos lancinantes e incríveis se dispersarem na superfície do lago, como uma beleza que explodia e era vista e sentida de lá, mas jamais contemplada ou sequer imaginada de fora.

E passava, então, a perceber ainda mais a esperança se materializar no paraíso, pensando ainda onde realmente teria sido o lugar e o tempo que havia tanto inspirado o criador da obra, naquela perspectiva incomum. Certamente viria de um sonho indescritível até para ele próprio não omitir qualquer detalhe, pois a imaginação é algo tão sublime que não pode ser totalmente traduzida objetivamente para a realidade.

Mas já não escutava a mesma voz que tentava orientá-lo e, em poucos segundos, uma leve brisa soprava dali mesmo e tornava ainda mais fresca e agradável a temperatura, trazendo mais realismo ao sonho, com diversos perfumes exalados de cada nuance emanada das cores ofuscantes que se misturavam, as quais excitavam tanto os sentidos que geravam total sinestesia.

E o rio, que ainda descia vagarosa e quase imperceptivelmente, mantinha-se na mesma direção que o tempo ia, enquanto observava já do outro lado que a imagem que se estendia para além da passarela se tornava ainda mais nítida.

Até que, repentinamente, toda a impressão de paz intensa se desfez e deu lugar a uma inquietude e instabilidade intensas, tumultuando a natureza e transformando tudo em volta, absorvendo todo o sentido do que havia sido criado no contexto, fazendo com que o rio passasse a se movimentar mais rapidamente na direção oposta, com todos os aromas suaves e cores se dissipando pelos ares no mesmo instante em que, totalmente impotente, o observador era lançado como uma folha pelas correntes aéreas e aleatórias de uma tempestade, numa rapidez assustadora, e arremessado através das copas das árvores para épocas distintas e remotas do passado de várias origens suas, através das linhagens de vários antepassados esquecidos, numa completa retrospectiva detalhada de todas as encarnações que antecederam a sua e jamais cogitaria se lembrar.

Entretanto, num refluxo do vento, uma angústia inesperada e profunda reteve sua imaginação e fez lembrar-se de fatos mais recentes daquela jornada e notar que o mesmo sentimento crônico que procurava entender melhor era praticamente sua identidade obliterada pelo trauma do acidente, despojada dele como uma casca que ia partindo e soltando-se pelo caminho, mostrando-lhe que o passado não condizia com o presente, e não podia mais ser resgatado ou revivido porque não era ali que deveria estar naquela hora.

Fora da tela e ainda no museu, o corpo em espasmos já havia perdido há muito tempo os sentidos, rodeado por curiosos e brigadistas, pouco depois de ver transbordar toda a sua memória para além das reflexões e secar-se como a tinta já sem viço naquela tela, muitos anos depois.

Tarde demais para um espírito vazio que se perdia enclausurado na dimensão oculta em que não caberia se aventurar, sem ao menos poder retornar de lá, sem nenhuma possibilidade de continuar vagando para muito além da paisagem inicial, depois de desbravar partes da floresta que surgia ao fundo, prosseguindo através dela por vias de traçados incertos da claridade falsa que se estendia sempre mais adiante, revelando clareiras na superfície que não vinham do sol e muito menos revelavam o céu, mas abriam ainda brechas que se bifurcavam, sugerindo infinitas possibilidades para se afastar da origem, por uma rota diferenciada e instigante que de um ponto em diante parecia singular e infinita como um arco-íris terreno e oculto se elevando em direção a falsas promessas.

E se deixou levar pela imaginação rumo ao destino incerto e irreversível de uma alma quase sem consciência ou identidade, em direção ao momento exato da criação da arte, como o último presente falso que um carrasco oferece a um condenado e coincide exatamente com o que a vítima deseja descobrir – a possibilidade de ver tudo se descortinando até as origens de suas indignações, com a possibilidade de acompanhar de perto a fase do esboço da pintura, como um mapa, ver a obra tomando forma, até o final, na mesma perspectiva do pintor que a concebe, da maneira como jamais pode ser revelada antes aos olhos de qualquer outro admirador, em todos os museus em que já possa ter sido exposta. Ele, então, implorava de novo ao mestre naquela hora, em êxtase profundo, que interpretasse aquele sonho estéril.

Ledo engano, pois não teria esse direito. Nem poderia ser um último presente, visto que a intenção do artista não era e nunca foi a de estabelecer uma definição precisa ou fazer com que adivinhassem suas verdadeiras impressões e segredos indecifráveis, mas apenas a de revelar, como um espelho, a alma do observador a ele próprio e, naquele caso, pela última vez.

Era o fim de Pablo. Não podia mais voltar porque seu espírito aventureiro se perdia para sempre do tempo em que estava, depois de um desejo proibido e irrealizado, ao se deparar com um segredo que não lhe caberia desvendar, no panorama de dentro da tela, na perspectiva original e única do autor usurpada pelo demônio que o conduzia desde o começo para além da liberdade limitada que de um modo ou de outro lhe pertencia e era só dele.

Ele se deparava com um mistério indefinido em sua singularidade, simplesmente porque nem o criador da obra saberia explicar de onde vinha ou como as imagens eram formadas e se processavam na mente com tanta perfeição, em formas conjugadas aos tons de cores preexistentes que o inspiraram no instante único e singelo da criação.

Daria, no máximo, alguma ideia de como poderia ter sido alcançado o real sentido de sua arte. Portanto, era uma sentença de morte ao intruso e desavisado observador, por embalsamamento deslumbrante, como a execução do carrasco inscrita no arremate final das últimas pinceladas do demônio disfarçado de artista.

Mas não havia acabado ainda, pois ele retornava do infinito, muito além do lugar até onde Pablo havia chegado na pintura escurecida pelo tempo, ressurgindo do limbo das profundezas de um oceano incolor, como o sentimento predador que se alimentava de outros, instigava e acabava de arrebatar mais uma alma naquele instante.

Ele emergia e então se alimentava do sentimento perdido da alma infeliz daquele último hospedeiro para possuir sua mente e reprogramar as ações que já não poderiam fazer parte do seu carma na Terra, a sina de um espírito descuidado, apenas mais um dos que viriam a ser despossuídos de suas mentes, depois de apagadas, já sem a devida consciência do presente, em outros tantos museus e memoriais que ainda pudessem existir.

E, assim, uma terrível criatura adotava um novo pseudônimo, o de Jack, completando em um novo ciclo a travessia do sepulcro do passado, novamente segurando em suas mãos repugnantes a alma com os atributos de um coitado em um cálice para ser exibido no museu.

Um brinde à morte era o que o demônio oferecia diante de outro corpo possuído e deixava em seu lugar apenas a representação de uma marionete amaldiçoada como evidência de que, de fato, havia estado lá.

Um breve retrospecto

Peter poderia ter continuado a viver em paz com a família na Califórnia ou simplesmente mantê-la lá, longe de qualquer ameaça, antes de voltar ao Brasil, como havia finalmente resolvido fazer. Embora também pensasse que nada podia haver que justificasse afastar-se tanto dela.

Entretanto, não poderia deixar passar aquela última oportunidade, pois investigações criminais sempre o fascinaram desde jovem, e foi isso que o fez se tornar tão reconhecido e respeitado até pelos maiores especialistas do ramo, depois de toda a experiência que acumulou como agente do FBI.

Também tinha consciência de que, no auge de seus 40 anos, ainda era muito novo para se adaptar a uma vida monótona, previsível, e ao conforto sufocante, esperando apenas a velhice chegar e consumi-lo para ir morrendo aos poucos.

O que poderia haver de instigante ou nobre em acomodar-se e ver a vida passar distante, findando todos os dias nas colunas criminais ou mesmo na realidade fictícia e simulada das cenas dos próximos capítulos intermináveis das minisséries entediantes a que assistia com a esposa, como se já não tivesse mais nenhuma serventia para o mundo e só lhe restasse se iludir com ele?

Mas seu espírito, ao contrário, era inquieto e pulsava como o de um adolescente, movido a desafios, e todo esse ânimo tinha uma justificativa que deveria bem considerar, não como mero embuste do orgulho ou de ambições desenfreadas.

Na verdade, era como uma parte de si que era obrigado a assistir se definhando e continuasse a lhe pedir ajuda para que não se sentisse um morto-vivo antes do tempo necessário, experimentando as mesmas emoções fortes que só revivia em plenitude quando a vida já estava por um fio, como um propósito que tudo deveria ter de fato, fosse capturando ou auxiliando na captura dos piores elementos, não apenas valendo-se de toda a expertise adquirida e raramente aproveitada nos treinamentos de que ainda participava, nos breves cursos de formação de detetives, de investigação criminal ou, no mínimo, quando tinha oportunidade de ser chamado para ministrar palestras.

E, embora na prática não atuasse mais efetivamente nas linhas de frente em acompanhamentos diretos, ainda se intrometia e vinha quase sempre em seguida, mesmo sem ser requisitado, se julgasse necessário; como também costumava levar junto outra equipe especializada de velhos amigos experientes, treinada por ele próprio. Assim, quase sempre obtinham sucesso, embora fosse constantemente repreendido por se meter onde não era chamado, como era de praxe, mas depois tudo ficava por isso mesmo.

Contudo, mesmo que nunca deixasse de ser um exímio atirador, sempre portando uma nove-milímetros de estimação, raras vezes arriscava-se mais do que o necessário, salvo em circunstâncias em que estava bem próximo de pôr as mãos em algum bandido, quando pensava que tudo valeria a pena só para não deixá-lo escapar.

Diferente de muitos integrantes de agrupamentos e investigadores de corporações diversas, sua mente funcionava em outra linha, maquinando estratégias e criando planos, sem se prender tanto a regras e etapas preliminares que tinham de passar pelo crivo e aprovação das autoridades, como o Ministério Público, ou de seus superiores. Por isso mesmo só aceitaria voltar a trabalhar nestas condições: quase com total independência, sem precisar justificar-se para ninguém antes de o trabalho estar concluído.

A ideia de retornar ao Brasil e se estabelecer com ânimo de permanecer em definitivo sem se desvincular do FBI era sem dúvida uma boa estratégia, mesmo sendo difícil entender como ainda se justificaria vivenciar a mesma situação precária de antes, em pleno século XXI, como a das forças de segurança que ainda operavam com equipamentos ultrapassados graças aos parcos investimentos do governo federal.

De fato, o mundo diminuía em escala assustadora com o aumento da tecnologia e, no mesmo compasso, a criminalidade, o tráfico e, principalmente, o terrorismo atingiam índices de sofisticação elevados e alarmantes.

Com isso, já se começavam a pôr em prática outras alternativas, como a de facilitar intercâmbios, pela necessidade de maior participação e contribuição para o aprimoramento da polícia de outras nações, principalmente dos Estados Unidos, pois, se na questão da segurança já estavam muito mais adiantados do que outras nações, ainda não tinham respostas para tudo. Além do mais, esse acordo possibilitaria maior capilaridade às ações conjuntas das polícias nas fronteiras e muita ênfase também seria dada às práticas internas e setorizadas.

Então surgia a oportunidade, pois um acordo de intercâmbio firmado entre perícias criminais da Unidade de Perícias do Rio de Janeiro e o Federal Bureau of Investigation já estava em andamento, e em breve se iniciaria um programa de treinamentos sistemáticos, ministrados por agentes do FBI.

No caso específico, todos sabiam que Peter, com toda a sua experiência, seria convidado a fazer parte das articulações de um desses projetos nas etapas experimentais para que servissem de modelo para as próximas ações. Aquele, em especial, estava sendo coordenado com o apoio do comandante Bareta, de quem havia se tornado amigo. Uma grande parceria que estava prestes a se formar como um marco para grandes mudanças e resultados cada vez mais esperados até se depararem com outro obstáculo.

No começo, sua esposa ainda se mostrava temerosa pelos riscos de uma amizade mais estreita vinculada àquele tipo de trabalho, mas Peter não se importava; sempre dizia que não podia fugir de suas responsabilidades ou que uma aproximação como aquela só traria ainda mais segurança a todos e que, de uma forma ou de outra, aprenderiam a viver assim. Desse modo, não alimentava o temor e tampouco falava do perigo que conhecia muito mais do que eles.

Além do mais, "precaução" era a palavra-chave, o que significava dizer, de acordo com o bom dialeto carioca, "não dar mole", e, nesse assunto, a própria residência dos Pulver era uma espécie de fortaleza, equipada com todos os recursos tecnológicos de última geração que o Estado não podia oferecer e com os quais ele mesmo teve de arcar.

Assim, depois de muitos anos, agora com dois filhos pequenos, voltava para o Rio de Janeiro, onde tentaria se fixar e permanecer trabalhando vinculado ao FBI no combate ao crime organizado.

Como era esperado, tudo parecia se desenvolver com muito maior controle que antes, com a corrupção e o tráfico de influência mais combatidos e de forma metódica e mais organizada, mediante o trabalho incessante da Interpol, o que propiciou que o Exército se voltasse mais para o controle e o rastreamento das vastas fronteiras do país, onde deveria se concentrar desde o início ao combate do tráfico de drogas.

Com isso, a população carcerária também passava a diminuir graças ao trabalho de conscientização desenvolvido, aliado às boas práticas, à repressão conjunta e à melhoria na qualidade de vida da população que, no âmbito mundial, desenvolvia uma nova percepção e mentalidade cooperativa.

Tudo parecia um sonho, embora se desconfiasse de que não pudesse ser assim, pois, por mais que se buscasse combater as mazelas da sociedade, elas não apenas existiam como permaneceriam em maior ou menor escala na essência, quase invisíveis e difundidas na memória dos fracos, como os viciados que se alimentavam antes do contrabando generalizado ou da corrupção desenfreada, e sedimentada nas práticas dos corruptos e corruptores disfarçados de moralistas e que, de uma forma ou de outra, acabariam desenvolvendo maneiras mais sofisticadas de atuarem.

Contudo, a despeito de todo esse empenho e trabalho desenvolvidos, um sentimento se fundia no recôndito das almas, cada vez mais consistente e desagregador no subconsciente, prestes a se manifestar e ser extravasado do modo mais terrível, disposto a provar que o homem não era perfeito e nunca seria porque sua deficiência vinha do espírito, desde suas origens. Ele se revelava na cobiça, na ira ou mesmo na inveja, potencializando-se e criando traços perceptíveis, sem que necessitasse se fazer representar.

Um sentimento invisível e maléfico na essência que voltaria a se alastrar mais forte, irredutível e com outro propósito, mas bem concentrado daquela vez, como se assumisse características próprias para se manifestar.

Assim, muitos anos depois de se mudarem e permanecerem no Rio, o mal também parecia alterar suas feições como um ódio incondicional e incompreendido até para a mais perversa criatura. E tão intenso ele era, que tinha o poder de subtrair das pessoas toda a energia do espírito.

E tudo levava a crer que se tratava de um dos piores e mais sanguinários assassinos de que já se teve notícias na mesma época. Entretanto, seu poder viria a se ampliar com o pavor psicológico que disseminava, ramificando-se e até escarnecendo--se do sentimento dos que se reuniam para velar seus mortos, martirizando famílias e comunidades inteiras.

No começo, veio a se manifestar nas atitudes predatórias de um indigente que havia incorporado no museu, possuindo a alma e a personalidade dele, num episódio que não se apagaria da memória histórica de seu surgimento para que suas ações nefastas tomassem dimensões inconcebíveis até para os padrões da polícia.

Ele não corria riscos de ser preso ou descoberto porque nunca seria procurado e muito menos reconhecido em qualquer corpo que habitasse com a alma subjugada, como a que acabara de possuir.

Aquela, em especial, pertencia a quem no início se tornaria um traficante habilidoso e já não se constituía apenas como um receptáculo de sentimentos escravos dos devaneios aleatórios do destino, mas dispunha de mecanismos cerebrais de engrenagens facilitadoras, que nada mais eram do que a mente já treinada, totalmente entregue e maculada que passaria a ser guiada, em cada ato, pelas intenções do hospedeiro até o fim de sua obra macabra.

Regressava, assim, para que se fizesse propagar uma infinidade de séquitos, que não eram mais do que desdobramentos seus, para todas as almas despojadas de esperança, saudosas de acontecimentos irreversíveis de suas memórias, boas ou não, cujas lembranças não suportariam mais reviver no presente.

E, durante muito tempo, ninguém seria capaz de perceber como a ameaça poderia mesmo se comparar à chegada do derradeiro Anticristo.

Primeiro Ato

O diretor comandava de cima as ações naquela hora e, sem ser visto, descrevia tudo com perfeição e rapidez, como uma espécie de locutor introspectivo que registrava detalhadamente na memória todas as ações, muito tempo depois de assumir a identidade de um indivíduo declarado morto em um museu, mas que de alguma forma havia sido reanimado em menos de uma hora depois.

Sua aparência parecia tão comum quanto a de um tropeiro viajante, com expressões rudes e as marcas da idade talhadas no rosto que já não disfarçava o mal em sua essência, revelado de um olhar frio e marcante que os olhos grandes e escuros como a noite eram incapazes de dissimular, e nem poderiam.

O cérebro que usurpava lhe encaixava muito bem e não era evoluído, mas suficientemente ágil para reter as informações que precisava processar, com as conexões neuronais bem reforçadas para elaborar estratégias e execuções de tarefas rápidas que exigiam simples raciocínio e memória mais recente.

Naquela hora, o modo como se vestia pareceria também totalmente insuspeito se fosse visto naquele sábado enquanto adentrava o prédio da Câmara Municipal do Rio de Janeiro, carregando uma enorme pasta e uma bolsa tiracolo.

O sistema de segurança era capenga e acabava de ser corrompido, como verificou ao desativá-lo com facilidade, exatamente no horário de revezamento dos empregados na troca de turnos intercalados para vigilância, e só voltou a funcionar poucos minutos após ele ter subido até o último pavimento, acessado o terraço pela saída de incêndio e escolhido uma das extremidades, rente a outro prédio, de onde teria o melhor ângulo de visão de cima.

Assim, uma mente totalmente dominada começava a funcionar com a precisão de um relógio, cronometrando cada passo até o limite inevitável da ocorrência dos erros que todos os humanos estão fadados a cometer a qualquer tempo.

E, assim, tudo passava a transcorrer de forma rápida, conforme o planejado e, como o pior parasita pode se aproveitar de um organismo, ele usurpava sua consciência para anunciar que estava de volta e daquela vez para exterminar primeiro os incorrigíveis sonhadores, saudosistas e obstinados, reconhecidos simplesmente pelos humores que alimentam. Contudo, antes, seria necessário minar os ânimos e chocar toda a comunidade.

Naquela hora, Jack se acomoda na posição mais confortável possível, retirando uma pistola ponto 50 do bolso do paletó e colocando-a sobre uma superfície lisa de concreto, bem ao alcance.

Ele espera mais cinco minutos até as primeiras viaturas contornarem a praça, percorrendo uma curta distância até cercarem o quarteirão, e verifica que a isca permanece plantada e inerte exatamente onde ele queria, enquanto monta com calma o rifle, esperando o momento ideal para agir. Um passante infeliz não mais vivia para saber o que de fato aconteceu com ele, quando tinha sido usado apenas para atrair os homens do terceiro batalhão.

Com o instrumento de trabalho retirado do estojo e todas as peças desmontáveis, incluindo a mira telescópica a laser, de última geração, cuidadosamente atarraxada, ele se mantém mais uma vez sedento, enquanto aguarda frio, paciente como um *sniper*, o arranjo ideal dos personagens da tomada de uma cena original que transcorria naturalmente e que jamais poderia se repetir, pois todos aqueles atores descartáveis não nasceriam de novo só para representá-la, depois da morte certa. Modelos de uma velha sociedade anacrônica em um mundo que não poderia mais prosperar ou resistir por muito tempo à renovação do espírito. O futuro de onde vinha tinha de ser antecipado e sua fome parecia ainda mais insaciável.

Com o mesmo comportamento e movimentos quase automáticos, idênticos aos de um viciado em videogames, ele firma o punho com uma das mãos para sustentar e dar estabilidade ao rifle, com a coronha encaixada no declive do ombro, e, com a outra, já posicionada, espera para disparar, imperturbável na forma de proceder ou agir contra nenhuma ameaça provável ao jogador que opera de fora os comandos, com poderes de recomeçar a trama por incontáveis e repetidas vezes, se precisasse.

Mas o ambiente ali era diferente e permanecia imerso em um cenário de realismo diluído por toda parte, nas tensões dos rostos, em cada movimento afoito ou impreciso mesmo do policial mais bem treinado e experiente que pudesse estar por lá, diante do que não estariam nunca preparados para lidar na maior parte das vezes.

No entanto, Jack, o exterminador de passados, sentia-se o próspero sentimento predatório de outros tantos, encarnado para crescer e disseminar-se pelo máximo de mentes possíveis, solapando delas o sentimento incerto e saciando-se com cada um deles, tão logo se manifestassem inconformados, para deixar em troca apenas o vazio enorme e irrecuperável decorrente do trauma do passado já apagado de suas lembranças.

Selava, assim, o novo regresso como o pior inimigo do Estado, o anti-herói do futuro revelado em cenas de terror que não poderiam ser revividas porque cada mortal enxerga a morte de diferentes formas e era preciso manter o registro de cada uma delas para inovar e diversificar as cenas, plantando a cada dia o pavor e indicando a outras vítimas apenas uma direção possível, a próxima ameaça, propagando o medo traduzido num grito sufocado de terror em uníssono da sociedade em descontrole, atrofiando assim suas raízes, até todos perderem completamente as origens ignoradas e, com elas, a própria identidade.

Brevemente, todos os registros desapareceriam das memórias, como também não haveria mais vítimas, e o passado rico e distante se transformaria em futuro imediatamente. Se alguém pudesse condená-lo ali naquela hora, não poderia mais antever, muito tempo depois, como teria imunidade de ação para a missão que havia se determinado a cumprir, no entanto queria saciar aquele desejo mais do que nunca.

Ele sabe de antemão que, no novo tempo, a estória é dele, protagonizando e dirigindo as tomadas chocantes e comoventes de finais inglórios de todos os heróis ou quem estivesse disposto a se arriscar em um filme que irá documentar a ruptura do tempo exibido apenas no futuro para mostrar que as dores do passado não compensavam os prazeres do regresso pelas saudades irrecuperáveis. Até lá, pessoas só poderiam prever que as relações com o futuro permaneceriam incertas porque estariam ainda atreladas por um liame de causa e efeito.

– Bum. – Mais um corpo tombava, quase caindo sobre a primeira vítima estirada que tinha vivido apenas o suficiente para dar início às ações daquele enredo, até a chegada de outra viatura, com homens descendo e se espalhando como formigas, esgueirando-se por trás dos obstáculos mais próximos para identificarem a origem dos disparos, sem perceberem que nada poderia ajudá-los, quanto menos salvá-los da emboscada de quem estava muito acima de suas forças.

O primeiro agente a tentar localizar o alvo revelava as próprias intenções, gesticulando e apontando para os colegas um ponto qualquer no alto do prédio bem de onde poderia estar Jack, em algum escritório desocupado do Edifício Amadeu Mozart, sob o qual funcionava um restaurante que já havia sido desocupado àquela hora, enquanto outro pelotão, próximo a eles, olhava na direção oposta, tentando identificar outra fonte imaginária dos tiros e proteger também a retaguarda dos que haviam chegado antes ao local.

Via de longe como outro agente tentava uma ação coordenada, pedindo cobertura para chegar mais próximo ainda de onde se concentravam os disparos, com a esperança de atrair a atenção do inimigo oculto e fazê-lo atirar mais uma vez para prevenir o grupo de sua posição e, assim, autorizar a aproximação com segurança, uma manobra com certeza arriscada que lhe renderia a própria vida, com uma bala certeira de fuzil atravessando o tórax.

– Coitados! – ria Jack, ao notar que não queriam perder tempo ao se apressarem abaixando-se adiante por trás da barreira mais próxima de carros estacionados que formavam.

A praça Marechal Floriano, no centro da cidade, já estava há muito tempo cercada e tinha sido esvaziada de todas as pessoas que pudessem ainda estar por lá, salvo moradores nos arredores, aterrorizados e encolhidos em suas residências.

Mas ele não tinha por enquanto o menor interesse neles, nem como figurantes. Apenas buscava, na própria fonte, sentimentos e emoções como medo, tensões e pavores concentrados ali, na forma de manifestações de autopreservação originárias de outros sentimentos que precisava absorver para si.

E Jack não se desconcentra, erguendo o rifle, mais uma vez, num desvio de apenas alguns centímetros para liberar outro projétil que percorre uma distância maior daquela vez, apenas para estilhaçar o para-brisas de uma viatura posicionada entre eles e dividir quase todo o destacamento pela metade, dispersando a guarnição para outras direções, naquele instante já a quase cem metros do lançamento dos projéteis.

As mãos frágeis, que nunca poderiam ser as suas, finalmente descansavam naquela hora, totalmente livres e já sem luvas, com o corpo apoiado a uma parede e totalmente à vontade, demonstrando uma ansiedade viciante apenas voltada ao desenlace dos acontecimentos, com a certeza de que era dono do destino de quem quisesse participar ou assistir depois horrorizado, de onde estivesse, às cenas sangrentas e macabras de suas estórias, cujo comando do enredo somente a ele pertencia.

Era apenas uma mensagem dirigida aos heróis que pensavam que podiam se prevenir do futuro, reproduzindo as mesmas crenças que nasciam de reles lembranças e valores de um tempo remanescente que já devia ter sido em grande parte extinto.

Tirou da bolsa tiracolo uma teleobjetiva para fotografar a tragédia final que se aproximava e espalhar em seguida os registros do terror pelas redes sociais, como o último resquício de crueldade em uma afronta à dignidade das famílias estéreis e indefesas diante de seus mortos – pensava com excitação e orgulho o primeiro discípulo do sentimento macabro encarnado, prevendo um rearranjo final dos corpos sem qualquer interferência para obter o melhor ângulo de enquadramento e ainda, quem sabe, uma foto artística. Mas não importava tanto, pois o intuito não era apenas criar um cartaz ou holograma, e sim comover, chocar e traumatizar até o próximo ato.

– Bum. – Faz de novo com a boca o demônio solitário, tentando reproduzir o som de outro fuzil idêntico, mas sem silenciador acoplado, que fazia outra vítima e se somava ao êxtase profundo do desejo imponderado pela carnificina.

Ele mantém agora na mão o copo de gin até a metade, mas a velha ressaca de entusiasmo já fazia circundar sobre ele a atmosfera pesada do inferno de onde vinha.

Precisava de mais ação e mortes para reforçar uma espécie de simbiose que nada mais era do que o desdobramento do inferno que trazia a sensação das mãos do diabo pousadas em seus ombros, massageando o próprio ego.

Porém não estava plenamente satisfeito, mesmo faltando bem pouco para o final da festa. E, ainda que o prazer mórbido e viciante nunca se desvanecesse completamente e pudesse se prolongar sem o menor risco de ser pego, a emoção de estar ali não seria mais a mesma de antes. Portanto, era hora de ir embora.

Assim, como um psicopata desprovido de qualquer compaixão ou sentimento que o fizesse ponderar as atitudes, começa a desmontar e a recondicionar cuidadosamente o equipamento no estojo da pasta adaptada para o rifle de média distância, a câmera à bolsa e, finalmente, a pistola para o coldre improvisado no paletó, cada vez mais convencido de que a vida na terra só poderia ser contada daquela maneira.

A última foto não poderia ter ficado melhor do que um cadáver em decúbito ventral, poucos minutos depois de ser atingido em cheio, parcialmente imerso na poça do próprio sangue que se formava no meio da rua, com a face destruída totalmente oculta e fundida ao asfalto.

A cena poderia ser reconstituída em uma escultura de arte moderna, semelhante a outra, inspirada em áureos tempos do romantismo, resgatada de algum herói que desse a vida por uma causa justa, para proteger a família ou até pelo amor de sua amada.

– O espírito marcante da geração romântica saberia melhor interpretar a cena pelo sentimentalismo exagerado de uma época vivida com paixão e intensidade do que o espírito presente da razão pura e superficial, atrelado ao passado insubsistente, preso a sentimentos e outros dissabores e carmas irrecuperáveis como os daquele morto que, em breve, também estaria merecidamente apagado para sempre da história – pensava alto ainda Jack, imaginando como seria uma nova escultura que representasse exatamente a antítese completa dessa última geração, porque outra intenção que tinha era transformar a comoção e o horror de uma sociedade inteira apenas em um símbolo de repúdio ao seu tempo e que, no fim, todos se dispusessem a morrer e renascer só para o futuro em um novo mundo, na medida em que o seu originário se deteriorasse e fosse desaparecendo.

Assim, quando a obra final estiver pronta e acabada, estará sedimentada uma nova percepção desvinculada, impassível, mas autêntica, que não possa mais evocar qualquer cena singular da tragédia chocante e tudo seja visto com muita naturalidade, sem lembranças.

– Croquete! – encerrava Jack mais uma cena.

– Vamos embora daqui, não há mais nada a fazer – disse o Capitão Bareta aos policiais, depois de ter esperado por mais de meia hora, vasculhando cada centímetro de toda a área para descobrir algum novo sinal, sem que nada acontecesse ali, além de presenciar uma grande baixa com a morte de vários colegas de sua equipe.

No mesmo instante, começava a chover com intensidade e o sangue dos corpos dos policiais fluía devagar, diluindo-se vagarosamente ao se misturar com a água que já escorria pelo asfalto, como em uma imensa aquarela, onde tons mais claros de vermelho se sobrepunham.

Talvez nenhuma pintura pudesse reproduzir tão bem o terror da realidade que se abatia, como as razões de uma mente doentia jamais serviriam para justificar o ato.

E um determinado agente da polícia pensava apenas numa coisa ao ver os corpos dos próprios colegas de profissão ali desfigurados e abatidos: *Vou morrer um dia, mas levo antes comigo esse monstro, prometo isso a vocês.*

Passava diante de outra vítima e sentia daquela vez um aperto no coração tão forte que quase se esvaiu em prantos, ao ver Roger, um rapaz novo e inexperiente, o novato que uma vez o tinha convidado para almoçar com a família. Pensava na esposa linda que ele tinha, que o amava de verdade e não dormiria mais naquela noite enquanto ele não chegasse em casa.

Bareta refletia ainda sobre o único filho que Roger poderia ter deixado, para quem seria o verdadeiro herói e o mais forte de todos, o que de fato até poderia se confirmar como verdade absoluta se pouco antes ele tivesse acertado o assassino e posto um fim a toda a atrocidade, tornando-se o mito que a criança poderia ainda abraçar todos os dias, com o testemunho de todos os oficiais e colegas da corporação.

Mas o destino disse não naquele dia, porque infelizmente ele teria de partir, mesmo que o garoto ainda não tivesse como imaginar que ele fosse invencível. Entretanto, de um jeito ou de outro, mais tarde, ele entenderia perfeitamente tudo, pois a única verdade que jamais seria apagada da vida dele era a de que o pai, o herói invencível que não poderia mais ser visto com vida, havia se consolidado para ele como o maior exemplo a ser seguido por toda a sua existência.

Aquela poderia realmente ter sido a estória daquele homem abatido, mais uma vítima de Jack, mas não era. Roger não tinha filhos como Bareta que, desnorteado, se colocava no lugar dele, impressionado com a cena do corpo sem face.

Com certeza, um dia a viúva o perdoaria porque sabia o que combatia e que ele só poderia estar ali, a postos, angustiado para voltar para casa sem, no entanto, jamais pensar em abandonar os colegas de profissão, simplesmente porque era um bravo e isso era mais do que justificável para o seu orgulho, pois, mesmo com toda a sua imaturidade, era capaz ainda de acreditar que a sociedade ia mudar um dia.

O velho capitão calejado de quase cinquenta anos ainda olhava para ele, resistia e não fraquejava, pois era otimista e tinha saúde para viver ainda muitos anos, mesmo que fosse só o suficiente para acreditar que o pior dos bandidos jamais escaparia de suas garras, nem que fosse a última coisa que fizesse antes da morte.

Sentia-se confiante ainda em saber que ganharia um companheiro, o novo agente que trabalhou para o FBI, policial de elite e excelente investigador, com um brilhante histórico de desmantelamento de quadrilhas que estava prestes a juntar-se a eles em uma missão secreta.

Ele era americano naturalizado, mas voltava às origens e vinha daquela vez para ficar, como muitos brasileiros de coração. Talvez tivesse ainda muito a aprender até se ambientar no Rio de Janeiro, porque a guerra contra a criminalidade parecia ter assumido uma vertente mais sofisticada e desafiadora.

Depois do velório, longas filas se formavam e andavam devagar com as famílias na frente, ajudando a carregar os caixões até chegarem no ponto onde os corpos seriam enterrados. O toque das cornetas anunciava a salva de tiros para a saudação dos soldados abatidos em uma batalha perdida, depois da descida dos caixões.

Mas o terror ainda rondava próximo e não havia se dissipado, pois celulares de parentes e familiares das vítimas e colegas começaram a vibrar e pipocar em outra cena chocante e estarrecedora. Todos se alvoroçavam incrédulos com viúvas gritando de desespero, como se protagonizassem, cada uma delas, o pior pesadelo, ao verem fotos de corpos em sequência disparadas nos celulares, simultaneamente à salva de tiros, com imagens chocantes das vítimas sacrificadas, numa atitude tão desrespeitosa e hostil, que apenas se justificava como obra de satanás.

Naquele dia, alguns poucos agentes, por iniciativa própria ou influência de familiares, desistiram e encerraram a carreira; outros, ao contrário, perceberam que teriam de perseverar e tentar somar esforços para vencer a nova guerra, mesmo que viessem a ter o mesmo destino, pois após o fato consumado não tinham mais tantas escolhas, mantinham um laço cada vez mais forte de amizade e não se julgavam melhores ou piores do que os amigos que até ali poderiam estar em seus lugares "ou a honra ou a morte" assim passava a ser o novo mote da corporação.

O REI DAS ILUSÕES

Sam Ian Pulver colecionava pessoas como alguns brinquedos que assumiam vidas em estórias forjadas apenas na imaginação de um garoto saudável e de boa aparência.

Entretanto, o mundo não é perfeito e o autismo parecia ser ainda uma suspeita que não se confirmara, embora já não preocupasse tanto os pais, conforme ia crescendo, devido a outras qualidades que ele tinha, como o dom e o interesse voltado para o desenho, a música, a literatura e confabulações que despertavam até a curiosidade dos adultos, que passariam a ser ainda mais notadas na forma como atribuía sentimentos a certas coisas e objetos inanimados.

Na maioria das vezes em que alguém o procurava em casa ou quisesse estar com ele, bastava ir ao seu quarto e da porta já podia vê-lo calado e de costas, com os cabelos sempre compridos cobrindo os ombros e todos os seus segredos, como alguém que se fechava e não fazia nenhuma questão de revelar na face oculta as expressões que denunciassem o que pudesse estar sentindo.

Quando também buscava sossego, tinha hábitos estranhos de se confinar em espaços reduzidos e esconderijos que considerava como as bases de onde sempre partia e retornava dos devaneios mais frequentes, contextos que se configuravam muitas vezes em dimensões muito distantes e paradisíacas.

E quando voltava de repente ou era interrompido, demorava a se acostumar de novo ao mesmo confinamento da realidade, no ritmo lento que a vida reassumia, como se tudo não fosse mais nada ou apenas servisse como uma plataforma de lançamento de ideias e representações de seus fantoches.

Aos seis anos já tinha consciência de que a vida parecia, às vezes, monótona demais e progredia no mesmo compasso para todos, com os fatos se sucedendo em capítulos que o tempo impunha, como uma estória interminável, sem mecanismos que possibilitassem abreviações, escolhas ou antecipações dos acontecimentos mais inusitados e indesejáveis. No entanto, algo dizia que seria bem divertido inovar ou simplesmente tentar estabelecer padrões e similaridades mais estreitos com um mundo surreal que, para muitos, não pareceria tão aleatório assim.

O interesse veio quando já estava no ensino fundamental I, nível escolar em que se sentia menos atraído por atividades de classe induzidas por professores e mais em observar detalhes nos aspectos das pessoas que lembravam muito seus bonecos, ou fantoches, que nasciam, viviam e morriam todos os dias, nas feições artificiais e olhos vidrados que voltavam depois, indefinidamente, a renascer com novas personalidades que constituíam um universo cada vez maior de pessoas que ia conhecendo todos os dias e se somavam para serem catalogadas e classificadas depois em grupos que cada boneco representava por padrões distintos de personalidade.

Assim, sempre se surpreendia com o modo como habitavam e confabulavam em seu imaginário, antes de libertá-los da mente, para contextualizá-los e rotulá-los no tempo certo e em outras estórias, reinventando-os constantemente e revivendo neles novos personagens adaptados as suas ideias.

Eram marionetes bem diferenciadas em suas compleições, mas, afora uma ou outra, nos rostos, não poderia haver nada que definisse melhor qualquer expressão de seu caráter, pois, do contrário, se estabeleceria uma maior ou menor afinidade, passariam a ser estigmatizados pelo dono e não mais se encaixariam tão bem em outras possíveis adaptações e novos papéis.

Entretanto, uns eram mais, outros menos interessantes, como um que considerava repugnante e imutável, com traços de uma terrível criatura, de aparência tão estranha e carregada que só poderia ser atribuída a um boneco do mal ou, no mínimo, ter sido originado de um erro de produção da fábrica de brinquedos. Assim, parecia absorver grande parte do humor de seu idealizador que, sem querer, lhe transferia de volta sentimentos decorrentes, contaminando até as motivações de outros atores no enredo, muitas vezes dando um fim antecipado às estorinhas.

O contexto era construído com papelão e madeira que Peter tinha feito para ele, com peças encaixáveis que poderia muito bem reutilizar e adaptar até para montar uma cidade inteira que ocupasse toda a extensão do piso do quarto, mas para isso precisaria mover com frequência os móveis de lugar.

Além dos mais comuns, havia outros poucos títeres selecionados que não deviam conviver ali com os demais nas estorinhas, pois pertenciam a uma instância mais elevada e, por isso mesmo, foram selecionados e retirados de cena.

Na verdade, eram apenas quatro, dos mais de trinta da coleção que possuía, e já havia até criado um nome para cada um, significativo e permanente como a expressão única na face que os diferenciava e os tornaria, na prática, mais importantes até do que todos os outros bonecos juntos da cidade, ao descobrir uma forma mais efetiva de como poderiam atuar. Eles eram os emissários, e assim passariam também a ser chamados e considerados.

Mas, malgrado a sensação, muitas vezes, de afastamento das pessoas, mantinha a proximidade psicológica sem perceberem ou terem a noção da importância que tinham para ele e, mesmo que parecesse diferente ou menos participativo, o resultado era quase sempre uma convivência pacífica porque, como humanos, nunca poderiam se considerar apenas simples representações indiretas de modelos personificados e acabados e, por óbvio, eram diferentes, espontâneas e mais divertidas até do que os próprios emissários, do jeito como as considerava na vida real surpreendentes no seu modo de agirem, reagirem, interagirem e, quem diria, a possibilidade que ainda davam de brincar com elas, sem que percebessem, é claro, resgatando suas impressões iniciais particulares que, ao seu modo, sempre retinha na lembrança para uma só finalidade, pois colegas permaneciam os mesmos e não costumavam morrer sempre como os bonecos em suas identidades perdidas e esquecidas de outras estórias, e tampouco renasciam como eles a toda hora para um novo papel atribuído, em muitos casos, várias vezes em um só dia.

Realmente, pessoas ainda podiam amadurecer e evoluir em seu dinamismo e estilo próprios, revelando personalidades marcantes com atitudes imprevisíveis e conflituosas, com o poder de invadirem a mente, sem serem apagadas do pensamento com tanta facilidade, como nenhuma outra marionete ligada apenas à imaginação do manipulador.

Essas eram situações delicadas, nas raras ocasiões em que se indispunha com algum amigo ou indignava-se de verdade com alguém da turma, mas nunca guardava rancor. Nesses casos, outro sentimento elevado prevalecia e o inspirava a criar maneiras de lidar com o fato, já que não podia simplesmente eliminá-lo temporariamente do contexto. Uma de suas prediletas consistia na breve regressão psicológica no tempo que fazia com eles até o primeiro dia de aula, no instante exato em que foram simples desconhecidos, para reforçar apenas essa lembrança ou, no máximo, se aproximar dela e congelar o indivíduo, até que se esvaziasse de todas as impressões posteriores que lhe tinham sido passadas, apagado na linha do tempo em retrospecto, na imaginação, como uma marionete inanimada que selecionava nos inícios das estórias e recolhia depois às gavetas.

E, então, fazia com que se operasse o sentido inverso de reconstituição daquela personalidade no tempo necessário para construir o seu caráter ainda inexistente até o presente, lembrando apenas das boas ações e qualidades que possuía, agregando-as para uma melhor convivência. E, assim, a indignação desaparecia quase sempre, embora, muitas vezes, alguns socos e chutes não fizessem nenhum mal ou já fossem suficientes para readquirir o respeito e a consideração dos incorrigíveis que confundiam educação com coragem.

E caso não houvesse ainda qualidades suficientes ou mesmo uma só do coleguinha, para reconstruí-lo, a mesma afinidade incondicional que vinha da lembrança do primeiro dia de apresentações ainda restaria única na memória para sempre, como a dos bonecos descaracterizados que nunca deixaria de amar, totalmente puros na essência ou ainda preservados das piores experiências da vida.

Portanto, logo depois de se reconduzir ao presente juntamente com quem pretendesse perdoar e tivesse a certeza de que tudo estava tranquilo ou de que antes nunca ninguém poderia no futuro premeditar o seu comportamento, sempre concluía que tanto o destino quanto a imaginação, levando em conta todos os possíveis erros e acertos, revelavam muitas semelhanças entre pessoas e bonecos.

E, assim, a impressão que ficava era a de que o exercício constante propiciava compreender melhor, a cada dia, sempre depois de voltar no tempo, como se tornava cada vez mais preservado dos conflitos e que, da mesma forma como acontecia na cidade arquitetada e montada no chão do quarto, entenderia que todos muitas vezes eram ditados apenas por sentimentos espontâneos que divergiam, conforme as circunstâncias da vida.

Por fim, nunca se esqueceria dos emissários e de seu papel relevante e fundamental na estória da vida, como sopros de sentimentos personificados e cristalizados. Diferentes de outros fantoches mais voltados para o entretenimento e descartáveis no final da diversão, que não tinham a capacidade de surpreender no início, como os emissários, e muito menos podiam permanecer, como eles, o tempo todo no presente porque, do contrário, tornar-se-iam previsíveis e dotados de sentimentos estanques.

E quando se falava em emissários, era preciso entendê-los como seres capazes de suprir de outro modo carências afetivas fora da realidade costumeira de convivência diária com seus familiares, as pessoas muito mais próximas e apegadas que faziam Sam, em alguns momentos, esquecer-se de tudo.

Desse modo, apenas assim, todo o sentimento decorrente do convívio era absorvido temporariamente pelo autor das estorinhas, idealizador de convivências, e manifestado através de intermediários diretamente para os alvos preferidos de suas maiores afeições, simplesmente porque a saudade ou a simples ausência prolongada dos pais era forte como a dor que pode ser sentida até na alma.

Assim, se também se colocasse no lugar de alguém que observasse de fora, perceberia que a necessidade partiria muito mais dele, Sam, até porque sempre estariam por perto para lembrá-lo, de algum modo, disso, sem perceberem ainda a verdadeira liderança que o filho poderia representar, passando a julgar-se o seu verdadeiro possuidor, pela influência que sabia que detinha sobre eles, da mesma forma como gostava de sentir-se como se fossem seus donos, e não por outro motivo referia-se a eles como seus, apenas seus pais e vice-versa.

Dessa forma, em certas ocasiões de desamparo, como em outras parecidas e conflitantes da vida que poderiam vir a se repetir, para ser melhor compreendido e obter respostas mais efetivas para a própria indignação, ele havia desenvolvido outra artimanha, pois sentimentos eram mais fáceis de expressar de outra forma do que apenas traduzidos originariamente na fonte, por palavras que ainda pudessem lhe faltar, naquela idade. Então, pensava que em breve se tornaria necessário se valer da ajuda dos emissários.

***

Os emissários eram bem maiores que os outros bonecos e poderiam ser considerados os últimos remanescentes deles, com seus rostos largos e olhos grandes e expressivos, tão bem esculpidos e confeccionados, que pareciam os próprios sentimentos humanos personificados, chegando algumas vezes a parecerem autônomos, o que jamais se cogitaria.

Mesmo assim, estabeleciam conexão do mundo da fantasia com o real e mereciam ser apresentados como Rudi, o ser irado, Pill, o ser contente e entusiasmado com que Sam mais gostava de aparentar na realidade, Wagner, o cômico e irônico, e, finalmente, João, o triste João, o que dói nos olhos e até no coração, até mesmo para quem o vê como ele é na realidade, apenas uma marionete.

De fato, João acabava sendo muitas vezes evitado, mesmo sabendo que era extremamente eficaz, e nunca brincava em serviço quando Sam precisava dele para resolver questões mais sérias. Nessas ocasiões, o títere poderia permanecer por horas ou até dias plantado em um mesmo canto, esboçando o sentimento peculiar, mesmo que a vítima, ou objeto de suas lamúrias, já evitasse olhar para ele o tempo todo.

No mais, o que se poderia dizer daquele time é que realmente eram considerados as mais perfeitas encenações dele e da irmã Potira, como uma equipe de elite, trabalhando juntos para melhorar a convivência familiar.

Certa vez, quis conhecer o escritório de Peter e ir até lá junto com ele, por ter-lhe contado inúmeras estórias a respeito de sua profissão, desde a fase em que havia atuado no FBI, no comando de algumas operações investigativas. Sabia que a parte da estória que mais interessava era quando os bandidos eram encontrados, mortos ou detidos e esperava pacientemente o pai fazer todos os relatos até chegar naquele ponto.

No entanto, o interesse pelo que contava foi aumentando, embora o intuito do pai não fosse mesmo outro, além de distraí-lo. Até que, por um descuido qualquer, numa noite quando parecia cansado e com sono, chegou a confessar que poderia levá-lo, sem imaginar que, mesmo sendo um moleque, mesmo novo como era, ainda pudesse se lembrar da promessa, muito tempo depois, quando já tinha a idade de dez anos.

Até que surgiu uma oportunidade, ocasião em que a coordenação do colégio avisara que não ia haver mais aula em determinado dia, que cairia bem no meio de uma semana de feriado letivo e, o pior de tudo, com quase três dias de antecedência.

Peter já tinha até pensado uma vez na possibilidade, mas quando estivesse maior. Mesmo assim, não gostava de misturar as estações, porque considerava que era sempre melhor preservar a família longe da podridão e da energia pesada que contaminava o ambiente do escritório, razão que o levava a se fazer de desentendido quando ainda ouvia, incrédulo, ele persistir, lembrando-se muito bem do que havia falado.

E a insistência passou a ser ainda maior quando as respostas não eram satisfatórias, no máximo vinham desculpas de que estava muito novo ainda para compreender os motivos, o que dava a oportunidade de retrucar, afirmando que ele havia prometido uma coisa e também lhe ensinado que promessa era coisa de homem. Portanto, teria o dever de manter a palavra e pronto, ponto final.

Naquele dia, demorou a dormir, esperançoso, pensando até que Peter se arrependeria e que ainda pudesse despertá-lo no dia seguinte, o que não ocorreu, e o pior de tudo, mesmo não tendo aula, havia acordado exatamente na hora em que Peter costumava se arrumar, antes de ir para o trabalho, e que ele, por algum motivo já sabendo disso, havia se antecipado e saído bem mais cedo.

Assim, outro dia se passou, e mais outro, sem que falasse com o pai. Até que, no próximo, completariam três e João já estava a postos, bem à mira, sobre uma arca, na posição que melhor se encaixava, bem de frente para o lugar que Peter ocupava na mesa da sala de jantar.

– Por que ele não desiste? Não quer nem aceitar minhas desculpas. Isso é pior do que vê-lo chorando – disse Peter.

– Quando ele usa o João, é porque está muito chateado e será difícil dissuadi-lo.

– Pois é, Maria, mas como posso explicar isso para uma criança? Pense na ideia que poderia passar a ele, de como pode ser o trabalho do próprio pai.

– Agora já foi, mas era melhor ter se lembrado antes de criar expectativas.

– Quer saber? Isso tudo é muito hilário. Vou falar com ele agora, pessoalmente, e...

– Não, não faça isso. Deixe para depois.

– Só tire esse boneco da minha frente, se puder.

– Isso eu não posso fazer. Pode deixá-lo ainda mais chateado.

– E por quanto tempo vou ter que suportar olhar para o João na minha frente?

– Até ele te perdoar.

– O que eu faço então, se nem posso falar com o meu próprio filho?

– Nada. Enquanto o sentimento perdurar, o João tem que permanecer aí.

– E se ele se esquecer de recolher o boneco?

– Confie em mim – disse ela –, ele nunca se esquece de tirar quando perdoa.

– Por que ele criou essa ideia e não se comunica como toda pessoa faz?

– E você não sabe? Uma vez, ele me disse e eu já te contei, tenho certeza disso.

– Tenho certeza de que ele puxou isso de você, o orgulho.

– Diga o que quiser. Sam é especial e eu me orgulho disso.

– E nem eu disse que me envergonharia. Acho que me lembro de ter dito uma vez que os bonecos não podem mostrar o sentimento melhor do que ele próprio. Não gosto muito disso. É como se o João fosse a alma dele ou um dos sentimentos que representa, como a essência dela.

– É mais do que isso, Peter. Ele te admira muito e gosta tanto da gente que é capaz de perdoar com facilidade, mas não quer que você o engane ou vá procurá-lo, como já tinha feito antes.

– O que eu faço então, mulher?

– Espere ele tirar o boneco.

Mais um dia se passou. Eram quase nove horas da manhã de um belo domingo de sol e o som das esferas que rolavam de algum lugar da sala tiniam nos ouvidos como uma melodia para ele, Sam, o mesmo som que não fazia a menor questão de saber de onde vinha, e foi com a irmã tomar café da manhã. Dona Odila sabia muito bem do que gostavam e decidiu não esperar os pais acordarem para fazerem o dejejum.

– Vamos brincar na piscina hoje? – disse Potira.

– Ora, mas você nem sabe nadar – respondia.

– Sei sim!!!

– Só sabe ficar no raso.

– Vou te mostrar a boia que ganhei da mamãe. Quer ver?

– Quero.

Correram em direção ao dormitório dela, mas, antes de entrarem lá, teve uma ideia e disse para ela esperar um pouco porque tinha de ir até o quarto pegar uma coisa. Saiu de lá correndo e foi até a sala, sentindo-se depois tão leve, que era como se flutuasse, e voltava de imediato para o quarto, antes de pedir que a irmã mostrasse a boia.

Maria tinha acordado e foi falar com eles. Ele, Sam, olhou bem e viu-a piscar para ele e a irmã com um sorriso limpo e um brilho nos olhos que nunca tinha visto antes. O pai veio logo em seguida, mas não se deteve no quarto deles, apenas sorriu, como se ainda não conseguisse encará-lo, com um bom-dia. E mal ouviu o que disseram depois. E mamãe já o esperava na sala como se tivesse se contagiado de alegria, mas o pai foi ver apenas depois que o boneco havia sido trocado.

– Não acredito!

– Acredite – disse ela, logo depois de perceber que em menos de dois dias João havia sido substituído por Pill, o ser feliz e eternamente contente, como a expressão viva do sentimento que o filho mais queria, constantemente, expressar para eles.

– Sem ressentimentos? Será mesmo?

– Nenhum. Pode acreditar, mas não o faça crer no que é difícil cumprir – disse Maria, de novo, sorrindo ainda mais daquela vez.

– Prometo. Vou abraçá-lo agora – disse sem sequer tocar no café que ela havia servido.

– Então vá depressa, que ele está te esperando.

E quando Peter entrou no quarto como um tufão, foi uma grande alegria receber aquele abraço de reconhecimento do pai e vê-lo quase tomado de emoção, puxá-lo de lado e olhá--lo, daquela vez, bem fundo nos olhos para expressar apenas uma palavra de desculpas, mas com tanta firmeza no olhar, que era como se fizesse um discurso para falar da enorme importância que tinha na vida dele e que nunca o decepcionaria de novo, em qualquer circunstância da vida.

Potira, por sua vez, não entendia direito o que se passava e muito menos poderia acompanhar de fora, desde o começo, todo aquele drama. Ela só pensava em estrear a boia que pretendia levar ao clube, o que foi suficiente para que também voltasse a se lembrar de um barco velho de madeira que não esquecia nessas ocasiões e parecia ter se perdido na bagunça do quarto.

Pouco depois, toda a família se animou e saíram finalmente de casa. Naquele mesmo dia, ainda no final da manhã, Potira aprendeu a nadar e não quis mais saber da boia, o que foi mais do que um motivo para todos comemorarem o acontecimento com muita animação, fartando-se de sorvetes e doces.

Logo depois, tinham expectativas de que, no final da tarde, os pais dessem mais uma volta com eles ou até se animassem a ver um filme infantil, mas os planos eram outros, em um lugar bem diferente, daquela vez, uma surpresa que poderia não agradar tanto a garotada, como uma visita ao Museu de Belas Artes.

Todos sabiam que Peter tinha uma espécie de fascínio por pinturas e obras de arte e pretendia infundir o mesmo gosto nas crianças, como já havia feito uma vez, sem surtir nenhum efeito. No entanto, era uma nova fase e estavam crescendo rápido demais, e veio a perceber depois em Sam uma propensão ou gosto especial que desenvolvia para se comunicar através de imagens e alegorias, bem como uma maneira peculiar de lidar com sentimentos e percepções alheias.

Já Potira era mais prática, dinâmica e muito mais alerta. Adorava desenhar e amava as cores, como ninguém, além de ser bastante observadora e muito curiosa.

O pai também sabia que, diante da insistência, as crianças poderiam perfeitamente estranhar um pouco o ambiente e até alimentar uma repulsa, pois tudo lá parecia de fato monótono naquela idade. No entanto, uma impressão ficaria registrada, na comunicação que poderia se estabelecer entre ambos e as diferentes perspectivas dos artistas.

No final, valeu o passeio e a escolha foi acertada, uma opção diferente e cultural que pudesse levar a muitas reflexões e descobertas. Apenas uma dúvida remanescia da intenção, não seria revelada e não tinha tanto a ver com a história em suas diversas passagens, mas com o legado cultural de outra estória, a da própria família que parecia não despertar tanto interesse assim em Peter, por algum motivo.

O FENÔMENO DAS ESFERAS MISTERIOSAS

De todos os brinquedos, as esferas, diferente do que podia caracterizar todo o universo dos fantoches, naquela época, não eram tão divertidas no começo, mas nem por isso deixariam de ser fascinantes. Na verdade, muito mais fascinantes passariam a ser consideradas, a ponto de se tornarem uma verdadeira obsessão.

Outra palavra associada, cujo significado não era capaz ainda de compreender muito bem, mas passaria a cunhar alguns eventos misteriosos que tinham relação direta com elas, era "fenômeno" ou, nesse caso, ocorrências estranhas de formas arredondadas que imaginava capazes de surgirem e desaparecerem sem nenhuma explicação lógica ou sem deixarem vestígios, materializando-se e emitindo sons a qualquer hora em lugares incertos e imprevisíveis, quando nunca paravam de se movimentar até sumirem de novo, desintegrando-se ou, talvez, até se decompondo nas menores partículas atômicas com o mesmo formato ou, como viria a saber um dia, aumentando até assumirem dimensões descomunais como a dos astros.

Contudo, tais variações revelavam-se incertas e apenas dos sonhos porque eram pouco constantes e, quando vinham, muitas vezes se transformavam em pesadelos tão reais que até supunha que pudessem invadir o plano da realidade, logo depois de acordar.

Por algum motivo, era também compreensível que as mesmas aparições continuassem e pudessem ser comparadas, pela constância, a precipitações atmosféricas de outras estações que, embora não sazonais em sua regularidade, vinham de qualquer jeito, nem que fosse para provar que não se devia acreditar apenas em riscos que parecessem iminentes e isolados.

Mesmo assim, não poderia se enganar por muito tempo, até descobrir pouco depois evidências ou indícios ainda mais fortes de que as ocorrências não eram simples manifestações fictícias, mas reais, quando a permanência ou o ressurgimento intercalado de sons característicos das esferas pareciam, de fato, sair da órbita dos sonhos, ao acordar um dia e verificar que o ruído não cessava, e o que parecia mais incrível e revolucionário ainda era notar que o motivo teria relação com algumas reações psicológicas, até então ignoradas, como o efeito casual de possibilitar antever com facilidade o que aconteceria pouco depois.

Chegou até mesmo a consultar os parentes mais velhos e perguntar para colegas como seria possível prever pouco antes o que ainda ia acontecer em seguida, mas não o levavam a sério e até riam dele, o que levou que decidisse nunca mais tocar no assunto e, por mais fascinante e curioso que parecesse a novidade, ficaria guardada como um segredo.

Entretanto, o fenômeno das esferas era inconstante e não havia ainda se tornado a grande obsessão em uma fase da vida de que sempre se lembrava, especificamente em determinada época do ano, que estava de férias, pensando quanto tempo ainda teria para fazer quase tudo o que desejasse e viesse à cabeça.

E assim já se via disposto outra vez a voltar ao refúgio particular das percepções e descobrir outro mundo perdido para conduzir de novo as próximas cenas, adaptando um roteiro mais extenso para os velhos dramas que, por sua vez, não demorariam a perder a graça e ceder espaço para outras formas de expressões da arte, descobertas nos museus, que abririam um novo canal de representações inexplorado.

Tais reflexões faziam imediatamente lembrar-se dos afrescos que observava nos acervos, com tantos rostos e figuras pintadas. E tudo parecia envolto em uma atmosfera de sentimentos das mais inusitadas maneiras, como se idealizados e projetados de um determinado lugar com representações de pessoas que transmitiam algo sem dizer nada, apenas pelas tintas que davam forma e emoção a pensamentos e ideias inacabadas do autor.

Não poderia nunca explicar, apenas imaginar naquela idade qualquer interação que pudesse haver ali, porque era como se tudo estivesse vivo e as pinturas de imagens humanas não apenas observassem de dentro das telas o que ocorria fora, mas revelassem da posição dinâmica de seus corpos, além dos movimentos, outras linguagens possíveis, fazendo ir muito além daquelas perspectivas todas as impressões misteriosas que nasciam de seus olhares que, com certeza, não eram só delas ou apenas dos modelos inspirados pelo artista, pois este não diria de onde partiam, revelaria suas relações pessoais ou mesmo daria pistas de que não fossem apenas pura imaginação dele.

Contudo, talvez tivessem uma origem verdadeira ainda mais nobre e se revelassem só do além, de um ser onisciente que as tivesse indiretamente plantado ali, estáticas, da imaginação de alguém e com um só desejo congelado e interrompido que precisasse se completar de diferentes maneiras, mas que para isso necessitassem de um intérprete de fora, seus observadores, para se comunicarem com elas, resgatá-las e valorizá-las da forma que merecessem.

Entretanto, sabia que não podia manipular as imagens das telas como fazia com marionetes, definindo e redefinindo seus caracteres, como se fosse capaz de iluminar suas feições apagadas, ou atribuir-lhes sentimentos. Da mesma forma como não era capaz de fazer com os quatro emissários, que já eram manjados e incapazes de evocar, além de reflexões, outros tantos sentimentos das pessoas que se comparassem ao realismo das obras de arte. Assim, até os emissários iam naturalmente perdendo a utilidade, conforme crescia e passava a dominar a linguagem, influenciando e comunicando-se melhor com os adultos.

Era, em certa medida, justo e podia até parecer injusto a ele, certas vezes, arrepender-se logo depois, juntamente com os integrantes da produção, protagonistas e figurantes das estórias dramáticas que era capaz de criar, contudo não se achava cruel e impiedoso como imaginava que fossem alguns pintores. Talvez no máximo irresponsável ou não muito coerente para os caprichos de uma criança, mas, ainda assim, não tinha plena noção de tudo e aprenderia a não se culpar pelas decisões que tinha de tomar às vezes.

No final, ficava perplexo e até sentindo-se mal com todo o poder que concentrava nas mãos e de como era obrigado a lidar com ele, mas percebia muitas vezes que tinha liberdade para decidir apenas até onde fosse possível entender como se operava o seu bom senso para que o personagem renascesse melhor em outras estórias. Mas, ainda assim, ressentia-se com isso, embora apenas sentisse e não entendesse bem como se operava a compreensão de todo o sentimento humano.

Portanto, era hora de aposentá-los e nunca se esqueceria de nenhuma daquelas criaturinhas que assumiam formas imaginárias, com suas pequenas glórias ou indignações, como faziam os pintores contextualizando seus personagens permanentes, estampados nas telas para imortalizá-los.

Em certa ocasião, depois do café, não havia ninguém por perto e se aventurou em um passeio ao redor da casa, mas caminhou um pouco mais, até uma distância necessária para que não se perdesse dos limites do condomínio que pretendia explorar, e, ao voltar, percebeu que ainda estava só. Porém, a sensação de que era observado e vigiado de uma distância segura que jamais pudesse exceder parecia recorrente, um sentimento constante e angustiante, como era capaz de perceber todas as vezes que estava no quarto ou em qualquer outro lugar da casa e precisava voltar de muito longe, dos limites de onde a mente ia parar.

Então, ainda premido pelo mesmo espírito de um explorador, resolveu também fazer uma inspeção interna pelo interior da residência, percorrendo o longo corredor, desviando pela penumbra da claridade que vinha dos quartos, até o final, onde se comunicava com a ampla antessala, pavimentada com o mesmo piso de tábua corrida delineado por largos rodapés de madeira, aparentemente intermináveis, que se distribuíam por toda a extensão da casa.

A temperatura ainda estava fresca na residência dos Pulvers, muito em função da arquitetura concebida no modelo de uma estrutura arejada constituída de grandes janelas e um elevado pé direito de mais de três metros de altura, o que favorecia que se formassem ali correntes de ar fresco e puro da manhã que invadiam o prédio pelas laterais e percorriam todo o interior.

No entanto, o dia prometia ser ainda mais quente e ensolarado que o da véspera e já se sentia animado e acometido pelas mesmas impressões das ocorrências que pululavam e pareciam querer de novo escapar não só dos sonhos, mas também do imaginário.

Elas constituíam-se em esferas ou círculos misteriosos que iam se definindo aos sentidos, até saltarem para a realidade, aparecendo mais vezes em uma só das extremidades do corredor, deixando ainda algumas evidências sem importância do futuro que não ousaria comentar, e nem poderia, em tão pouco tempo, muito menos aproveitá-las em outras passagens de seus enredos.

E todo o processo se repetiria, quando passava a voltar frustrado, inconformado e traído pelas expectativas cada vez maiores, nem tanto pelos fatos relacionados, mas por não ter ideia de quando ocorreriam novas aparições.

No entanto, quanto a isso, mal sabia que poderia ficar despreocupado, pois já vinham se tornando mais frequentes e tão reais como se pudessem ser tocadas, surgindo com o som característico em uma frequência muito baixa, quase imperceptível que aumentava gradativamente, até atingir uma escala elevada e prolongada. E quando isso ocorria, muitas vezes as imagens se formavam também de um tamanho quase insignificante, no começo, aumentando e alternando em cores primárias, como também o sentido das rotações, até iniciarem suas trajetórias, flutuando ou percorrendo o piso inteiro de madeira da extensão da casa até o final, invadindo os dormitórios e até saindo pelas janelas para configurarem-se numa só perspectiva no céu.

Mas não era raro que os ruídos também pudessem originar-se rente ao teto, propagando-se do sótão pelas paredes, como nuvens que viessem de fora atravessá-las, delineando trajetórias de sons em vários sentidos e ziguezagueando como se houvesse algo ali bem antes de materializarem-se, e muitas vezes alcançavam uma escala quase ensurdecedora que se tornava tão tormentosa, que faziam esquecer de tudo e de todos.

Por isso mesmo, a possibilidade de descobrir a estranha relação do fenômeno com o futuro talvez fosse apenas perguntando aos pais, ao avô ou a algum adulto que estivesse disposto a ajudá-lo a entender melhor o fato, mas ainda relutava, pois já tinha sido ridicularizado pelos colegas quando ainda só sonhava com aquilo.

Lembrava-se até de um dia ter interrompido as brincadeiras com a irmã e os amigos, que vieram visitá-lo, só para procurá-las, diante dos sinais sonoros repentinos que se espalhavam pela casa, e não conseguiu esconder o segredo porque todos perceberam e vieram em seu encalço como se fizessem parte de um faz de conta reservado que havia criado só para ele.

No início, ainda pode negar, mas todos insistiram tanto para que contasse o que era, que acabou revelando uma parte do segredo, o dos sons ocultos capazes de materializarem-se, como se todos os outros tivessem o mesmo dom de perceber os mesmos sinais.

Então, fizeram o desafio, que na verdade era um complô para saberem quem seria o primeiro a descobrir a origem daquele som que não podiam escutar, só para observá-lo correr depois de fingirem que escutavam alguma coisa e riram muito, até se fartarem e desistirem de incomodá-lo e ele terminasse sozinho, sem perceber mais nada, correndo solitário imerso na sua própria loucura, de um para outro ponto dos cômodos até o final do corredor, confundindo-se com os sinais de sons intervalados de outras esferas que pareciam mais previsíveis e constantes.

Certa vez, chegou a pensar que estivesse mesmo próximo de descobrir de uma vez por todas a origem do segredo, quando soube das relações dissociadas dos sons do início das aparições, que sinalizavam o futuro, com o presente que já era medido de outra maneira, com ruídos que vinham de outras esferas, de um marcador que a família havia adquirido e nada mais era do que um relógio de madeira com bilhas de aço, cujo mecanismo era ativado por meio de uma engenhoca que marcava com precisão a passagem do tempo e, claro, sempre no presente, como qualquer relógio fazia.

Então, passaria a desconfiar de que estivesse mesmo próximo de obter alguma explicação ao verificar não apenas que o fenômeno nunca se formava ou vinha do mesmo ponto onde habitava o relógio de madeira, mas ainda que, embora as esferas do relógio produzissem o mesmo som inicial em movimentos intervalados e calculados, o som das outras esferas enigmáticas era ininterrupto, desde o início, e progressivo, só atingindo níveis máximos e insuportáveis quando confirmavam que fatos imprevisíveis e desagradáveis já estavam prestes a ocorrer em um futuro próximo.

Uma das mais curiosas impressões que teve foi sem dúvida numa das raras vezes em que notou o surgimento das visões com sons que acompanhavam o mesmo ritmo e intensidade da mutação dos movimentos e alteração significativa das dimensões esféricas, progredindo assustadoramente e atingindo tamanhos tão descomunais, que era como se não sobrasse espaço livre e viessem para esmagá-lo, mas na verdade passaram por ele como se fosse uma pena, sem ocasionar dano algum além do enorme deslocamento de ar.

E, no final, a impressão real que ficou registrada foi a de que balançavam tudo o que havia próximo ou ao redor, durante a tormenta, atravessando paredes, como se não existissem e a casa fosse totalmente aberta e devassada, e, ainda, que o espaço havia se curvado inteiro em elipses para os epicentros que se formavam da massa de cada um daqueles corpos, com seu enorme poder gravitacional.

Até que as imagens se desvaneceram e se constituíram apenas com a confirmação de um péssimo presságio, com a mesma rapidez com que pouco antes haviam surgido. E, assim, logo em seguida presenciou uma das piores discussões dos pais.

Aquele episódio passaria a contar como a confirmação de mais uma evidência revelada das premonições e dos sinais de desajustes internos que estavam prestes a eclodir no tempo, de simples discussões que se transformaram em gritarias e chegaram quase às raias do desrespeito, e que ele, Sam, não esqueceria e esperaria que jamais viessem a ocorrer de novo.

Em outra ocasião, durante uma madrugada, a ameaça apareceu muito rapidamente com um estrondo persistente de sons que se misturavam, partindo de semelhantes formações circulares, mas vinham já enormes de fora da casa e invadiam o ambiente produzindo um ruído mais grave e intenso que, daquela vez, era tão forte que parecia capaz de arrebentar os tímpanos pela dor que provocava, fazendo-o gritar e correr desesperado, batendo a cabeça contra as paredes, até que todos surgissem atônitos das portas dos seus quartos quase de uma vez, no momento em que a imagem de uma explosão parecia lançá-los pelos ares, apesar de ainda permanecerem intactos tentando segurá-lo.

Aquela última visão que havia sucedido o fenômeno não se concretizou em nenhum acontecimento posterior, mas ficou gravada em sua mente como um holograma da premonição que poderia se transformar em uma tragédia futura. E, assim, ficaria traumatizado durante algum tempo, contando com a possibilidade de que a explosão ocorresse, guardando ainda mais o segredo só para si e ainda pensando que fosse morrer sem revelá-lo, junto com a família e a qualquer hora, porém logo viu que o fenômeno também não merecia crédito porque as semanas passaram e nada havia ocorrido.

Entretanto, naquela mesma noite, todos ficaram muito preocupados com as reações, mas, antes de pensarem em levá-lo para qualquer consulta a um médico especialista e submetê-lo a exames clínicos para descobrirem a origem provável dos ataques de pânico, Peter insistiu que descrevesse, em detalhes, a forma como via as aparições para tentar identificar, com ele, a origem de um possível trauma.

Então ele, Sam, relatou minuciosamente o que viu, desde a imagem que assumiam as formas, como o barulho e o campo gravitacional que se criava entre elas, depois que levitavam e pareciam ocupar e invadir todo o espaço.

Em seguida, Peter pediu que desenhasse as ocorrências em um papel e ele fez um esboço. Logo depois, ao analisar o rascunho de Sam e falar em particular com Maria, levou-o para o home e ligou o monitor de TV de quase setenta polegadas, conectado a um computador e pesquisou a única imagem provável que pudesse estabelecer uma semelhança e ajudá-lo a resgatar as impressões.

Assim, desenhou algo muito parecido com as visões que lembraram ainda mais uma das pinturas mais famosas e conhecidas do mundo, *The Starry Night*, de Vincent Van Gogh. E, então, Peter olhou nos olhos do filho para confirmar, verificando as incríveis semelhanças e coincidências com aquele esboço, e receber o sinal de confirmação.

Era evidente que o garoto não saberia expressar tão bem com palavras tudo o que sentia, desde o movimento em detalhes das formas das esferas, tão semelhantes às da pintura expressionista da imagem que ele via no visor, a mesma imagem que reproduzia a agitação no espaço como as espirais de círculos que pareciam sugar e colidir com tudo, embora Peter tentasse interpretar e reproduzir de forma lúdica tudo o que pudesse ter sido visto e tentar inutilmente apagar da mente do filho um possível trauma, afirmando serem provenientes apenas de astros de uma noite estrelada que se transformaram em um pesadelo que não conseguia mais esquecer.

De fato, as imagens eram muito semelhantes na forma e passavam a ser ainda mais com o poder que tinha um adulto de convencimento. Contudo, desde o instante em que foram comparadas aos círculos das estrelas e astros da pintura, Peter ficou ainda mais preocupado ao se lembrar da biografia do autor da obra, diante dos indicativos de que as próprias impressões de Van Gogh eram resultado de uma alma conturbada, vítima dos surtos psicóticos, como os que Sam já pudesse estar manifestando e viessem a se agravar um dia.

Todavia, havia muito mais detalhes que ambos imaginavam que um e outro não precisassem saber no momento, não eram interpretados só na obra nem pareciam ser mais do que estranhas coincidências, como o contraste da agitação do céu observada nas espirais e a calmaria absoluta que reinava em uma vila pintada logo abaixo, o mesmo panorama observado da turbulência que trazia os movimentos avassaladores na mente, em contraste com a calma e a tranquilidade do cotidiano que se configurava no início, mas que, no caso, podiam ainda significar maus presságios, mesmo para os que tivessem a propensão de se isolar como Sam e o autor famoso, que só veio a se consagrar no futuro, muito tempo depois de sua morte.

Em seguida, a bela "Starry Night", de Don McLean, era cantada, numa acústica perfeita do enorme home que o pai havia montado como uma sala de cinema em casa, com uma imagem bem mais ampliada da pintura original que exibia um céu conturbado e havia inspirado a composição.

E assim, de repente, passavam a surgir do nada, na parte superior do quadro exibido no enorme telão, consoantes e vogais que irradiavam um branco contrastante, soltas e desagregadas, descendo vagarosamente como flocos de neve, decompondo aos poucos a estrutura do texto e cada uma das palavras que surgiam desarticuladas, como flocos de neve de um céu revolto de estrelas gigantes e estáticas, até que no final se reagrupassem novamente em estrofes e preenchessem quase toda a paisagem ao fundo e o seu significado:

Starry, starry night
Starry, starry night
Paint your palette blue and gray
Look out on a summer's day
With eyes that know the darkness in my soul
(...)

Don McLean

Os universos cristalizados

Jamais deixaria de se lembrar do avô como um mestre na arte de fazer pensar. E um dia, em uma de suas visitas, trouxe um presente diferente, que não era brinquedo e sim um jogo composto por bolas de cristal de variadas cores, conhecido como resta um, mas parecia não servir para muita coisa além de mexer com os nervos e treinar a paciência ou até para enfeitar a sala, pois o tabuleiro e as peças que o compunham eram bem maiores do que as versões padrões utilizadas.

Porém, as bolas podiam servir também para outras finalidades e no começo eram guardadas cuidadosamente em compartimentos separados para não se perderem umas das outras, enquanto Maria não encontrasse um lugar apropriado para melhor expô-las como enfeite na sala. Assim, passavam a ser utilizadas cada vez mais no jogo que, com o tempo, as crianças acabariam ignorando.

– O que temos aí, garoto? – disse um dia o velho Wilson.

– Bolas de cristal daquele jogo que ganhamos.

– As do jogo que te dei. Quando foi mesmo que eu trouxe? – disse o Dr. Wilson, só para confirmar que se mantinham atentos, pois, além de usar a imaginação, gostava de exercitar a memória dos netos, fingindo esquecer-se de que Sam sabia exatamente o tipo de perguntas que faria e estava convencido de que aquilo serviria para o propósito que tinha de criar possibilidades no imaginário deles para novas respostas.

– Vou te contar um segredo – disse novamente o Dr. Wilson, também considerado o médico pediatra mais conceituado da cidade e que sempre se utilizava de alegorias e variações de vozes, como um ventríloquo que costumava brincar também com crianças menores e até bebês. Entretanto, com os netos ele fazia diferente, desenvolvia certa linguagem lúdica, que era mais apropriada e direcionada a atiçar curiosidades e entretê-los. – Se você chegar bem próximo à janela e fechar apenas um dos olhos, verá com o outro aberto, bem próximo a uma dessas bolas de cristal, a luz atravessá-la, e então notará que se abrirá um universo distinto, colorido, silencioso e cristalizado no tempo.

– Mas o que é um universo? – perguntou Potira.

– É uma dimensão onde se situam planetas, estrelas, galáxias em todo o espaço sideral daqui para muito além do nosso mundo e só não pode englobar também nele todas as nossas ideias ou tudo o que podemos imaginar, presenciar ou o que seremos capazes de vivenciar um dia.

– Mas o mundo é redondo como essa bola, bem maior do que ela e, como ela, também não pode conter um universo inteiro, mesmo com todo o nosso poder criativo.

– Mesmo com todo o poder criativo? – questionou o avô, com uma gargalhada.

– Lógico – disse ela.

– E como você sabe que o universo também não é redondo? Alguém já te contou isso? Não fui eu – riu Wilson, querendo brincar com a imaginação de todos. – Penso que o universo pode conter uma infinidade de astros, mas, se não usar a imaginação, você não pode ver mais nada além do que ele contém, mesmo que consiga viajar até o seu limite. Vamos fazer uma comparação?

– Vamos!

– Imagine que todas estas bolas guardadas, em uma só caixa, sejam cada uma delas um universo diferente e considere você mesmo como uma habitante de um planetinha qualquer dentro de uma delas, minúsculo como uma partícula subatômica. Agora pense que já está lá, como aqui agora em seu planeta milhares de vezes menor do que um grão de areia e, como pode notar, sua visão não é capaz de cobrir praticamente nada além de uma pequena distância até o breve horizonte, se compararmos com o resto. Agora você pode imaginar a esfera como um universo, mas a percepção que você tem dele ainda pode te enganar de muitas outras maneiras.

– Como?

– Suponham que vocês construíssem uma incrível espaçonave capaz de atravessar os espaços interestelares e galáxias inteiras a partir da nossa via láctea e descobrissem, sucessivamente, os mais incríveis portais intergalácticos, viajando anos-luz, só para tentar alcançar as fronteiras desse universo, representado em apenas uma dessas bilocas, e, quando estivessem perto disso, de transpô-la, ignorando teorias e leis da física, esse limite refletisse apenas passado, como um espelho, causando a falsa impressão de que ainda estivessem bem distantes da fronteira para poder transpassá-la, ou fizesse pensar, só pensar, que o universo, como o tempo, é infinito e sem limites.

– Sim, e então? – perguntou Sam, com o mesmo olhar firme e sereno e toda a atenção voltada ao velho, para não perder nenhum detalhe da teoria do avô.

– Agora acredite que essa impressão no espelho do que ficou para trás é a mesma ilusão que te faz acreditar que o futuro está a sua frente, mesmo sem conseguir vê-lo, antes de ultrapassar a fronteira, como o prolongamento do espaço, fazendo você conviver com essa outra verdade que não pode ignorar.

"Mas, entendam a diferença, a primeira é ilusão de ótica, porém real porque é visível e mostra o passado como se fosse o futuro próximo refletido a sua frente. Vocês passam a vê-lo dali, sabem que está lá e passaram por ele, mesmo que ainda não acreditem nisso por não poderem distinguir o que ficou para trás do que está adiante.

"Entretanto, a outra possibilidade é totalmente ilusória, invisível e imaginativa, uma vez que o futuro nunca será perceptível, como o passado já é, de um universo diferente. Além do mais, vocês não poderiam prever que estariam diante dele prestes a alcançá-lo. Isso apenas ocorreria se pudessem transpor o limite da bolinha de cristal, de uma esfera para outra. O que você ou vocês fariam?"

– Eu desisto porque não posso enxergar a fronteira – disse Sam, voltando-se para a irmã.

– Eu olharia para trás para tentar observar se não estaria vendo a mesma coisa, mas, se não soubesse que a fronteira surge como um espelho, desistiria também – falou Potira.

– Correto, mas isso faz vocês retornarem em sua possante aeronave, depois de não quererem ir ainda mais adiante, sem nunca perceberem como estavam próximos demais do limite. Entretanto, podemos pensar também que o motivo é que sempre parecerá a vocês uma distância muito longa e quase infinita que se reflete de lá, se não desenvolverem a percepção do tempo de outra forma, uma nova perspectiva.

– Como assim? – perguntou Sam interessado, mas sem demonstrar nenhuma ansiedade.

– Meditando sobre o passado, avaliando melhor o percurso até o ponto em que chegaram para reconhecer o caminho e entenderem que só pode haver outro universo de possibilidades a sua frente se pensarem de outra maneira, ao invés de quererem voltar e repetir os mesmos erros – sorriu o avô para ambos, pensando que o garoto um dia pensaria ainda melhor do que ele sobre a alegoria que acabava de criar.

– Mas, se eu souber disso, posso nunca mais querer voltar, né?

– Então imagine como seria incrível se conseguisse ver o futuro depois de a fronteira ilusória do passado se estilhaçar e desaparecer para sempre da nossa frente, após quebrarmos o espelho que o reflete, como a memória de todos, com todas as teorias do espaço e do tempo refutadas – disse o velho, misturando física com psicologia.

– Por acaso, eu perderia minha memória do passado e não lembraria mais nada nem do próprio passado se atravessasse a fronteira?

– Talvez seja possível um dia.

Wilson fez uma pausa e ficou admirado com a hipótese que poderia ter criado com os netos, depois da teoria do espelho, e percebeu naquela hora que a ideia sinistra poderia um dia fazer o homem supor que muitas das coincidências, como as falsas impressões de experiências reais de momentos que se repetem, corresponderiam com o fato de que o futuro é apenas ilusório, ou nada mais do que o breve presente, e só pode ser configurado e aumentado a partir desse tempo, dentro de um universo limitado que pouco se expande.

E, assim, o que está por vir passa a repetir-se ainda mais porque a tendência é que o futuro se confunda com o passado, em número de repetições de experiências, quanto mais elas se formem e venham a somar-se como imagens de um espelho do que já se foi, embutido em nossas mentes, com impressões de acontecimentos que de um ponto em diante não se renovam.

– Então, nenhum de nós conseguiria escapar desse universo e ver o futuro mais renovado como deve ser visto?

– Talvez não. Não nessa vida. A não ser que você use a sua imaginação para sair dele, com os mesmos sistemas, e veja o futuro de modo linear, como não pode ser visto aqui em períodos de translações orbitais repetitivas da terra ao redor do sol ou outros planetas ao redor de uma infinidade de outras estrelas. Outra coisa: mesmo que isso apenas venha a ser possível um dia, volto a dizer que devemos fazer tudo para acreditar que estamos no caminho certo e não nos deixarmos enganar apenas por ilusões.

– Da mesma forma como a pintura em uma tela?

– Como assim, Sam?

– Quando olhamos uma paisagem pintada, podemos usar a imaginação e descobrir novos caminhos para explorar?

– Pura verdade, filho. Às vezes a visão de um artista se abre para uma perspectiva que ele tentou buscar muito além de onde estava enquanto ainda pintava, em uma dimensão surreal, mas não conseguiu alcançar e reproduzir apenas na obra que criou e a imaginação dele se perdeu com ele em outro ponto, muito mais distante do que o simples prolongamento de algum caminho que se via na tela e parecia não levar a parte alguma.

– Caramba!

– É mesmo incrível. Porém, o passado também é belo e com tantas riquezas que vocês não tiveram ainda a chance de admirar nem precisariam imaginá-lo para tentar encontrá-lo em um espaço tão distante daqui. Basta ter experiência para saber apreciá-lo melhor. Mas cuidado com as armadilhas que ele reserva – disse o velho omitindo a última frase e só pensando na advertência.

– Quais riquezas pode haver lá?

– O mistério da própria criação, por exemplo, as estórias e belezas que você pode acreditar que são reais ou foram, como o surgimento do nosso planeta, os primeiros dinossauros e daí por diante. Vocês sabem onde grande parte disso pode ser encontrada hoje em dia, não sabem?

– Sim, em museus – respondeu Potira.

– Muito bem, lindinha, nos museus de história e arte natural. Podemos visitá-los, vocês vão adorar ver o passado de perto e, com uma pitada de imaginação, prometo a vocês que a sensação que vão experimentar é a de como se tudo ganhasse vida de novo e fosse trazido para o presente.

– Como um presente só no presente? – perguntou a menina, mais confiante do que nunca, pensando nas estórias que podiam ser tão incríveis quanto as que via o irmão criar.

– Sim.

– Nossos pais já nos levaram para visitar alguns museus, mas nunca fomos a um desses – disse ela.

Naquela hora, Sam sorria com os olhos para o avô, demonstrando interesse, mesmo parecendo não reter ainda com muita clareza aquele conhecimento todo, depois de tudo o que ele havia contado.

Entretanto, o velhinho repetia e adaptava tanto a outras possibilidades e exemplos que criava para eles, que o neto parecia fascinado e não tinha a menor vontade de interrompê-lo para que tivesse a oportunidade de elucidar ainda melhor o que dizia.

– Vou lhes mostrar uma coisa. Vocês costumam ir à igreja e sabem de tantas revelações, como as do surgimento do homem na terra, com Adão e Eva e muitas outras passagens bíblicas, não sabem? Aqui temos os milagres do Criador, inspirados e pintados por Michelangelo. Querem ver?

– Eu quero! – afirmou a neta, correndo para sentar-se no colo do avô.

– Eu também – disse Sam, com um meio sorriso, aproximando-se e sentando-se ao lado dele, no momento em que abria o grande volume, um book que trazia sempre para o quarto deles e compunha a coleção de arte sobre uma das mesas da sala de visitas, onde eram exibidos para os convidados. Ele sempre pegava, de passagem, um de lá e o levava para o quarto dos meninos, toda vez que ia visitá-los, esperando a melhor oportunidade, uma curiosidade que fosse para fisgar as atenções e conseguir projetá-los para o mundo da arte.

– Vejam, as imagens do teto da Capela Sistina, uma das mais famosas obras de arte da história. Lá podemos ver o encontro de Deus e Adão quando se tocam as mãos. Eu tenho muito mais coisas para mostrar a vocês. Vejam como se parecem em imagem e semelhança e são tão ligados, mas mesmo assim podem se afastar inúmeras vezes pelas próprias escolhas da criatura.

– Deus pode abandonar a gente? – perguntou Potira, meio entristecida.

– Não. Nunca! Um pai de verdade sempre amará o filho e Deus, como criador, jamais abandona a criatura e nunca se afastará da criação que faz parte de sua própria essência e o identifica.

– Mesmo um filho mau? – insistiu ela.

– A este filho, ele ainda dá mais atenção.

– Como assim? – perguntaram os dois ao mesmo tempo.

– Imaginem o filho de má índole, como o que nasceu com uma doença incurável, doença do espírito aos olhos de Deus, e por isso merece mais cuidados, uma atenção especial. Ele pode ser cego e não ver Deus ou surdo e não o escutar, como uma rocha cristalizada na completa ignorância. Não perceberá, por enquanto, que Deus está do lado dele, sussurrando em seus ouvidos para sensibilizá-lo. Apenas quando sente a falta, roga pela sua presença e, desesperado, percebe um mínimo sinal. Contudo, Deus sempre acalenta a parte que lhe dói ou machuca a ele próprio, embora não permaneça aberta a ferida porque o tempo para ele é inexistente e inócuo diante de sua sapiência. No entanto, para o filho enfermo, o tempo passa lentamente e a dor irá se prolongar ainda mais.

– Então por que existe o tempo?

– O tempo é o remédio, uma benção que nos renova e faz crescer.

– E como é que você sabe de todas essas estórias? Algum anjo te contou? – perguntou a neta.

– Muito do que sei veio da minha experiência, sou também um pensador e observador que não tem mais nada o que fazer na vida do que refletir e estar com vocês, contando estórias. O conhecimento como cultura é importante e a arte retrata a nossa realidade, como os dogmas nos fazem acreditar na verdade, como uma espécie de certeza. Mas é regozijante quando uma mocinha linda fala da possibilidade da conversa com um anjo e eu digo a ela que pode ser verdade que ela conversa com um deles. E fique feliz com isso, como se ele estivesse com você, agora, se comunicando através de mim.

– Como? – questionaram ao mesmo tempo.

– É só imaginarem que também conversam com um, que ele conta. Se não encontrarem um anjo que converse com vocês, pode ser que ele esteja aqui e faça imaginarem que tantas estórias que eu conto são reais e essa alegria seja algo de que ele se alimenta e retribui com inspiração para nós.

Sam olhou bem para o avô com admiração que até espantou o velho, que daria tudo para saber o que o moleque pensava naquele instante. Mas o garoto, que parecia mais uma criança predestinada, não disse nada, só pensou que Deus é que faria o avô imaginar que conversava com um anjo sempre que precisasse obter uma informação.

– Vô, conte mais da conversa que teve com o anjo, eu quero saber também. – Levantou decidida a neta Potira, que passava a prestar atenção à conversa.

– Ele me contou exatamente isso que estou dizendo a vocês agora, como a revelação da imaginação que nos toca, mas, lembrem-se, ela só se renova e purifica como as águas de um riacho se for bem utilizada.

– Eu queria poder viajar de verdade e conhecer não só um, mas todos os universos possíveis somente com a imaginação, transpondo limites e reflexos de tudo o que me prendesse ao passado, assim, ó! – disse ao avô, fazendo menção de arremessar umas esferas contra as outras. – E ele não se repetiria mais.

– Sim. E por acaso sabe o que aconteceria com você? – perguntou o avô, acreditando que o sentimento, e não o tempo, fosse algo em que se devia acreditar até o final.

– Sei. Não seria mais enganado pelo futuro e saberia onde ele está.

– Por quê? Você por acaso, ainda tão novo, já pode ter essa sensação de que está sendo tão enganado assim para prevê-lo com tanta rapidez?

– Um dia, o senhor me disse que o tempo não para e não podemos medi-lo, como o espaço que não para de se expandir – disse Sam, evitando responder porque, do contrário, teria de falar das coisas ruins que aconteciam e eram sinalizadas pelas turbulências das esferas enigmáticas e inexplicáveis.

Wilson olhou para o pequeno gênio, imaginando que estava na hora de ampliar um pouco sua percepção.

– E o que você acha que surgiu primeiro: o tempo ou o espaço, incluindo toda a matéria do universo?

– O tempo, porque Deus precisou dele para terminar a sua obra.

– Muito bem, isso já sabemos e foi o que te ensinaram, não o que conversamos. O tempo é a noção que o cérebro nos dá para evoluirmos. Como eu disse, a razão vem da maturidade, que também só se adquire com o tempo, a experiência que apenas os anos nos trazem e nos aproximam da razão. Isso não impede que formulemos hipóteses e, dessa forma, imaginação e bom senso devem estar ligados e andarem juntos.

Sam sorriu de novo e de modo enigmático, um meio sorriso no canto da boca que não deixou ninguém perceber, ao escutar aquelas últimas palavras. Bom senso, que já havia aprendido o que era, e imaginação, como ingrediente necessário para alimentar as estórias de seus fantoches.

– Vô, o senhor realmente acredita que estamos presos no tempo e no espaço se não usarmos nossa imaginação? – disse Sam, acreditando naquela hora que o avô pudesse realmente elucidar todos os mistérios do universo.

– Não duvido disso, filho. É como nossa percepção deve se desenvolver para perceber o tempo e o espaço, se não quisermos permanecer estáticos e continuarmos apenas estudando e reproduzindo conhecimentos que nos foram passados até aqui. Mas também não devemos deixar de estudar e ter o mínimo de conhecimento na escola.

– E se um dia a gente tivesse tempo suficiente para aprender e chegar aonde quiséssemos?

– Se um dia a gente pudesse dominar o tempo, não precisaríamos ir tão longe para chegar aonde queremos. Talvez fosse possível até nos tornar imortais. A graça de tudo pode estar no presente.

– Como?

– No presente é que criamos nossas expectativas. Não se esqueça disso.

– Sem a velha máquina do tempo pronta e acabada?

– Perfeitamente. Não podemos duvidar, mas precisamos sempre da imaginação para que se forme outra nova realidade pulsante, como a hipótese elevada por novas ideias emocionantes – disse o velho, já com muita vontade de voltar no tempo.

O garoto pôs uma das mãos no queixo por um instante e coçou, de novo, a cabeça com a outra.

– Prefiro ficar aqui mesmo, então, e tentar descobrir como posso viver para sempre. Enquanto isso não acontece, posso ver apenas o nosso mundo de um universo diferente, né, vô, para não perder a graça.

– Mas é claro que sim, meu anjo – admirou-se o velho com a perspicácia da criança. – Não se esqueça de outras alegrias, como a possibilidade de extrair a beleza de pequenas coisas. Por exemplo, olhe através dessa bolinha azul contra a claridade da janela. Imagine apenas um horizonte dentro dela com uma cúpula do céu arredondada, está vendo? Parece fascinante tal e qual a atmosfera do nosso planeta Terra. Lembra que eu te expliquei o que era atmosfera?

– Posso conhecer outros planetas também, sem precisar esperar muito tempo?

– Vamos lá. Pegue aquela bolinha vermelha – apontou-a o avô para o neto, como se estivesse desbravando a aura de uma pessoa que visse a realidade de outra cor. – Vou te contar mais um segredo sobre o universo que existe dentro de cada um de nós: quando algumas pessoas se tornam mais velhas, elas desenvolvem um dom de Deus.

– Qual, vô?

– O de enxergar o mundo dos outros.

– Como assim?

– Podemos ver pelos olhos deles. Muitos podem ver nuances de cores e outras realidades de diferentes formas, como os pintores, artistas renomados, ou não, que pintam a mesma paisagem de perspectivas e formas distintas.

– Pegue aquela outra.

– Qual?

– A amarela. Veja aqui. Que mundo você acha que vamos visitar agora?

– Vênus ou Saturno.

– Pode ser Vênus. Não importa. Ele ou algum outro, mesmo que seja de outro sistema, uma galáxia muito próxima, como Andrômeda, ou muito distante, talvez até outro planeta originário de universos paralelos ou opostos ao nosso.

– Mas tem várias iguais aqui, vô. Devemos excluí-las?

– Nem pense nisso. Podem ser planetas gêmeos. Isso é muito interessante.

– O quê? Um mundo igual ao nosso?

– Não só isso. O mesmo em vários estágios do passado e do futuro, com ações e comportamentos que sucedem. Eles podem coexistir.

– Não podem não. Eles são o mesmo mundo em eras diferentes.

– Brilhante, garoto! Não fosse por um detalhe, eu concordaria com você. Podemos imaginar muitas maneiras de relativizar o espaço tempo.

– Como?

– Imagine que num futuro distante fôssemos capazes de influenciar nosso próprio destino no passado, da mesma forma como podemos programar, até certo ponto, o futuro.

– A velha máquina do tempo, de novo.

– Não. Talvez você não possa ainda entender o que vou dizer, mas imagine que um agente nefasto, uma alma maligna, pudesse pôr em xeque essa teoria e destruir a memória da humanidade.

– Hummmm...

– Como ele seria capaz de fazer isso?

– Simplesmente apagando do passado nossa memória alheia. Um sentimento, uma espécie de vírus, que independe dos avanços da tecnologia, com o poder de se infiltrar em nossa mente.

– Se ele existisse, teríamos como ir até lá detê-lo?

– Não. A distância é intransponível, mesmo que pudéssemos viajar na velocidade da luz. Teríamos que esperar a oportunidade de encontrá-lo aqui e tentar descobrir uma possibilidade de destruí-lo.

Sam voltou-se para a janela em seguida, como se refletisse sobre o que havia escutado e não soubesse ainda por que não deveria acreditar nas últimas palavras do avô, no momento em que este também reparava, enquanto estava de costas, nos cabelos, ainda maiores do que antes, que pareciam ocultar não apenas as expressões, mas pensamentos que guardaria só para ele e não faria questão de revelar, um sinal de que o neto, por algum motivo, já pudesse estar distante.

E ficou deveras preocupado de que pudesse ter ido longe demais com aquelas últimas palavras. Mas teve uma ideia para reanimar a conversa.

– Pois bem, vamos criar mais possibilidades. Imagine que cada uma dessas bilocas de cristal, desta vez, terá apenas uma pessoa em seu interior que só pode ver o mundo através de uma única visão, o que chamamos de perspectiva.

– Mas, vô, elas podem ficar aprisionadas para sempre? – disse Potira, que enganava a todos com o que fazia e sempre dava a impressão de não estar prestando nenhuma atenção.

– Talvez – riu o avô –, pode acontecer, como pedras em nosso caminho, porém a maioria vai um dia expandir o limite interior do próprio universo também, quando se derem conta de que o mundo já se tornou pequeno demais para elas. Aí, como disse, vão querer ver as coisas também da forma como outras pessoas mais elevadas enxergam.

– E o agente nocivo?

– Essa é uma boa maneira de eliminá-lo. Um dia vou te explicar isso melhor.

– Vô, agora tenho um jogo, vários mundos e um universo inteiro dentro de uma caixa. Mundos que posso visitar sozinho, quando quiser.

– Aí garoooto! Com vários horizontes. Se um dia você ficar triste, basta girá-las contra a luz do sol ou a iluminação artificial da lâmpada do seu quarto à noite. Não se esqueça de fechar sempre um dos olhos e abrir o outro para apreciar mais horizontes com várias surpresas escondidas no final, a cada curva. Use a imaginação e poderá ver muito mais coisas e surpresas que a vida oferece, caso se interesse por tudo o que faz, pela beleza das coisas. Entretanto, lembrem-se de que isso não é só um privilégio. Deus não escolhe as pessoas pelo poder ou só a sorte que já têm. Ele é presente de qualquer forma e em lugares distintos de onde a imaginação aflora.

Wilson parecia ter se rendido ao fascínio das crianças, mas não pôde reter a atenção do neto por mais tempo. Sam voltava a fazer parte de outro universo e parecia ter esquecido rapidamente toda aquela teoria, voltando-se apenas para o mecanismo de eliminação do resta um, até que conseguisse fazer restar um só planeta, como se só isso o interessasse.

Potira também já não se interessava como antes e tinha outra boneca nas mãos. Isso era exatamente o que Wilson pensava antes, na obstinação daquelas crianças. Algumas delas não esqueciam o que já tinham começado a fazer, ótimo sinal, mas, com certeza, o subconsciente continuaria trabalhando e ele tinha certeza de que o que havia contado não se perderia jamais.

Sam parecia vidrado em desvendar o jogo, mas ocultava no pensamento ainda a possibilidade de pedir ajuda a alguém para descobrir de onde vinham os segredos dos sons das bolas misteriosas que não pertenciam a nenhum jogo, muito menos evidenciava a menor possibilidade de falar de gigantescas e pesadas esferas que vinham de encontro e pareciam arremessá-lo para o além, antes das piores premonições.

Enquanto ele jogava, algo trabalhava no subconsciente e hipóteses surgiam como sentenças inacabadas, até que deu uma pausa para pensar melhor. Talvez o fenômeno das esferas misteriosas se originasse de um planeta no futuro que mantivesse uma estranha sintonia com a Terra para ocorrerem as aparições.

Porém, o avô parecia acreditar que só seria possível a revelação espontânea e natural do futuro distante se estivessem em outro universo. E o futuro só pudesse se tornar tão factível quanto o presente para os habitantes de... – lançou uma pergunta no ar para que alguém respondesse:

– Qual seria um bom nome para dar a um planeta de outro universo, com o futuro se desdobrando exatamente agora, muito além do presente?

– Não tenho a menor ideia – disse Wilson.

– Lituno – disse a irmã tão baixinho que ele não pôde escutar, pois percebeu apenas que esboçava um olhar intenso e no rosto um sorriso tão enigmático quanto o da Mona Lisa, cujo sentimento Sam não saberia definir ou muito menos associar com a real origem, e o havia deixado tão confuso naquele momento que nem se lembrou de repetir a pergunta.

O velho Wilson parou de falar por um instante. Não imaginava como ele e o neto tinham impressões tão parecidas, ele, por não querer se sentir tão preso às limitações físicas e à realidade de quem já não tinha mais tantos anos de vida, buscando cada vez mais refúgio no mundo lúdico das crianças, e Sam, que, por razões óbvias, além de desenvolver o mesmo gosto natural, tinha a mesma curiosidade do avô, somada à facilidade inata para libertar-se de tudo e de todos a hora que quisesse.

Ele se sentia realmente presenteado com o entusiasmo deles, orgulhoso de identificar brotar as inspirações em cada interesse manifesto, como também fazia questão de responder acrescentando tudo o que pudesse de suas melhores experiências, renovando-se para a próxima visita como manancial para novas divagações, em cada estória que contasse.

Com mais de setenta anos, o ímpeto por desafios ainda lhe escapava e, mesmo frustrado com as limitações reais, não se continha, mesmo sabendo que o corpo não vibrava mais com a mesma disposição do espírito.

Logo em seguida, Potira veio de novo para ele, enquanto Sam jogava sozinho outra rodada, exibindo, ela, daquela vez, a roupa nova que tinha ganhado e uma boneca antiga de sua coleção. Então, Wilson olhou para os presentes que tinha ocultado até o final da visita e revelou, num passe de mágica, uma nova Barbie que havia trazido, fazendo-a saltar de alegria.

Mas o outro presente que ainda mantinha oculto fez desanimar o ancião. A bola de basquete profissional ainda estava guardada na sacola para Sam. Era hora de ir embora e escondê-la novamente.

Os arremessos iam ficar para outro dia, assim como as brincadeiras de correr sempre ficavam para uma próxima vez. Contudo, se a disposição já lhe faltasse, imaginava sempre que ainda tinha muitos anos, pelo menos mais seis primaveras pela frente para mostrar que ainda era capaz de fazer o grande lançamento de três pontos, como um desejo que ainda nutria de poder estar ali com eles.

E, caso não tivesse a oportunidade, que pelo pudesse estar presente em espírito para assistir a cada uma de suas vitórias e sentir-se da mesma forma realizado.

Da introspecção à realidade

Dois anos antes do terrível episódio da praça Marechal Floriano, um rapaz defendia com muita habilidade a posse de bola enquanto era marcado na área do time adversário, deu o passe ao lateral para manter a posição e corria ao garrafão para receber de volta e enterrar com vontade.

Assim ele encerrava a partida e não parecia ser apenas um gesto revelador de que tinha garra, determinação e, futuramente, ambições na vida, mas um sinal de que estaria determinado a ser mais pragmático a partir daquele dia.

Então, por um instante olhava aquela bola, antes de devolvê-la ao juiz, e nunca poderia esquecer de outra idêntica embrulhada para presente que o avô havia deixado escondida em seu quarto e esquecido de lhe entregar, pouco antes de sua morte repentina, quem sempre o havia motivado e instigado a imaginação e sentia como se estivesse lá naquela hora.

Realmente, não tinha mais paciência para investigar e entender as mesmas manifestações e, provavelmente, não teriam mais tanto a acrescentar diante das novas expectativas forjadas no presente, que dependeriam só dele para um futuro melhor e mais promissor.

Mas, embora fosse assim e parecesse inspirado, jamais poderia evitar o hábito de atribuir sentimentos paralelos à própria realidade, dando vida às coisas ou atribuindo também a pessoas outras tantas qualidades, pelo menos como era capaz de imaginar que seriam diante de novas circunstâncias. Isso sem dúvida faria, no segundo caso, desenvolver a empatia e a liderança inata que já possuía.

Peter, por sua vez, percebia isso, mas ainda se preocupava com os filhos e não tinha outra visão menos pessimista que o levava sempre a crer que, além de parecerem tão dependentes como antes, ainda se arriscavam muito mais.

Sam, por exemplo, mostrava-se um rebelde arredio e incorrigível se invadissem o seu espaço e não comungava com qualquer convenção ou padrão estabelecido que restringisse sua liberdade de pensar ou agir, mesmo sem demonstrar tanta noção da realidade ou, ainda, algum plano para o futuro que garantisse a própria independência.

Via nele o bebê de Marc Quinn, escultura de um famoso autor inglês, exposta em Cingapura, que lembrava uma ficção e bem se encaixava no dano potencial que um neném gigante guiado pela simples curiosidade poderia causar, com reações imprevisíveis contra o sistema. Assim, Sam se materializava fora do sonho como o bebê de quase dez metros que fugia de casa.

Um dia, durante a madrugada, todos acordaram com as portas batendo e janelas sendo arremessadas contra as paredes, e ele era o único que ainda não estava lá, talvez em outro ponto da cidade, causando toda a sorte de tumultos, como algumas de suas ideias revolucionárias, arrastando carros pelos quarteirões como se fossem de fricção, erguendo-os até a altura dos olhos só para ver se tinha gente e deixando alguns outros em cima de prédios; arrancando e sacolejando semáforos como chocalhos luminosos próximos ao ouvido, obstruindo vias e muitas outras barbaridades, até ser perseguido pela polícia, que não teria como prendê-lo, precisando detê-lo da forma mais drástica.

Contudo, ao levantar-se daquela vez, Peter percebia que a causa do barulho era uma forte corrente de ar que vinha de outro ponto e atravessava a casa inteira. Foi até o terraço verificar a única janela que, além das outras, poderia estar aberta, e viu do sótão, sentado sobre o telhado, a mesma imagem silenciosa que parecia meditar, observando do alto a cidade. E, por algum motivo, ainda mais distante do que ele era desde criança.

Mas, mesmo que a preocupação parecesse imotivada, talvez novos hábitos estranhos indicassem alguma instabilidade e não adiantava insistir tanto com ele, pois tudo já tinha sido tentado e ninguém podia prever as próximas atitudes do rapaz, que só queria liberdade depois da experiência que teve no último emprego.

Contudo, ainda assim, Peter indignava-se, de vez em quando, com ele:

– Então volte para o museu, faça alguma coisa que preste para sentir-se útil, além do pouco que já faz – dizia o progenitor, que pensava mais no controle maior que podia ter sobre ele, durante o dia, enquanto estivesse no trabalho, mas nem nessas horas Sam o contestava e, quando pressionado, confessava apenas que já vinha pensando nisso.

Não estava aberto ou disposto como antes ao diálogo, ou muito preocupado em deixar de ser tão diferente ou arredio como pensavam que tinha se tornado. O moleque arrogante que parecia querer ser adulto e demonstrava que sabia até demais ou tinha algum interesse disfarçado em se divertir chocando e assustando as pessoas, olhando fixo, com o mesmo olhar sereno, para cada um, como se enxergasse muito bem as suas falhas e a razão estivesse com ele. No entanto, era muito mais difícil explicar que os objetivos e propósitos se perdiam em outras inquietações inconfessáveis.

Na verdade, ao contrário do que parecia, não era tão confiante quanto aparentava, mas um sonhador que caiu numa cilada perfeita que ele próprio havia urdido, mesmo que não fizesse sentido permanecer naquele estado letárgico por muito tempo, como nos universos paralelos imaginários em que já havia estado em outras ocasiões na infância; a diferença era que antes existiam opções e podia voltar dos devaneios quando quisesse, até depois de brincar de Deus com seus bonecos.

Entretanto, um lado realista o alertava que até os universos não se constituiriam das visões tão vagas de outros lugares no futuro, mas pareceriam ter explicação lógica, como realidades factíveis, depois de comprovadas, e, embora não pudessem ser explorados ainda, poderiam fundamentar-se em hipóteses possíveis para explicá-los, a partir das mesmas visões que viriam a se consumar num futuro próximo. Portanto, muito mais racionais e de certa forma concebíveis.

Entretanto, era aquela nova fase que parecia significar a verdadeira ilusão, como uma obsessão voluntária da mente conturbada de um babaca. Tarde demais, pois já era consumido por ilusões amorosas de um romântico e, daquela vez, atribuía tanto sentimento a uma só pessoa que a sensação parecia bem mais intensa do que as experiências reais de outros amigos, embora não tão palpáveis no início quanto as deles.

Talvez o momento mais belo da vida de um homem, que não poderia conceber nada tão sublime quanto um amor platônico, que jamais pudesse acabar de fato sem deixar marcas profundas. Mesmo que um outro lado de suas inquietações dissesse a ele mesmo que o que mais queria, na verdade, era apenas beijá-la, tocá-la e fazer sexo, muito sexo, com ela. Mas nunca seria só aquilo.

O sentimento tolo, como considerava antes as ideias de alguns autores românticos do passado, mais especificamente de um período conhecido como segunda geração romântica, também denominado byroniano ou o mal do século, manifestado em obras e poemas de autores célebres que afloravam sentimentos puros, antes ignorados, agora passavam a ser mais lidos e definiam o amor como algo espiritual e inalcançável; era a interpretação que se fazia em "Lira dos vinte anos", de Álvares de Azevedo.

Mas a referida geração trazia com ela, ainda, a fuga da realidade, como uma nova tentação, e as consequências desse alheamento tanto poderiam ser tristes para alguns, se o amor não fosse correspondido, quanto prazerosas para outros.

E era exatamente nesse último rol que se incluía, quando se descobriu também poeta e vítima do próprio entusiasmo. Embora julgasse antes que apenas um louco masoquista poderia penar e viver aquele tipo de experiência platônica e consolar-se simplesmente com a justificativa de que, caso o romance se consumasse um dia, perderia a beleza, a graça e até o fervor, e não seria mais inesquecível.

Contudo, não tinha saída. Estava predisposto e um pouco preso ao passado, desde quando a viu pela primeira vez, com a mesma imagem que continuaria a se formar em seus pensamentos, por mais que relutasse ao sentimento que predominava sobre a razão, como o homem burguês medieval liberava seus sentimentos mais íntimos e as emoções.

Porém, o que pode nessa vida fazer com que se contenha mais as emoções do que ser apenas guiado por elas? E o que representam, senão um só estado de espírito que torna o homem suscetível a vários fatos da vida? Então, o mesmo estado de espírito nada mais é do que o mesmo sentimento destrutivo, se em determinadas circunstâncias não for controlado? Mas em que circunstâncias?

Emoções nascem da subjetividade, do subjetivismo, e são responsáveis pelas principais revoluções, surgindo de visões mais diferentes e ignoradas pelo mundo em todas as épocas, desde o início da história dos povos. Em todas as nações em seus ideais de liberdade, durante os movimentos sociais que eclodiram, como a revolução francesa, e renovam-se através da arte, da literatura ou mesmo da poesia.

E, assim como a história, o mesmo vazio existencial decorrente do racionalismo iluminista, que fez surgir o romantismo, marcaria a vida dele no futuro – pensava Sam –, conquanto era no presente que a sua mente aterrissava, repleta da mais regozijante expectativa que o futuro jamais podia oferecer.

Tudo começou quando viu Sissi pela primeira vez, a menina mais bela do colégio, no auge dos seus 14 anos. Possuía um lindo corpinho bem delineado e perfeito de uma mulher que acabara de desabrochar para a vida. Ele, no entanto, ainda com treze, sentia-se como um garoto perto dela.

Sissi era alta, tinha os olhos grandes e amarelos como o mel, cabelos castanho-claros, e era sempre cortejada por seus atributos físicos. Entretanto, durante muito tempo, parecia não se interessar por mais ninguém, embora não pudesse mais evitar, tentando em vão dissimular o segredo mais conhecido do colégio, que viam como pura encenação indisfarçável para que não soubessem de quem realmente ela gostava, quando se negava a responder isso a qualquer pessoa próxima a ela. Assim, apenas mantinha os olhos fixos a distância, como os de Sam assim se mantinham comunicando com os dela, sem se desviarem.

Todos os dias pensava nela e protagonizava as mais variadas fantasias. Se tivessem ficado um dia, sabia que não teria sido o mesmo sonho ou desejo incontido que o faria esperar para sempre, como um masoquista imaginava que pudesse acontecer.

No intervalo tumultuado das aulas, ele ficava reunido com colegas no mesmo horário, enquanto aguardava ela chegar com um grupo de amigas. Nesses momentos, sempre imaginava variadas possibilidades e estratégias de abordagem que nunca iam adiante, apenas asseguravam que o contato visual era retomado, permanecia e, como uma telepatia, era a maneira mais forte e sutil de se expressarem, como se um mundo de fantasias se cristalizasse na mais estranha certeza de que o amor não poderia se consumar naquele mundo e, se um dia acabasse, ficaria tão preso ao passado que o faria descobrir alguma forma de voltar no tempo.

Sissi mantinha sempre o ar sorridente e às vezes era provocativa, mudando as feições do rosto, quando se distraía e via que ele ainda estava lá observando, para retribuir com um olhar grave e único só para ele, com o mesmo sentimento eterno de pertencimento mútuo e desejo forte de se entregarem com intensidade e volúpia aos seus instintos naturais; e, no mais, tudo parecia não ter mais o menor significado, como se o tempo se estagnasse para ambos.

Até que um dia se encheu de confiança e foi até ela, cumprimentou-a cordialmente e ela respondeu surpresa, propiciando, assim, que se estabelecesse um breve diálogo, no momento em que as emoções já à flor da pele se exacerbavam e ele não concatenava as próprias ideias ou podia mais responder pelas ações, sem se dar conta de que colegas faziam coro para que algo especial acontecesse, como uma cena que nem os últimos capítulos das novelas ou dos filmes mais românticos e memoráveis pudessem reproduzir. Então, finalmente, tentou roubar o tão esperado beijo dela.

Pobre idiota imaturo, estragou tudo, foi o único pensamento que lhe veio à mente, instantaneamente, quando Sissi esboçou a primeira reação de afastá-lo, embora, por um descuido dela os lábios tenham triscado e se tocado de leve, destruindo instantaneamente alguma resistência que pudesse haver ali e, tocando-se em seguida, novamente, finalmente se beijaram de verdade. E o namoro aconteceu.

***

O tempo passou e Sam voltava a pensar de vez em quando como um relacionamento tão intenso de quase três anos havia se acabado assim, tão de repente, sem que nunca parecesse uma eternidade para eles quanto parecia ser para outras pessoas muito próximas, pois tudo o que podiam pensar era no que deixavam de fazer e no que ainda poderiam fazer juntos, até o dia da notícia fatídica de que Sissi pretendia estudar no exterior.

Talvez ela visse coisas estranhas nele além das poucas que sabia que podiam incomodá-la ou não fosse ela, mas apenas a família que tivesse decidido assim, mesmo sem a concordância da filha, pois nem mesmo a previsão de seu retorno haviam lhe comunicado, como a satisfação mínima da qual se julgasse ainda merecedor. Mas as ideias se aclaravam e chegava até a pensar no medo que eles tinham de que a filha, ainda tão jovem, engravidasse.

Isso era tudo o que era levado a pensar até tentar compreender outra verdade, que a tinha feito se desviar dos próprios planos ou a tornado, muito cedo, uma mulher de verdade, numa fase em que os pais julgavam que não devia deixar de ser a eterna criança que a única filha nunca deixaria de ser para eles.

Entretanto, não era nada além de uma decisão que ela mesmo havia tomado ao amadurecer e tornar-se mais exigente com ela própria e com a vida, a ponto de descobrir do que poderia ser capaz. Então, Sissi se revelava outra pessoa para ele e o surpreendia nos gestos e nas atitudes, fechando-se cada vez mais até que apenas a amizade prevalecesse, embora nem isso fosse capaz de manter com ele, como se ainda a atraísse e ao mesmo tempo não fosse mais do que um obstáculo para as suas pretensões.

Mas ele se saiu bem e era ainda mais forte do que imaginava, absorvendo a dor em silêncio, como um direto no fígado e, ao mesmo tempo, desejando a ela felicidade plena, prosperidade e a estabilidade que procurava e não conseguiria mais alcançar com ele.

Enfim, tudo ia mudar e teria de se acostumar com isso, sem jamais esquecer a importância que ela teve em sua vida, depois de todo aquele envolvimento e só então tentar evitar lembrar-se dela. Então, antes de tudo, não faria mal se conscientizar de que ela foi a pessoa que veio para agregar e com quem descobrira novos valores e nunca poderia ignorar essa experiência. Cresceram e amadureceram juntos, e isso fez perceber que havia também se humanizado mais com ela, uma namorada com qualidades notáveis, pois, embora ciumenta e possessiva, era ela quem controlava os seus impulsos carnais mais primitivos. Sem dúvida, ela o domesticou, dominando suas carências e preferências e incutindo ainda mais nele o gosto pelas artes. Então, não era por acaso que a família dele a adorava e passaram a tratá-lo diferente, por algum tempo, depois do rompimento.

Tão novo e já se sentindo como se uma parte dele não existisse mais ou parecesse irrecuperável, mas o mesmo sentimento que reconstruiria com a perda era apenas um outro lado seu que deveria conhecer melhor. E a solidão, com o tempo, se transformaria em liberdade de quem passava a possuí-la e nem se dava conta disso, como também ainda não sabia direito o que fazer com ela.

Portanto, sentia-se ainda preso, como um pássaro engaiolado que não sabia lidar com a própria liberdade e isso demandaria uma mudança de hábitos e comportamentos para novas oportunidades que pudessem surgir e não se acomodasse, depois de concluir os estudos, bem como também novas preocupações que não seriam meras questões egoístas.

Pensando nisso, ele voltava a se lembrar de que havia trabalhado como museólogo há alguns anos e sentia falta da atividade como se estivesse em tudo que o fizesse lembrar daquele local, numa época em que o salário mirrado não lhe rendia grande coisa ou justificasse a dedicação exclusiva, já que não poderia abandonar os velhos bicos que precisava fazer para manter a relativa autonomia da família.

O ambiente no Museu de Belas Artes era agradável e rico, sem falar nos contatos que já havia feito por lá, mesmo que ainda não possuísse o conhecimento e a experiência dignos de elogios. Ainda assim, a arte inspiradora passava a ser um canal de comunicação não só com o mundo, mas com entes de todas as épocas e gerações que fervilhavam por ali estabelecendo vínculos, por algum motivo, nas expressões dos olhares lançados dos afrescos, como se frações de almas tivessem ali, não por acaso, se perdido com energia e sentimentos retidos.

Normalmente, não se interessava tanto pelo que imaginava que o artista pretendia ou pudesse transmitir e o via apenas como um vetor de seus personagens que nunca existiriam sem ele, modulados a partir de seus sentimentos e sensibilidade. Contudo, outras impressões que pareciam da mesma forma originais e identificadas em cada traço não vinham tanto do artista, como realezas e outras figuras tão notórias que lembravam mais arquétipos de fotos ou modelos prontos e acabados.

A esses arquétipos jamais poderia se atribuir tanto valor e tampouco revelavam os mesmos sentimentos nos olhares distintos nas mais inusitadas máscaras em um baile a fantasia que, no final da festa, revelaria, em sua singularidade, apenas uma pessoa, o artista criador de seus personagens originais e seus fantasmas.

Mas tal alegoria levaria novamente a confabular, tentando ao menos compreender qual teria sido a máscara ideal que Sissi, afinal, havia escolhido para representar e se ocultar tão bem, que nem mais pelo olhar pudesse ser reconhecida? Por que tinha de se tornar tão evidente essa frieza, como a morte de alguém que não pudesse mais ser vista ou encontrada em parte alguma?

Talvez tivesse errado novamente e devesse admitir que não queria aceitar o fim do relacionamento ou estivesse muito preso a divagações e pouco apto a viver a realidade presente e deixar de lado o passado irrecuperável.

Talvez ainda pudesse pensar em voltar para o museu, mas, nesse caso, apenas na condição de assumir um cargo mais atrativo, como o de um curador para garantir um salário digno, mesmo sem tanta certeza de que era exatamente àquilo que pretendia se dedicar até o final da vida.

Segundo Ato

Em julho, chovia a cântaros e um sentimento impiedoso e persistente continuava a vagar e a perseguir pessoas, ao incorporar-se em grande parte das comunidades, trazendo uma sensação de vazio por algo que lhes faltava e não podiam mais encontrar em lugar algum. Assim, espalhava-se toda espécie de instabilidades, acarretando angústias inexplicáveis, como também outros tormentos, e o caos se disseminava.

Assim, gradativamente, tudo ia perdendo o sentido, nas alucinações se agravavam por meio de visões de diabos em todas as partes se proliferando, materializando-se em atentados, no início, até se tornarem cada vez mais imaginários ao assumirem formas esdrúxulas de ataques à cultura e a todo o tipo de legado de que se pudesse lembrar. E tudo permaneceria assim, até que se estabelecesse um só sentimento de total indiferença e o passado se dissipasse de uma vez por todas.

Embora muitos resistissem, procurando outras formas de representações para a realidade e combatendo o infortúnio, outros sucumbiam com mais facilidade à ameaça. E eram tantos os que se frustravam na tentativa de ter de volta a própria identidade perdida no presente, que desapareciam com ainda maior rapidez e nunca mais eram lembrados ou podiam mais reconhecer-se entre si, antes da terrível impressão de verem seus corpos brutalmente despojados de suas almas que, em seguida, eram solapadas dos próprios sentimentos, quando se tornavam vulneráveis. E, assim, a depressão se aprofundava e a população sumia, com o pavor se disseminando.

– Como é possível, Capitão Bareta, proceder a uma investigação nessas circunstâncias? Não temos um perfil bem definido de uma provável vítima. As mortes, quando ocorrem, são instantâneas, sem testemunhas e muitos se tornam irreconhecíveis para todos, e até para si mesmos, embora mantendo a mesma identidade apenas em seus registros e mais nenhum outro indício que comprove supostas agressões físicas.

– Eu sei, Peter, ele é o pior com que já lidamos, mas parto do princípio de que há ligação com a chacina que ocorreu na praça e, se for o mesmo elemento, será menos difícil encontrá-lo. Mas, por acaso, você tem alguma outra informação que possa adiantar?

– Por enquanto, o que posso dizer é o que sabemos, que sente extrema satisfação com o terror nos olhos das vítimas e nos semblantes de seus parentes, porém é bom lembrar que também gosta de registrar imagens de suas atrocidades.

– E onde acha que ele pode atuar?

– Por incrível que pareça, a ameaça é mais constante em órgãos e instituições culturais e religiosas mais frequentadas.

– Está brincando. Nesse caso, ele se torna quase invisível, pois as possibilidades são escassas, se pensarmos em todas as escolas, igrejas, museus, órgãos públicos, cinemas; sem falar da habilidade já comprovada.

– Apenas algumas observações. Creio que as ações se concentram na destruição de registros históricos, pois documentam o passado. Aí, restringimos as potenciais ações para museus e órgãos culturais mais visados, como os que cuidam da preservação de obras raras. Mas preste atenção! Não podemos descartar prédios e edifícios tombados, como também estátuas que podem estar ameaçadas. Além do mais, demonstrou que assassinatos e atos de vandalismo também atraem curiosos, como o recente episódio da operação policial frustrada. Ele sente prazer em exterminar pessoas que vão direto para esses locais após os atentados.

– Entendo!

– Agora eu lhe pergunto, Capitão: como o senhor definiria melhor a personalidade de Jack Street? – disse Peter.

– Ele não tem personalidade humana porque é único, como o ser mais perverso da face da terra. Sem o menor esforço, poderíamos classificá-lo como a manifestação pura do sentimento do mal, em toda a sua essência. Digo isso porque acabou virando um mito em poucas semanas, como a imagem inconcebível de Satanás no inconsciente coletivo das pessoas.

– Desculpe-me a franqueza, mas, depois de ter trabalhado tantos anos em contato com os elementos mais perigosos, levando em conta suas ações mais nefastas, da insegurança que são capazes de produzir até prendê-los no final, não tenho uma visão tão mística da realidade. Então, como investigador desse caso, volto a insistir com o senhor, se pudesse criar uma classificação para ele, em qual categoria de psicopata ou assassino frio ele poderia ser enquadrado?

– Muito, bem Peter, o que posso lhe dizer então é que, assim como você, também não me considero místico ou tenho propensão a acreditar em fantasmas, mas comungo com a aflição e o sentimento de todas essas vítimas. Portanto, para responder sua pergunta de forma bastante objetiva, nessa fase das investigações, poderia classificá-lo atribuindo a maior pontuação no índice que mede o nível da maldade dos piores assassinos, onde figuram os sociopatas.

– Entendo. Às vezes também me vejo pensando na dor dessas pessoas que são pegas desprevenidas e nos amigos e familiares desses infelizes.

– Mas, acredite, Jack brevemente irá pagar por isso, se eu não tiver a chance de acabar com ele antes – afirmou Bareta. – A propósito, na última ação no arquivo nacional, ele até parecia assumir uma forma definida, com as características de um terrorista, utilizando armas e material inflamável. Digo isso porque temos um depoimento e uma imagem dele que me pareceu voluntária.

– Onde estão esses registros?

– Em poucas horas teremos acesso a eles. Tenho esperanças de que já estejam disponíveis. Vou verificar.

– Temos que acreditar que estamos no caminho correto, Capitão. Vamos pegá-lo para que ele responda por tudo o que fez e conte essas estórias repetidas vezes para nós, até morrer de inanição pela falta dos sentimentos de que precisa para sobreviver, conforme você mesmo disse.

– Ele sabe muita coisa. Tudo parece estar nesses registros, de cada passo que anota, mas é incrível que não existam mapas e cronogramas com planejamento detalhado e preciso, apenas rascunhos de roteiros espalhados em todos os cantos para uma trama que parece interessado em desenvolver e só após os atentados, com descrições minuciosas dos tormentos das vítimas para uma estória ou algum documentário.

– Sem dúvida, é disso que ele se alimenta, Capitão, das dores das pessoas.

***

Naquele mesmo instante, Jack passa a limpo mais um capítulo da tragédia coletiva do segundo ato, como um vaticínio para as próximas ações.

O passado tenderá a desaparecer e, com ele, o saudosismo que ainda persiste, dado que o sentimento não poderá mais se renovar e variar na mente das pessoas, apenas tornar-se estagnado em seu imaginário, como uma armadilha. E o que sucede é a tentativa inútil e desesperada de livrar-se dessa prisão, como um espírito aflito tenta libertar-se da carne se decompondo.

E a memória humana despojada continuará se acumulando dessa forma e esvaindo-se cada vez mais para somar-se ao sentimento coletivo de dores, temores e comoções de uma minoria de apegados que ainda resistem, bem mais fáceis de serem identificados por quem escreve este relato e de quem não podem se esconder quando a emoção mais forte aflora e tornando-os ainda mais suscetíveis.

Dessa forma, o sentimento crônico e lancinante como as piores e mais profundas dores do espírito se reverberará em gritos inaudíveis e excruciantes, até que tudo finalmente se acabe na loucura, com a impressão de verem as almas se despirem de seus corpos.

Assim será o destino dos últimos a perderem o juízo e a memória do mundo que ainda chamam de Terra.

E se ninguém pôde convencê-los antes, foi porque a ilusão do tempo pretérito só assim se revelou para obter o que queria, a última oferenda deixada a Satanás.

O alvo que tinha sido escolhido daquela vez era um arquivo municipal, próximo à biblioteca nacional, e objetivava destruir a maior parte dos registros históricos que ainda não tinham sido copiados para o meio magnético, considerados como raridades de valor inestimável, totalmente vulneráveis às ações do tempo.

Depois de ateado o fogo, o mal se propagaria muito rápido com ele, alastrando-se pelas redondezas em busca de sinais evidentes para colher a determinação dos que ainda lutavam pela própria identidade.

Litros de gasolina e querosene espalhados e a desativação dos mais sofisticados mecanismos de segurança, como alarmes e alertas de incêndios, era como se poderia explicar a preparação. Sabia-se, ainda, que naquela noite havia pouca segurança e o elemento não havia se utilizado de armas de fogo, como antes.

Durante o incidente, um mendigo que ainda permanecia no local e não queria abandonar uma pequena parte do prédio desocupado, que mais parecia um buraco horrível e pouco visível para abrigar-se do vento, do frio e das chuvas, bem próximo ao ponto onde estava Jack àquela hora.

E, sem ser visto, presenciou o terrível passamento de uma vítima, afirmando que o infeliz olhava fixamente para ele totalmente aterrorizado, como alguém que parece observar a própria morte anunciada que vinha buscá-lo. No entanto, seria o único depoimento que os homens da polícia obteriam de um sobrevivente antes da revelação dos atos, como o que se segue.

***

O primeiro que o avistou veio abordá-lo, mas parecia mais um repórter. Bum – era o som abafado que vinha do disparo da pistola calibre ponto 50, com silenciador, que era novamente guardado na aljava que ocultava no jaleco. A isca estava plantada com os miolos espalhados pela calçada e o que se via logo adiante era apenas outra alma assustada e desencarnada como um fantasma perdido e confuso, correndo em silêncio, totalmente aflito, por todos os cantos em ziguezague.

Mas o sentimento ainda vivo, desamparado da alma dele, permanecia ali etéreo, como uma criança perdida, com todas as suas lembranças e grande parte de sua identidade extraviada, como um alvo fácil, e era rapidamente consumida como um néctar que fortalecia Jack, cada vez mais viciado.

Naquela noite, o banquete prometia ser farto e muito fácil, e seu apetite parecia insaciável porque toda forma de comoção e inconformismos não deixaria de proliferar, fazendo brotar dos olhos das pessoas, como as nascentes dos rios, os sentimentos órfãos do acaso, por muitas horas a fio.

Ao ver, finalmente, o contraste das labaredas incandescentes, brilhantes e alaranjadas alcançar o último andar, lembrava de suas origens nas trevas, mas esperava ainda eufórico, até o final da noite, a oportunidade de ver o prédio ser velado pelos últimos adoradores dos acervos; pelos notívagos que ainda pudessem aparecer por lá, além da imprensa ou o corpo de bombeiros, procurando com avidez a mesma desolação nos olhos como se fossem uma só expressão de toda coletividade aterrorizada, para finalmente libertá-los, sucessivamente, do sentimento de suas almas e as almas de seus corpos.

– Bum. – Tombava mais uma vítima desavisada e horrorizada com a destruição. O alvo, daquela vez, tinha um sabor mais temperado e carregado de irresignação. Seu fantasma chamou mais a atenção enquanto ainda estava por lá, pois, logo depois de ter a identidade ingerida pelo belzebu, zunia pelos ares como fogos de artifício e, em seguida, fazia piruetas no ar, até finalmente perfazer uma parábola de retorno, procurando abrigo ou algo que lhe devia fazer tanta falta que não podia encontrar em nenhum lugar dos becos; até que, em pouco tempo, se dava conta ao voltar-se para as proximidades do incêndio, onde havia perdido o próprio corpo entre alguns espalhados por ali.

Naquele momento, sentia-se tão apegado e esperançoso por lembrar-se de suas feições originárias naqueles corpos amontoados que, quando pôde se identificar, assustou-se novamente com a própria imagem sem vida praticamente irretocável, como se olhasse a si mesmo pálido e desfalecido através de um espelho.

Então, já sem o menor discernimento, lançou-se para os escombros, enveredando-se para as chamas que já não causariam nele, uma alma sem identidade, o menor estrago. Mas nada que fizesse adiantaria alguma coisa, pois tanto ele como os outros permaneceriam ali desencarnados e tão apegados à matéria que, desse modo, acompanhariam seus corpos para onde quer que fossem transportados, até se concluir o processo de decomposição completa, depois de seu enterro.

Sabia como ninguém que em todo o Rio de Janeiro, além de tantas outras localidades do planeta, só aumentariam as colônias de fantasmas esquecidos e amnésicos, como um hospício do além que os confinaria no último recanto ou destino que seria fatalmente na Terra, até que o passado fosse varrido de lá de uma vez e com ele cessassem para sempre suas existências.

Do alto, o Cristo Redentor já não parecia tão imóvel e dava a impressão de que algo dentro ou fora da estátua também ressentia com toda aquela barbárie.

Enquanto isso, Jack admirava-se com a enorme gama de sentimentos que aumentava o seu ego, com tantas referências perdidas que se fundiam numa massa disforme para, no final, constituírem-se por completo na única identidade do passado longínquo próximo de ser digerido e extinto de uma vez da percepção humana.

O corpo de bombeiros veio em menos de cinco minutos, com um batalhão de homens em escadas progressivas e seus helicópteros, muito ativos, e o trabalho dominava a mente deles e fazia Jack olhá-los com desânimo de quem apenas via interesse no trabalho de salvamento, de verificarem a existência de vidas a resgatarem e, nos olhares imunes, podia-se ver que já se acostumaram àquele tipo de cena.

Via ainda outro ajuntamento de pequenos bandos de curiosos que só cresciam e infestavam o local, desprovidos também de quaisquer sentimentos ou interessados apenas em observar, visto que não podiam oferecer nada que pudesse aproveitar. Esses poderiam viver um outro tempo e ajudar a povoar o novo mundo.

Outra equipe de uma das emissoras estaduais vinha logo em seguida para documentar o fato e a grande maioria deles parecia importar-se mais com a cobertura daquele cenário e com a grande repercussão que a matéria poderia dar. Porém, um deles permanecia estático e apartado, no começo, antes de tomar a iniciativa de iniciar uma ronda ali por perto, provavelmente com a intenção de descobrir alguém que se dispusesse a ser entrevistado.

Ele parecia confuso, meio passado, como se fosse difícil ainda se dar conta de como alguém seria capaz ou poderia ter a coragem de fazer aquilo, como se fosse complicado ainda para ele lidar com aquele sentimento indesejado. Mas mal sabia ele que era essa mesma impressão que o havia denunciado e se acendia nele tão rápida como o disparo de um flash, dando ao predador o insight perfeito para outra oportunidade.

Nessa hora, Jack se tornou visível para ele e o profissional veio diretamente ao encontro do mal encarnado entrevistá-lo, revelando ainda resquícios de afetação e um certo sentimento de revolta na voz, embora não pudesse disfarçar também uma incrível presença de espírito que traduzia bem sua perseverança e obstinação pelo trabalho, demonstradas no momento em que se recompôs rapidamente para abordá-lo, querendo saber se o pretenso entrevistado se interessaria em dar a sua opinião para a matéria que faria circular.

Percebia-se também que, além do equipamento, não trazia mais ninguém com ele para ajudá-lo, pois na mesma hora os câmeras ainda permaneciam cobrindo as imagens do incêndio e só chegariam logo depois da primeira etapa da entrevista.

Jack também trajava o mesmo blazer que lhe servia quando tinha a intenção de se revelar para as vítimas, com a velha aparência insuspeita de um cidadão comum e desavisado que não permaneceria em lugar algum por muito tempo. Assim, concordou imediatamente, sugerindo que poderia ser o único que estaria disposto a falar mais sobre alguma coisa que quisesse saber.

Então o repórter, percebendo a boa vontade dele, apresentou-se como Afonso Silva, da Bandeirantes, e, mesmo que não fizesse a menor diferença para Jack, exibiu suas credenciais. Em seguida, fez de novo a mesma pergunta, se ele estaria disposto a colaborar com as informações que pudesse fornecer em uma breve entrevista e revelou mais entusiasmado pela possibilidade, o que poderia se constituir num obstáculo às reais intenções do interceptador de emoções e ele se visse obrigado novamente a se utilizar da pistola.

Assim, parecia que nada mais o revelasse naquele momento, além de outro sentimento que havia criado como escudo, a partir de um conformismo imune às abordagens e que o situava apenas no presente, totalmente absorvido pelo trabalho, como a maioria dos outros. No entanto, já havia se denunciado e não podia mais esconder, mesmo se quisesse, a intenção ou a vontade irrealizável de voltar no tempo e prevenir o desastre.

Ele preparou tudo da melhor forma e sem prestar atenção em quem realmente estava lá, muito mais interessado no que o entrevistando poderia testemunhar daquele fato. Microfone em punho próximo o suficiente para fazer a cobertura.

Como repórter, no início Afonso apenas se importava em descrever a cena, revelando com palavras o cenário de destruição que se pintava para o público, que podia somente ouvir a descrição no local do crime, pois, antes de iniciar as perguntas, pouco se importava se o assassino ainda pudesse estar escondido por lá em algum lugar.

Então, na etapa preliminar de simulação da entrevista, pouco antes de acionar o microfone, perguntou ao seu entrevistado se ele tinha algo a dizer de tudo que tinha sido visto por lá até aquele momento. E foi naquele mesmo instante que pôde perceber algo estranho em seus olhos, mesmo diante da pouca claridade indefinida que vinha das chamas, e isso foi suficiente para que o repórter Afonso sentisse como se quase todo o oxigênio lhe escapasse dos pulmões e a vida estivesse apenas por um fio a se romper do corpo, ao perceber as feições da criatura horrorosa que se escondia por trás dos enormes olhos negros e nos olhos dela um reflexo de seu trágico destino.

Instintivamente, Afonso deu com o gravador na cabeça dele e Jack tentou segurá-lo em vão com as próprias mãos. Então, ele correu para trás do veículo, mesmo sabendo que seria impossível ficar ali em segurança por muito tempo, e um pavor o fazia tremer, descoordenado em cada movimento, assistindo do outro lado Jack a fitá-lo, hipnotizando-o e aproximando-se dele. Mas, por um milagre, ele ainda conseguiu desvencilhar-se e romper a hipnose, tentando lutar pelo último fio de vida que ainda lhe restava e saiu correndo. Porém, Jack voltou a persegui-lo e já caminhava lentamente em seu encalço.

Até que parou, deixando-o distanciar e permanecendo ali mesmo, acompanhando apenas com os olhos a movimentação de sua vítima. Então, voltou a caminhar com calma e até mais devagar em sua direção, ao passo que Afonso, mesmo distante, parecia já perder as forças, já que, por mais que tentasse se afastar do perigo, não podia mais correr e ao menos conseguia mais caminhar, petrificado que estava diante do magnetismo de uma força desconhecida e fatal.

Os outros colegas continuavam totalmente concentrados na mesma cena das incríveis labaredas alaranjadas, cobrindo as imagens junto à equipe do corpo de bombeiros que tentava naquela hora, desesperadamente, conter o incêndio e não percebiam o que se passava com ele em uma distância relativamente curta de cerca de duzentos metros. Distância que Afonso seria obrigado a percorrer para juntar-se a eles e tentar salvar-se imediatamente.

Afonso olhou para trás e viu que Jack parecia caminhar ainda mais devagar do que se movimentava antes e quase parava, mesmo parecendo que estivesse mais próximo dele, já a menos de cem metros de onde o havia encontrado, e não tinha mais nenhum controle sobre os próprios movimentos.

Naquele instante, o monstro aparecia estático em um ponto e se expandia como um borrão escuro para ele, estendendo sua imagem horrenda para fora do corpo físico, arfante e sedento pela identidade do sentimento que faltava consumir àquela hora.

Incrivelmente, naquela parte dos escombros, não havia mais ninguém por perto. Afonso gritava por socorro, pedindo ajuda, mas o corpo ainda falhava e em poucos segundos nem o apelo abafado e desesperado de seu espírito podia ser mais vocalizado.

Ao ver-se face a face com a besta e pouco antes de o espírito desfalecer com a aparência da coisa que seus olhos não tinham ainda sido preparados para ver, o repórter Afonso apenas tentou manter a distância que os separava com o braço, mas a visão do que ia se sucedendo não era mais a do braço físico que era estendido, pois seu corpo havia instantaneamente desabado e falecido a poucos segundos com a mesma expressão paralisada do horror que havia nos rostos dos outros caídos e próximos a ele.

Em seguida, viu, sem acreditar, que sua mão desencarnada até o ombro eram extirpados por uma espécie de prolongamento de uma jugular trituradora. Mesmo assim, em pânico, e em meio à dor excruciante, tentou com todas as forças desvencilhar-se e evadir-se do local, já sem o braço, e conseguiu se separar dele, mas, sem poder deixar de olhar para trás, viu que mesmo assim seu corpo etéreo continuava a ser puxado e consumido, desintegrando-se e estalando no ar aos poucos, com quase toda a consciência que lhe restava, como se fosse consumido vivo por uma antimatéria e extinguiu-se instantaneamente.

Entretanto, permanecia ainda no ar um fantasma sem identidade e descaracterizado, como uma capa amorfa, preservando com ele apenas o instinto do medo e da saudade de alguma coisa que ficou para trás, até que o ímpeto de querer se distanciar também desaparecesse por completo e um último instinto o fizesse voltar para perto de um corpo esquecido, como algo inexplicável que o atraía tanto e guardasse um segredo que talvez se traduzisse em ausências ou inconformismos que jamais poderiam reatar os sinais de qualquer lembrança e muito menos de suas origens. Tarde demais, estava perdido para toda a eternidade e o que sobrou dele se somaria a uma grande massa concentrada, o memorial dos desaparecidos.

Terceiro ato

O filme *O último sono*, que acabava de estrear nos principais cinemas, era rodado em praticamente todos os continentes do planeta e, em algumas semanas, já batia recordes de bilheteria, pouco antes de ser indicado para o Oscar de melhor filme, direção, e muito elogiado pela performance do ator principal.

Além de ter sido considerada uma estória extraordinária, o enredo parecia transpor da realidade para o mundo da ficção experiências bem similares às ameaças sutis de tantas crises de consciência que o mundo experimentava naquele ano de 2020. Apenas diferenciava-se na forma como os personagens iam sendo eliminados, quando passavam a ser contaminados por um parasita assassino que havia surgido misteriosamente, depois da queda de um meteoro.

Com isso, muitos trailers e sinopses começavam a circular antecipando o que estaria por vir:

Bem próximo a uma vila, um mal terrível se originava do interior de uma cratera que acabara de se formar, depois da queda de um meteoro, parecendo no início imperceptível, apenas se tornaria evidente quando já fosse tarde demais, pois sua ação era tão rápida, letal e nefasta que correspondia a uma verdadeira sentença de morte, logo que as pessoas adormecessem.

A única definição concreta e possível que se tinha para explicar o modo como ocorriam os óbitos, segundo um cientista que conseguiu sobreviver para acompanhar de perto todo o processo, consistia na degeneração produzida em determinado estágio do sono, quando os neurônios responsáveis pela ativação da memória associativa, ao invés de se renovarem com o descanso, eram afetados até perderem definitivamente a força e a intensidade das sinapses e suas conexões, além de comprometerem em cadeia progressiva outras milhões de células neuronais remanescentes.

No início, quando se verificou que a doença viria a alastrar-se de vez, a partir de uma mutação celular operada durante o sono, grande parte da população ainda tinha esperanças e pensava que tivesse uma pequena chance de acordar salva e com vida, quando todo o processo degenerativo se interrompesse, mas isso apenas se, por um milagre, fosse possível descobrir a melhor forma de eliminá-lo.

Contudo, as possibilidades passaram a ser praticamente inexistentes ao perceberem que o vírus, agressivo e incontrolável, já infestava a atmosfera e podia ser transmitido pelo ar e pela água, como se tivesse surgido com o único propósito de acabar com a humanidade.

Assim, depois de tanto empenho, veio, afinal, o grande reconhecimento e a alegria não poderia ser maior, pois, ao ouvir chamarem o seu nome para receber o Oscar, Charles Churman quase se emocionou, embora pouco antes de ser aclamado e sem pronunciar uma palavra soubesse por antecipação que o filme O *último sono* já vinha sendo cotado como o grande favorito.

Era fascinante e um tanto difícil assimilar a emoção de ser consagrado daquela forma com a pouca experiência que tinha e ainda poder estar diante de celebridades como Eastwood, DiCaprio e Angelina Jolie, que dividiam o mesmo espaço com ele.

Na hora de discursar, as palavras lhe faltaram no começo, mas vieram logo em seguida, e pôde dizer tudo o que achava importante considerar naquele momento, em pouco menos de quarenta e cinco segundos, o tempo regulamentar, incluindo os agradecimentos.

Entre outras coisas, lembrava-se de ter comentado que, no início, não havia por parte dele tanta expectativa pelo prêmio máximo que logrou, exatamente por ter sido aquele o seu primeiro trabalho como diretor no gênero, e que nem ele e toda a sua equipe esperavam receber naquela noite tantas estatuetas de ouro.

Em seguida, foi muito elogiado e aclamado pelo apresentador e as personalidades que, entre outras menções elogiosas, disseram que não havia como deixar de agraciá-lo pela excepcional atuação de todos os envolvidos, principalmente o elenco, que imprimiu às cenas um realismo de que nunca mais se teve notícias na história do cinema, desde a era Hitchcock.

E realmente parecia previsível e natural prever o estrondoso sucesso, dado que, em algumas tomadas, a estória se tornava tão intensa quanto um pesadelo transposto para a realidade, concatenando emoções conflituosas e sentimentos afins.

Assim, ninguém se atreveria a negar o potencial que as cenas tinham de afetar até a percepção de muitos expectadores para determinados fatos que se sucediam na vida deles, como um trauma encubado no subconsciente que se libertava da forma semelhante como a que vinha se sucedendo nos museus.

E todos os que tiveram a chance de assistir *O último sono*, principalmente os mais sensíveis, teciam os maiores elogios, mas sem se sentirem inclinados a ponto de revelarem suas percepções, já inexistentes, das cenas que se passaram e desapareceram com eles de suas lembranças.

Entretanto, com as mentes aparentemente anestesiadas, não percebiam que havia algo errado nem pareciam preocupados em lembrar-se tanto dos detalhes marcantes de algumas tomadas, depois da experiência consideravelmente aterradora para um filme de terror. Apenas conservavam o desejo de assistir mais uma vez e reviver, sem partilhar, a intensa emoção.

Mas era justificável a preocupação porque, antes de sair de cartaz, o pior ainda estaria por vir, pois Jack Street reservava outra surpresa e aguardava o momento ideal, como a semana fatídica em que haveria o maior pico de vendas virtuais de ingressos, a oportunidade perfeita para desdobrar-se de todas as telas.

* * *

– Mas, afinal, que experiência poderia ser aquela de atribuírem tanta importância a apenas um filme? – perguntava-se Sissi, depois do comportamento estranho que os pais vinham apresentando em casa.

Eles eram muito novos, na faixa dos cinquenta anos ainda, para apresentarem em poucos dias um quadro de perda de memória acentuada que, segundo a opinião de um especialista que foram consultar e que solicitou alguns exames, não parecia ter relação alguma com doenças degenerativas da idade. Além disso, pareciam ansiosos e muito menos pacientes do eram. Coincidência ou não, tudo veio à tona após terem ido assistir ao malfadado filme.

Sissi chegou a comentar com Sam a respeito, pensando que seria melhor aguardar os exames, mas não conseguiria se dissuadir da possibilidade de haver alguma relação com o filme que tinham ido ver juntos, pois ambos pareciam igualmente afetados.

Dessa forma, em menos de duas semanas, com o resultado em mãos, não disse nada nem comunicou os pais. Foi direto ao mesmo médico que solicitou os exames e ele não identificou nenhuma patologia grave, incluindo isquemias ou algo que pudesse preocupá-la, apenas aventou a hipótese que a deixou ainda mais intrigada, a de que tudo pudesse ter origem psicológica.

Nesse mesmo dia, uma sexta-feira, em que havia tirado folga no trabalho para cuidar dos pais, a mídia anunciava que o filme *O último sono* já estourava nas bilheterias, o que chamou sua atenção e despertou o interesse dela, fazendo-a ligar para Sam, mas o horário era incompatível e ele não estaria disponível.

Desse modo, resolveu ir, assim mesmo, em companhia de umas amigas. O local escolhido para se encontrarem e onde ficaria mais fácil se reunirem seria na Barra, no velho Barra Downtown Cinemark.

A procura era muito grande, mesmo com outras tantas salas disponíveis para a exibição do mesmo filme, mas, prevenida que era, Sissi havia comprado os ingressos com bastante antecedência na internet, e ainda chegado mais cedo que as amigas, Susi e Marta, avisando pouco antes que ainda não havia entrado e as aguardaria na fila da pipoca. Mesmo assim, a demora em comprar os acepipes fez pensarem que haviam perdido o começo do filme. Porém, logo ao entrarem, perceberam, aliviadas, que ainda rodavam o último trailer.

Sissi só pensava em Sam naquela hora, com a sensação estranha de que, por conta de alguma fatalidade, viesse a esquecer também o passado e o próprio passado com ele, mas o calor humano, em meio aos gritos de euforia, somado à animação contagiante das amigas que não paravam de fofocar, fez evaporar esse temor e o único pensamento que lhe veio depois à mente era o de que o pior mesmo seria estar sozinha naquele momento.

Até que a torcida animada se calou e o filme teve início, transcorrendo sem sobressaltos e, como esperado naquela etapa, outra ótima produção, seguindo os padrões de muitas outras estórias do gênero suspense, salvo alguns efeitos especiais. Talvez com uma dose maior de realismo, mas nada que justificasse, por enquanto, mudanças de comportamento observadas nas pessoas e tantos outros boatos.

Mas, ainda assim, ela tentava não se enganar com o fato de que, por estar muito ansiosa, talvez frustrassem suas próprias expectativas, principalmente depois de ter lido um ensaio sobre a crítica. Naquela hora, a leitura que fazia da realidade era a de que os protagonistas, que pareciam ser a última esperança para salvar a humanidade, resistiriam bravamente e tentariam sobreviver refugiando-se em cavernas e estações de tratamento e purificação do ar.

Porém, iam sendo depois, um a um, eliminados, até que a população do planeta fosse definitivamente dizimada em um só pandemônio, pouco antes dos últimos remanescentes tornarem-se um verdadeiro agrupamento de zumbis canibais e esfomeados que, finalmente, se extinguiriam com o resto da população já demente e totalmente comprometida pela privação do sono – talvez isso pudesse causar alguma comoção generalizada em todo o público que assistia às transmissões – pensava ela.

Entretanto, havia muitas passagens para as quais não se atentou, pois, em alguns momentos, o que parecia mais empolgante era constatar que o principal receio das pessoas, além da morte, estava na possibilidade de não reverem mais seus parentes e coisas a que tivessem se apegado durante a vida toda.

Porém, ninguém podia imaginar que a estória também se tornaria factível, de um ponto em diante, como o propósito da disseminação do terror que um sentimento furtivo como Jack estava planejando implantar na mente deles, na mais perfeita sintonia com o momento em que tudo se passava, o tempo psicológico da lembrança de entes mortos que ressurgiam sempre dos pesadelos dos atores principais que ainda sobreviviam, para alertá-los de tudo o que ainda iria acontecer dali por diante, como o pior vaticínio que pudessem esperar.

E, como se não bastasse tudo isso, as doses elevadas de repugnância e suspense que imprimiam algumas passagens daquela trama pareciam constituir-se no mesmo motivo inexplicável que atraía a multidão, uma estória marcada pelo máximo de emoção que pudessem vivenciar fora dali, na forma de sentimentos e angústias exacerbadas, evocadas dos inconformados com o fato de que já haviam sido condenados por antecipação e estavam prestes a morrer de uma maneira ou de outra.

Outro momento eletrizante foi o drama de um dos sobreviventes do planeta devastado, o principal protagonista, conhecido como Sullivan, um cientista e espião americano que havia descoberto um abrigo nuclear sofisticado e adaptado para circunstâncias parecidas com aquelas, localizado próximo a uma das províncias da extinta União Soviética e devidamente guarnecido com mantimentos e provisões, preservadas de qualquer contato com o meio externo e que ainda garantiria a possibilidade de não morrer instantaneamente enquanto dormisse por, no máximo, quinze minutos.

Para sobreviver, ele se utilizava não só da melhor tecnologia para despertar, em caso de cansaço extremo de um sono profundo, mas de um sistema sensorial de autorregulagem que se constituía de simples mecanismos de eletrochoques cerebrais, combinados com outro dispositivo eletrônico que transmitiria um som agudo para que retomasse o mais rápido possível a fase alerta do sono até um nível indicado e seguro apenas para o relaxamento.

Superada a etapa e, caso conseguisse descobrir alguma solução para o efeito grave da restrição de sono, como o primeiro passo para sobreviver, Sullivan ainda tentaria eliminar e reverter a ameaça mortal, salvando a humanidade, o que de fato conseguiria que fosse feito, antes de recuperar sua família, no final do filme. Isso era o que Sissi já tinha conhecimento e a maioria dos expectadores imaginava ou poderia esperar, mas o filme ainda não havia acabado.

Naquela hora, faltavam exatamente trinta minutos para o fim da sessão e quase todo o público nem piscava para não perder as derradeiras cenas detalhadas e ampliadas em cada efeito especial que retinham as imagens reveladas de um senso ainda maior de profundidade favorecido pelo uso de óculos 3D, como estilhaços das explosões e fragmentos dos desastres que saltavam e eram lançados das telas, alcançando os expectadores, e pairavam flutuando ao seu redor, onde quer que cada um deles estivesse, totalmente ilesos e seguros em suas poltronas, atraindo de volta, logo em seguida, a percepção de todos para o mesmo labirinto incerto do ponto do enredo que se descortinava no telão.

Mas o protagonista Sullivan ainda não estava a salvo porque, durante o último sono, tentava se desvencilhar da ameaça que impedia o corpo inerte sobre a cama de recobrar a total consciência. Ele tinha consciência de que estava lá e foi um alívio para o público vê-lo iniciar o processo de retornar do sono e, finalmente, despertar do pesadelo, depois de testar seu último experimento, que possibilitaria restabelecer o mecanismo de funcionamento das sinapses neuronais do sono.

Então, depois de quase voltar à realidade, quase acordado e desperto, manteria ainda seus olhos fechados, plenamente consciente, após o sistema de alarmes ter sido ativado, com o instinto de arrancar os despertadores acoplados através de eletrodos de sua cabeça.

Entretanto, uma última cena misteriosamente havia sido improvisada e implantada ali e o roteiro original era alterado instantaneamente, como se o filme não fosse mais acabar no tempo certo, com muitas outras imagens se constituindo, não das telas, mas das mentes sabotadas dos expectadores, tomadas por outro sentimento oculto e incontrolável de inconformismo com a realidade confusa que havia tornado as vidas deles.

Então, os olhos do protagonista, ainda fechados, não se abriram mais, como era de se esperar, e começaram a se mover em suas órbitas de um lado para o outro em total convulsão, e Sullivan não se restabeleceu do sono leve do qual parecia impossível acordar de novo, a partir da última e mais superficial etapa que antecedia o estado de vigília.

Ao invés disso, passava a lutar desesperadamente para abrir os olhos, tentando movimentar os braços e as pernas, em grande aflição, mas se distanciava como alguém se afogando e imergindo para o fundo de um poço escuro e abandonado, na perfeita alegoria que fazia lembrar o estágio mais profundo, REM, do sono, onde sua memória começaria a se perder e a degenerar-se em uma morte angustiante.

O realismo das cenas era tão forte que o público sentia-se aflito com a mesma sensação do ator enquanto se afogava, debatia e sufocava no próprio desespero, sem a menor possibilidade de escutarem seus gritos abafados, como os de alguém que acabasse de ser enterrado vivo, com os milhares de neurônios que se perdiam quase de uma só vez, ininterruptamente.

E os gritos começaram a eclodir no início de alguns assentos até reverberarem de todos os cantos, em todas as salas de cinemas ou outros locais onde se via o episódio, até que passava a atrair sucessivamente a atenção de todos, algo que faltava e estariam prestes a descobrir, que era o instante exato em que o ator se deparava com um demônio tão horrendo, que faria qualquer ser humano acordar de um pesadelo aos gritos.

Mas ali o pesadelo se transformava em realidade e assistia, num último lapso de consciência, suas vísceras serem absorvidas pela criatura que se apresentava a eles, Jack, que permanecia lá para a sua última ação nefasta daquele ato.

Nos últimos minutos, em que milhões de expectadores hipnotizados enchiam a sala e permaneciam ainda em seus assentos, seus gritos desapareceram e os olhos permaneciam arregalados mirando as cenas dos projetores, vendo, nas imagens, os estilhaços de uma nova explosão flutuarem novamente, depois de serem lançados das telas até seus óculos 3D e voltarem para misturarem-se novamente a outras tomadas que não haviam captado, a de seus próprios neurônios saindo em profusão em direção às telas para alimentar a mesma criatura pavorosa que já fazia parte do final daquele enredo.

E nem o ator poderia se furtar a compor o cardápio do demônio porque, além de ter aprisionadas as próprias aflições de uma cena que não tinha produzido no final, ele próprio assistia, do cinema particular de sua mansão, aquele outro final e sua própria morte na vida real. Com o mesmo rosto de galã, ele parecia tão elegante na postura que havia falecido, que o único aspecto que evidenciava o seu passamento era o olhar totalmente vazio, de onde toda a memória de uma vida de luta e de glórias lhe havia escapado. Mas merecia outro Oscar, pois, de todos eles, desde o final do filme, parecia o maior sentimento de inconformismo que alimentava as intenções de Jack, o único que poderia reivindicar a autoria daquele último ato, e nem Sissi poderia escapar de suas garras porque nunca mais foi a mesma pessoa a partir daquele dia.

Tempo de mudanças

Algo não ia bem no epicentro de impressões estranhas e incompreensíveis de um jovem, capazes de saturarem o espírito de emoções e atingirem o ápice das tensões humanas até reverterem-se ao estado inicial, como as lavas incandescentes de um vulcão prestes a entrar em atividade.

Mas talvez não fossem apenas meras instabilidades imotivadas, como os humores juvenis a que não se devia atribuir grande importância, porém tivessem uma origem externa a ele, como as piores estações mudam as cores da natureza na perspectiva de uma mente conturbada e quase insana.

Entretanto, o que, afinal, poderia ocasionar mudanças, sem um fator psicológico previsível para desencadeá-las, como uma predisposição da alma em uma fase passageira?

De fato, as impressões não se diferenciavam tanto das de outras épocas da infância, apenas atingiam outra dimensão mais clara de um fator externo, ainda mais sutis e indefiníveis no começo, como se se conformassem ao ritmo da vida real que deveria prevalecer naquela fase.

E, assim, as impressões contidas se desvaneciam pelo ar como correntes fracas e termais sob um céu azul de brigadeiro, estáveis em função do clima plácido no início de uma nova estação. Contudo, o mundo nunca seria como antes, um lugar isolado e preservado de mudanças, nem imune às intempéries. Uma hora ou outra o mesmo fluxo morno e ameno encontraria outras correntes frias e menos cálidas, precipitando-se em convecções, como tufões tropicais e intermitentes.

Entretanto, Sam, de alguma forma, parecia preservar o mesmo dom que imaginava antes e estava mais disposto a entendê-lo melhor. Por isso mesmo acreditava que não precisava esperar tanto para também descobrir como tudo poderia estar prestes a se consumar de forma ainda mais previsível, como irradiações de ondas de choque que se precipitavam no horizonte, invisíveis apenas para outros mortais, dando breves insights do futuro que se anunciava para advertir aquele mensageiro ou cúmplice do destino de que ele poderia ter um motivo inconsciente a mais para enxergar o que outras pessoas não deviam nunca perceber.

Portanto, parecia cada vez mais claro que voltaria a ser acometido por alucinações, semelhantes às ocorrências da infância, e tudo indicava que, pelo menos na origem, não viriam do mesmo modo, como formações circulares quase apagadas e indistinguíveis no céu.

Contudo, evoluíam e distinguiam-se mais a cada dia e, desse modo, de tanto observar as evidências, começaria a repará-las e questioná-las, calculando a distância na razão do tempo, com a devida antecedência, assim como as grandes ou pequenas tragédias que a elas se associavam, logo depois de desaparecerem e desocuparem novamente o espaço. E tudo parecia tão sintomático e real como o clima no céu pudesse ser notado.

E assim tornaria, cada vez mais, a vê-las distantes, com a antecedência de horas e até dias, se aproximando do horizonte, dando a dimensão do intervalo temporal do que estaria próximo de suceder-se, como duros prognósticos de acontecimentos reais que em outra fase da vida se consumavam, com certeza inabalável, embora naquela fase ainda parecessem ocultos, mas factíveis, conforme a distância de que fossem vistas as esferas que passavam a se constituir de apenas três astros.

Porém, percebendo que as ocorrências já não eram totalmente imprevisíveis e repentinas como antes e se aproximavam sempre do horizonte com certa antecedência, na maioria dos casos em apenas três dias, imaginava que pudesse prever o tempo das catástrofes de forma precisa e calcular, em seguida, o surto das premonições no tempo exato, pouco antes de se consumarem, em coordenadas mais ou menos próximas, mesmo em meio a outros astros ou satélites naturais que porventura pudessem estar por lá coabitando o mesmo espaço.

Entretanto, não bastava, era preciso um padrão de referência para notar as posições, o que, sem dúvida, se constituía numa tarefa difícil, pois tudo o que sabia por enquanto era que as esferas de longe, como era óbvio, pareciam menores, mais discretas e com quase a mesma tonalidade turquesa do céu, embora um pouco mais desbotadas na claridade do dia, como ainda assumiam estranhas variações de cinza escuro que combinavam e destoavam só de leve da escuridão da noite.

E, assim, Sam teria mais um motivo para acreditar que o tempo mais previsível vinha também com elas e tenderia a correr do futuro para o presente sempre do mesmo local, numa coordenada um pouco abaixo da linha do horizonte, mas em sentido linear e bem mais lento que o movimento de rotação da lua, cuja presença às vezes se misturava e se confundia com elas, não pela cor, mas pelo tamanho.

E o panorama se abria da posição do condomínio que habitava, pois o relevo elevado favorecia que pudessem ser notadas na posição que tivessem vindo dos limites de diferentes pontos do horizonte, como o mostrador gigantesco de um relógio atmosférico sob a cúpula do céu, adaptado para a medida dos presságios ou de um de seus sinais para se notar ou tentar calcular o tempo de duração de uma ocorrência. Mas estaria enganado, pois o futuro é muito intuitivo para ser calculado, sem um parâmetro obtido do presente.

Contudo, talvez muitas das evidências de outros acontecimentos bem mais graves e remotos não se revelassem tão precisas e estivessem ainda por vir, como o inevitável fim definitivo em seu estágio inicial, ocultando dos sentidos, por um período bem mais longo, as mesmas esferas destrutivas da infância, invisíveis a princípio, e só se anunciassem pouco antes, quando fosse tarde demais, configurando-se em alucinações para as revelações mais perturbadoras, assumindo formas e aparências de astros que aumentavam de tamanho e tornavam-se bem mais brilhantes de perto, movimentando-se em sentidos opostos e desarmônicos entre si, com o mesmo poder de tumultuar a alma e promover mudanças nos meios externo e interno.

Então, o caminho estava pavimentado para tentar entender melhor o mistério e já não era apenas esperar e ver acontecer, muito menos intimidar-se como antes com os sinais sonoros e visíveis, embora ignorá-los ou duvidar dos próprios sentidos de um paranormal não fosse a decisão mais acertada, mas confiando na precisão, no resultado da observação para desenvolver cálculos do tempo no espaço que deveria assim ser estimado, por mais que algumas raras predições parecessem ainda vagas e incertas na forma de amnésias passadas ou futuras, como apagões da memória, quando se podia, nesse caso, apenas perceber o problema bem mais próximo do que deveria.

Entretanto, uma delas veio rápido para Sam daquela vez, como ameaça, um aviso de que devia se ocupar muito mais para tentar lidar melhor com o mistério. Uma sensação estranha que nunca teria em sã consciência, como a lembrança remota e inesperada de ter sido arrancado de um útero, sufocado pelo próprio cordão umbilical e quase abortado por esse motivo, logo que veio ao mundo.

O surto involuntário ressurgia de um trauma qualquer, de uma lembrança que nunca teve na vida e jamais haviam lhe contado, conjugado a outro bem pior e aterrador que conturbava a mente, como estigma que tentaria compreender melhor e poderia já classificar como uma espécie de amnésia futura resgatada da memória no presente.

E assim veio tarde a outra ocorrência. Entretanto, evidenciou-se daquela vez, com potencial de concretizar uma terrível experiência futura ainda pior que o trauma originário do nascimento, a angústia de ver-se arrancado de si mesmo, depois do abalo de uma intensa explosão e o silêncio imediato que sucederia durante anos e faria desaparecer com ele a cronologia dos acontecimentos cotidianos num apagão completo.

Aquela explosão viria após outra visão que se constituía como o alerta final de um presságio, a visão recorrente das ditas esferas elementares que fariam relembrar tão bem *Starry Nights*. Mas, depois de tanto pensar em possibilidades, perguntava-se se elas seriam mesmo tão reais ou apenas indícios de insanidade.

Talvez algo devastador ainda viesse, depois de Sissi, com todo o passado de ótimas lembranças maculadas pela dor do amor que se acabou, mas a perda seria reparada no momento oportuno, mesmo que ainda não houvesse uma explicação óbvia para a mudança abrupta e radical de comportamentos tanto dela quanto da família, pois Sissi conhecia melhor do que ninguém suas manias e havia se acostumado a conviver com ele assim, mesmo entendendo que já estivesse farta e não quisesse mais ver nele o louco incorrigível que não admitia se reconhecer nos olhos duvidosos das pessoas, mas que mesmo assim não pudesse escapar dos de quem o reconheceria melhor do que todas elas juntas.

Entretanto, não podia esperar mais estagnado nas lembranças e com as mesmas obsessões e introspecções que, de uma forma ou de outra, deveriam ser amenizadas, em um primeiro momento, e eliminadas no final, diante de uma nova postura e mudança de perspectivas de fora para dentro e não só de dentro para fora de si.

– E o que viria depois, afinal? – perguntava-se, sem saber como seria o novo ator erigido a partir de um caráter multifacetado de quem nunca havia ainda se revelado tão evidente com a exposição do próprio ego, invisível para ele, mas que, em breve, se revelaria naturalmente como o maior de tantos outros personagens que havia inventado só para ele. Como seria Sam, como o real protagonista da própria estória de sua vida? Só vivendo para saber.

Naquela época, vivia o calor da juventude, talvez o auge de uma fase de transição da adolescência para outra, quando possibilidades diversas surgiam e ele passava a frequentar academias como uma ótima opção para estabilizar as energias e incrementar as relações sociais.

E assim, com a nova tentação, nascia um outro Sam, vaidoso como nunca antes se via, dotado de um físico privilegiado e também forjado em artes marciais, além de uma cabeleira farta, loira e selvagem, que valorizava como uma moldura a beleza do rosto bem notado, tanto no calor dos olhares femininos quanto no desdém de alguns invejosos de plantão.

Logo, tornava-se visível como deveria ser, forte e, ao mesmo tempo, tão frágil e imaturo aos olhos das pessoas, como se uma parte da vida ainda lhe faltasse e precisasse ser revivida e resgatada no tempo.

Um pobre idiota, era como se sentia às vezes o novo protagonista que surgia com uma atuação breve e superficial, com um apelido que viria a receber e teria de se acostumar em breve. Mesmo assim, sentia-se bem e saberia lidar melhor com esse novo lado imediatista, uma área de conforto resguardada do passado e do futuro em que não se daria, por enquanto, o trabalho de pensar e caracterizar no íntimo, como as visões e exageros que habitavam um cérebro que arrancaria com as próprias mãos, se pudesse, em alguns momentos.

E assim seguiram-se muitas outras novas relações naquela fase, inclusive muitas lembranças revividas das antigas, como as dos amigos afastados muito tempo antes do relacionamento com Sissi, pois amizades verdadeiras prevalecem no tempo e no espaço, como viria a descobrir depois, e isso o levou a investigar como ainda eles e seus respectivos rituais permaneciam preservados.

A conclusão foi a mesma, pois os hábitos e velhas estórias continuavam quase os mesmos, como a lembrança de apelidos, o que era sempre coisa muito séria a se considerar, já que pessoas dificilmente se livram das alcunhas e muitas delas as perseguem por toda a vida. Com Jorge Baldo, o amigo mais próximo, por exemplo, ocorreu algo curioso, pois, diferente de como acontece na maior parte das vezes, é muito mais fácil tornar-se conhecido por um apelido do que por outro que o sucede e é ainda pior.

Considerando que Sam sempre foi o Sam, nas academias ou onde quer que circulasse ou mantivesse relações, ele poderia pensar que assim fosse a vida inteira, e era o que de fato imaginava. Mas, de uma hora para outra, passou a ser chamado de Shampoo, quem diria. E isso o faria lembrar ainda de como se sentia contrariado no começo e se esforçava para não demonstrar a intolerância, mas era impossível não perceberem alguma reação de indignação, e aí pegou de vez e nunca mais se livrou da alcunha.

A ideia nasceu da represália do próprio Jorge, depois de ter herdado o último apelido associado ao comportamento que mantinha na praia. O primeiro deles, o originário, foi Pimpão, como ficou conhecido, e o codinome chegou mesmo a atrair a atenção de algumas curiosas. Até quando este se indignou de vez com as gozações, no dia em que recebeu outro ainda mais carinhoso, o de Siri. E isso foi a gota d'água.

Na primeira oportunidade que tiveram de se encontrar, Siri não se conteve, veio logo acertar as contas e pretendia ir às vias de fato, se Sam não o segurasse, por causa das últimas associações com o crustáceo, praticamente impossíveis se desvencilhar, pois o epíteto incorporava não apenas alguns hábitos adquiridos desde quando se revelara um exímio escultor e construtor de castelos de areia.

Como todos sabiam, mesmo depois de adulto, ele ainda adorava cavar buracos e chafurdar a areia, desaparecendo e surgindo com a rapidez e a agilidade de um tatuí ou mexilhão. Contudo, às vezes sumia e permanecia entocado quando a praia estava cheia, só para ver de perto belas formas sinuosas e os segredos quase ocultos de outras ostras, perseguidas.

Mas tinha também outro motivo o apelido vexatório, porque Jorge era parrudo e atarracado, com braços bem musculosos e antebraços desproporcionais, e gostava de exibir a força que tinha nos apertos de mão insuportáveis e tão poderosos que estalavam as de qualquer um, como o poder das garras de um siri, guardadas as devidas proporções, é claro.

Porém, Siri não deixaria barato, mesmo que Sam jamais tivesse pensado que fosse gerar algum transtorno para ele, pois não havia de modo algum se conformado e era ardiloso, do tipo que economizava palavras, mas, quando falava com a voz grave e estridente, costumava ser ouvido e admirado pelo que dizia, principalmente quando deixava escapar suas ironias e, inteligente que era, sabia que não seria qualquer alcunha que pegaria Sam de surpresa para apagar de vez seu nome da lembrança de todos, como a pecha de Shampoo que recebeu logo depois e passou a odiar desde o começo.

A ideia nasceu da cacofonia que se formava com a pronúncia do nome com o último sobrenome mais conhecido, Pulver – Sam Pulver, como costumava se apresentar para os outros, nas vezes em que queria parecer menos informal e, então, dessa maneira, nascia o malfadado codinome.

Por outro lado, no caso de Siri, a combinação de nomes e sobrenomes viria a favorecê-lo de outra forma, pela facilidade que tinha de acumular apelidos e pelo nome pouco evidente que possuía, do qual aproveitaria apenas as iniciais JB, uma ótima estratégia de marketing que já havia surtido efeito.

E não seria também por acaso que a ideia serviria, em breve, a Sam para se promover e tirar proveito do próprio apelido, do qual, depois de muitos anos, ainda tentaria se livrar, mas, ao contrário do amigo, jamais conseguiu se ver livre dele.

***

Já era madrugada e um veículo ainda trafegava com as janelas abertas pela Vieira Souto, enquanto o condutor sentia no rosto a brisa fresca da maresia, com um aspecto ainda vidrado de quem não parecia jamais se acostumar com a beleza daquele trecho do litoral fluminense que se estendia desde Copacabana, via Ipanema, até o Leblon e seguia dali em diante, ao longo de São Conrado, a última distância que faltaria percorrer até a Barra da Tijuca, circundando o grande rochedo, como sempre fazia, pouco antes de chegar em casa.

Naquela hora, ouviam-se cada vez mais perto os sons das ondas, com a maré subindo, aproximando ainda mais o mar do calçadão, e nenhum pensamento subsistia à contemplação além do único que não podia evitar e tinha a ver com ela, pois não poderia ter estado em melhor companhia àquela noite do que na de Gabriela, uma bela curitibana, amiga da namorada de um amigo, o Ronaldo, que a havia apresentado. Sabia que pretendia permanecer ainda poucos dias no Rio e, como qualquer outra mortal, havia manifestado logo o desejo de conhecer melhor a cidade mais bela do mundo.

Embora não parecesse casual, pouco antes de se conhecerem, os amigos combinaram um encontro em uma choperia recém-inaugurada no Shopping da Gávea. Dito e feito, pois, ao serem apresentados, tudo fluiu com muita naturalidade e poucas palavras trocadas já foram suficientes para que manifestassem aos quatro ventos a vontade de se conhecerem melhor. E assim, de forma providencial, todos encarregaram ele, "o pobre infeliz", de ciceroneá-la, o que propiciou que descobrissem juntos muitos outros segredos e, antes mesmo de se despedirem, já tinham programado outra saída.

Naquela hora, ainda sonhava acordado e o carro quase se conduzia sem ele, até se dar conta de que estava próximo do destino, deslizando pelas cercanias de Itanhangá. Ao adentrar o complexo residencial, percebia, pelo silêncio nas ruas e pelas janelas apagadas, que o condomínio inteiro dormia como uma vila pacata do interior.

Ali a noite aparecia ainda mais estrelada e o único lugar onde ainda não queria estar era em casa, pois sentia uma vontade louca e quase irresistível naquela hora de abandonar o carro no meio da rua e caminhar apenas, intensificando cada momento raro da paz segura e arejada, como não havia em nenhum outro lugar fora dali.

Sabia, por experiência própria, que por lá havia baixadas ou pontos de fraca iluminação onde predominaria o breu e o céu pareceria ainda mais salpicado de estrelas, que se destacariam ainda mais na noite escura, como gotas estáticas e irradiantes de uma chuva de gotas brilhantes que não desciam, abrindo-se numa só perspectiva por toda a abóbada celeste. Mas não havia possibilidade porque a lua radiante, naquela fase, ainda roubava o espetáculo e o carro continuava a travessia.

A poucos metros da residência, o Audi seguia com o motor funcionando em baixa rotação e o único som que se ouvia dele era o contato dos pneus com o asfalto. Assim, ao chegar ao destino, atravessou a fachada principal, sem pensar em ocupar a garagem, como das outras vezes, para evitar fazer barulho.

Contornou a residência para estacionar logo adiante, na parte lateral, e de lá cobriu a pé o breve percurso de, aproximadamente, quarenta metros até a entrada e, finalmente, subiu um lance de escadas de poucos degraus que o separavam do portal. Em seguida, entrou devagar, mantendo o mesmo silêncio, sem tampouco acender as luzes, mas, quando já se aproximava do quarto, ouviu a mesma voz familiar e indesejada chamá-lo ao ouvido.

– Sam – disse Peter, em outra blitz noturna e inesperada, bem ao estilo Peterniano, termo que Sam adorava utilizar, já se preparando para a mesma ladainha que era obrigado a aturar tantas vezes, antes de dormir, sempre que chegava muito tarde das baladas. Porém, contrariando suas impressões iniciais, e embora impaciente e indisposto para receber sermões, o papo que tiveram foi surpreendente.

Isso só se tornaria possível daquela vez porque a conversa tomaria rumos bem diferentes dos habituais, um papo de homem para homem, do modo como ambos deveriam ter tido muito tempo antes e talvez exatamente por isso não devesse mais ser adiada.

Mas ele não sabia ainda como seria, o que, a princípio, só aumentava os ânimos e as incertezas para quem havia sido pego de surpresa, uma vez que o coroa tinha pouca ou nenhuma expectativa quanto ao seu futuro e não se cansava de enumerar exageros, além da possibilidade de repetir sempre que Sam não era mais criança e tinha perdido de novo as estribeiras, por algum outro motivo que ele mesmo desconhecia ou já havia esquecido.

Entretanto, naquela noite, ele pôde ver outro Peter, bem mais paciente e objetivo, valendo-se da habilidade de um dos melhores detetives de que já se teve notícias, muito menos ansioso do que um que sempre apostava que pudesse adivinhar cada resposta que o filho iria dar a ele.

E foi nesse clima amistoso, com o espírito totalmente desarmado, que Sam voltava a identificar nele uma espécie de herói que já não via há muito tempo, o leão em quem também se espelhou durante toda a sua infância, mas que, com o tempo, já se mostrava um tanto fragilizado e suscetível a humores no trato com a família, seu verdadeiro e único ponto fraco.

Por outro lado, nem podia imaginar a impressão que já causava no pai, nos últimos tempos, como o leão mais novo, folgado e espaçoso que não parava de crescer e parecia determinado a tomar o comando da toca, cada vez menor a cada dia para os dois, não importando o tamanho do espaço que habitassem.

No entanto, por mais que o embate parecesse sempre inevitável, o clima ainda era amistoso daquela vez e pairava no ar um respeito mútuo. Peter mostrava-se interessado e atento, dispensando a Sam o mesmo comportamento que devia ter todos os dias em suas atividades no trabalho para lidar com os seus iguais.

E, assim, mesmo com o adiantar das horas, conversaram bastante. Peter estava concentrado e, no início, não respondia, mas vinha percebendo há certo tempo que o término do relacionamento com Sissi o havia afetado. Sabia que o mesmo mundo paralelo ainda interferia com o real, desde a infância, e já quase se convencia mesmo de que a vida do filho deveria ser vista de outro modo, mesmo que apenas servisse como experiência para tentar se desligar da outra realidade criada em um planeta de pura introspecção.

– Não procure um mundo diferente porque este já é complexo demais e difícil de entender – disse ele.

– Como assim...? – questionou Sam.

– Desculpe, filho, mas é essa sua propensão para fantasiar tudo, amizades, sentimentos, a realidade e até a própria ansiedade materializada no fenômeno das ditas esferas misteriosas, lembra-se? – disse, pensando como Sam parecia mesmo um personagem irreal e imaginando até que, se deixasse de existir um dia, seria capaz de permanecer vivo em outro mundo que ele mesmo poderia já ter criado desde a infância. – Não é possível que não se lembre das ocorrências com esferas – disse, com um meio sorriso no rosto.

– O que mais você quer me falar? – disse Sam, pensando que poucas vezes o ouvia falar daquela maneira.

– Você teria paciência para me escutar um pouco, senhor da razão? – provocou Peter, rebatendo a aparente ironia.

– Fale.

– Encontre você e deixe de ser invisível também para as pessoas. Interaja mais com a realidade e só a partir daí crie a sua própria perspectiva.

– É exatamente isso que eu quero agora, velhinho – concordou Sam, que via nele um investigador psíquico, tentando desvendar, por meio de deduções e das inquirições diárias, o mistério que se abatia em uma sociedade conturbada.

– Pode rir agora, mas é preciso que saiba que já vivemos uma ameaça misteriosa, como um temor que se propaga no espaço e domina as mentes das pessoas com o dom de materializar nos outros as consequências de suas próprias ações nefastas.

– Como assim? Será que é o que estou pensando sobre o que falam por aí, o mesmo velho clichê ou estereótipo para um trauma que continua perseguindo os que conseguem sobreviver a ele?

– Não é bem isso – disse Peter, quase admitindo que não havia pensado nessa possibilidade.

– Prenda-o, então, e veremos o que acontece.

– Ah, você acha fácil! Pois digo a você que não é, embora estejamos cada vez mais perto, fique certo disso.

– Ninguém duvida do grande Peter Ian Pulver – disse Sam sorrindo e imaginando que, se fosse apenas um mito, ele desapareceria para sempre depois que o indivíduo fosse preso.

– As pessoas estão se perdendo de si e cada vez mais buscam, desesperadas, referências aleatórias que nada têm a ver com elas, até se frustrarem com a própria crise de identidade.

– E tudo isso pode ter uma origem comum?

– Talvez em grande parte possa ser atribuída a ele, não podemos afirmar ainda. O que sabemos é que parece haver uma espécie de simbiose desse agente com o passado das pessoas, como se corrompesse as memórias e tomasse a mente delas.

– Entendi. Aí surge a manifestação do trauma.

– Talvez. Mas estamos lidando com uma personalidade que sabe manipular a mente das pessoas com maestria.

– É lamentável perceber que cada vez mais surgem pessoas assim que gostam ou sentem alguma necessidade de promover o terror e no final revelam-se como vermes doentes e frágeis – disse Sam.

– Muitas vezes sim, mas o trabalho da polícia é sempre no sentido contrário a essa tendência, pois, se criamos uma sensação de perigo ainda maior do que representa na realidade, isso acaba ajudando o inimigo a consumá-la ainda com menos esforço.

– Curioso, pois tenho presenciado reações estranhas, muitas pessoas não se olham mais nos olhos, outras se fecham em atitudes e reações inexplicáveis, cada vez mais invejosas – disse Sam, embora convicto, por algum motivo, de que a mesma ameaça vinha do futuro e não do passado, como todos imaginavam.

– Mas, voltando à realidade concreta, você tem pensado em algo que gostaria de fazer na vida? Alguma aspiração? – interpelou Peter, com a intenção de mudar de assunto.

– Olha...! – falou Sam, controlando os impulsos para não ser rude com ele porque parecia ter sofrido outra recaída e voltava a ser o mesmo coroa ansioso e impaciente como o das outras vezes em que o diálogo não fluía. Contudo, segurou-se um pouco mais daquela vez, pois algo inexplicável vinha como uma inspiração para dar aquela resposta.

Nesse intervalo, Peter permanecia ainda olhando-o fixamente nos olhos, como se esperasse um desastre ou outra cortada do filho. Entretanto, surpreendeu-se com o tom e a resposta dada de supetão, a única que ele poderia ter naquela hora, nascida de uma decisão instantânea e impensada que o faria dizer o que jamais confessaria na vida, antes de refletir melhor sobre aquilo.

– Olhe, você não vai acreditar nisso – disse ele, em seguida, de um modo tão natural, que parecia mais uma tirada cinematográfica porque, premido pela urgência de escapar do que achava que fosse o resultado de mais uma blitz noturna, com a mesma pergunta no final que sempre o incomodava, desarmaria o interlocutor com um argumento sólido que talvez ele jamais pensasse que fosse escutar do filho.

– Fale logo, rapaz.

– Estou começando a achar que a carreira de investigador seria uma ótima ideia depois dessa conversa que tivemos hoje – disse Sam, convicto de que não havia mentido, mas temia que a confissão tão precipitada parecesse a Peter tão espontânea que a única coisa que parecia justificá-la seria a falsa certeza de que ganharia tempo suficiente, antes de sair de casa, até que se consumasse a ideia. Afinal, a última coisa que queria era ser mal interpretado.

Porém, ao dizer aquilo, Sam notou uma transformação imediata, como uma predisposição, e já não se via mais representando uma falsa ideia, pelo contrário, em poucos segundos passou mesmo a achar interessante a possibilidade que rechaçava durante os últimos anos. Naquele momento, o diálogo quase se interrompia, mas revelaria o que só os anos iriam provar depois, que a confissão era mais do que um vaticínio para ambos.

E, antes de concretizá-la no futuro e dar os primeiros passos, precisava apenas de um pouco mais de tempo, o necessário para pôr a mente em ordem e tomar o próprio rumo. Assim, estimava que não mais que um ano e meio talvez fosse suficiente para confirmar que aquela seria mesmo a carreira a seguir e o melhor caminho. Até lá, trabalharia no museu e faria alguns bicos, mas também contaria com o aval de Peter, e ambos concordaram.

Depois de obter o salvo-conduto que o permitia usufruir dos mesmos privilégios, como o de não ser monitorado com frequência, foram os dois comemorar o feito, em plena madrugada, com o melhor vinho da adega.

– Saúde e bem-vindo ao rol dos homens sérios – disse Peter ao filho adolescente. – Aproveite a boa vida, meu rapaz, mas não deixe de tomar a decisão.

E não precisou dizer mais nada, pois conhecia bem o caráter e a firmeza de Sam, nesses momentos, e apostou nisso ao escutar dele apenas duas palavras:

– Assim será.

***

Livre das amarras, Sam começaria já a interessar-se por toda a sorte de eventos, divulgados na maioria das vezes pelos amigos, outras vezes por convites formais e ele não perdia sequer uma oportunidade de comparecer.

Dessa maneira, quase não se reconhecia mais, pois desdobrava-se em um caráter arrojado e vaidoso, forjado apenas nas circunstâncias presentes, como a descoberta dos prazeres das noites cariocas. E, assim, via-se cada vez mais Shampoo, do modo como nunca antes podia se imaginar.

Era também o tempo em que tudo se tornava muito fácil, quando as mais belas divas vinham de todos os lugares para saltar naquela estação da vida dele. Sem falar nas novas amizades que pareciam também proliferar, em meio a tantas outras oportunidades que surgiam, talvez pelo fato de se atribuir demasiada confiança que no início ignorava.

Também não era por acaso que, com o coração cicatrizado, livre, desatado e até precavido de outras armadilhas que pudessem advir, passava a se acostumar a ser livre dos próprios demônios e das lembranças inconsistentes de um masoquista juvenil quase esquecido no passado. O importante era que a bola estava com ele e a sorte lhe sorria de todos os cantos.

Ademais, as noites passavam a ser intensas, com um personagem menos onisciente, observador e mais participativo, longe de qualquer atmosfera povoada apenas de personagens, ilusões e formas criadas a partir das reflexões de um planeta oculto no passado ou de impressões futuras distanciadas.

E, assim, um protagonista surgia cada vez mais vivo e atuante, com uma aparência que faria desaparecer a concorrência. E algo além da razão fazia as coisas se sucederem sem que precisasse ao menos se esforçar. Talvez esse fosse mais um motivo para acomodação, mantendo as mesmas atitudes e comportamentos e preocupando-se apenas em preservá-los.

Somado a esse arquétipo ilusório, revelava-se elegante, sentindo-se feliz e prestigiado pela popularidade que crescia naturalmente porque passariam a gostar dele assim, embora faltasse ainda algo, como uma espécie de sinergia com as pessoas, um trabalho a desenvolver ou uma causa por que lutar até o fim. E isso poderia ser um bom motivo para ser rotulado como um personagem insípido e um tanto apático para entender qual a sua verdadeira atuação na vida. E, finalmente, a vaidade o corrompia.

Ele passava assim, cada vez mais, a assumir o papel até então indefinido e mantinha-se informado o suficiente apenas para sustentar uma conversa, no mais não tinha nada além do carisma do homem que vivia mais da aparência e das impressões das pessoas que alimentavam o seu ego. Mas até quando?

Para ele, até quando adquirisse a experiência necessária e cansasse de se deslumbrar com a segurança quase inabalável de um jovem que não sabia de onde vinha, mas nem se preocupava ainda em racionalizar e descobrir que era apenas uma fantasia da festa que não podia acabar ali para ele porque era ótimo viver aquela fase.

E, sem se dar conta, Shampoo descobriria como era fácil jogar o jogo dos sentidos, do universo exterior e partir para a ação presente e mundana. Uma fantasia que já o caracterizava a partir da alcunha que lhe cabia muito bem, na forma de uma marca registrada de algo que as pessoas precisavam e que não apenas lhe pertencia, mas era ele próprio que acabava sendo patrocinado de graça ao se tornar famoso pelo nome.

Assim, chegava ao auge da adolescência renascido em Shampoo, esquecido do resto. E os amigos, percebendo essa utopia, meio que para zoarem dele, vibrarem, ou mesmo tirarem proveito da situação, incentivaram-no com a ilusão de um sensitivo que já se via como um produto que adquiria vida. E a brincadeira funcionou tão bem, que a logomarca pregou nele o fascínio de um ídolo.

Talvez Sam ainda não soubesse que poderia se despir tão fácil da fantasia de Shampoo quando quisesse e ser feliz de verdade. Só sabia que era preciso tentar compreender que, de fato, não era convencido em sua essência e esvaziar-se um pouco daquele orgulho.

Entretanto, na época, corresponderia a encontrar outra verdade fora da imaginação, com a mesma explicação tão realista e monótona para o sonho que ele havia inventado e o faria, finalmente, se desencantar prematuramente.

– Suma, Sam! – dizia, então, o Shampoo personificado a ele próprio.

Era como se o acaso jogasse com ele, levando-o a acreditar que tinha o controle e influência necessária além da razão, só enquanto durasse o espetáculo, e que deveria aprender a lidar com isso sem se preocupar ou até se deparar com a pior das ilusões.

Mas tropeçava tanto na vaidade que mal tirava proveito das virtudes e o ego não parava de crescer, como um fascínio a que se atribuía com algo que o diferenciasse ainda mais de um simples mortal, com associações que beiravam a estupidez, de uma maneira que o personagem Sam jamais pudesse imaginar-se antes.

Como o comercial que o convidaram a fazer um dia, onde lhe foi apresentado um roteiro grotesco que associava a pujança de seus cabelos loiros ao efeito de um gel shampoo que lhes dava volume e pujança, com a ridícula relação de causa e efeito do poder de Sansão, pois, na propaganda, um simples shampoo era o segredo da força do magnetismo que adquiria, em sentido figurado, com beleza atrativa do modelo Shampoo tão bem adaptado e personificado por ele.

No entanto, não foi brincadeira o sucesso que fez, já que Shampoo cresceu de verdade e não apenas como mera alcunha atribuída a um produto, mas também pela influência lúdica conjugada ao poder do marketing.

Mesmo depois de muitos anos e em uma fase tão curta, as pessoas se lembrariam dele, desde quando explodiu, incorporando a marca Soft Style com tanta intensidade, que parecia ter nascido com ele, um adolescente chamado Shampoo, perfeitamente moldado em um frasco que também era um boneco que as crianças queriam adquirir e já sonhavam um dia em ser como ele.

Tudo somado a um estilo próprio que faturava em comerciais e até em anúncios na televisão e, assim, o produto humano estava lançado, passando a ser tão consumido pelas pessoas quanto ele as consumia aos poucos, suas fãs, e dissolvia-se ainda mais em cada sonho e devaneios, não apenas como mero objeto de desejo, mas como uma ideia, uma grande ideia que jamais teria dona – nunca mais – jurava ele.

Assim, passou a ser invejado, odiado, amado ou só desejado, na maior parte das vezes, com fervor, nas altas badalações, fazendo sombra, naquela época, a qualquer Don Juan que se fizesse anunciar. E, é claro, no final acabaria sendo trancafiado na própria imaturidade, isolado numa bolha que inflava e acabaria distanciando-o do mundo novamente, com todo o frenesi que um pop star poderia provocar ao ser plantado em um show que, sem esforço algum, havia dado causa, mas fosse perdendo a razão de ser.

Ele nunca se desvencilhou da fama e, mesmo depois de décadas, algumas fãs surgiam e pareciam ainda flutuar, aprisionadas em ilusões passadas, como em tantas outras bolhas de espuma do passado, quando o viam, e para ele convergiam no presente, clamando obsessivas e eufóricas pelo nome que não podiam esquecer – Oh, Shampoooo....!

– Cai na real, compadre. Se tu pega a onda, então fica ligado pra onde ela vai, que o mar é traiçoeiro – disse JB uma vez, ao ver como ele estava longe.

– Valeu, mas é melhor pegar do que se arrepender depois. Se me leva junto, eu vou com ela.

– Até onde pensa que vai quando a festa acabar e só sobrar você, compadre?

– O mar é revolto, mas vale a onda – respondia, por alegorias, não querendo confessar, mas sentindo-se inflado de orgulho doentio e péssimo, ao mesmo tempo, depois daquela última resposta, a ponto de considerar-se um embuste ou modelo de que se envergonhava, um personagem que não iria mais manter um só minuto além, se pudesse, como outra vítima qualquer do exterminador de passados.

Tudo não passava de uma projeção para lidar melhor com suas carências e não como um ser autêntico com a perspectiva única que poderia ter da vida. Embora nem por isso fosse fácil considerar-se mais imune àquela faceta nas lembranças do que vítima da própria vaidade exacerbada que deveria refutar e o perseguia. Mas, se Shampoo de fato fosse só um personagem temporário, seria a única memória insignificante que Jack poderia fulminar, como um estereótipo que passaria a odiar no futuro.

Assim, não era nada de ruim poder ouvir e contar com o amigo que estava ali para um alerta, o mesmo que lhe dera a péssima alcunha e, com o passar do tempo, tudo finalmente se tornaria inconsistente, como o marketing criado, apenas para alimentar o ego a um preço muito alto que já não estaria mais disposto a pagar, quando veio a se tornar motivo de chacota, nem se pudesse desfrutar de novo da prazerosa experiência, e a ideia se dissipava como os castelos de areia que JB erigia.

Quarto Ato

Jack observava de longe e, fora os obstáculos físicos e móveis que surgiam, era como se a distância de duzentos metros do próximo alvo não o impedisse de saber o que estava acontecendo.

Ele rondava pelas imediações, camuflado em uma sombra fria, sinistra e medonha que se delineava na maior parte das vezes em apenas um corpo invisível que parecia roubar a luz em todos os pontos por onde passava e apenas aguardava ali a melhor oportunidade.

Até que decidiu atravessar a praça, aproximando-se do local e mesmo as poucas pessoas que cruzavam naquela hora o seu caminho já sentiam uma espécie de angústia profunda por nada que tivessem feito ou pudessem identificar com os próprios olhos, como o espectro de algo que não se notava e lhes sugava a energia.

A julgar pela fachada que se via do museu bem conservado que permanecia ainda imponente e que já estava fadado a não permanecer assim, muito diferente de como viria a ser reconhecido no futuro, como um amontoado de tijolos da verdadeira representação do claustro de onde tinha se libertado e regressado para estar ali naquela hora.

Ele parecia mais um mutante que se materializava encarnado e ainda desenvolvia cada vez mais habilidades para se recompor no que quisesse tentar parecer para não revelar a sua verdadeira face horrenda. Estava ansioso e já não apenas reativo, esperando pacientemente por um sentimento abandonado ou esquecido em devaneios que se libertasse para despertar nele seu apetite.

Dessa forma, não estaria mais apenas representado na abstração das imagens expressas nas pinturas de que os artistas muitas vezes se utilizavam para confinar inspirações, mas também em todos os seus demônios mais ocultos que não poderiam jamais correr o risco de libertar fora das telas para que também não se degradassem ou fossem consumidos por eles.

E, assim, além do museu, Jack também recordava do modo como ali mesmo se reconstituiu do túmulo, depois de anos mesclado com as imagens e as tintas em cada uma das obras, apenas aguardando uma predisposição dos observadores, como daqueles que de fora quisessem evocá-lo do mal desconhecido que os atormentava e do qual tentavam se livrar pouco antes, ou depois, que ele mesmo já lhes tivesse consumido todos os sentimentos de um passado já inexistente em suas memórias. E, assim, do futuro ele já se libertava e voltava ao mundo que ainda chamavam de Terra.

Ele já estava na entrada e daquela vez chegava cedo, com as credenciais falsas, mas nem precisou apresentá-las, pois os vigilantes e alguns peões hipnotizados não percebiam que o ajudavam a preparar outro palco para suas ações. O equipamento permanecia acondicionado nas mesmas caixas, idênticas às que guardavam o insumo que ia sendo utilizado na restauração das galerias do museu.

No exato momento em que o restante do material seria transportado para dentro, o mesmo ser sinistro que ainda habitava o corpo de Pablo, o qual mal lhe cabia, já não continha os tiques e muito menos algumas ulcerações superficiais já perceptíveis na pele, como não conseguia disfarçar a aparência do diabo e se deslocava finalmente como um vento frio até o pequeno grupo de operários.

Assim, em fração de segundos, ele já se juntava a todos, trajando o mesmo uniforme para não chamar atenção das câmeras e pretendia deixar tudo nas mãos do engenheiro chefe e responsável técnico, que sempre que via Jack chegar, olhava-o apreensivo como se fosse a primeira vez que o visse por lá e não o conhecesse, mas evidentemente o conhecia e concordava com tudo o que dizia, pois tinha no subconsciente lembranças terríveis daquela entidade, de ter sido manipulado por ela como um marionete para lembrar e esquecer depois, repetidas vezes, onde ele e seus homens haviam colocado as outras caixas.

Tudo estava quase pronto, pois havia material de acabamento de sobra acondicionado e espalhado em caixas quase idênticas que só não se confundiam com as dele pela marcação de um minúsculo furo que havia feito nelas.

– Fale, então, seu Neco, novamente, como vamos fazer com as caixas? Repita comigo, anda! – disse Jack, ao chamá-lo antes a um canto onde não havia circulação de operários, enquanto lhe lançava um olhar grave, fazendo-o soletrar ao mesmo tempo as mesmas palavras que dizia e o induzia a memorizar, para não haver riscos de se esquecer, antes de converter em ações as instruções que saíam de sua boca.

Assim, criava e extinguia de forma sistemática, e quantas vezes necessitasse, as mesmas conexões cerebrais da memória da vítima que tinha sido adaptada para as ordens que ia receber e passar aos seus subordinados, e ainda programado para a eventual possibilidade de responder a um inquérito e se incriminar depois, admitindo a culpa inexistente e inconsciente.

– Ficarão comigo até terminarem, Dr. Jack. O senhor pode confiar em mim e nos pedreiros.

– E depois? Quem ficará tomando conta?

– O sr. Silva, nosso mestre de obras.

– Assim está melhor.

E logo concluiu o comando com um estalar de dedos para tirá-lo do transe e, novamente, a mesma manifestação de terror inicial parecia brotar dos olhos incrédulos do pobre homem que recobrava a consciência, com a visão de sentimento predador que se tornava tão real para ele em fração de segundos e quase revelava a própria identidade na hora em que o engenheiro se dava conta do que havia por trás dos olhos enormes e escuros como a noite que trazia satanás prestes a saltar de lá e fazer mais uma vítima, com o ímpeto quase incontido de se revelar naquela hora ao menor sinal ou sentimento de pânico. Porém, não faria aquilo ainda, não com quem ainda pudesse contribuir para concluir seus planos.

Sabia que as obras no museu já duravam mais de três semanas e todos trabalhavam intensamente para entregar o espaço no prazo estipulado e apertado de, no máximo, dois dias, o tempo que ainda faltava para a reinauguração. E a ameaça estaria lá quando tudo terminasse, naquele mesmo dia fatídico depois da reforma, data em que todas as caixas que continham painéis e outros objetos de decoração seriam redistribuídas, menos as dele, que ficariam no depósito principal antes de serem trazidas finalmente com as outras que continham peças raras do museu que iam ser montadas e expostas, em especial as partes de uma bela escultura. Os detonadores já estavam conectados a sensores e os cronômetros seriam ativados de madrugada, poucas horas antes e no mesmo dia da inauguração.

Ninguém desconfiaria de nada, muito menos do material de acabamento que sobrou e havia sido tantas vezes examinado pelas autoridades e realocado em outros pavimentos e, daquela vez, onde estariam os lotes das últimas peças que iam ser deslocadas em uma hora até o lugar reservado para elas e permaneceriam até o final da manhã de segunda-feira, data em que o museu teria de voltar a funcionar.

Nem Peter, agente disfarçado, com múltipla nacionalidade, e treinado pela polícia secreta de Los Angeles, que havia integrado por vários anos as forças do FBI, poderia desconfiar da estratégia ou fazer ideia de quais seriam os próximos passos, apenas sabia dos eventos programados, como o da reinauguração.

Mas ele tinha muitas outras preocupações naquela hora, pois voltava as atenções para dezenas de eventos culturais espalhados pela cidade, com possíveis ligações do algoz com quadrilhas especializadas em contrabando e falsificações de obras de arte, além de outros registros e imagens bem anteriores aos últimos atentados. Só não queria pensar em certas possibilidades, ocorrências que pudessem ligar o assassino a formas muito mais sofisticadas de agir.

Entretanto, ainda havia boas pistas, como uma evidência entre a conduta e tantas outras cenas de massacres já registradas que poderiam se repetir com o mesmo sentimento de comoção provocado após o desfecho sempre esperado. Não sabia ao certo, mas desconfiava de que era apenas questão de tempo até o assassino interessar-se pelo museu mais conhecido do Rio de Janeiro.

Uma prova mais concreta já havia sido confirmada alguns dias antes, quando o detetive desconfiou de um local suspeito nas proximidades, com a aparência de um armazém isolado que havia sido interditado e permanecia fechado durante meses. As imagens eram antigas e revelavam que vinha sendo visitado várias vezes por um único homem, cuja aparência jamais se revelava nítida o suficiente para ser registrada em detalhes pelas câmeras.

Diante da confirmação, Peter Ian Pulver mobilizou imediatamente alguns efetivos, invadiram o local e, ao entrarem, notaram que o ambiente não oferecia nenhum conforto, com exceção de poucos móveis, como: cadeiras e uma escrivaninha com um modelo sofisticado de computador de mesa, cujos arquivos tinham sido apagados.

A sala era utilizada como um estúdio e o prédio parecia ter servido de galpão ou depósito por vários anos. Mas apenas depois de apreenderem e levarem o computador para a delegacia foi que descobriram que era dali mesmo que, antes de serem formatadas, tinham sido enviadas, há vários anos, todas as fotos dos policiais mortos em operação para um aparelho móvel e dele, logo em seguida, divulgadas nas redes sociais dos familiares, revelando os corpos de seus entes queridos.

E, naquele mesmo dia, checavam ainda as informações no departamento quando receberam uma última mensagem na central de computadores e, ao abrirem o anexo, continha a pior de todas elas, desde o dia em que o algoz fez suas primeiras vítimas, a única que escolheu dentre outras tantas imagens que reteve de todos os corpos e parecia ser a sua predileta.

Por uma estranha coincidência, depois de tanto tempo, aquele parecia ser mais do que um indício de que outro momento terrível se aproximava. A ameaça invisível parecia querer mostrar que era capaz até de programar seus atos do passado, pois reenviava de novo para os agentes a mesma foto, acompanhada de uma mensagem bem recente como um alerta que, daquela vez, dizia:

Quem perdeu suas referências já não sente os próprios passos no caminho, pois no passado já morreu, como a imagem esfacelada perdida que não se reconhece mais. Agora é tarde, estão possuídos, os sentimentos serão meus e a ninguém mais que, no futuro, possa reivindicá-los, quando muito alguma manifestação esculpida no presente, de uma última lembrança, antes de sua partida.

– O que lhe parece, Peter? – disse o Capitão Bareta, depois de lhe enviar a foto.

– Algo muito sério. Que horas chegou a mensagem?

– Às 13 horas.

– Museu Nacional de Belas Artes. Se ele anunciou o crime, não deve agir de forma ostensiva e pode já ter preparado tudo. Temos apenas duas horas. Chame os melhores peritos.

– Um alerta: todas as unidades, dirijam-se ao Museu de Belas Artes, na Avenida Rio Branco, 199 – ordenou Bareta, sem pensar duas vezes sobre a veracidade da informação que recebia, pois, quando Peter Pulver chegava a uma conclusão, sempre agia antes de tentar entender ou questioná-lo. – Agora fale. Como descobriu a charada? Interprete para mim – disse, desafiando.

– A foto é antiga e de mais uma das vítimas que ele fez no passado. A única que pode dar a referência exata de que precisamos.

– Eu sei. Mas como chegou a pensar nesse museu específico? Isso não passou pela minha cabeça.

– Não só no museu, mas principalmente no local exato dentro dele, com a localização da escultura na galeria. Pense.

– Não temos muito tempo agora. Temos de agir porque o espaço será reinaugurado com outra exposição às 15h. Por isso fale logo, por favor – disse Bareta, visivelmente agoniado.

– Muito simples. Eu tenho um catálogo com a referência de todo o acervo e, por eliminação, só pode ser a escultura Moema onde a bomba vai ser detonada.

– E como pode estar depositada perto dela? Tem alguma ideia? – quis saber o capitão, transmitindo, de novo, dados para a equipe especializada.

– Não poderia ser tão preciso, mas acredito que esteja muito próximo ou mesmo acoplado à referida escultura.

– Muito bem. E o que tem a estátua a ver com tudo isso?

– Pela posição do corpo do policial morto na foto, lembra-se? A face decomposta e fundida ao asfalto guarda relação direta com a escultura de Moema talhada e amalgamada na própria rocha em que foi esculpida – falou Peter, enquanto pensava na motivação do assassino, obcecado por imagens comoventes e tão conflitantes como a da realidade da agonia do agente, pouco antes de morrer, o herói lutando pela vida que, em espasmos de agonia, vai-se esvaindo em sangue e no final, depois do tiro de misericórdia, se vê imerso no líquido vermelho, quente e viscoso, quando a alma dele poderia finalmente se libertar, não fosse o próprio sentimento dele exposto e que ainda permanecia lá invisível para ver manifestada a indignação e a tristeza dos que se comoviam com ele naquele estado.

– Está claro agora, outra brilhante dedução – disse Bareta admirado, depois de examinar a peça que constava do catálogo.

– Percebe a associação?

– Sim. Mas Moema nos remete à estória bem diferente da índia que entrega a vida a tupã no momento em que se arrisca em mar aberto para alcançar a embarcação onde está o amor da vida dela, enquanto ele se distancia no barco. Mas, ainda assim, ela persiste e tenta em vão alcançá-lo até perder as forças e se afogar no oceano. A que outra conclusão poderíamos chegar? – disse o Capitão Bareta.

– Sem dúvida, motivações diferentes podem desencadear sentimentos tão parecidos, como inconformismo, indignação e tristeza, que parecem ter o mesmo sabor para o mesmo monstro que se alimenta deles.

– Perfeito, Peter. Espere aí! – Fez menção de se levantar para pegar um café, mas nem teve tempo.

– Capitão, estão chamando o senhor. É o Tenente – disse um atendente com o fone na mão.

– Confere, Tenente Bajur? – falou o capitão.

– Sim, estamos seguindo e quase lá, com a referência e a localização da peça no museu. Mais alguma informação?

– Não, mas logo saberemos por que estamos monitorando toda a área. Ficaremos atentos.

– Você acha possível que ele queira explodir o local? – perguntou o desarmador experiente José Antônio a Bajur.

– É provável, pois procura sempre causar medo, com a intenção doentia de provocar pânico nos outros. Além de escolher os alvos, meticulosamente – respondeu, omitindo ao colega treinado a informação do episódio que havia vitimado e provocado baixa em um batalhão inteiro, coisas que agentes não devem se lembrar com tanta frequência, ainda mais em ocasiões que possam ser o próprio alvo predileto do terrorista, não fossem os aficionados pelas artes reunidos e que ainda poderiam estar por lá para atraí-lo. Mesmo assim, não conseguia disfarçar o nervosismo, movido apenas pela determinação de um herói e o amor inabalável pela profissão.

– Pois não tenho tanta certeza, tudo vai depender do tempo que tivermos para verificar e só depois avaliar se a missão será bem-sucedida. É preciso antes descobrir como foi montada – disse o outro agente.

– Sem tempo ou escolhas. Não é uma de suas primeiras missões, por isso conto sobretudo com a sua experiência. Vamos logo, temos muito pouco tempo para agir.

– Já imaginou que pode estar nos testando ou atraindo as atenções para outro local?

– É possível, mas improvável. Não é o método dele. Apenas atua de acordo com as conveniências de um predador, chamando sempre as vítimas para ele, em vez de persegui-las.

– Não chegaremos a tempo. Não tem acesso por aqui. Temos que percorrer mais três quilômetros.

– Esqueça o rastreador. Pegue a pista contrária com as sirenes ativadas e continue atento. Recebi agora outro aviso do Capitão afirmando que o louco enviou outra mensagem. Tenho quase certeza de que o dispositivo será detonado, mas, se o localizarmos a tempo, poderemos evitar uma tragédia maior, isolando a área.

– Por que temos de dar crédito ao que diz, se ele dá pistas do próprio plano?

– Não acreditamos, mas sabemos que ele pode acoplar muitas outras em vários locais. Não se trata de um bandido incendiador de ônibus da periferia. Se quisesse só provocar destruição e carnificina, detonaria sem avisar porque tem muita gente no edifício.

– Entendi.

– Enquanto você sobe, vou descer e me informar com outro grupo de efetivos, já encarregados de vistoriar as instalações, e tentar descobrir se há suspeitas de outras espalhadas pelo local.

– Parece que não avisaram os funcionários do museu. Devemos fazer isso para que todos saiam de lá imediatamente?

– Esqueça, ele já sabe. Se fizermos isso é pior, ele detona.

– Vou descer também. Temos quanto tempo ainda?

– Dez minutos antes de explodir.

– Chegamos. Suba a calçada e me siga, não temos tempo.

– Isolem a área imediatamente – disse Bajur às outras unidades. – Temos pouco tempo – falou, quando já entrava com o perito.

– Não há nada aqui – disse ele –, e ainda tem muita gente na fila dos ingressos.

– Sim, é o que vemos ao centro, subindo as escadas laterais. O público se concentra e aguarda a vez para ingressar no espaço de exposições conhecido como Sala Bernardelli. Vamos passar discretamente para evitar tumulto, subindo pela esquerda as escadarias que conduzem ao segundo e terceiro pisos. Se não for assim, teremos problemas para esvaziar o prédio. Mas não se preocupe, eu me encarrego disso na hora certa. Você só precisa se preocupar com a bomba.

– Certo. Pela orientação do mapa, ela está na galeria do século XIX, no último pavimento, em uma passagem ampla e próxima a outras esculturas, muito fácil de localizar.

– Isso mesmo. Temos de atravessar outra sala. Olhe lá! Ela está bem no centro do imenso corredor.

– Finalmente. Vamos ao desafio – disse o perito.

– Ele foi bem claro – disse Bajur –, evitando revelar que a foto tirada do corpo do policial no primeiro atentado havia causado tanta repulsa e revolta em todos que serviu de inspiração para o próximo atentado.

– Veja ali a estátua Moema, a única possível. Deve estar bem debaixo...

– Agora sou eu que mando – falou o perito que parecia suspeitar de algo. – Espere aqui e aguarde o meu sinal. Enquanto isso, tente apenas identificar, de longe, algum objeto suspeito.

– Quatro minutos e meio. Aproxime-se! – gritou para Bajur, enquanto este ainda retirava algumas pessoas curiosas que nem imaginavam o que estava se sucedendo.

– O que acha? – perguntou Bajur ao ver o pacote semiaberto que envolvia uma estranha caixa.

– Ajude-me a arrastá-la porque é muito pesada para carregar.

– Ok.

– Vou usar o estilete para removê-lo com cuidado, para que a caixa de vidro fique totalmente exposta.

– O que você acha? – disse o tenente, tentando conter o nervosismo.

– Uma espécie de cúpula de vidro retangular lacrada como um aquário virado ao contrário. Ajude-me agora a remover a tampa, com cuidado, porque ela é pesada.

– Minha nossa!

– Preste atenção! Temos um cronômetro acoplado ao detonador, indicando apenas três minutos e um emaranhado de fitas obnubilando nossa visão. Vamos ter de arrastá-la um pouco mais e levar a engenhoca para que fique sob a iluminação direta porque não consigo enxergar direito.

– Não há tempo. Temos menos de 2min30seg... – disse Bajur, mesmo assim, obedecendo e ajudando a arrastar a caixa com muito cuidado para onde ele queria.

– Tudo calmo ao redor? – disse José Antônio, tentando naqueles últimos instantes se acalmar e não se afetar com o nervosismo do colega.

– Tudo certo. Concentre-se apenas nisso e não se preocupe. Não há ninguém além de nós aqui por perto.

– Pode ser um blefe – pensava o agente para se consolar, como fazia todas as vezes que trabalhava sob pressão. As mãos trêmulas e descoordenadas já não conseguiam mais obedecer da mesma forma aos comandos cerebrais e concatenar os próprios movimentos.

O fio principal parecia ser o de sempre, de outra cor, mas tinha outro muito fino e próximo que não podia se romper antes de cortá-lo. Entretanto, havia algo errado ali com eles, na maneira em que estavam expostos, há menos de quinze segundos...

Tem de ser este, pensava ofegante.

– São falsos – afirmou o desarmador, contradizendo-se e falando sozinho, quase gritando ao descobrir que o emaranhado de fios era apenas uma armadilha que Jack havia plantado ali para ocultar os verdadeiros. Mas separou-os mesmo assim e já operava, com uma das mãos trêmulas, o alicate fino e alongado.

O coração batia em disparada na última tentativa de percorrer os olhos pelas terminações de ambos os fios, no esforço desesperado de identificar novamente a opção correta, enquanto o cronômetro indicava os últimos segundos.

– Corra, vai explodir agora...

– Não – disse o perito, pensando, em fração de segundos, que o tempo que tinham já não era suficiente para tentar escapar sem um último palpite que pudesse salvar a vida deles. Decidiu cortar o fio, mas o cronômetro ainda computava os últimos segundos que restavam.

– Agora! – gritou Bajur.

Dez...

– Por aquela porta, vamos logo.

Sete...

Os dois policiais se erguem para correr em disparada, como a largada para os cem metros rasos mais rápidos da vida deles.

Cinco...

Entretanto, o desarmador pisa em falso, antes de se evadir da área de alcance, e quase escorrega no piso, mas o Tenente Bajur estava ali para ajudá-lo e o empurra muitos metros adiante, embora absorvendo com toda a força contrária e reativa gerada no movimento pelo peso de seu corpo.

Três...

Tarde demais, um clarão seguido de um apagão e o silêncio absoluto foram as últimas lembranças, naquele dia, do experiente agente da divisão, depois de ter sofrido o impacto. Ele ficou muito ferido e quase perdeu uma das pernas, mas, mesmo com tantos estragos causados pelos estilhaços, por milagre, ambos sobreviveram.

O saldo foi que grande parte de uma das alas havia sido destruída, incluindo a famosa escultura, e muito do que ainda havia sido preservado do acervo da galeria nunca mais foi recomposto.

Mas o terror não havia se encerrado, pois em outro espaço, a poucos quilômetros dali, na praça Mauá, nº 1, exatamente onde havia sido refundado e ampliado o Museu do Amanhã, acontecia naquele mesmo horário outras mostras artísticas, com trabalhos internacionais espetaculares. E a principal atração que abria de fato o evento contava com a presença do compositor John Cage tematizando outras produções brasileiras que tratavam do tema da efemeridade do tempo e sua ação destrutiva em materiais que reproduziam tão bem a podridão e a putrefação da matéria.

Um dos trabalhos mais interessantes consistia em várias pinturas futuristas em cores vibrantes e contrastantes, com sobreposição de imagens que davam a ideia de que os personagens se movimentavam, numa sucessão de várias telas da coleção do artista.

Na primeira pintura da sequência, crianças brincavam de roda e sorriam de mãos dadas, alegremente, pela manhã e iam crescendo e amadurecendo em outros quadros, na medida em que o dia transcorria, revelando a adolescência, no cair da tarde, e a fase adulta com o sol poente, nos três primeiros afrescos.

Entretanto, o autor ainda se preocupava em caracterizar as atividades dos personagens de acordo com os interesses das idades em fases distintas, sem descurar dos hábitos e costumes cotidianos, até a chegada do ocaso, com a falsa ilusão de que tudo estaria prestes a acabar como uma vida inteira que havia se passado em um só dia.

Contudo, além do dia inteiro que já havia transcorrido até o ocaso, a noite ainda iria se irromper ao observador no último quadro que restava, tão iluminado pelo luar que fazia reluzir na tela uma fileira aparentemente interminável de lápides, como tudo o que havia restado dos mesmos figurantes da primeira tela que antecedia uma breve e bela representação pintada de estórias no tempo, com laços de afetividade das cenas mais incríveis e marcantes de sua vida, até serem definitivamente separados pelo destino.

Porém, algo ainda havia naquele último quadro para um observador desavisado, quase apagado na escuridão da noite e ocupando a tela inteira. Revelava-se como o efeito de uma transparência em leves traços, ressaltando os olhos apavorantes da morte arregalados ao fundo da escuridão noturna.

***

Talvez aquele tenha sido o caso mais perturbador de morte induzida que até então se tinha conhecimento, pois as pessoas viajavam na proposta do artista e pareciam sentir no início uma letargia até entrarem em estágio de regressão em suas vidas que as fizesse aderir à brincadeira, como um convite irrecusável para participarem da rodinha com as crianças.

Porém, de lá se transportavam na sequência, como se assumissem os mesmos papéis dos personagens predestinados e irreais, mesmo não antevendo ou conformando-se ainda com o desfecho. Mas o tempo dos visitantes ou admiradores também se enquadraria e não poderia mais ser resgatado ao sentirem-se na iminência de se afastarem aos poucos da própria realidade até serem em minutos apagados para sempre nas mesmas catacumbas da última pintura daquela noite.

Mal sabiam que havia algo ali bem próximo que fazia a mesma leitura induzida em seus olhares ansiosos, antes da aflição coletiva, prestes a arrebatar-lhes de vez o mesmo sentimento de inconformismo de que não podiam mais se afastar, depois de serem induzidos simplesmente a falecerem ali como um massacre silencioso para o qual, durante muito tempo, não haveria explicação lógica.

Dessa forma, Jack ressurgia para saciar-se mais uma vez dos passados e precisava cada vez menos recorrer a ações físicas violentas, a não ser como uma forma de comoção a outras tantas vítimas que ainda resistiam a olhar para o passado irrecuperável.

E, ali na exposição, por algum tempo, ninguém desconfiaria de nada ou muito menos entenderia como pessoas desfaleciam com tanta facilidade na medida em que eram tomadas de um pavor silencioso e desconhecido, revelado nas últimas expressões dos olhos saltados das órbitas, de onde os sentimentos saudosistas e de pavor emergiam e eram, um a um, fisgados dos olhares vidrados e irreconhecíveis de homens, mulheres, crianças e adolescentes que se apagavam de suas vidas na escuridão de uma tela amaldiçoada.

Mesmo assim, não foram muitas, apenas vinte e duas pessoas vieram a morrer ali. Algumas desfaleciam aos poucos de suas personalidades aniquiladas no esquecimento, logo depois ao saírem do evento, outras tombavam de vez, e o terror foi tanto que tudo ia ficando deserto, de modo que nem mesmo os quadros foram recolhidos depois da exposição.

A arte, mais uma vez, era a expressão da tragédia como um quadro caótico de corpos paralisados com a mesma expressão de horror e surpresa que se assemelhasse com O grito, de Edvard Munch, que era capaz de reproduzir tão bem. Mas, ali, o grito revelava-se oculto e disfarçado apenas para cada vítima que sucumbia e revelava tanta frieza que conseguia espantar até os promotores e os artistas empolgados e dispostos a atrair mais pessoas para lá.

Para Jack, era nada mais do que um amontoado de carapaças, armaduras humanas de sentimentos mortos que nem ao menos podiam revelar ainda seus fantasmas ocultos que seriam um dia condenados a vagar para sempre pela eternidade.

Satisfeito e saciado, ainda permanecia próximo e incrivelmente sua fisionomia não atraía a menor desconfiança, devido à frieza e tranquilidade que se confundia à de todas as suas vítimas, como também não parecia imbuído ou na mesma frequência que o resto das criaturas, com expressão de susto nos rostos, e nem poderia, pois todos são apenas pessoas e ele, simplesmente, o sentimento das trevas que não se mistura ou se contamina de outros provocados por quaisquer emanações do senso comum, apenas se alimenta deles quando mordem a isca.

Pouco depois, um indivíduo moreno, com uma aparência renovada, um rosto quadrado e totalmente repaginado, não fosse o nariz torto e mal calcificado, e que poderia facilmente se passar por alguém de trinta e poucos anos, elegante e muito bem trajado em um blazer esporte e escuro, com calça cinza grafite, caminhava com discrição e já descia a única escadaria da entrada principal que dava acesso ao centro de exposições.

Em uma das mãos mantinha um encarte rabiscado no verso como um roteiro improvisado que acabava de ser rascunhado e na outra mantinha o fone à altura do queixo e já não conseguia evitar um sorriso de escárnio. Em seguida, distanciou-se da escadaria a passos largos e atirou o telefone móvel que transportava no coletor mais próximo, pouco antes de extrair dele o chip e, depois de um breve e inequívoco esbarrão, enfiou-o no bolso do primeiro passante que vinha apressado na direção oposta.

Naquela hora, já havia enviado fotos dos últimos registros que recebera de outras fontes da galeria destruída do Museu de Belas Artes e novamente reinava o terror absoluto na central de polícia. Entretanto, daquela vez foi possível rastrearem o sinal imediatamente.

Quando finalmente resolveu sair do prédio, foi exatamente no momento em que outros policiais passavam por ele como se fosse um poste, correndo como loucos, em direção oposta, e agarraram o suspeito, a poucos passos da outra saída, numa operação que mobilizou toda a polícia para lá, revistaram-no e praticamente viraram-no de cabeça para baixo até descobrirem o bolso de onde vinham os sinais.

O monstro permanece solto e sorridente. Essa era a notícia que saía nas primeiras páginas dos jornais. Daquela vez, não era um alarme falso para acobertar uma ou outra operação criminosa de um principiante, mas simplesmente parecia mostrar que estava muito longe de ser pego, embora ainda mais próximo deles do que pudessem imaginar. Estava totalmente oculto naquele corpo, como em qualquer outro do planeta, apenas transparecendo o sentimento frívolo como a matriz de todos os que possuísse, como um rei imortal do exército de xadrez, ou a ideia abstrata de um sentimento que iria extinguir o passado da mente do ser humano de uma vez por todas.

Do outro lado da cidade, o silêncio invade a delegacia. Todos acompanham atentamente as notícias e os relatos dos envolvidos nas missões e chegavam a pensar que pouco havia adiantado todo o trabalho de mobilização da polícia em meio à destruição e aos policiais feridos.

Entretanto, Peter fazia outra leitura e não perdia nunca as esperanças de que Jack uma hora ou outra fosse traído pela mesma liberdade e confiança que depositava em suas ações e seria questão de tempo até que ele perdesse o cuidado e a cautela necessários a todo serial que se vangloriava de estar muito adiante das investigações. O que podiam fazer além de prendê-lo? E se acontecesse, por quanto tempo poderiam confiná-lo? Era o que pensava naquela hora.

O OUTONO

Outra estação anunciava uma fase muito breve da vida e abria panoramas que bem lembravam obras fabulosas, como "As quatro estações", de Nicolas Poussim, uma coleção de pinturas raras a óleo sobre tela, onde era possível notar a imagem do espanto nas fases finais de um cataclismo denominado O inverno ou O dilúvio, e convidava o público a incorporar o mesmo sentimento ao observarem quase tudo desaparecendo sob as águas e o que ainda havia restado da arca de Noé, com exceção de uma cobra vagueando e promovendo o terror.

Embora o último quadro de todo o acervo parecesse revelar tão bem os fantasmas ocultos do pintor e Sam já não pudesse deixar de admirar a qualidade do trabalho, captando as mesmas impressões que escapavam da imagem, ele já não se sentia interessado pelo fim na maneira como era pintado ali, e muito menos comungava do mesmo sentimento de assombro em ver condenada a humanidade quase inteira, simplesmente porque não pensava na morte do modo como já havia sido idealizada tantas vezes em cenas pavorosas e até em cultos religiosos que a atestavam em passagens bíblicas reveladoras de infernos imaginários emergentes das mentes das pessoas.

A morte, em certos casos, passa cada vez mais a ser vista como sentimento de temor que tantos penitentes tentam suprimir todos os dias e mesmo assim se iludem por não entenderem que o medo é um sentimento que não pode ser apartado, mas apenas camuflado no imaginário coletivo, para voltar a manifestar-se ainda mais intenso nos folclores, mitos e crenças religiosas que eles mesmos criam como fanáticos que só enxergam um Deus impiedoso prestes a lançar um raio sobre suas cabeças quando ignoram as próprias provações do dia a dia.

Sam pertencia a outro grupo, e era mais ligado a pressentimentos inconstantes e indissociáveis que não gostava de externar de forma nenhuma, do mesmo modo como fazem alguns artistas que materializam aos poucos impressões que vão surgindo em seus trabalhos ainda inéditos e muitas vezes só revelam o resultado a todos depois da obra pronta e acabada, com a remoção do pano em exposições tão aguardadas.

No entanto, não se arrependia e se diferenciava ainda mais por ter se acostumado desde a infância a preservar ocultos do mundo exterior os próprios pressentimentos, como um fato com que apenas ele fosse capaz de lidar.

Não fosse assim, não justificaria ser apenas um dentre milhões de indivíduos a perceber com tanta clareza como surgiam elementos que, conjugados, dessem origem a breves antecipações do que vinha a ocorrer depois e ainda acabar se acostumando com isso, sempre se surpreendendo com elas, na forma como surgiam, mais inusitadas que as maiores surpresas da vida, parecendo tão incríveis em sua passagem que tornavam muitas vezes insignificantes abalos e dissabores que pudessem advir, pois eram como um prêmio antecipado que justificava quase tudo, menos grandes provações que ignorava que a vida ainda pudesse lhe infligir. Talvez se comparassem melhor, e ele nunca deixaria de pensar nessa possibilidade, aos surtos psicóticos retratados no impressionismo das espirais tão conhecidas de Van Gogh.

De fato, a estranha chegada da estação do outono que se anunciava não parecia apenas uma crise de adaptação a mudanças que todos pareciam experimentar em determinadas fases, até adaptarem-se melhor para tirar proveito delas, como tantas outras experiências loucas da vida, mas vinha como uma falha, um sinal de imaturidade do inconformismo gerado no subconsciente, na forma de um mal-estar que parecia ser, ao contrário, consciente e quase se materializava com o ego em glórias fugazes, curtas e tão passageiras que Sam se recusava a admitir que tinham acabado e não fossem mais verdades absolutas.

Pensava nisso enquanto lembrava-se da paz de criança, a mesma que possibilitava construir roteiros todos os dias para seus marionetes, estando sempre oculto por trás dos horizontes deles como um Deus que soprava vida e esvaziava ela de seus egos, como a morte mais suave e branda para todos no final das brincadeiras, com todo o cenário desmontado em seguida, como uma grande explosão, e já pensava naquela hora que, da mesma forma, algo semelhante não demoraria a acontecer com ele.

Surge, então, o tempo em que o homem amadurece e, no calor das ambições, começam a fluir com clareza necessária as imperfeições do ego, e do mesmo modo como as árvores perdem as folhas em algumas estações da vida, a aparência também paga o seu tributo e nem as energias se revigoram como antes, talvez apenas como um alerta da vida de que certas atitudes já não se sustentam e devem ser mais ponderadas.

Dessa forma se vai a juventude e ficam os estragos evidenciados nas cicatrizes de um rosto castigado, quase desfigurado pela acne, como as marcas de um passado que já não pode ser recuperado nem esquecido com facilidade, como fantasias das lembranças impossíveis.

Contudo, ilusões da época e os saudosos devaneios eram nada mais do que a materialização de Shampoo que se interpunha à realidade, como a obsessão pela lembrança de um personagem morto e mal enterrado que teimava em ressurgir como um fantasma até da boca de velhos conhecidos seus para irritá-lo, puras besteiras que não durariam o bastante para que a verdadeira estória da vida tivesse o seu real prosseguimento.

E assim ressurgia reativo, outra vez, um Sam fortalecido e ainda mais estruturado, mas que ainda lidava com a inquietação de uma mente que durante a vida inteira parecia predisposta a produzir o caos, mas cada vez mais apto a entender o proveito que poderia tirar dessas visões e compreender melhor o fenômeno das mesmas amnésias futuras e misteriosas, como as havia batizado.

Nunca ouvira falar, por exemplo, que outra pessoa como ele pudesse ter as mesmas impressões filtradas apenas dos abalos que o futuro trazia, quando se revelava em catástrofes ou até nos pequenos dissabores. Provavelmente, ninguém pudesse descrever ou sentir como ele o abalo das próprias premonições que tornavam ainda mais concreto o resultado que pudesse esperar, fosse em entrevistas, como relatos de notórios paranormais do tipo dos que já se declararam videntes e acertaram em cheio a maioria de suas predições antes mesmo das tragédias se consumarem, e isso até poderia ser motivo para desconfiar que, se tais rompantes não sinalizassem uma doença, poderiam também no futuro se constituir numa anomalia rara.

Então, afinal, o que explicaria melhor o fenômeno, se não houvesse outra maneira de decifrá-lo como já estava tentando, principalmente o que para ele parecia ser ainda mais inquietante, como o surgimento abrupto das amnésias futuras, que pareciam, no início das ocorrências, tão surreais à cronologia dos fatos como o que se via, por exemplo, na obra

Persistência da memória, de Salvador Dali, que proporcionava uma visão tão surreal e ao mesmo tempo era capaz de fazer o público afastar-se tanto da realidade, absorvendo-o como uma espécie de fugacidade do tempo com grande distanciamento de ações previsíveis e ordenadas?

Pois a pintura do relógio derretido, além de libertar o ser humano da razão, revela um lado muito mais hilário e grotesco da vida do que a face dura e implacável do destino, que dá a impressão de racionar o tempo como um conta-gotas de tantas vidas que se esvaem devagar em falsas expectativas mundanas e ainda se perdem até do que consideravam antes seus verdadeiros propósitos iniciais.

Entretanto, o acaso pode revelar-se ainda mais cruel e irônico, a toda hora, na forma de premonições prestes a concretizarem-se, ou apenas uma só vez para alguns infelizes para ceifar, em fração de segundos, toda a vida que lhes resta, sem que tenham sobrevivido para contá-la ou tido a menor chance de protestarem por ela.

Pode ainda torná-las viciantes para outros que sobrevivem a um desastre e talvez devessem ter a mesma sorte dos outros, mas por algum motivo se tornam imunes às fatalidades e adquirem o dom de interferirem na realidade. Esses, ainda hoje, pagam o preço pelas instabilidades geradas e as consequências advindas nas relações com as pessoas.

Porém, Sam desenvolvia fórmulas e a própria racionalidade para conter os surtos ainda na origem, minimizá-los e até neutralizá-los em alguns casos, antecipando-se ao destino antes mesmo que se anunciasse, se pudesse. Uma delas se constituía na simples busca pela razão que o ajudasse a pensar e a compreender melhor os fatos prestes a se consumarem, além do possível proveito, não comercial, que pudesse tirar do fenômeno.

Assim, refletir sobre o presente, em um futuro breve, com ações mais pragmáticas parecia uma boa forma de ligar-se ao ritmo de vida das pessoas mais enquadradas na rotina social, e ainda providencial, como uma pitada de bom senso para começar a se programar e pautar-se em projetos e objetivos imediatos, mesmo que ainda parecessem tão insignificantes ou rotineiros, como um trabalho fixo e permanente.

E sem dúvida haveria diferentes formas de tentar abrir ainda mais esse canal, fosse no maior interesse que pudesse desenvolver ainda mais pela lógica pura da razão, fosse na filosofia, na arquitetura ou em tantas outras formas de reflexão que sempre motivaram o homem a produzir e aperfeiçoar o conhecimento, dominando e nunca descurando da técnica e de todos os recursos que o tempo presente pudesse oferecer. E a isso se somava o interesse que já havia desenvolvido pelas artes desde a época em que trabalhava no museu.

***

Era uma sexta-feira ensolarada e já bem cedo um ser pensante disfarçado com um boné e óculos escuros, trajando roupas leves, caminhava por entre alguns passantes pelas calçadas de Copacabana, parecendo mais um detetive ou agente americano, mas com ares de um pretenso curador de museus, como gostava de se sentir na maior parte das vezes.

E assim permanecia reservado e quase incomunicável na mesma postura teatral de um ator, com um estilo próprio e determinado a não encontrar ninguém, durante a curta caminhada, como um turista que chegasse ali pela primeira vez e jamais pudesse ser reconhecido assim tão facilmente como...

– Shampoo!

Não é possível, pensava, ainda apressando os passos para pegar o frescão que acabava de estacionar bem próximo dali, enquanto virava o pescoço para confirmar que só podia ser o

Zé do Coco, que não perderia nunca de vista o cliente predileto que atraía para a barraca multidões se conseguisse segurá-lo lá por algum tempo.

Embora não fosse de recusar cortesias, tempo era o que não queria perder naquele momento. No entanto, estava cedo ainda, quase oito da matina, e era bom saber de tudo o que se passava, como os boatos que continuavam rolando por ali.

Portanto, decidiu apenas tomar o coco e trocar algumas ideias, pois, do contrário, seria difícil resistir à tentação de permanecer e esquecer o resto. E não deu outra, pois ali ficou e foi ficando, e encontrando ainda mais pessoas conhecidas, até conseguir finalmente se desvencilhar a contragosto dos prazeres e voltar a focar no que queria, pensar no tempo não mais como um enigma, mas também nas diversas possibilidades de melhor compreendê-lo e obter respostas.

Antes de partir, voltou os olhos uma vez mais para o horizonte e viu que nada havia de estranho lá ou tão surreal como a beleza do Rio de Janeiro. E, pelo adiantar da hora, julgou que fosse melhor voltar e pegar o carro para dirigir-se aos lugares pouco habituais que pretendia visitar, onde ninguém pudesse supor que fosse encontrá-lo novamente, como nos museus, a começar pelo que já havia estado tantas vezes e até atuado como comissário de exposições e conservador de afrescos, época que nunca se esqueceria de ter trabalhado no Museu de Belas Artes.

Porém, a pretensão era fazer um tour pela própria cidade, como um Sam renovado que chegasse ali como um turista disposto a rever alguns conceitos baseados em uma nova forma de pensar e de agir. Assim, o passeio poderia iniciar-se com a visitação de teatros e edifícios que lembravam castelos e igrejas que exibiam a história no estilo das construções medievais e renascentistas.

Entretanto, pressentia, sem a princípio entender o motivo, que um shopping pareceria ainda mais revigorante aos sentidos daquela vez, uma opção que jamais haveria cogitado em sã consciência.

Então, não se deteve e foi fiel aos próprios instintos, na esperança de que tudo parecesse razoável por algum motivo no final. E, logo ao chegar, percebeu finalmente o motivo que indicava que o que procurava não poderia estar fora de lá ou do tempo presente, onde nunca imaginava que fosse se sentir tão bem, envolto em uma arquitetura leve, arejada e naturalmente iluminada, como um ambiente que estabelecia o contato com a lógica modernista e se comunicava ainda mais com a natureza.

Lá parecia ser também o lugar onde era mais fácil interagir com o cotidiano das pessoas e observá-las tanto de longe quanto de perto, quase sem ser notado ou reconhecido por amigos, projetando a consciência e ampliando-a na maneira de perceber aos poucos o espaço de um determinado ponto.

Lembrava de já ter estado em um daqueles, dos mais modernos, mas como aquele nunca havia chamado assim tanto a atenção, desde o início, ao acompanhar com os olhos até onde ainda se podia notar a regularidade calculada do traçado das linhas geométricas das paredes e a impressão de leveza que fazia flutuar com elas toneladas de concreto.

E assim renovava-se e esquecia por instantes do vazio que o perseguia, e continuava a trajetória visual a distância, até ser traído, de novo, pelos instintos e atiçado pela harmonia de outras formas mais perfeitas e naturais que lembravam outros traçados.

Aí ficava mais fácil clarear a percepção da relação que podia haver na harmonia entre o espaço e a forma, na abstração da realidade, como no cubismo de Picasso ou de Braque.

No entanto, pensava em algo ainda mais diferente, como a precisão e a ordem da arquitetura influenciada por Le Corbusier e na harmonia sinuosa de Niemeyer, não tão fragmentada quanto a dos cubistas.

Uma mesa pequena e afastada, central e equidistante dos pontos mais atrativos do andar, em uma das alas do último pavimento do Shopping, que pertencia ao Café Conosco, um lugar aprazível e muito bom de se ficar.

O estabelecimento acabava de ser aberto e também contava com uma excelente iluminação natural, pois situava-se sob uma claraboia que se prolongava por quase toda a extensão do teto longitudinal do edifício, mais alto que o pé direito de qualquer catedral, totalmente envidraçado, como uma lente gigantesca que ampliava e tornava ainda mais intenso e forte o azul do céu que invadia cada vez mais o complexo com a claridade matinal adjacente. No entanto, tudo parecia ter sido minuciosamente calculado para que se estabelecesse ali um limite máximo de penetração da claridade natural pelo interior e ainda se mantivesse estável a temperatura do ambiente, com o mínimo consumo de energia.

Logo depois de todas as lojas se abrirem, pessoas começavam a aparecer de todos os cantos como formigas e caminhavam ali por perto, meio confusas e sem destino, a passos lentos e desacelerados, até irem habituando-se aos poucos com a rotina do novo dia, evitando perder o tempo que se tornava cada vez mais escasso para cuidarem de seus interesses cotidianos.

Reparava em cada detalhe, porém, não era ainda o modelo pelo qual se sentisse atraído ou correspondesse ao tempo e ao espaço necessários para inspirar nele alguma atitude do tipo que acendesse a ambição fundamental para o ponto de partida, em que se visse compelido ou motivado como tantos outros executivos pela rotina pulsante do dia a dia. E, assim, tudo voltava a se perder novamente em devaneios.

– Diga adeus às configurações arquitetônicas! – pensava, desiludido ao ver passar por ele formas estonteantes e perfumadas, de idades variadas, exibindo e diferenciando-se umas das outras na cadência de movimentos ritmados. Umas vinham em pequenos grupos, outras simplesmente desacompanhadas.

Shampoo tentava inutilmente concentrar-se em qualquer outra coisa antes de sair de lá, mas seus olhos lhe traíam as intenções ao serem fisgados cada vez mais por curvas harmônicas que compunham e suavizavam ainda mais o ambiente artificial de ângulos e retas perfeitas da construção bem planejada e já tornavam praticamente insignificantes e inúteis todas as reflexões iniciais.

Seios surgiam do nada, flutuantes e vacilantes, balançando em sua direção, até atingirem a máxima magnitude na visão e se alternarem em total combinação de formas sinuosas, com ancas de vários tamanhos, formatos e consistências, afastando-se, rebolando lentamente, levando com elas, no mesmo balanço, toda a atenção até sumirem de vista, para se recomporem e reconstituírem-se de volta, em um todo, todas as partes separadas que passavam, logo em seguida, a serem reivindicadas por suas donas, que, ainda surpresas, furiosas, charmosas e envaidecidas, disparavam de volta olhares maliciosos ao invasor, como se o culpado explorasse muito mais virtudes ocultas do que as que estivessem dispostas a oferecer no tempo certo.

Ele, então, retribuía cada gesto e jamais pensaria em ignorá-las, erguendo os olhos para não perder as reações, mas reprimia o desejo impulsivo de tentar importuná-las com a intenção de apenas satisfazer suas carências afetivas naquele dia.

Era tudo o que ainda podia se lembrar poucas horas depois de ter estado lá e não conseguia muito menos explicar como havia saído, pois sensações estranhas que pareciam simples devaneios começavam a aparecer e, daquela vez, projetavam-no para onde costumava estar todos os dias, no mesmo horário, durante a semana.

Ali, via-se sentado em uma das poltronas com um jornal no colo e em companhia do pai, de quem era comensal, companheiro e referência até nos hábitos cotidianos. Depois de uma pausa na leitura, ia se recobrando vagarosamente do surto amnésico para situar-se e lembrar-se de como havia chegado ali.

Olhou pela janela da sala para se certificar de que o céu permanecia límpido e sem nenhum sinal visível e discreto até onde pudesse enxergar, como as formações circulares que tão bem compunham e até se confundiam, a distância, com a visão de outro satélite natural que mesmo durante o dia poderia estar por lá, se não se revelassem pouco abaixo da linha do horizonte e indicassem muito além do que meramente uma circunstância presente.

Pouco depois, um som bem conhecido contribuía para que se desanuviassem as lembranças e tudo começasse a se encaixar, lembrando-se de mais coisas, como do instante em que pedia a conta e pagava os cafés ao garçom, ainda prestes a sair do shopping. Mas não deixou de se indignar também com o temor e suportava tudo em silêncio, disfarçando o desconforto de perceber novamente a amnésia profunda que pudesse dar indícios de um acontecimento mais grave.

O som das esferas de aço do relógio de madeira era breve e intercalado, no entanto pareciam sempre deslizar mais lentas para ele do que para o restante das pessoas, como também anunciavam que já era uma hora da tarde.

Então, cessaram os movimentos para que uma nova e estranha lucidez viesse a se manifestar tão rápida como um relâmpago e o fizesse lembrar na sequência de muitos outros detalhes, como os que também havia pensado antes de chegar em casa.

Entretanto, em uma fração de segundos, também passaria a se lembrar, na sequência, dos mínimos detalhes, desde muito antes, do que viria a suceder-se, além das minúcias da maneira como estariam vestidos, dos sorrisos de cada um deles, do que iam dizer mais tarde ou mesmo a forma como vinham até ali se desenrolando os temas das conversas dele com os familiares.

E, como se ainda não tivesse se refeito de todas as surpresas, outra impressão ainda vinha para clarear os sentidos, como esclarecimento de um momento tão recente do qual não poderia ter se esquecido pouco antes e nem tão rápido assim, por mais que permanecesse apagado, pois o esquecimento tinha ainda uma razão de ser e era capaz de pressentir algo iminente que mais se parecia com uma tragédia ou pior do que tudo o que já havia previsto ou experimentado antes.

Assim, o apagão parecia proposital e natural para evitar que descobrisse há horas o que estaria prestes a se desenrolar no final, mas por quê? Para que não interferisse no destino das pessoas, de sua própria família? Se fosse assim, por que teria de ser exatamente ele quem tivesse ou fosse obrigado a adivinhar aquilo?

Pouco antes de entrar no carro, após ter acertado a conta e ter se dirigido finalmente à garagem do shopping, ocorria outro lapso temporal e a memória de todo o passado parecia ter se juntado à de um futuro que parecia muito breve, mas começava a se desenrolar aos poucos, por algum motivo. Embora não houvesse nada no horizonte para situá-lo.

Então, aquele mesmo instante parecia ser o marco de onde passaria a prever como iriam transcorrer as cenas do almoço, mas algo diferente poderia ainda se suceder ali, pois estava certo de que o mesmo silêncio quase inquebrantável e duradouro pairando entre eles permanecia, depois do almoço, enquanto a concentração atingia um grau muito elevado, como se viesse de um mundo lúdico e intransponível para pobres criaturas terrestres.

De qualquer forma, estaria até o final com o pai, o renomado detetive Peter Pulver, que sempre lia em paz notícias que podiam ser das eleições presidenciais em andamento, com o fim de manter a mente oscilando entre manchetes de pouca importância e necessárias ainda para manter-se informado, como a das colunas policiais que atribuía mais importância.

Sam, no entanto, não estava em paz e dificilmente se concentrava, inquieto com outros sinais do que de pior pudesse estar por vir. E apenas consolava-se por saber que estava no lugar certo e não abandonaria a família naquele momento, torcendo para que as ocorrências revelassem, no máximo, distúrbios familiares fáceis de contornar.

O som suave das esferas de aço do relógio, deslizando em declives e preenchendo aos poucos as rampas de madeira, era sempre o mesmo e não interrompia com tanta facilidade o silêncio sepulcral que pairava entre ambos, um silêncio quase eloquente que parecia significar sempre a mesma coisa, a certeza de que, embora os pensamentos não fossem os mesmos, eram muito semelhantes.

E, assim, tudo pareceria tão natural do mesmo modo como era antes, em momentos que pai e filho se sentavam juntos e nem precisavam responder nada um para o outro, como a harmonia que só se interrompia com algo vindo de fora para perturbar a paz ou muito raramente um pensamento solto e desconectado, como interferências que se originassem de outras preocupações mundanas ou premonições inacessíveis que os fizessem se questionar o que realmente os preocupava.

Contudo, Sam ainda tentava disfarçar a tensão e se acalmar erguendo os olhos pela paisagem da janela e via dali boa parte da extensão do céu até o horizonte, no ângulo em que era possível ter uma ótima visão da cidade, explorando algumas ruas que desapareciam conforme iam se distanciando pelos flancos das montanhas mais próximas que se uniam a outras que se distanciavam ainda mais, sobrelevando-se sobre as primeiras e perdendo as formas até desaparecerem e fundirem-se à mesma linha que separa o céu dos contornos da cidade. Mas não parava por ali e, com o olhar um pouco mais elevado, voltava as atenções para o céu de brigadeiro, que revelava o azul quase homogêneo com a mesma impressão de um infinito intransponível. Entretanto, não encontrava ainda nada que indicasse algum sinal tão aguardado de alguma referência futura.

Porém, de tanto observar a natureza, percebia muito próxima uma instabilidade qualquer, como um aviso prévio que não sinalizava a menor alteração climática e, por algum motivo, impressionava-se com estranhas vibrações que turvavam a visão, como miragens revoltas e meio apagadas que já davam ao ar um aspecto notável que tendia a movimentos espiralados sempre em sentido horário e já se propagando por toda a extensão da abóbada celeste.

Instantaneamente a respiração se alterava ao perceber mais uma vez que a harmonia poderia ser passageira e preparava, então, o espírito para qualquer contrariedade, no mínimo uma polêmica que se avizinhava.

Mantinha ainda o olhar vidrado no céu que nunca tinha visto daquela forma e podia notar pouco depois as mesmas espirais ainda mais rápidas e intensas, tão próximas e presentes como as ocorrências da infância que vinham do alto e lembravam Starry Nights, mas alternando naquela hora o sentido das rotações como relógios descoordenados para anunciar que o tempo já não era exato, confiável e nem era possível ser medido ali naquele tipo de ocorrência e, por isso mesmo, tinha perdido literalmente o sentido, como razão de ser das amnésias futuras.

A origem e a permanência do novo surto pareciam ainda alertar os sentidos para o fenômeno das esferas enigmáticas, no entanto, não havia ainda sinais perceptíveis dos mesmos sons em seu estágio inicial e que precediam sua aparição. Além do mais, naquele momento, ainda não revelavam as mesmas transições violentas e tempestuosas que desanuviavam em seguida premonições anteriores, momento em que antevia fatos, antes de esquecê-los, para só então lembrar-se de tudo no futuro próximo.

Talvez não fosse nada ou muito menos relevante – pensava. Contudo, as surpresas começariam a se revelar logo em seguida, como respostas automáticas e telegrafadas que brotavam de sua mente e ele nem precisasse prestar tanta atenção ao último alerta, ignorando, naquela hora, a gravidade do problema que pudesse aparecer. A única preocupação era a de que os pensamentos estariam dissociados com o dele e que precisaria interagir melhor com todos.

– Em que planeta você está agora, astronauta? – perguntou Peter, que costumava trazê-lo à realidade depois de interromper o transe. – Meu astronauta favorito, completou com a mesma pergunta que Sam já pressentia.

– Em algum lugar do passado em conexão direta com o futuro que parece muito breve – brincou.

– Mas agora está de volta ao presente. Para a nossa felicidade, eu suponho.

– Sim – disse Sam, com um meio sorriso no rosto.

– E no passado recente, onde esteve hoje?

– Quando? – disse Sam, quase no automático e ainda parecendo meio aéreo.

– Pela manhã.

– Em várias eras, pensando no futuro – brincou para disfarçar o nervosismo –, mas agora mesmo tive de regressar de novo para resgatar uma lembrança que não poderia obter no presente – respondeu em vão porque essa última impressão não poderia fazer parte do diálogo que antevia desanuviado das amnésias futuras. E não fez mesmo, pois Peter nem prestou atenção no que ele disse e era como se não tivesse dito nada no presente, no momento em que o tempo apagava a resposta apenas para ele.

– Vou perguntar de novo. Onde esteve durante toda a manhã, poderia me dizer?

– Em um shopping, e daí? – Mas, a partir daquela resposta, estranhamente não se lembrava mais do diálogo telegrafado das lembranças.

Peter virou o pescoço de um lado para o outro, desqualificando por antecipação qualquer coisa que o filho pudesse estar pensando antes de dizer alguma coisa, mas era mais para provocá-lo e brincar com ele, esboçando uma meia risadinha de deboche.

Entretanto, nessa hora, Sam o encarou, brevemente, um pouco indignado, evitando dizer uma palavra, pois outro lapso de memória fazia surgir o terror nos olhos dele e apenas confirmava que o motivo seria terrível demais para que não se lembrasse mais do resto.

Voltou os olhos para o jornal e folheou-o, mais para disfarçar o nervosismo do que tentar encontrar uma coluna com uma reportagem mais interessante, muito mais tenso do que antes. Mas, como ele, Peter não voltou a ler, pois algo incompreensível também já o preocupava.

Naquele instante, o som intercalado das bolas metálicas do relógio de madeira acionado por um mecanismo fazia novamente deslizarem e despejarem esferas em outra rampa e um novo ruído parecido, mas totalmente embutido na mente dele, aumentava de uma cadência regular para outra mais alta até que atingisse outra insuportável, trazendo algo que sucedeu o blackout do esquecimento, mas tão extraordinário daquela vez, que fez com que em seguida iluminasse a mente, anunciando o final da memória oculta do que estava prestes a suceder em poucos instantes, quando se lembrava finalmente do resto do que poderia estar pensando naquela manhã, pouco antes de completar o percurso e chegar em casa.

De repente, a mãe e a irmã Potira se aproximaram, entretidas com qualquer coisa que não disfarçaria o que estava prestes a acontecer, mas confirmava que aquele momento realmente correspondia ao fim da premonição e Sam demorou muito tempo para recobrar a consciência de novo.

***

– Central de polícia! Todas as unidades se dirijam para a residência do Detetive Peter Pulver, pois a maior parte da casa, assim como tudo a cinquenta metros adiante da explosão, foi pelos ares. Ainda não podemos estimar os danos nem o número de vítimas. Mais alguma informação, Patrick?

– Sim, acaba de chegar. Foi na rua. Havia quatro pessoas e temos um sobrevivente. Infelizmente, pegaram o nosso melhor e mais experiente agente, o Dr. Pulver. Ele não resistiu aos ferimentos.

– Fale sobre o sobrevivente.

– O filho dele escapou milagrosamente. Está acordado, mas em estado de choque. Não esboça qualquer reação, mas tem um ferimento grave na cabeça, está perdendo muito sangue e deve ser internado imediatamente.

– E onde ele se encontra agora?

– Está sendo conduzido pelos bombeiros.

Minutos depois, ele estava no limbo, submerso em águas calmas e isoladas de um oceano de amnésia profunda e sem vida ou a menor possibilidade de saber se, naquele momento, ainda era ou se já tinha sido alguma coisa.

Durante muito tempo, permanecia assim e passava a não existir, sem consciência, como um fantoche doado e esquecido na gaveta de alguma criança que jamais saberia reanimá-lo ou fazê-lo reviver de novo como sempre fazia o seu antigo dono. Porém, a mente mantinha-se preservada, como se ainda mantivesse algum magnetismo que indicasse que poderia ser útil para qualquer distração e merecer figurar na trama do destino, como uma peça que ainda faria falta naquele jogo.

E, assim, depois de muito tempo, como uma molécula que antes parecia ter se constituído em tudo ou em algo que merecesse ser lembrado e se desconstituído em nada depois, ele via novamente a luz de uma imagem irregular que nunca o abandonaria e lhe dava de volta a noção de que tinha alguma autonomia e a sensação de paz profunda.

Até que a sensação que parecia ser reconfortante o fizesse se conformar à matéria de novo e se enchesse de graça a partir do próprio desconforto, como o primeiro sinal de que os sentidos debilitados voltavam aos poucos a funcionar no mesmo corpo e confirmavam que havia sobrevivido.

Mais de cinco anos se passaram e Sam, ainda ligado a aparelhos, sobrevivia numa cama de hospital e voltava à consciência com a primeira sensação que nunca se apagaria da mente, antes de se sentir nas mãos de Deus, algo que parecia vibrar com ele da mesma forma que pulsava em cada fragmento do universo, por menor que fosse, como a memória das partículas presentes em todos os elementos da natureza desde o Big Bang.

E, quase na mesma hora, voltava a se lembrar de detalhes, como de um arrebatamento súbito depois que formas gigantescas o sugavam de todos os lados e o lançaram finalmente para fora de si, da vida e de todos os que faziam parte dela.

Mas, mesmo acordado e sem pronunciar uma só palavra ainda não via ninguém por lá, durante dias, receoso em descobrir onde estariam seus parentes, mesmo que já soubesse a resposta e tivesse de se conformar com ela.

Então, tudo ia fazendo sentido e se constituía novamente de todas as sensações apagadas e imagens que se encaixavam no espaço e no tempo. A começar pelo som das esferas de movimentos pausados que instigaram o subconsciente naquele dia até recordar-se de tudo quase instantaneamente.

Na hora da explosão, não escutava correrem tão depressa no interior da caixa de vidro, que mais lembrava o invólucro de uma maquete que podia conter um barco em miniatura, um edifício ou mesmo a própria residência dos Pulvers com uma bomba camuflada em seu interior.

As esferas deslizavam e emitiam o ruído inicial e agradável sobre a madeira e chocavam-se de leve, no começo, transferindo a energia acumulada e fazendo outras abandonarem a inércia com o mesmo movimento que fazia funcionar o relógio de madeira da sala dos Pulvers, delimitando o curto espaço de tempo que ainda faltava para a bomba-relógio explodir.

Naquele momento, Sam perdia os sinais que vinham do céu ao ver a paisagem, no instante em que surgiam do centro das espirais outras esferas, como as estrelas que eclodiam pelos ares e aumentavam como astros que se aproximavam da terra antes de colidirem.

Os movimentos elípticos vinham de formas gigantescas que ainda cresciam, conturbavam o céu e toda a atmosfera, vindo de encontro a tudo e a todos, de todas as direções possíveis, cada vez mais agitadas como moléculas em um ambiente saturado e prestes a explodir.

Mas não emitiam no começo qualquer som semelhante ao mínimo que fizesse lembrar o início de suas aparições, como o ruído das esferas do relógio. Era outro bem mais grave e ensurdecedor que se intensificava até atingir o nível da escala de um estrondo que não se interrompeu, enquanto todos a sua volta, menos ele, mantinham-se inalterados.

Assim, a realidade havia se tornado compatível com a percepção da última premonição, destruindo sonhos, pensamentos e tudo ao redor, lançando coisas e objetos menores, até pedaços de tijolos e o concreto armado das paredes dos corredores, da sala da casa destruída e também corpos em todas as direções possíveis, para muito longe de suas lembranças, até que tudo se tornasse escuro e silencioso.

Uma força sobrenatural da matéria se desintegrando e espalhando-se, fazendo surgir o espaço como a nova realidade, permanecia no final, gravada das últimas lembranças, e ocupava o pensamento.

Não se lembrava de mais nada, além daquilo e do pânico, sentia os incômodos físicos diminuírem a cada dia, e os únicos sonhos que ainda lhe vinham, tinham a ver com alegorias que, no final, transformavam-se sempre nos mesmos pesadelos de ser lançado para a realidade e a família para muito além da própria existência dele.

***

Já haviam se passado quase vinte dias e, depois de retornar à vida, só pensava em descobrir uma maneira de combater a ameaça invisível, como o principal motivo que o animava ainda a permanecer vivo. Lembrava-se ainda com mais frequência da conversa que tivera com Peter na noite em que havia pensado na possibilidade de se tornar um investigador, ideia que já assumia uma importância fundamental naquele momento.

Sentia-se meio passado depois do episódio e as pessoas, como os poucos parentes distantes que ainda o visitavam, evitavam conversar com ele sobre aquilo. No entanto, tentava conformar-se com o destino e a ordem natural das coisas e sempre se lembrava de quando o próprio pai lhe dizia que a morte faz parte da vida, como nas estórias dos fantoches que morriam todos os dias e renasciam com as memórias apagadas para diferentes papéis, em tantos outros contextos da estória.

Ele estimava que faltava pouco tempo para permanecer por ali e mantinha a expectativa de receber alta em, no máximo, uma semana, e isso já causava bastante ansiedade, como se o tempo parasse só para ele e, mesmo assim, tudo dependeria de seu empenho em um trabalho muito intenso de reabilitação para se adaptar à nova vida, começando ali mesmo, com os exercícios diários de caminhada pelo centro hospitalar.

Naquela noite, já passava das três da madrugada e não sentia qualquer sinal de sono e sabia que, se não fosse a visita de JB, o siri, naquela tarde, seria induzido a dormir a maior parte do tempo. Mas seu amigo veio lhe fazer companhia e, ao cumprimentá-lo, depois de muito tempo, mesmo naquele estado, não esqueceria nunca de exibir a força estralando todos os ossos de sua mão, como gostava de fazer.

Contudo, trouxe um presente inestimável, um pacote fechado com algo que, além de ser um entretenimento, passaria a ser um de seus passatempos ou o passatempo, no melhor sentido que o termo pudesse oferecer. Só pediu que não abrisse por enquanto porque a visita seria muito breve e ele tinha outra surpresa. Outra ótima surpresa, pois naquela situação a única coisa que não queria era permanecer sedado e deitado o tempo inteiro. Por isso mesmo, não recusou umas palhas que ele ofereceu e poderiam realmente acalmar o seu espírito e fazer a diferença.

Não se surpreendia nem se condenaria por isso, pois na época das noitadas havia chegado mesmo a fumar durante um curto período da existência e nunca ou jamais tornou-se dependente de nada, nem de cigarro, no máximo sentiria falta de um ou outro ritual que estabelecia com algum grupo que ainda encontrava esporadicamente.

No entanto, pensava que nunca sentiria vontade, ainda mais sozinho, de fumar de novo. Contudo, a vontade veio mais tarde naquela noite, como a disposição espontânea de procurar libertar as ideias, e o fez sair do quarto sem avisar ninguém, com a desculpa de exercitar-se, na possibilidade de encontrar um lugar aberto e arejado para fazer aquilo.

Naquela hora, tudo parecia bem quieto, os corredores quase totalmente acesos inibiam a iniciativa, mas convidavam a iniciar uma exploração cuidadosa da área, procurando um café que fosse ou qualquer lugar pacato para acender o cigarro. Se não desse certo, o máximo que poderiam fazer seria conduzi-lo de volta para o quarto.

E assim tentava equilibrar-se, caminhando silenciosamente com um pouco de sacrifício no começo, com a dormência e o formigamento característicos dos membros que precisam ser exercitados para recuperarem a mobilidade. Sentia-se melhor só por ter saído do quarto e, em poucos instantes, quase concluía a primeira volta pelas imediações, pois o hospital era muito grande e não seria prudente ir muito além de onde estava.

Naquele momento, os corredores ainda permaneciam vazios depois da primeira volta intervalada que formava quase um meio circuito e em uma das extremidades havia um vão enorme sem iluminação artificial direta, cuja parede era entrecortada e quase toda formada de combongós que filtravam a pouca iluminação que vinha da rua e se constituía, na realidade, em um anexo que dava acesso a outras instalações do complexo hospitalar.

Ao aproximar-se mais, via que ali havia uma imensa penumbra, com poltronas não muito luxuosas, mas confortáveis, e parecia ser não apenas um lugar discreto, pouco visível e acessível aos pacientes, mas uma área exclusiva para os médicos e que era a mais confortável do hospital, onde se arriscaria a permanecer alguns instantes quase invisível, em paz e sossegado.

Então, sentou-se em uma daquelas opções que os plantonistas deviam utilizar para relaxar durante as noites e acendeu o fumo de frente para a parede de combongós e, em pouco tempo, esquecia-se da vida, vendo a fraca iluminação da rua que vinha dos postes, filtrada pelas pequenas aberturas na parede, se misturar às vezes com outras luzes mais intensas e direcionadas dos faróis dos carros que chegavam de outras vias ou vinham em sentido oposto para cruzar a rua paralela ao edifício, o que fazia penetrar no ambiente pequenos círculos luminosos que corriam com rapidez do teto, enfileirados pelas paredes, até o chão e voltavam pelo mesmo caminho, desaparecendo com o carro que seguia adiante. Assim, tudo voltava a ficar quase totalmente escuro até a chegada do próximo veículo, não fosse a iluminação dos postes; e, do mesmo modo como as luzes fugazes, a vida quase parecia ter perdido o significado, não fosse a esperança permanente que ainda nutria para continuar vivendo e nunca o iria abandonar.

Entretanto, não podia perder tempo, sabia que era necessário descobrir um acesso rápido ao último pavimento do edifício para obter a melhor vista possível do horizonte e de todo o perímetro que se estendia até o endereço onde ele estava. Contudo, provavelmente teria de encarar alguns lances de escadas de incêndio, o que seria quase impossível devido ao estado em que se encontrava.

Assim, ficou por ali mais uma hora sem ser importunado, pensando nas evidências dos presságios que nunca deveria ignorar, em qualquer lugar onde estivesse. Porém, para isso, necessitava recobrar os movimentos de forma satisfatória. Logo, era melhor não pensar tanto e acender o mesmo cigarro de palha antes de resolver se levantar, pois havia movimento de pessoas em um cômodo bem próximo dali, visitado por enfermeiros, e a única coisa que não queria naquele momento era ser obrigado a voltar de novo para o quarto.

Sabia que não muito perto dali havia outra área voltada para o balcão, com assentos parecidos, mas seria ainda pior a decisão de permanecer por lá, pois o posto estava em constante atividade, coalhado de pessoas que ainda não conhecia, e devia ser onde funcionava a parte administrativa daquele pavimento. Então, só lhe restava mesmo a opção de permanecer caminhando e teve sorte de não ter chamado a atenção de todos que pareciam muito ocupados.

Depois de prosseguir um pouco mais na caminhada de retorno, resolveu dar uma parada e acomodar-se na única cadeira que havia, muito bem posicionada em um local vazio do corredor que parecia ter menos acesso e não se situava muito próximo à entrada dos dormitórios, longe das câmeras e a poucos metros do apartamento nº 36, onde permanecia internado.

Ali seria a parada final para acender de novo e pela última vez o cigarro, antes de voltar e tentar se induzir ao sono. Já não via mais nada para se distrair além do vulto da própria sombra bem definida na parede que se formava bem diante dele, como se nela se desdobrasse outro pensamento que lhe fizesse companhia e pudesse comunicar-se, na forma de outra ideia persuasiva para mudar os seus conceitos, a ponto de saber que estava disposto a matar alguém, mas, nesse caso, teria de juntar-se antes à corporação e ser aceito como investigador pela equipe de Bareta.

Olhava a sombra de novo na parede em frente, com uma deformação que exibia uma cabeça achatada e um tanto irregular para um dos lados, totalmente sem pescoço, disfarçado pelos cabelos longos e repartidos que o encobriam e davam um outro formato ao seu crânio.

Ele via-se no vulto naquela hora, como se estivesse vestindo uma farda com a mesma disposição projetada de trabalhar todo o seu potencial e o dom que tinha para descobrir o paradeiro do verdadeiro assassino da família e nela começava a nascer um sentimento incontrolável de ódio e inconformismo.

No entanto, conteve-se para não se entregar à depressão e à tristeza, e o espectro que se delineava na parede não consumiria dele nenhuma emoção ou sentimento que denunciasse a sua dor ou inconformismo, porque sentia apenas que era preciso ser forte para seguir seus ideais e evitar que o mal se propagasse.

E, de fato, estava certo que sim, pois, além da inteligência e do interesse que possuía, um canal com o futuro se abria ao soldado obstinado identificado na silhueta, a visão escura e um pouco maior de si, que, àquela altura, já se perdia em divagações e passava a imitar todos os seus movimentos, como o de levar o cigarro até a boca para mais uma tragada e quase já se cansava de interagir com ela.

Apenas um ruído leve a denunciava, como o som inicial de esferas deslizantes sobre uma superfície que já começava a perturbar, um indício que pudesse ali significar a aproximação do perigo, como alguém que se aproximasse para repreendê-lo, mesmo depois de apagar e guardar a bituca novamente. Mas o ruído continuava e produzia um som ainda mais forte que chegava a incomodar os tímpanos, mesmo sem nenhum sinal de vozes ou de passos de alguém se aproximando.

Os corredores continuavam desertos e, antes de levantar-se, voltava a pensar em continuar fumando, mas desistiu da ideia, pois o cheiro da fumaça permanecia ali estagnado, bem como o ruído tão familiar das esferas deslizantes que assumiam o som cada vez mais grave e ele apenas pensando no cheiro que não se dissipava de lá.

Então, fez menção de levantar-se pela última vez e dirigir-se para o quarto o quanto antes, despedindo-se da ideia que surgia esculpida na sombra irregular. Entretanto, via que algo estava diferente nela, como prolongamentos que saltavam da cabeça em forma de chifres lançados para todas as direções e, sem acreditar naquilo, levou as mãos instintivamente para o penteado que parecia em ordem e não havia se desmanchado. No entanto, a silhueta não imitava o mesmo movimento.

O barulho das esferas progredia de forma ainda mais intensa e insuportável e ele abaixou os braços novamente, imaginando que estivesse tendo alucinações e sem querer acreditar na verdade que pudesse ali se anunciar. Porém, notava que, mesmo depois de abaixar os braços, o vulto elevava uma das mãos com o cigarro para uma última tragada.

Então, Sam reagiu de forma surpreendente e não atribuiu nenhum sentimento esperado a Jack que fosse seu e não lhe pertencesse além da disposição de acabar com ele de outra forma que não fosse aquela.

Finalmente, naquele exato instante, ouvia-se o barulho da porta de um dos quartos se abrindo e assim se manteve quase no mesmo instante em que um grupo da equipe de médicos corria para o local e a sombra, bem como o barulho das esferas, dissipou-se com eles. Apenas o seu próprio vulto descoberto ainda permanecia ali com ele, mas não podia ignorar o fato nem voltar para o quarto, como se nada tivesse acontecido, e dormir em paz. Acabou descobrindo que o paciente do aposento vizinho não tivera a mesma sorte que ele.

A SEMANA SEGUINTE

Um grupo do batalhão veio visitá-lo em poucos dias, enquanto ainda tentava se lembrar de mais detalhes de momentos que precederam a explosão, bem como o que pensava em fazer da vida quando saísse de lá. Mas, pouco antes, ainda pela manhã, o Dr. Brito, o neurologista que vinha acompanhando a evolução de seu estado, veio ver como ele estava e falar sobre o resultado dos exames que confirmavam, depois de ter ficado em observação e recobrado por completo a consciência, que não havia qualquer sequela.

Porém, o médico, cuidadoso e detalhista em excesso, apresentava-lhe uma série de restrições e recomendações que só em parte estaria disposto a acatar, embora se mostrasse de acordo e se sentisse muito grato pela preocupação e pela atenção que lhe havia dispensado.

E assim, quase bom e prestes a receber alta, as visitas passaram a ser constantes, principalmente a dos policiais que permaneciam muito tempo ali com ele, mas tinham recebido orientações do mesmo médico para que evitassem muitas perguntas naquele dia.

Eles vieram fardados e dispostos a oferecer proteção e todo o apoio de que precisasse, como fizeram questão de expressar os sentimentos e falar da grande admiração e consideração que tinham pelo finado Peter Pulver, não só pelo exemplo de homem que era, mas pelo belo trabalho que desenvolveu junto à corporação. De fato, não havia como negar o legado que deixou e todos foram unânimes em afirmar que sem ele não teriam se aprimorado tanto nem sido bem-sucedidos em muitos aspectos.

Porém, no final, não deixaram de revelar, na mesma ocasião, a Sam o interesse pelo seu depoimento para retomarem as investigações do ponto em que Peter havia chegado, bem como precisavam lhe confidenciar que logo depois do ocorrido tentaram obter alguma pista nos registros e apontamentos que ele devia ter guardado, mas nada encontraram no local do acidente.

Pensando nisso, ainda naquela semana, ele e o Capitão Bareta combinaram de se reunir para que Sam pudesse responder qualquer pergunta sobre o que havia testemunhado naquele dia do incidente, em especial sobre algo de que ainda pudesse se lembrar da última conversa que teve com o pai, o que não seria muita coisa, pois Peter sempre foi uma pessoa fechada e extremamente cuidadosa quando o assunto dizia respeito ao andamento das investigações.

Entretanto, o que veio a saber depois em outras visitas e fez com que ficasse impressionado foi o fato de que os ataques não cessaram, assim como já havia registros de que o assassino frio e calculista aterrorizava outras capitais e cidades grandes de outros estados, além do Rio de Janeiro.

Mas não era tudo o que veio a saber porque os contatos cada vez mais frequentes com o capitão e outro agente atuante naquele caso, o Tenente Bajur, possibilitaram a ele descobrir que muitas comunidades vivenciavam algo inédito, como um sentimento de opressão que se verificava bem menor com relação a antigas e mais constantes preocupações com a violência ou o próprio crime organizado e passavam, em vez disso, a concentrar seus temores na ameaça silenciosa que surgia e já se alastrava em aparições de elementos com as mesmas características sinistras e horripilantes, momento em que passavam a ser identificados e jamais esquecidos, promovendo ações bem mais temidas que as dos piores terroristas até então considerados.

E tais ameaças vinham ocorrendo em sequência após o ataque registrado como "O Primeiro Ato", o qual Sam, por ser muito novo na época, nunca havia tomado conhecimento, mas jamais deixaria de ser lembrado como o episódio da praça, com oficiais falecidos em uma terrível emboscada e ainda vilipendiados dos próprios funerais, em outras homenagens póstumas oferecidas às suas famílias. E, assim como eles, tantos outros parentes remanescentes se transformaram em vítimas frequentes e visadas, facilmente identificadas pelo mesmo trauma que as prendia ao passado.

Contudo, aquilo nem de longe parecia ser o maior problema, pois, a partir desse episódio, outros atentados começaram a seguir um padrão menos previsível em outros eventos terríveis e de tão difícil compreensão, que as próprias autoridades tentavam abafar o caso para evitar que o pânico geral se estabelecesse, criando versões mais leves e factíveis, cuja origem pudesse estar ligada a uma espécie de fobia, na forma de uma insegurança crescente e atual que passava a se alastrar como doença social de origem desconhecida, mas que já estava sendo investigada.

Alguns estudiosos e doutores com experiência e conhecimento aprofundado, no âmbito da sociologia, da psicologia e da antropologia, já acreditavam nessa teoria e chegavam muitas vezes a afirmar que o mal do século não viria exatamente de um agente específico, mas de uma epidemia mais grave que iria corromper a memória do mundo, até que a população inteira estivesse fadada a desaparecer e a última evidência possível fosse o caos, por não saberem onde estavam nem o que tinham sido antes.

Assim, parecia mais fácil explicarem o pavor e as impressões mórbidas de lembranças calcinadas pela ação de um só sentimento predatório e traiçoeiro que se personificava com extrema rapidez e passava a assumir feições de um personagem que vinha de maneira imperceptível instigar outros tantos sentimentos nos espíritos dos indivíduos, sentimentos que nada mais eram do que evidências da verdadeira identidade configurada neles que acabavam expondo e despojando-se de parte dela depois, como de algo que lhes tivesse sido arrancado, mas fosse o último recurso para se libertarem e poderem escapar ainda com vida depois de descobertos, como um membro decepado que ofertavam e deixava o cheiro e o rastro de sangue até as vítimas agonizantes antes de serem alcançadas e finalmente devoradas pelo demônio.

Sam ainda não partilhava de superstições coletivas ou interessava-se, até então, por detalhes sórdidos do que se comentava pelos arredores, no máximo imaginava a ameaça como possíveis agentes indutores trabalhando em conjunto e com grande poder de hipnose que levava muitos a acreditar que fossem um único ser, enquanto se perdia a noção do tempo das aparições, com a sensação permanente do passado obliterado das memórias alheias.

Além disso, nunca tocava no assunto com mais ninguém sobre o interesse que teve um dia despertado para seguir a carreira de investigador e nem precisava falar mais nisso porque um brilho em seus olhos nunca escapava quando ouvia as estórias sobre métodos imprevisíveis e criativos de que Peter se valia para estar tão à frente de outros investigadores.

Entretanto, pretendia cumprir daquela vez uma missão, como um homem determinado que não se deixava abalar facilmente por tudo o que já tinha ocorrido antes e, lógico, fosse impossível de reverter no tempo, como ainda nutria um interesse crescente voltado ao tecnicismo da polícia, não apenas para o único fim de pegar o assassino de toda a família, mas para outros casos que pudessem estar ligados aos mesmos propósitos de uma mente tão poderosa e doentia.

A atividade investigativa passava, assim, a ser para ele bem mais do que uma profissão e até mais desejada do que se tornar curador em algum museu, prova disso é que muitas vezes já se via trajando a farda com que até passava a se identificar, muito mais do que se estivesse de fato já usando uma, como as de muitos policiais corruptos que não honravam a profissão.

Talvez, assim pudesse saber que Jack era mais real do que como era pintado e desmistificá-lo um dia, com uma arma que nem ele pudesse imaginar possível, como o poder sobrenatural de antever situações.

Porém, parecia paradoxal durante uma noite, a visão inacreditável que teve em um sonho, dias depois, mesmo parecendo mais surreal do que as versões que circulavam. Mas era tão real a ele quanto os pressentimentos que tinha após o surgimento das esferas misteriosas que passavam a sair dos sonhos para a realidade e, daquela vez, se congelava como um holograma em sua mente depois de acordar atônito durante a noite.

Veio com a imagem de Ramon, um ser pequeno, acinzentado e de olhos muito grandes e amendoados, que mais parecia um alienígena, se não se apresentasse como um nascituro, um bebê que nem havia saído do ventre com vida ou dado a graça de ter sido visto ainda com vida pelos pais porque sua mãe havia sofrido o terrível choque em uma exposição.

Ele vinha no sonho se comunicar com Sam sem avisá-lo e estava totalmente nu, com bem menos de quarenta centímetros, e nem tinha as dimensões de um bebê plenamente formado, mas as de um feto. A voz também não parecia ser como a de uma criança, mas indescritível como a de um recém-nascido que já possuía perfeita oratória, e tão bem se comunicava com Sam que não parecia haver outro motivo para estar ali naquela hora. Ele tinha coisas a lhe dizer se quisesse, mas só até certo limite. Além do mais, Sam teria de se esforçar para não esquecer o diálogo após despertar do sonho.

– Quem és tu? – disse Sam, que parecia inebriado no sonho, esforçando-se para manter o diálogo e não despertar do sonho.

– Sou Ramon, habitante de Lituno e filho de Estela, de quem me perdi no meu último regresso ao passado.

– E como aconteceu?

– Durante sua gravidez, ela sempre se comunicava comigo e eu com ela em sentimentos e eu quase conseguia ler todos os pensamentos dela, como já sabia que, em poucas semanas, daria à luz um menino. Porém, ela resolveu ir à exposição. Mas ele estava lá naquele dia e absorveu tudo, a memória de todas as suas expectativas, como a esperança que ela ainda tinha.

– Continue.

– Durante o processo de abdução, ainda mantínhamos uma relação literalmente umbilical e isso possibilitou que, durante aqueles últimos minutos, eu percebesse tudo o que se passava, invisível e ainda acompanhando a conexão que se estabelecia entre os dois, ela e, bem...

– Fale!

– Jack.

– Como foi?

– Foi horrível sentir aquilo, perceber a memória dela se esvaziar das lembranças e até das expectativas com o enxoval que havia comprado e tornar-se apática, irreconhecível, como se carregasse um peso ou algo estranho dentro dela.

– E você?

– Enfraquecendo, consumido em angústias, até quase não resistir mais.

– Esse foi o fim? – soltou Sam para encurtar a conversa, pois sabia que era o que faltava ele lhe dizer.

– Não – disse ele. – Eu sobrevivi até ser abortado em poucos dias.

– Entendi, Ramon. Você não consegue se libertar deste lugar, do passado, e agora tem aberto esse canal comigo. Por isso mantém a mesma forma de antes, a de um feto ou uma vida que não se desenvolveu. Porém, você não deve regressar agora. Se fizer isso, vai se arriscar aqui.

– Eu sei.

– Afinal, o que você quer de mim?

– Parece impossível. Mas quero que me ajude a eliminá-lo para que minha vida continue a se desenvolver do ponto em que foi interrompida.

– Mas você poderia me dar alguma pista ou evidência de como é o monstro e o que ele quer por aqui?

– Desculpe-me, espero que compreenda que não posso falar mais nada agora. Obrigado pela atenção, meu amigo. Envio-lhe apenas uma imagem dele que me ficou gravada e você pode pressentir o resto, com o poder que tem, para saber que fui descoberto agora e estou perdido – disse Ramon, degenerando-se, com a mesma voz indescritível e engraçada produzida pelas cordas vocais ainda malformadas de um feto que, naquele momento, já ia perdendo as próprias forças.

Ele ainda se esforçava para continuar se comunicando tão bem quanto antes ou como um adulto podia se expressar, mas só conseguia sussurrar com a voz ainda mais enfraquecida e mais aguda que a do bebê o qual nunca havia se tornado desde a época em que faleceu no ventre de sua mãe.

Até que engasgasse e sufocasse, finalmente, com o corpo diminuindo e definhando-se num processo regressivo em que os órgãos vitais fossem se desconstituindo, como os pulmões, todo aparelho digestivo e o cérebro assumindo a aparência de uma larva ou algo irreconhecível que pulsasse com um coração que lutava para sobreviver ainda, até desaparecer e falecer de vez.

E Sam tentou perceber então alguma imagem, mas nada havia ali por enquanto, apenas a sensação de ver o ambiente escurecendo aos poucos com ele e tudo o que pudesse haver a sua volta sob uma enorme sombra turva e indefinida que fazia com que toda a memória do sonho, do mesmo modo que o histórico do diálogo que havia se travado, desaparecesse de suas lembranças e só o futuro breve se revelasse a ele, por meio de uma leve expectativa, quando estava prestes a acordar de uma vez para a realidade do presente.

Assim, depois do desaparecimento definitivo de Ramon, só restava alguma coisa que mais se parecia com uma pequena nuvem enegrecida, como um bloco de fumaça turvava sua visão jazendo sobre sua cabeça, o que o fez erguer ainda mais os olhos para identificar melhor o que poderia ser, mas, em seguida, assustou-se com a face podre e mais horrível que o destino lhe pudesse oferecer. E o sonho se transformava num pesadelo tão intenso e inconcebível, que acordou com os batimentos acelerados, quase gritando, como nunca havia feito antes.

Pouco depois de voltar à realidade, sentia ainda uma atmosfera pesada no quarto e pensava no exterminador de passados. Entretanto, uma energia intensa, como a aura pura e elevada que não o abandonava, preenchia de volta o vazio que ainda havia por lá com a luz do seu espírito.

E naquela hora só restava uma certeza, a de que nada poderia corromper sua memória ou mantê-la fora dos sonhos, da mesma forma como o mal se arquitetava para destruir tantas outras identidades de mentes confusas, como se fossem montadas em profusões e combinações únicas de sentimentos puros, banais, nobres, torpes e muitas outras variantes que se constituíam, concatenavam-se e se combinavam como o DNA da alma de cada indivíduo ou qualquer outro ser humano abalado daquele planeta, prestes a ter destruído o sentido real de toda a sua existência, como um quebra-cabeças encaixado de lembranças sucessivas, cuja ausência de uma só peça já fizesse com que tudo deixasse de ter sentido, um estágio fundamental do somatório de experiências de que o agente já pudesse estar se alimentando há tanto tempo.

Mas essa última impressão parecia impossível e terrível demais para ser verdade. Sam parecia não ter a capacidade nem a maturidade necessárias para desenvolver um senso apurado da realidade que o permitisse trabalhar com os poderes que tinha.

Via-se, ainda, apenas como um predestinado desocupado que estava ali para uma causa qualquer além de uma existência fútil que o preparava para o final dos tempos ou simplesmente que já estava ficando louco.

Sam só pensava na visita que receberia naquele dia e já matutava, pensando numa possível oportunidade que porventura surgisse para ser aceito na corporação. Imaginava também que não seria fácil chegar ao posto que pretendia, mas, se conseguisse logo, deveria ter humildade até adquirir a experiência necessária e ser pragmático como um verdadeiro investigador tinha de ser, mas nunca, em nenhuma circunstância, pensaria em ignorar pressentimentos.

Sentia sempre a emoção de revê-los no bate-papo cada vez mais descontraído. Via-os como verdadeiros heróis que saíam todos os dias para o trabalho e tinham sempre em mente que poderiam nunca mais voltar para casa, fora as pressões habituais do dia a dia nas operações.

E, assim, nos últimos tempos, o número de baixas continuava a crescer, dado que, de acordo com as estatísticas, já ultrapassava a cifra de cinquenta por cento dos efetivos. Estavam tão afetados psicologicamente pelas pressões que eram obrigados a se submeter a tratamento psiquiátrico e muitos já não conseguiam nem mais se recuperar.

Era lamentável saber disso, mas, certamente, para Sam seria uma preocupação com que não precisaria lidar por muito tempo, pois ainda não tinha filhos e a família não pertencia mais ao mundo dos vivos, o que talvez pudesse também explicar em grande parte a indiferença que sentia pelo perigo de se expor depois do terrível drama que viveu.

Entretanto, mal sabia ele que, embora não temesse a morte e sentisse como se estivesse imune a ameaças, tudo parecia se configurar como um motivo mórbido a mais que o destino impunha para sentir-se fortalecido de alguma maneira, embora nem por isso pudesse se comparar a outro drama talvez pior que a humanidade vivia, ao ver por todos os lugares homens e mulheres de todas as idades cada vez mais solapados dos sentimentos que os emperravam em suas próprias recordações.

De fato, parecia muito estranho tentar imaginar que um dia todos fossem obrigados a viver apenas para o futuro de um presente quase imediato e tudo não se convertesse mais em passado praticamente apagado da noção de todos.

Mas o tempo para Sam nunca se tornaria estanque, no modo como o passado desaparecia para muitos, porque suas raízes se fortaleciam cada vez mais preservadas das intempéries, ao passo que ainda era cada vez mais constante a impressão de haver um elo com o futuro que jamais poderia se romper, mesmo depois de cessada a própria existência.

Assim, julgava que jamais chegaria àquele ponto, pois o tempo pretérito ressurgia sempre dinâmico para um otimista incorrigível como ele e, desse modo, jamais desvirtuado a ponto de constituir-se como um entrave para que a vida transcorresse com a mesma dinâmica. E assim, jamais e em hipótese nenhuma, constituiria-se em um refúgio para o presente.

Além do mais, era um amante da arte, da cultura e um fã fervoroso do passado. E por isso mesmo imaginava que um dia o tempo não pudesse apenas se renovar constantemente como as águas de um afluente ao sabor da corrente de expectativas e surpresas que a vida oferece e estão por vir, mas se constituía para trás formando um rio de experiências acumuladas na memória, de onde proliferava praticamente toda a vida esquecida e quase invisível como o manancial acumulado do processo criativo que dá a dimensão e o panorama da nascente que o realimenta e não pode ainda ser vista adiante.

Entretanto, mesmo para um sensitivo acostumado a viajar em divagações pouco comuns, para não dizer alucinantes, do ponto em que se via do quotidiano, além de conviver com as raras ocorrências misteriosas que poderia chamar de premonições, que também surgiam nas ocasiões mais incertas para sinalizar o que de pior ainda estivesse por vir, Sam começava a se filiar a teorias de que a memória do mundo pudesse estar de fato se corrompendo aos poucos.

Porém, de alguma forma sentia-se mais e mais engajado em um ideal qualquer naquele mundo, com outras amizades, numa profissão à qual há algum tempo não daria a devida importância, mas que faria com que pudesse pôr em prática aquele misterioso dom que possuía e contribuir para evitar a deterioração da sociedade e, assim, lutaria até o fim pela preservação do patrimônio material e imaterial da memória de todos.

Mas não queria esperar tanto para agir, como também já se formava nele um desejo de trabalhar diretamente naquele caso que se constituía muito mais do que uma aspiração, um ideal ou um emprego em que pudesse apenas se manter.

Contudo, pelo que sabia, o primeiro passo seria se submeter a treinamentos para as provas, caso quisesse ser aprovado em um curso de formação. Tinha consciência de que não seria fácil, como o Capitão Bareta já havia lhe dito, depois de trazer algumas apostilas do último edital que ele gostava de distribuir para os jovens que se interessavam pelo assunto. Mas não seria difícil porque reunia todas as habilidades físicas e mentais necessárias para passar naqueles testes, como autocontrole e paciência em condições extremas.

Além do mais, era um ótimo lutador, reconhecidamente pela galera dos surfistas, da qual fazia parte, e pela turma do jiu-jitsu que o respeitava, tanto pela potência e velocidade de seus chutes, verdadeiros coices que partiam costelas, quanto pelo alcance de seus socos devastadores, graças à incrível envergadura que possuía.

Desse modo, o contato já havia sido deixado no hospital, só não sabia quando seria o momento oportuno para darem ciência do que ocorria fora de lá e de algum perigo iminente que pudesse estar correndo após o atentado, pois a visão da janela de seu quarto não favorecia uma leitura precisa do horizonte, a menos que descobrisse alguma passagem, nem que fosse uma saída de incêndio até o terraço.

Infelizmente, o terrorista ainda agia em total liberdade, comandando de longe vários grupos em outras capitais, em ações espalhadas e dirigidas muitas vezes a policiais fardados ou à paisana. E, por ser também visado, Sam, mesmo sem pertencer a nenhuma corporação, sabia que não demoraria muito a obter informações privilegiadas, mas não deveria apenas esperar por isso.

Depois de muita conversa com serviçais pelos corredores do hospital, acabou fazendo amizade com alguns deles e descobriu a melhor forma de acesso ao terraço, como também foi apresentado a Péricles Silva, empregado de uma firma terceirizada e especializada em segurança e encarregado pela inspeção do prédio.

O cara parecia convencido de que subir até lá com Sam, quando este precisasse, seria a melhor forma de arejar as ideias. Além disso, era fumante como ele e não havia melhor lugar para fumar despreocupado do que no topo do edifício.

Assim, ao chegar até lá pela manhã, surpreendeu-se com a facilidade, pois os lances de escada eram curtos e havia apenas uma porta que delimitava o último andar do terraço. E, embora se mantivesse constantemente trancada, com exceção dos dias em que não fossem feitas as inspeções, Sam não precisaria de nenhuma chave de acesso até lá. Contudo, se mesmo assim precisasse, bastaria ligar para Péricles.

O lugar parecia tranquilo e, como verificou, também não havia câmeras, além de oferecer uma bela vista de grande parte do horizonte, porém o que viu de lá não o agradou.

– Departamento de Polícia, Juliana. Boa tarde!

– Boa tarde, eu me chamo Sam Pulver e gostaria de falar com o Capitão Bareta. Ele pode me atender agora?

– O senhor é, por acaso...?

– Um amigo.

– Vou verificar. Aguarde um instante, por favor.

– Pois não.

– Senhor Pulver, ele está ocupado em uma reunião nesse momento, mas pediu que perguntasse se seria algo urgente. Se não for, disse que ligará para o senhor o mais rápido possível.

– Não. Nada urgente, mas é importante. Diga, por favor, que estou aguardando porque o assunto pode interessá-lo.

– Certo. Fique tranquilo que transmitirei o seu recado.

– Obrigado.

– Por nada e boa tarde.

– Boa tarde. – Desligou o aparelho.

Logo em seguida, escutou o barulho de alguém batendo à porta, mas nem teve a chance de responder ao notar que surgia por trás um rosto jovem e sorridente.

– Podemos entrar? – perguntou a Sam, que viu aparecer, logo em seguida, outro rosto afável, feminino e ainda mais sorridente que o primeiro.

Aquele médico parecia um novato, com a fisionomia alegre de que tudo estava ótimo na primeira semana de trabalho no hospital. Apresentava-se como Dr. Antônio Azeredo, que estaria no lugar do Dr. Brito naquele dia em uma de suas folgas.

Ela, ao contrário, agia com muita naturalidade, talvez pela larga experiência que possuía e por já estar bem familiarizada com os pacientes e, por isso mesmo, parecia mais contida nas emoções e gestos.

– Este é Sam Pulver, o paciente do qual lhe falei – disse ela.

– É um grande prazer, Senhor Pulver, sou o Dr. Antônio e substituo hoje o meu colega Dr. Brito. Como tem passado?

– Bem, Doutor, obrigado. Muito prazer em conhecê-lo.

– Estivemos aqui hoje mais cedo, no início da manhã, e não encontramos o senhor no quarto e nas proximidades – disse o médico, em tom amigável, esperando uma resposta.

– De fato, estive me exercitando um pouco, durante a caminhada matinal, mas me empolguei e fui ainda mais longe do que deveria, me perdendo pelos corredores. Sabe como é custosa essa fase de recuperação, né, Doutor?

– Sim, claro. Mas, a propósito, tomei conhecimento também de que o senhor vem recebendo muitas visitas. Talvez seja desgastante.

– Sim, as visitas têm sido mais constantes ultimamente.

– Mas quase todos os dias? – disse o Dr. Azeredo, já com menos facilidade em manter o mesmo sorriso.

– Se me permite a pergunta, por que a surpresa?

– Por nada. Apenas estávamos pensando se não seria melhor para o senhor que as visitas fossem menos frequentes, pois precisa se restabelecer adequadamente para os poucos dias que faltam para ser liberado. Tive acesso ao seu prontuário e assim verificamos que o descanso e o repouso são necessários em uma fase de preparação para se adaptar melhor a mudanças que virão logo que retornar a sua rotina habitual. Por mais que saibamos que está bem e com disposição física, há um período de readaptação depois do coma – disse o médico, assumindo uma postura mais formal e um tom circunspecto até na forma de se comunicar.

– Agradeço a preocupação, Doutor, mas essas visitas só me fazem bem e me dão segurança. Além disso, quem vem mais me visitar é meu futuro chefe – disse Sam muito confiante e ainda surpreso por não terem avisado o novato de que já havia sido liberado para receber quem quisesse e a qualquer hora.

Porém, conforme viria a saber, a preocupação não era tanto com seu estado, que já não era mais crítico e delicado, e sim com a rotina do próprio hospital, pois Bareta vinha sempre bem acompanhado de um batalhão armado e gerava alguma apreensão por muitos acharem que, onde havia polícia, certamente haveria confusão e perigo iminente.

– Sem problemas! Contamos com a larga experiência de Dona Marta – disse apontando para a senhora que o acompanhava – e, caso precise falar comigo, ela tem todos os meus contatos. Mas, devo insistir, pois gostaria de entender melhor se as visitas constantes que vem recebendo são tão necessárias assim ou poderiam ficar para depois.

– Sim, são necessárias, mas não se preocupe, mesmo que o Capitão ligue e insista em falar comigo, dessa vez virá sozinho. Além do mais, é provável que esteja aqui mais tarde – respondeu quase expondo outros motivos que não dariam margem a mais nenhuma pergunta, como o fato de ter sido vítima de um atentado que levou sua família e o deixou naquele estado, bem como a prerrogativa que tinha de ser assistido pelos agentes para a sua própria segurança. Entretanto, achou melhor não dizer nada.

Brrrrrr, brrrrrr, brrrr, brr...

– Alô...!

– Alô, Sam?

– Capitão?

– Tudo bem por aí? Alguma lembrança para nós?

– Não. Mas o assunto que tenho a tratar com o senhor pode ser muito mais importante do que imagina.

– Não posso estar aí agora. Pode ser daqui a duas horas?

– Perfeito. Porém, gostaria de pedir mais uma coisa, pois, como se trata de um assunto particular, algumas revelações e questões das quais o senhor devia ter conhecimento, seria melhor que viesse sozinho.

– Sim. Da maneira que achar melhor. Então, podemos nos encontrar mais tarde, por volta das dezoito horas. Está bom para você?

– Perfeito.

– Certo. Então, quando eu estiver prestes a sair daqui, mando-lhe uma mensagem. Grande abraço.

– Abraço, Capitão Bareta – disse Sam, antes de desligar, convencido de que era hora de colocar o assunto, uma vez que já se aproximava o dia em que ia receber alta e precisava resolver a vida dele.

Descansou e conseguiu até dormir profundamente em menos de uma hora, ainda para compensar a insônia que teve durante a noite anterior. Em seguida, logo ao acordar, pediu jornal e um café, pois tinha certeza de que a visita não demoraria a aparecer. Entretanto, nem chegou até a metade das notícias, quando anunciaram o visitante.

– Boa tarde, Sam – cumprimentou Bareta, sentando-se em uma das cadeiras destinadas a visitas. – Pensei até em te ligar antes, mas tenho estado muito ocupado ultimamente com novos depoimentos. Você nem pode imaginar.

– Eu compreendo.

– Por falar nisso, trouxe algo para você, mas devo adverti-lo de que pode causar desconforto e até espanto – disse ele, abrindo uma pasta de couro preta onde guardava alguns papéis e duas pistolas carregadas.

– Do que se trata?

– Desenhos reveladores ou retratos falados do assassino, veja.

– Ahhh!... O que é isso?

– Eu te avisei!

– Só pode ser brincadeira de mal gosto.

– Olhe este último! Veja os detalhes!

– Muito bem desenhado, mas pode ter sido encomendado – comentou Sam.

– Negativo. Eu estava com a testemunha na minha frente até o final e acompanhei todas as suas reações até a conclusão do retrato falado.

– Não pode ser real – disse Sam, depois de examinar, cada desenho atentamente por alguns minutos e estabelecer relações com alguma fisionomia que lembrasse, talvez, O grito, de Edward Munch. Porém, era muito mais assustador e aterrorizante do que a pintura do artista que vinha à lembrança naquela hora, pois era a própria expressão do susto nunca captada ou reconhecida antes exatamente como era. Um sentimento de pavor abrupto, quase raro, que arrebata as pessoas em fração de segundos, mas nunca se revela antes do objeto que o induz na mente das pessoas. Talvez ninguém tenha conseguido ainda descrevê-lo ou interpretar o pavor tão bem quanto aquela vítima, a ponto de reconhecê-lo e conseguir desenhá-lo.

– Parece que o autor conseguiu captar uma imagem que só existe no subconsciente dele, pior que qualquer temor que tenha visto ou até conseguido imaginar. Vejo isso como a própria essência do pavor, mas ninguém saberia identificar a ponto de reproduzir em um desenho o espanto tão bem quanto...

– Quanto você? – disse o capitão, intrigado.

– ...Talvez.

– De fato. O susto é uma reação muito breve, como um reflexo de nosso instinto de preservação.

– E como o senhor se sente vendo isso? – quis saber Sam, curioso.

– Um pouco confuso ou até meio passado. Eu não sou um sensitivo como você e muito menos poderia estar preparado para me deparar assim com a revelação do susto em sua verdadeira essência e, se pudesse, não suportaria.

– Pois, se posso identificá-lo, não acredito nele assim.

– Você está querendo dizer que os desenhos são imaginários ou foram inventados? – disse Bareta.

– Não apenas isso, digo que é pior. Quem tem o azar de se deparar com a imagem real do espanto, o mesmo que pega as pessoas de surpresa e precede a qualquer ameaça, não resiste a ele porque a memória não sobrevive ao choque. Jack, o exterminador de passados, como um susto, nunca se revela, apenas quando é tarde demais.

– Então, vamos ser honestos e chegar à conclusão de que ninguém poderia deliberadamente inventar uma estória dessas e ainda achar que iriam acreditar no que diz.

– Acredito que não inventaram, mas que saiu, sim, do imaginário coletivo e não é a imagem real. Guarde isso, por favor.

– Certo, elas também me causam desconforto – disse Bareta guardando os desenhos. – O que parece estranho, como sabemos, é que os relatos se multiplicam por diferentes localidades, principalmente onde há disseminação de ideias e trabalhos, como os grandes centros culturais. Dessa forma, não se trata de pessoas humildes e desinformadas, com propensão a alimentarem mitos ou superstições desenfreadas.

– Muitos reforçam a hipótese de que seja um vírus ou doença psicológica coletiva.

– Sim, meu jovem, mas não é tão simples assim, pois os testemunhos coincidem e confirmam a aparência do elemento, a mesma entidade.

– De volta às velhas superstições, mas ainda lidamos com outro fator, o medo individual. Nenhum deles é real. Não pode ser o Jack. Pessoas ainda associam o perigo atual a um assassino foragido, não é mesmo?

– Isso ainda estamos investigando. O que sabemos é que se trata de uma mente poderosa capaz de se utilizar com maestria de indução e hipnose. Assim, mesmo que os ataques não sejam fatais, como em sua maioria não são mesmo, o prejuízo às vítimas é considerável. Dizem até que seria melhor que morressem. Você nunca viu o que acontece com essas pessoas ou o estado em que elas ficam? Refiro-me aos casos mais graves.

– Confesso que não – disse Sam, pensativo, sem a intenção de revelar que ainda estava impressionado com a imagem reproduzida no desenho, pois, como sensitivo e amante da arte, era capaz de fazer uma leitura da mente do depoente através do que havia desenhado e voltar no tempo para se deparar com aquele trauma individual e as associações insanas e imaginárias que havia feito. Entretanto, embora marcante até para outras pessoas, não era real, muito menos o verdadeiro pavor oculto do susto permanente que poderia se revelar um dia como a arma mais letal a todos, a própria desgraça materializada.

– Então, vamos lá. É a sua vez. O que tem para me contar? Você me chamou aqui porque queria conversar comigo pessoalmente, certo?

– Sim. O que tenho a dizer é que desde menino venho acompanhando o trabalho de meu pai, embora ele evitasse falar da profissão com muita frequência. Até que um dia tive o interesse despertado.

– Pelas minhas conversas com Peter, o que me dizia é que desde criança você tinha uma inclinação pela arte, mas sabemos que não é só isso. Ele falava muito reservadamente de um dom especial, como uma estranha propensão para prever alguns fatos perturbadores.

– Na verdade, nunca me desinteressei pela arte, pela ciência ou tudo que se relacione ao espírito criativo da humanidade. Entretanto, o trabalho dele de alguma forma sempre me cativou, mas passou a me interessar mais muito pelo mistério que envolve as investigações e a lógica que utiliza para elucidar os casos, embora tanto a lógica quanto a ciência estejam limitadas à razão do tempo cronológico. Quanto ao restante, vindo ao encontro do que você acabou de dizer, posso afirmar que estou em condições de contribuir para as ações que desenvolvem de uma forma eficaz – disse Sam.

– Compreendo o seu estado de ansiedade, Sam. É tudo muito recente para você. Entendo como você deve sentir-se indignado e é compreensível que esteja muito afetado emocionalmente. Por isso mesmo, acho que a melhor forma de ajudá-lo, nessa fase, é te preservando, acompanhando e ajudando-o de outras maneiras. Talvez atuar como colaborador no trabalho investigativo na polícia também não seja adequado para você agora. Além do mais, devo lhe dizer, Shampoo...

– Sam, por favor.

– Certo, desculpe-me, Sam. Não devemos confundir ficção com realidade. Os justiceiros são sempre muito bem-sucedidos, mas nas telas dos cinemas, perseguindo e capturando criminosos...

– Vocês não vão capturá-lo da forma como estão planejando, Capitão.

– Parece cansado e confuso. É melhor eu ir agora. Deixe-me só dar uma palavra com o médico de plantão.

– Então, vá lá, titio. Talvez ele possa também lhe dar um paliativo para relaxar e não pensar tanto no que ainda não sabe ou quer descobrir!

– O que foi que disse?

– Jack vai agir em menos de três dias. Relógios de madeira passaram a ser uma metáfora perfeita do que ainda pode ser revelado – disse, apontando para uma engenhoca sobre uma mesa mais afastada, um presente que JB havia trazido para ele e não poderia ser tão providencial naquelas circunstâncias.

– Não brinque com isso – advertiu Bareta, num tom alterado que Sam nunca havia escutado antes, embora mantendo-se indiferente.

– Quem está brincando é o senhor, se estiver mesmo determinado a ir agora.

– Você quer me dizer que sabe de alguma coisa? – disse Bareta, voltando a sentar-se na mesma cadeira.

– É melhor acreditar que sim do que duvidar, Capitão. Mas faça o que quiser, a consciência é sua.

– Como chegou a essa conclusão, se nem mesmo nós sabemos quem ele é na realidade? Acreditamos, sim, que estamos mais próximos, mas ainda assim é difícil confiar nessa certeza. Ultimamente ele tem se utilizado de uma bomba-relógio rudimentar, um dispositivo acoplado a um cronômetro dentro de uma plataforma de vidro, e não de relógios de madeira como este ou o que havia em sua casa naquele dia fatídico.

– As esferas do relógio são mais confiáveis, se verificar que as horas perdidas no tempo também correm do futuro e há motivos para nunca desconfiarmos dessas manifestações combinadas com os mecanismos que dispomos para tornar precisas essas evidências, por mais elementares que pareçam.

– E daí? O que quer dizer com isso?

– Embora pareça um absurdo, há uma sincronia com as esferas dos relógios ou engenhocas dotadas de mecanismos semelhantes, quando são usados para auferir os desvios ou falhas do tempo, sempre o futuro se antecipa e passa a ser medido com certa precisão de onde estamos no presente, e daí já temos por antecipação a data e a hora exata de atentados e todo e qualquer desastre que, muitas vezes, nem se imaginava que fosse ocorrer.

– O que está querendo dizer com isso? Não trabalhamos mais com suposições do que com fatos. Desculpe, mas devo ser franco com você, meu jovem, não posso trabalhar e me sentir ainda mais responsável pela sua segurança do que já sou. Você deve apenas ficar atento, pois o assassino pode representar uma ameaça muito maior a você agora do que imagina.

– Prefiro viver assim sob ameaça constante do que em paz, como se nada tivesse acontecido e com ele ainda solto pelas ruas.

– Eu sei, como também entendo que tenha um motivo muito importante, como é óbvio, para se interessar. Aprecio a sua coragem e iniciativa de querer contribuir de alguma forma. Porém, no que diz respeito ao trabalho, eu não acho conveniente conversarmos sobre isso agora.

– Talvez não seja tão complicado explicar a capacidade que ele tem de aparecer e sumir tão rapidamente. Na verdade, não parece ter o controle total sobre essa faculdade extraordinária, mas existe uma explicação.

– Do que está falando? Acho que confabulações desse tipo agora só ajudam a pensar o quanto estamos distantes.

– Então é melhor continuarem pensando da mesma forma, do tempo que já perderam e ainda estão no encalço do terrorista, sem obterem êxito. É isso que está querendo dizer agora? – disse Sam, pensando em seguida nas visões no horizonte, logo depois que teve acesso ao terraço, depois de subir as escadas de incêndio, naquela manhã, pois o que viu não dava margem a dúvidas, parecia haver um vínculo de percepção qualquer atrelado ao comportamento e às ações do terrorista que ainda não haviam se consumado e ele precisava apenas se certificar de que podia ser verdade.

– Sam, você precisa descansar um pouco. Voltarei quando eu puder. Boa tarde!

– Boa tarde, Capitão. Passe bem.

***

Sam mal esperou o capitão sair do quarto e a mudança de turno dos enfermeiros para ir ao terraço novamente verificar se as formações já ocupavam a posição intermediária. Ele conseguia se deslocar melhor e até mais rápido daquela vez, pois sentia menos incômodo e apenas puxava de uma das pernas.

Naquele horário, quase 19h, tudo ficaria mais fácil, já que o sol estava se pondo e poucas pessoas circulavam pelos corredores. Então, depois de atravessar novamente o hospital, pegou o elevador de serviço, que para a sua sorte estava vazio, apertou o último andar e subiu os quatro lances e meio de escada restantes que o separavam do terraço e, ao sair, observou sobressaltado as três formas arredondadas que quase se uniam naquele momento, como pequenos asteroides em uma formação triangular ocupando a posição intermediária, não muitos metros da superfície terrestre e bem abaixo da lua crescente que ainda subia e distanciava-se também do horizonte, enquanto o sol desaparecia finalmente, deixando as esferas quase apagadas no crepúsculo, mas ainda acesas na tonalidade cinza em seu imaginário.

Permaneceu hipnotizado, contemplando aquilo tudo como se cinco astros há pouco acabassem de se encontrar num panorama surreal, mas tinha de voltar para o quarto o mais rápido possível e programar o relógio para começar a contar o tempo necessário para completar as quarenta e oito horas que ainda faltavam para a revelação. Na verdade, não seria necessário considerar também os minutos. Portanto, manteve apenas o intervalo de horas aproximado que ainda totalizavam dois dias, sem considerar as frações, antes do alinhamento definitivo das esferas imaginárias.

A diferença ou a pequena margem de erro seria sincronizada e compensada naturalmente pela proximidade magnética das esferas de metal do relógio com as imaginárias e isso faria finalmente o tempo irreal se desdobrar só para ele, configurando, com o fenômeno da atração magnética, o episódio em sua mente ou pressentimento, com certa antecedência, logo após surgirem os últimos sinais das terríveis ocorrências.

Então, com o relógio adaptado só para marcar o tempo estimado restante, resolveu também verificar se o motor, que fazia girar o braço articulado que recolhia, uma a uma, as bolinhas, funcionava ainda perfeitamente; um mecanismo bem simples e rudimentar, mas preciso, que parecia integrar o mistério inexplicável das rampas que se inclinavam para fazer rolar simples esferas de metal, transpondo a realidade como uma ponte que serviria de atalho para o futuro.

Em seguida, tomou um banho morno e aguardou o jantar, já pensando, por antecipação, que não poderia se esquecer de, logo cedo na manhã seguinte, entrar em contato com o capitão novamente.

O tempo passava rápido e, em menos de duas horas, já não sentia tanta disposição para se distrair com muita coisa ou qualquer passatempo, além de ter de conviver com a preocupação de como iria se virar depois de sair daquele hospital em pouco mais de uma semana.

No entanto, para sanar um pouco dessa preocupação, já destinava também uma hora diária para ler as apostilas de algumas matérias do último edital de seleção interna para colaboradores de polícia na área de perícia investigativa, as quais o capitão lhe trouxera há muito tempo a pedido, julgando tratar-se de mero interesse seu.

Contudo, a leitura não o animava mais, não sentia sono ainda, como também não havia mais nada de interessante para se fazer naquela hora, além de ver televisão, se quisesse, ou perambular pelos corredores, sem ninguém para conversar.

Melhor então seria tentar relaxar a mente, pensava Sam, pois o dia havia sido intenso e nada parecia interessar mais do que algumas velhas lembranças para se distanciar dali e evitar a ansiedade, como a do cosmos, planetas e predições futuras que eram menos pesadas do que aquela que estaria prestes a se anunciar em menos de dois dias.

Era pouco mais de dez horas da noite, um pouco cedo para dormir. Mesmo assim, fechou os olhos e concentrou-se na respiração, tentando entrar ainda mais em sintonia com os elementos da natureza que o faziam já pensar nas marés e no movimento das correntes marinhas até a rebentação das ondas, o único som que reproduzia a própria respiração ainda agitada, cada vez que exalava o oxigênio dos pulmões.

Assim, numa cadência cada vez mais leve, a respiração ia diminuindo de intensidade, do mesmo modo como os batimentos cardíacos se acalmavam, sem perder o compasso com a natureza, até que se libertasse de uma vez, plenamente consciente, no espaço sideral. E, com isso, a respiração atingia outro nível e tornava-se mais lenta e profunda, expandindo-se como o universo desde as origens do Big Bang.

Desse modo, quase sonhando, se induziu a observar durante a jornada, sem perder a cadência dos sinais do corpo, planetas idênticos que poderiam existir além da terra, proliferando-se como cópias idênticas por uma infinidade de galáxias para se confundirem com ela, além de outros ainda melhores, maiores e mais habitáveis.

Estamos ainda mais próximos do futuro do que poderíamos imaginar, veio, então, a frase à sua mente de uma voz desconhecida, sem saber como. E isso foi o bastante para que perdesse o foco e a respiração voltasse descontrolada ao patamar inicial e tudo desaparecesse. *Por que teria pensado assim naquela hora?*, perguntava-se.

Mesmo assim, mantendo os olhos fechados, insistiu e tentou voltar de novo pelo mesmo caminho, de onde havia começado a jornada espacial, reforçando a ideia da primazia do tempo sobre o espaço, desde a origem do Big Bang. Mas outro som ainda incomodava e soava estranho aos sentidos, como o inicial das esferas invisíveis que emitiam uma cadência mais elevada, antes de intensificarem-se, confundindo-se com o produzido constantemente pelas bolas de aço do velho relógio de madeira fabricado que ouvia ali naquele instante.

Talvez não fosse apenas uma suspeita, pois um outro tempo já corria de forma diferente naquele momento e, por esse motivo, as esferas reais pareciam deslizar bem mais devagar do que de costume pelas bandejas, como a nova dimensão que abria fronteiras do espaço do tempo que transcorria de modo irreversível.

Então, ele imaginava que o ruído das formas arredondadas pudesse também se libertar do pesadelo, evidenciando o desastre iminente que se aproximava. No entanto, pelos cálculos da previsão, ainda seria muito cedo para a ocorrência se consumar da maneira como estava pensando e totalmente diferente de como eram percebidos os efeitos iniciais das amnésias futuras.

Mas Sam, cada vez mais imerso na letargia do sono, pensava menos e cada vez mais devagar, como atingia naquela hora o estágio alfa do sono, semiconsciente e preso a apenas uma ideia que surgia para libertá-lo da realidade, a de que podia apenas estar se induzindo a pensar no problema que o impedia de relaxar. Então, finalmente adormeceu e não pôde resistir ao sono de sete horas exatas.

O dia já estava claro, com o sol invadindo o quarto pelas frestas das venezianas empenadas e trazia ainda um escarcéu de sabiás que não deixaria dormir mais nenhum paciente internado na área mais arborizada do hospital. Ele ainda tentava reter um pouco do sono, até que um despertador inexistente trouxe um som mais grave e bem familiar, com outras imagens quase indefinidas que não deixavam dúvidas do que poderiam ser e o fariam lembrar de mais nada ou qualquer coisa que tivesse a ver com elas, invadindo os pensamentos, enquanto mantinha ainda os olhos cerrados e já totalmente desperto.

Certamente, as esferas já deviam estar na última e derradeira posição, pois o alvo se delineava de uma imagem distorcida e quase irreconhecível da equipe que devia ser a mais independente e avançada nas investigações. Mas quem seriam eles, afinal, e qual seria a missão? Se perguntasse a alguém do batalhão, não obteria, mesmo depois, resposta satisfatória, devido ao sigilo e pistas que não eram divulgadas no âmbito da própria polícia. Entretanto, havia outro homem ali, bem mais difícil de ser identificado.

Imagens de escotilhas e um teto iluminado se alternavam e assemelhavam-se ao interior de uma aeronave vazia, mas não era aquilo ainda. Em seguida, algo próximo passa a ser visto de uma das janelas dos assentos ocupados pelo mesmo indivíduo de aparência indefinível olhando através dela. Sim, há uma estação ali ao lado vista em detalhes, além do reflexo de um rosto do mesmo homem de aparência e olhar sinistros que se revela ali e também vê que Sam o observa, arregalando os olhos fixos para ele que não param de crescer, ao passo que a distância e o espaço existente entre os dois também diminuem quando começa a procurá-lo.

O homem não está mais lá, mas Sam ainda escuta passos cada vez mais pesados que fazem o chão tremer, aproximando-se, rumando e vindo em sua direção até se interromperem. E outro som se define como o alarme tão aguardado do ruído devastador das formas arredondadas aumentando em seus ouvidos, conforme se tornam maiores com o atrito que passam a produzir em algum plano desconhecido do subconsciente até atingirem um grau quase insuportável.

Até que cessa o barulho novamente e outras feições humanas vão se delineando, com traços indefinidos, surgindo rostos de pessoas que nunca havia visto antes, no mesmo ambiente alongado, cheio de escotilhas e compartimentado. As roupas são os mesmos uniformes conhecidos com insígnias.

E a cena ainda se desenrola, no local que parecia cheio e teriam que esvaziá-lo o quanto antes. Não tentariam desarmar o artefato que havia sido plantado ali para enganá-los e nunca explodiria. A cilada era perfeita. Todos do mesmo grupo, incluindo curiosos, atraídos para outro ponto no mesmo local pelas mesmas ameaças e mensagens de um sádico.

Ele vivia tudo e ainda era capaz de pensar que tinha de fazer alguma coisa, mas, se revelasse tudo sem um filtro de sigilo, a informação seria ignorada ou propagada até chegar aos ouvidos do algoz e não serviria para nada. O Capitão Bareta tinha de estar a par de tudo o que acontecia para que pudessem trabalhar juntos.

O barulho das esferas enigmáticas se revela novamente insuportável e não deixa perceber outras pessoas entrando no quarto dele e, apesar de breve, torna-se tão intenso que a impressão que dá é a de que seus ouvidos não vão mais suportar daquela vez. Em seguida, um clarão amarelo faz seu corpo vibrar como se recebesse o impacto antes de ser arremessado num pesadelo mais real do que a própria realidade. Até que tudo desaparece e a imagem quase invisível permanece lá em primeiro plano, como uma visão disforme e menos nítida de uma miragem ao redor de um vagão explodindo que faz subir a dezenas de metros pelos ares uma fumaça preta e o que sobram são corpos desmembrados e carbonizados espalhados por todo canto.

– Chamem o Dr. Azeredo – gritou a enfermeira –, o paciente está tendo uma convulsão. Levantem o encosto.

– Estou bem, enfermeira. Tive apenas um pesadelo. Preciso anotá-lo. Me dê os papéis. – Reagiu Sam, tentando imaginar o clima de morte que permeava pelas repartições, quando policiais eram convocados às pressas para as missões quase suicidas tentando evitar catástrofes e ainda conviviam com a certeza de que, se não se expusessem ou se voluntariassem, dezenas de pessoas perderiam suas vidas.

– O que o senhor está sentindo? Como podemos ajudá-lo? – disse a plantonista atônita.

– O telefone móvel, por favor – disse, enquanto iniciava as anotações do relatório da terrível premonição: "eram aproximadamente nove horas da manhã do dia seguinte em que havia conversado com o Capitão Bareta e, mesmo que a conversa não tivesse terminado tão bem como esperava, precisava falar com ele o quanto antes". Não ficou bom, pensava, antes de receber o telefone.

– Departamento de Polícia, Juliana. Bom dia!

– Bom dia! Por favor, necessito falar com o Capitão Bareta. O meu nome é Sam.

– Ele não pode atender agora. Está em uma missão – disse a atendente.

– Diga que é Sam, e é urgente. Estarei aguardando.

O médico de plantão permanecia por lá, tomando conhecimento desde o início de tudo o que se passava com Sam, e já se dirigia para o quarto dele. No momento em que entrou, percebeu que parecia totalmente invisível ao paciente, que ainda tentava se comunicar pelo telefone, como se estivesse envolto em alucinações e ainda contasse com a ajuda de outras pessoas para alimentá-las. Então, percebendo que seu estado permanecia alterado, evitou dizer alguma coisa ou insistir para medicá-lo.

Resolveu, então, colher as anotações com um desenho que via sobre a sua mesa de cabeceira, mas imediatamente a mão do paciente pesou sobre elas. Mesmo assim, ao final parecia compreender que Sam parecia não ter descansado o suficiente e apenas tentava controlar a ansiedade enquanto aguardava um contato e os papéis pareciam ter crucial importância naquele momento.

Assim, o médico saiu e Sam apenas saberia mais tarde que não receberia alta na próxima semana, pois ficaria mais tempo em observação.

Naquele dia, apenas no final da tarde, a enfermeira anunciava a Sam a visita que o aguardava lá fora antes de autorizarem a entrada do Capitão.

– Sam, desculpe o atraso.

– Não tem nada que se desculpar, Capitão. Entendo perfeitamente e só lhe peço que dê importância a isso. Vou explicar e pedir apenas um voto de confiança.

– Pois não – disse Bareta, tentando manter a calma e a concentração para prestar mais uma vez atenção ao que Sam tinha para dizer. Certamente, tinha de considerar toda a gratidão e o respeito que nutria por Peter Pulver e não o abandonaria ali, convalescendo, o último remanescente da família dele falando sozinho, mesmo que tivesse enlouquecido.

– Está bem claro para mim que vai acontecer esse atentado. Tome, examine isso e faça um esforço para evitar que aconteça.

– Desculpe, Sam, não acredito nessas coisas, mas, se isso vai te fazer feliz, vou levar os papéis comigo e estarei atento à ocorrência.

– Não enlouqueci, Capitão, sei que foi isso que o senhor pensou. Deve agir com o máximo de sigilo. Veja as horas e o tempo que vocês ainda têm para agir com todos os detalhes.

O interlocutor levantou o rosto, prestando muita atenção. Examinou os papéis, com o esboço malfeito dos rostos de dois agentes novatos que Sam não poderia ter conhecido antes dos contatos que fizeram ou depois do longo período em que esteve inconsciente.

– Você reproduziu muito bem essas pessoas, mas sabe exatamente com quem estamos lidando? Creio que Peter agiria com você da mesma forma.

– Eu sei, Capitão, mas não duvidaria de mim se fosse o senhor. Nós sempre vivemos nesse clima de riscos e suspense, como se fizéssemos parte de outra realidade diferente da que acorre nessa área.

– Muito bem. Farei um registro dessas informações, mas não vou oficializar ainda – disse Bareta, antes de sair de lá pensando ainda em resistir à vontade de se desfazer dos papéis rabiscados no primeiro coletor de lixo que encontrasse pelo caminho.

– Obrigado.

– Boa tarde – disse o capitão, imaginando como ainda se mantinha contente por ele não ter dito que tinha também o dom de ler pensamentos porque era até capaz de tentar fazê-lo acreditar nessa possibilidade.

De qualquer forma, a iniciativa do rapaz parecia mais uma *delatio criminis* inqualificada que não poderia servir de base ou dar suporte para a instauração de qualquer inquérito.

Mas ficaria com os papéis, por enquanto, pois Sam parecia não estar plenamente recuperado.

Seria preciso menos de 24 horas e uma mobilização intensiva para confirmar ao fim apenas que nada faria o menor sentido, pois sabia que, depois que os agentes passaram a ser alvos constantes, a polícia não podia se prontificar o tempo todo para desarmar bombas. O máximo que faziam era identificar e esvaziar com rapidez áreas ameaçadas com perigo iminente.

Assim, manteria, por enquanto, o aviso em sigilo, não pelo descaso da advertência que havia recebido, mas para não frustrar as próprias ações dos colegas.

Notícia de primeira página do Globo, com o título em letras garrafais "Tragédia na Estação do Cantagalo". Logo abaixo, um resumo da notícia de capa. Não bastasse o fato de convivermos com as balas perdidas e ônibus incendiados, o que já havia virado até moda quando chefes de quadrilhas eram removidos para presídios de segurança máxima. Mas havia chegado o tempo em que os próprios policiais em operações também passavam a ser as principais vítimas de atentados.

A equipe de plantão dirigiu-se para lá e a imprensa já estava de olho, como se soubesse por antecipação de tudo o que tinha acabado de acontecer, antes de qualquer comunicação do ocorrido.

Entretanto, Sam recebia apenas dois dias depois de suas previsões a cobertura completa das informações no jornal O Globo, já no colo e acompanhado de um copo de café, enquanto aguardava novamente a visita do capitão Bareta. *Só alguém poderia ter feito aquilo com tanta argúcia*, pensava.

– Tenho uma visita urgente para o senhor – anunciava a enfermeira naquele momento.

– Bom dia, Sam – cumprimentou Bareta, abrindo a porta. – Desculpe não ter ligado antes, mas foi melhor eu vir aqui pessoalmente. Estou impressionado com o fato.

– Ele se valeu de um dispositivo falso para atrair o público, não foi, Capitão? – disse Sam, já sentado e ainda de costas para o agente, como se o enxergasse melhor do que se estivesse de frente.

– Sim. Pouca gente circulava nesse horário e os que estavam lá foram alertados, no instante em que uma pessoa atravessando o vagão denunciava que havia uma sacola suspeita ao lado de um dos assentos. Os policiais apenas identificaram o objeto de longe, ainda ao lado da porta, e não foram até lá conferir o que era de fato. Dois deles deram, no máximo, um ou dois passos adiante da entrada porque não puderam enxergar direito das janelas do lado de fora e o outro colega que vinha atrás ficou imóvel e nem atravessou a porta, apenas observando para tentar identificar alguém suspeito, pois aguardavam a chegada dos peritos.

– Eu antevi os detalhes, mas confesso que não pensei nos motivos. Então, não entendo como foi possível não perceberem.

– Eu explico – disse o capitão. – Havia sobre a porta de entrada do vagão uma decoração que mais parecia um trabalho artístico, uma espécie de anúncio de campanha beneficente, envolto por uma placa de plástico, muito bem feita, por sinal, que parecia servir como um coletor de donativos. No entanto, o que ocultava era nada menos do que um artefato altamente destrutivo. O próximo passo é confirmarmos a forma como foi acionado a distância, alta sofisticação, além da suspeita de que o informante era algum comparsa. Tenho certeza de que o assassino não estava longe dali.

– Não havia comparsas. Era ele e estava lá dentro – disse Sam, com convicção de quem não tinha dúvidas do que estava dizendo.

– Como ele poderia estar lá se só havia uma pessoa lá dentro, o informante que denunciou o objeto estranho?

– Alguém lhe disse como era este homem ou pôde descrevê-lo no relato?

– Não.

– E as câmeras? – perguntou Sam.

– Vou verificar as outras, mas ninguém se lembrou daquela testemunha.

– E nem vão se lembrar de nada, pois nem através do presságio sua aparência se confirmou com facilidade, no máximo como a descrição que trazia a figura do espectro que roubou a memória de todos que o viam naquela hora.

– Como pode ser, se todos se lembraram da advertência que o homem havia dado naquela hora?

– Apenas da advertência, não de como era o próprio informante, e muito menos comentaram quem poderia ser ele, que apenas permaneceria na memória de todos se não fossem capazes de fazer nenhuma associação.

– Muito bem, mocinho! Só que a associação foi feita agora por você mesmo, pois, pelo que está me dizendo, pode se lembrar dele como bem definiu, o espectro.

– Pois eu pressinto outro detalhe, Capitão!

– O quê?

– Que ele não tem o poder de induzir nem provocar amnésias se antecipando aos fatos, bem como às próprias circunstâncias que o revelaram.

– O que quer dizer com isso? – questionou Bareta, curioso.

– Que não pode evitar as premonições nem as apagar da memória de quem as evocou.

– Não pode eliminá-las, incluindo todas as provas e evidências contra ele já exibidas, nesse caso?

– Com certeza, não.

– Engenhoso.

– Esse elemento tem de ser pego e agora temos mais possibilidades – disse Sam, lembrando-se em seguida de outro detalhe do presságio do qual não poderia falar e muito menos se apagava da lembrança naquela hora, como o reflexo disforme e retorcido da face de Jack no vidro da janela por onde observava a estação, pouco antes de levantar-se, informar os agentes e abandonar o local, mas outra expressão se sucedia, como o reflexo dos olhos arregalados e quase fora das órbitas oculares que se acendiam para o observador, como se pudesse identificá-lo melhor, mesmo tão distante daquele contexto ou do tempo real que ainda iria se consumar. Talvez Sam já estivesse marcado para morrer, talvez ainda viesse prever o próprio fim para evitá-lo, se pudesse.

– Estou começando a acreditar em você, Sam.

– Peter – disse Sam, pouco à vontade, tentando desviar de si as atenções do comandante para o pai, a quem se referia pelo nome. – Peter, para lidar com as incertezas, sempre desconfiava de todos, até dos mais insuspeitos.

– Seu pai, meu caro, sempre estava um passo adiante, infelizmente não podemos mais contar com ele – lamentou Bareta, meio passado com tudo o que havia escutado, sem conter, no entanto, uma expressão carregada de irresignação.

Mas, embora parecesse que ia dizer só aquilo, logo em seguida uma ideia parecia iluminá-lo ao esboçar um meio sorriso, no instante em que um brilho, como uma centelha, brotava-lhe e fazia crescer nos olhos um sentimento que irradiava a esperança indisfarçável.

– Contem comigo – disse Sam, quase emocionado, na intenção de oferecer o seu apoio voltado para o interesse natural que tinha naquele caso, além da oportunidade de ser útil e obter a experiência que lhe faltava e, aí sim, talvez um dia viesse a se realizar depois.

– Admito, rapaz, que fui surpreendido – disse Bareta, olhando para ele ainda como se fosse um ET, enquanto Sam o via como a oportunidade que lhe oferecia o passe perfeito para o gol descoberto que estava ali na sua frente, há poucos minutos do término da partida.

– Seria uma ótima oportunidade... – disse Sam, chutando a bola e encerrando de vez a partida, aguardando apenas que o experiente e arguto policial experimentado completasse a frase e encerrasse a partida.

– Fechado. Você será indicado por mim, no entanto é só uma indicação, pois, mesmo como voluntário, terá de fazer testes de aptidão física e mental, incluindo uma fase de adaptação em que será observado constantemente, além de se submeter a outro período provável de experiência no batalhão.

– Isso parece muito simples. O que eu devo fazer enquanto isso? – disse Sam, olhando discretamente para as apostilas bem visíveis dentro da gaveta aberta, que ele próprio havia lhe trazido e não despertavam sua atenção.

– Nada. A princípio, vou expor o seu caso e vamos marcar uma entrevista com você no mesmo dia em que receber alta, ocasião em que farei perguntas e será assistido por outros agentes. Se, ao final, conseguir provar essas habilidades ou convencê-los de que ao menos as possui, suprirá uma série de etapas até que decida se no futuro vai querer mesmo trabalhar como investigador.

– Obrigado – disse ele –, tenho muito interesse, mas por enquanto seria melhor iniciar como colaborador.

– Eu imagino que tenha outras ambições e vocações, pois no Brasil o salário de um investigador é muito baixo, embora o cargo seja concorrido.

– Lamentável como professores, policiais e cientistas continuem sendo tão mal remunerados.

– Mas, cá entre nós, caso venha a se interessar, não há ninguém que possa concorrer com você a um cargo desses, não com essas habilidades. Além disso, ao se confirmarem essas habilidades, você pode vir a ser aproveitado de várias formas, nas diversas possibilidades que um dia possam surgir, pois desde muito antes da guerra fria com a batalha da espionagem e contraespionagem entre os Estados Unidos e outros países como a antiga URSS ou mesmo os da Europa, houve sempre muito interesse em se obter informações privilegiadas. Dessa forma, mesmo nessa era avançada da tecnologia moderna da informação que vivemos, acredito que haja ainda muita pesquisa nesse âmbito, diante das suspeitas de que segredos de Estado possam ser revelados ou a segurança do mundo ameaçada simplesmente por quem possui o domínio da faculdade da clarividência. Já imaginou?

– Certamente. Mas, quanto a essas informações que obteve aqui e aos segredos que lhe contei, não gostaria que espalhasse.

– Fique tranquilo porque, por enquanto, o seu contato se restringirá a mim ou, no máximo, a alguém de minha total confiança. Além do mais, qualquer pista que tivermos, vamos comunicá-lo imediatamente, certo?

– Combinado – falou Sam, sem disfarçar a emoção, pensando como o pai estaria feliz de vê-lo atuando em um trabalho tão dignificante e, quem sabe um dia, tão importante quanto o dele.

E, assim, despediram-se, com Bareta deixando o hospital pouco depois de uma hora da tarde e dirigindo a viatura diretamente para o centro da cidade perto de sua unidade, rumo à Avenida Mem de Sá, onde havia combinado de encontrar-se com o Tenente Bajur no restaurante Nova Capela em menos de meia hora.

Assim, como previra, Bareta chegou antes dele, pediu um chope gelado, longe das janelas e de frente para a porta de entrada para ter o controle de tudo o que acontecia por ali. Confirmou que, como sempre, o ambiente continuava a ser bem frequentado e estava cheio, mas tranquilo o suficiente para uma boa conversa.

Pediu o cardápio ao garçom para escolher o prato, porém não faria ainda o pedido porque aguardaria o seu convidado e não queria correr o risco de ver a comida esfriar. Em seguida, mais um chope, com blá-blá-blás ininterruptos no mesmo tom e a música ambiente, o que tornava o local aconchegante e ainda mais animado.

Depois de outro gole revigorante, olhou para a porta e viu um homem de meia-idade e imponente caminhar com dificuldade em sua direção. O Tenente Bajur acabava de chegar e já o tinha reconhecido de longe. Ele estaria de volta às atividades depois de optar por interromper as férias, logo depois da licença que tirou para se recuperar do acidente sofrido no Museu de Belas Artes.

Ele imediatamente se levanta para cumprimentar o tenente e lhe recomenda a cadeira lateral, de onde também poderia ter uma boa visão de onde estava e, em seguida, oferecia-lhe um chope gelado para acompanhá-lo até escolherem os pratos principais. Assim, Bajur não perderia a oportunidade de comer mais uma vez o bacalhau português à moda da casa e ele, como sempre, optaria pelo cabrito, também uma ótima pedida, antes de Bareta mencionar qual seria o tema do encontro.

– Tem certeza disso? – disse o interlocutor surpreso, depois de ser introduzido no assunto a respeito dos contatos que o capitão vinha tendo com Sam, quase diariamente.

– Sim. O que acha?

– É um elemento externo e talvez não muito confiável, se não tivermos plena certeza de que pode contribuir da forma como está pensando.

– Estou seguro, nunca tivemos um relato desse tipo e tão detalhado assim.

– Cá entre nós, você já sabe como isso funciona, né, Bareta? Lembra-se daquela senhora baiana dos orixás que nos auxiliava?

– Sim, perfeitamente, quem não se lembra de Dona Odila?

– Pois ela acertava predições, mas nunca era exata quanto ao lugar ou às possíveis vítimas que, na maioria das vezes, não eram encontradas ou só muito depois da morte.

– Verdade. Ela servia mais para confirmar indícios – concordou Bareta.

– Então você sabe o que estou dizendo. Lembre-se de que somos policiais e lidamos com fatos e talvez com a pior ameaça que já existiu. A mente de Jack funciona como um relógio.

– Sim, Tenente, compreendo. No entanto, o que o senhor ainda não sabe é que não se trata apenas de um vidente ou sensitivo a que me refiro. É um paranormal, e eu já desconfiava disso há muitos anos, pois tive uma ligação intensa com a própria família dele e, como todos sabemos, ele tem muito interesse nisso, talvez até mais do que todos nós.

– Sei, mas, caso seja verdade que possa ser assertivo e exato, o que não acredito, há complicadores – disse Bajur.

– Como o quê, por exemplo?

– Por exemplo, temos que considerar que o rapaz é muito popular. Quem não se lembra de Shampoo, o playboy da Zona Sul?

– Entendo, mas isso é passado, Tenente. Além do mais, existe muita falácia de alguns hipócritas e bastante inveja nisso tudo. Quem não queria ter aproveitado a vida com todas as facilidades que ele tinha? Não me atenho a esses pormenores, mas sei que se esforçou e destacou-se em várias atividades, fez concurso e chegou a receber um bom salário no museu.

– Ele é muito conhecido, Capitão.

– Não quero defendê-lo aqui, mas, convenhamos, quem pode destruí-lo não é a fama, mas ele próprio, se não souber separar a profissão da vida privada, pois o único problema que vejo é que ele nunca foi ou será um homem de hábitos e fácil de se enquadrar na rotina, mesmo que nunca tenha tido qualquer problema no emprego anterior, como cheguei a investigar. Além do mais, se puxou ao pai, podemos ainda contar com uma grande contribuição que pode ser muito útil nessa fase.

– Entendo, você conviveu e conhece a família, mas lembre-se de que vivemos em uma sociedade e, para trabalhar para nós, ele deve ter bom caráter e submeter-se a regras, sem privilégios ou achar-se melhor do que outros colegas de profissão. Assim, deverá, evidentemente, se submeter a um concurso, porque a atual Constituição não prevê outra possibilidade, como antigamente, e depois a um período de estágio...

– Nada disso.

– Então, exercerá atividades administrativas e burocráticas no departamento?

– Não. Pelo que entendi, será um mero colaborador. Porém, é lógico que deve ter outras ambições, mas quer trabalhar conosco nesse caso específico.

– Sim, mas não como atuaria um investigador, com a mesma autonomia, embora trabalhando diretamente com nossa equipe e com acesso privilegiado a todas as informações. Entretanto, para isso terá de crescer e provar sua verdadeira habilidade. Como diz o jargão no nosso ramo: entrar é fácil, mas se manter, diante de todas as pressões possíveis, é muito mais complicado.

– Se ele merecer, conseguirá, não tenha dúvida disso, pois será submetido a um processo seletivo interno, mesmo que não exista ninguém que possa competir com as mesmas habilidades que possui. Talvez apenas necessite trabalhar em condições especiais ou com um pouco mais de liberdade.

– Olhe bem, pois poucos agentes experimentados têm essas regalias. Sabemos onde quer chegar, mas independência de atuar, mesmo como colaborador, por conta própria e fora do escritório...

– É claro que toda conduta tem de estar prevista em normas, instruções e no regimento interno, mas você verá como as coisas podem mudar para ele.

– Sim. E de que modo? Burlando o sistema?

– Imagine. Isso é para os fracos. Pense como pode se tornar conhecido e nos representar em cursos, palestras e tantos outros eventos. Isso realmente dá dinheiro e deve fazer parte de suas ambições. Ele é esperto e acha que não percebo isso, mas eu relevo e dou até força, pois pode ter muito a oferecer.

– Bem, o que digo ainda é que não deve alimentar expectativas, não poderíamos nunca compará-lo com o saudoso Peter, Stephan, Joe e tantos outros detetives que tinham bastante autonomia.

– Como é que você sabe? – perguntou Bareta.

– E eu lhe devolvo a mesma pergunta – falou Bajur.

– Não o subestime antes de ler o relatório, Tenente.

– Qualquer um elabora um relatório, meu velho. Quem o assinou para atestar os fatos?

– Eu mesmo – respondeu o Capitão Bareta olhando-o fixo nos olhos e provocando surpresa antes do silêncio que pairava sobre os dois.

– Certo. Pulemos então essa parte, por enquanto. Mas, lembre-se, todos os outros eram agentes experimentados, com currículos admiráveis, tirando mesmo por Peter, que desde novo se destacou no FBI, atuou na Swaat, junto à polícia de Los Angeles, só para se ter uma referência familiar. Temos de considerar esse exemplo um caso à parte, sem dúvidas, mas foi suficiente para sabermos desde antes, pelas referências, a que veio, como quanto realizaria e nunca nos decepcionamos. Seus feitos? Cito apenas um: o que chegou mais próximo de prender o demônio encarnado. Ele estava sempre à frente e por isso merecia a independência bem como a liberdade que o caráter exigia. Mas o que pode me dizer de Sam, um pelanco que já conta com o seu aval?

– Ele tem o meu aval, digo o motivo e sei que me entenderá muito bem. A fase executória é sempre importante, principalmente em nossa atividade, porque envolve tirocínio, vocação, talento, tenacidade e, principalmente, cooperação das mais variadas formas. Entretanto, esse modo de atuar vai até um determinado ponto e a partir daí se esgota, sabe por quê?

– Talvez, continue.

– Porque tudo o que envolve currículos extraordinários, as qualidades que mencionou, como todo o esforço humano em determinado ramo, torna-se previsível. Agora, vamos a sua última afirmação quando se referiu ao melhor agente que já tivemos e que, não por acaso, era um velho amigo meu, o qual, com toda a habilidade e experiência que tinha, foi o que chegou mais próximo de prender o assassino. Assim, eu lhe respondo em menos de duas linhas que Sam não apenas pode estar mais próximo do assassino, mas na mente dele e sem ser notado.

– Como assim?

– Você sabe, como afirmou há pouco, que a mente de Jack funciona como um relógio e eu concordo, pela precisão, além disso, o tempo dele parece ir além do que necessita, como o espaço que também parece ilimitado, dando a sensação de estar em toda parte, aterrorizando pessoas. Isso o torna cada vez mais uma terrível realidade no presente, mas e quanto ao tempo em uma perspectiva mais ampla? Será que ele pode antevê-lo como Sam? – disse Bareta, confiante.

– Isso tudo são suposições, meu caro. Esse Jack já está virando lenda. Quanto a Sam, ainda teremos de aguardar para ver se essas habilidades funcionam. Assim, qual o grau de certeza e precisão podemos ter para confiar nelas?

– Temos poucas opções e muita insegurança. Nesse caso, como obter respostas sem um risco inerente? Quem vai querer investir esforços para o bem da humanidade, deixar um legado às novas gerações ou mesmo servir de exemplo se imortalizando, se acreditar que querem acabar com a nossa história e a memória do mundo está fadada a desaparecer com ela? Mas deixemos de teorizar.

– E então...

– Um relógio das esferas prateadas. As amnésias futuras de nosso agente serão cada vez mais factíveis, quanto mais ele agir. Espere apenas uma oportunidade e Jack pode, sim, vir a ser pego.

– Explique melhor – disse Bajur.

– Vou repetir: se Peter Pulver sempre esteve a um passo de prender as piores mentes criminosas, o filho, Sam Ian Pulver, pode estar no mesmo caminho, à frente de todos eles – disse Bareta.

– Pois é. Gostaria de acreditar nessa verdade. Aliás, todos nós gostaríamos.

– Vamos acreditar, então!

– Ora, Bareta! Você por acaso quer mesmo me fazer crer que Sam Pulver, vulgo Shampoo, o cafajeste da Zona Sul, o bon vivan, ou como queira chamá-lo, é também um super-herói, como você está pintando para mim?

– Nada disso. Pense apenas na possibilidade de termos um grande apoio, em poder contar com outro tipo de ajuda, mais eficaz do que qualquer operação previsível empreendida, até agora, contra o crime.

– Certo. E como pensa então em convencer a corporação?

– Da mesma forma que Peter foi submetido antes de chegar, lembra-se? Pretendo marcar uma entrevista com Sam e, é claro, com o seu conhecimento e participação. Mas, antes, gostaria que examinasse isto, as anotações do que ele já havia dito antes e um breve relatório detalhado e circunstanciado que fiz, logo depois do atentado na estação da Luz, além da anotação da última conversa que tivemos nesta manhã.

– Pois bem. Esse caso está tomando muito do nosso tempo. Vamos à entrevista.

– Sem muita pompa e formalidade. Podemos até marcar outro almoço e nos reunirmos os três aqui de novo e ele será inquirido sem perceber. O que acha? – disse Bareta.

– Não. Vamos fazer a coisa bem feita, marcamos uma entrevista e, caso se mostre inseguro ou relutante, iremos submetê-lo a uma sabatina. Aceita?

– Sim.

– Então, não tenho outra saída. Concordo com você que o garoto merece a chance de, pelo menos, ser entrevistado.

***

No primeiro dia útil da semana seguinte, Sam recebia alta hospitalar e estava autorizado a ir desde já para casa, contudo, para aquele mesmo dia já havia um compromisso agendado que nada mais era do que a oportunidade que tanto aguardava de ser entrevistado e, por isso mesmo, decisiva para o processo seletivo, além de outros exames a que precisaria se submeter.

O inquérito sobre o acidente havia sido aberto, reaberto, como também se encerrado sucessivas vezes e já estava na órbita do Ministério Público, mas a polícia investigativa ainda trabalhava duro naquele caso e de forma colaborativa, constituindo várias ações integradas, exatamente a maneira como Sam pensava em atuar, com a possibilidade de acompanhar e contribuir de forma ativa e efetiva, se tivesse oportunidade.

Assim, mal teve tempo de passar em casa, tomar um banho e se trocar para chegar precisamente às dez horas da manhã, como haviam combinado, e nem ele se lembrava de ter sido tão pontual. Ao chegar, o Capitão Bareta e o Tenente Alexandre Bajur já o aguardavam, embora mal pudessem acreditar no que viam, a julgar primeiro pela pontualidade e depois pelos trajes.

Como poderia um indivíduo como ele, criado na praia, em pleno verão carioca de mais de quarenta graus, aparecer trajando um terno escuro e apertado, que mal lhe cabia, com uma gravata torta que parecia enforcá-lo, usando no cabelo desgrenhado uma espécie de gel fixador que o faria lembrar tão bem a imagem de um bode engomado.

Ao ver aquilo, o capitão ainda se esforçava para manter a postura com uma expressão solene, franzindo o cenho e baixando a cabeça para não morrer de rir e passar a pior impressão que poderia ao aspirante, embora o Tenente Bajur, que não o conhecia bem, apenas dos comerciais de shampoo que costumava fazer, parecesse mais pragmático e pensava que aquela forma de se apresentar só poderia ser atribuída a sequelas do acidente que quase havia lhe tirado a vida.

Então, passada a surpresa inicial, o capitão o ciceroneou, convidando-o para um tour e oferecendo a oportunidade de conhecer os departamentos do andar, até retornarem à sala onde se daria a entrevista.

Sam demoraria a entender, até descobrir que o verdadeiro motivo seria um imprevisto que faria se atrasar em trinta minutos o último agente que participaria com eles da entrevista.

Após visitar o complexo penitenciário, bem como a chance que teve de ter acesso a algumas salas reservadas, para onde eram levados os materiais colhidos dos locais dos crimes e finalmente checados pela perícia, como ainda por acaso ter sido apresentado a outras pessoas que nunca havia visto em toda a sua vida, eles fizeram uma pausa na cantina para uma xícara de café e, em seguida, retornaram para a entrevista da qual iam participar a dupla de oficiais que o recepcionaram e mais um outro tenente, considerado linha dura, conhecido como Ivan Lima, um dos mais experientes da Divisão de Homicídios.

Adentraram, assim, os quatro numa sala que de modo algum faria lembrar um ambiente como os locais onde faziam interrogatórios e acareações onde haveria sempre uma espécie de divisória de vidro vista de dentro apenas como um espelho divisório, mas que do outro lado permitia uma visão perfeita dos suspeitos para que as respectivas vítimas pudessem identificá-los sem se sentirem intimidadas. Então, via que ali, bem diferente do que pudesse supor, parecia mais uma sala de reuniões equipada com projetores, onde havia uma extensa mesa com vários assentos, mas que apenas quatro deles eram ocupados naquela hora.

Mal haviam se acomodado, depois de se cumprimentarem de novo e de Sam ter sido apresentado ao Tenente Ivan Lima, ouviu-se o barulho da maçaneta e, logo em seguida, a porta se abria, sem ninguém bater ou anunciar a entrada, e uma bandeja de metal surgia primeiro aos olhos de todos com água e café passado na hora, mais um motivo para supor que a reunião não seria tão confidencial quanto parecia.

– Bom dia, senhor Sam Ian Pulver, pelo que vejo, saiu-se muito bem na seleção interna de colaboradores e está em vias de ser publicado o resultado de seu exame. Além do mais, pelo que sabemos, o senhor possui habilidades raras, como foi atestado nesse relatório redigido e assinado pelo Capitão Bareta, também presente a esta reunião. O que posso dizer é que, embora seja difícil de entender, seria mesmo providencial se essas predições viessem efetivamente a se confirmar como o melhor meio de prevenção a ameaças com que poderíamos contar, por mínimas que fossem essas ocorrências. Entretanto, devemos ponderar que, embora esse dom tenha sido tratado em sigilo, de acordo com as suas afirmações, quando o assunto assume o âmbito administrativo, é difícil mantê-lo assim em segredo, principalmente quando se começa a trabalhar de forma colaborativa. Além do mais, seguindo os ditames dos princípios da publicidade e da impessoalidade...

– Vamos tentar mantê-lo assim por enquanto – disse o Tenente Bajur, interrompendo Lima e se desculpando, em seguida, afirmando que o tempo era curto e, como seria o encarregado de conduzir a entrevista, teriam todos de observar esse detalhe. Afirmou, então, que cada um dos entrevistadores possuía uma cópia do relatório com as afirmações fornecidas no hospital ao Capitão Bareta. Disse, ainda, que o objetivo da entrevista não seria apenas o de confirmá-las, mas esclarecê-las melhor e entender o máximo possível como se processava o fenômeno, o que serviria inclusive para que o ambiente fosse mais bem adaptado para que Sam trabalhasse de forma mais produtiva.

Em seguida perguntou se todos estavam de acordo e todos responderam que sim.

– Podemos iniciar então, senhor Pulver? – perguntou Bajur.

– Sim, justamente – confirmou Sam.

– Tenente Lima, por favor, continue.

Lima, que até então havia trocado no máximo alguns monossílabos com Sam, olhou para o rapaz mais atentamente e verificou que parecia confiante e calmo como poucas pessoas, mas, como agente experimentado em inquirições que era, tinha de simular um teste só para verificar se não entraria em contradição sobre o que afirmava.

– Como se originam essas premonições? – perguntou primeiro.

– Como três esferas com dimensões que se aproximam às de uma lua. Surgem próximas ao horizonte e sempre juntas, em uma configuração linear inicial – disse Sam em resposta, como se o fato parecesse tão banal como o oxigênio que respirava.

– Certo. Gostaria que dissesse agora como se dá a movimentação e qual a altitude aproximada – falou Lima, com a intenção de surpreendê-lo cada vez mais com detalhes mais precisos a ponto de notar algum desvio no olhar ou sinais de inquietação, como fazem alguns depoentes ao imaginarem algo que não existe ou nunca aconteceu de fato.

– A altitude estimada da superfície terrestre é mínima em relação à de outros astros, pouco acima de um prédio de altura elevada, mas bem abaixo da linha do horizonte, de onde surgem. A movimentação se dá em fases breves e curtas, durante os intervalos, e em cada uma das três posições, da seguinte maneira: a que se adianta primeiro move-se rápido, apenas uma vez, e depois permanece estática aguardando as outras duas se movimentarem. Elas vão se deslocando em seguida, mas a rapidez de uma em relação à outra é bem perceptível, quase tanto quanto os ponteiros de um relógio – disse Sam, fazendo uma pausa.

– E então? Continue! – disse Lima.

– Então se alinham novamente, na mesma configuração em que surgiram da primeira vez, e desaparecem, ocupando a próxima posição.

– O que não ficou muito claro no relato é a medição precisa do tempo futuro que retrocede, como é calculado e de como pode ter alguma relação com as possibilidades que dispomos para medi-lo no presente. O que poderia acrescentar sobre isso? – questionou Lima.

– Que o tempo futuro parece elementar e impreciso, mas não é isso, pois o que ocorre é apenas uma predisposição psicológica que possibilita identificar nada mais do que o seu desdobramento, quando se estabelece uma relação muito forte com o presente.

– Entendo. E aí? – disse Lima, olhando naquela hora fixamente para os olhos azuis de Sam.

– De tanto observar os detalhes e tentar estabelecer referências com relógios, principalmente o de esferas, consegui descobrir que o intervalo de tempo que leva da primeira aparição até a consumação antecipada dos fatos é sempre e de apenas três dias. No entanto, a probabilidade de quase cem por cento ocorre apenas a partir da posição intermediária das aparições para que tomem forma em minha mente os presságios – disse Sam.

– Então a maioria das premonições se dá com apenas quarenta e oito horas de antecedência e os supostos astros ocupam apenas três posições e podem ser vistos de forma intercalada por três dias consecutivos.

– Exato.

– Mas tem algo intrigante que não ficou muito claro.

– Sim, diga – quis saber Sam, sentindo-se tão à vontade quanto se estivesse em um botequim tomando cerveja.

– Vou lhe ser franco, nunca procurei entender nada que estivesse acima da razão ou fora do âmbito de descobertas científicas da humanidade. Mesmo assim, como se trata de ocorrências visuais, fizemos uma checagem no terraço do prédio do hospital onde o senhor confirmou as aparições, no entanto nos deparamos com vários obstáculos possíveis que impediriam a visão aberta do horizonte, bem como de tudo o que pudesse ser visto a partir de lá, mesmo por um paranormal. O que tem a dizer sobre isso?

– Talvez, a maneira mais simples de explicar para um leigo essas ocorrências psicológicas seja fazendo uma comparação com ilusões de ótica, pois, se tentar entender apenas pelo padrão da física o modo como vários objetos sólidos e opacos podem ser transpostos não apenas pela visão, mas também por outros objetos, isso pareceria impossível. Entretanto, imagine que tivesse o poder maior de enxergar através de determinadas estruturas sólidas objetos super-sólidos, muito mais densos que qualquer outro que sua incrível visão pudesse atravessar. É só um exemplo para que entendam melhor como se processam essas visões, como se prédios inteiros se tornassem translúcidos, diante de novas formas muito mais densas, como se fossem apenas uma névoa para turvar a visão dos astros.

– Já que é assim, então me explique por que há necessidade de subir até o terraço se durante as ocorrências é possível perceber as formações através dos obstáculos – disse Lima, observando atentamente suas reações que não se alteravam.

– Para uma melhor visão do horizonte, pois, como local de onde se originam, podem se confundir e não se distinguir de outros possíveis obstáculos, como as próprias esferas. Como disse há pouco, uma configuração das visões com o horizonte é essencial, assim como a referência que ele nos dá dos outros satélites e astros naturais, no presente.

– Entendo. Por isso a necessidade de procurar um ponto elevado e com vista aberta.

– Certo, pois as visões permanecem apenas até as premonições se consumarem de fato, exatamente o tempo que levam para invadirem e tumultuarem qualquer lugar físico onde eu possa estar. Ou seja, eu subiria mais frequentemente apenas se quisesse desfrutar da vista fascinante e não seria necessário ficar indo ao terraço ou permanecer por lá além do tempo necessário, até o final.

– Quanto ao tempo de permanência, até o alinhamento definitivo das esferas, para que se reinicie em seguida a recontagem, como é medida essa variação, vamos supor, a partir da última posição?

– O tempo de permanência em qualquer ponto é, por vezes, ignorado. Deve-se ficar atento, nesse caso, ao momento exato em que elas desaparecem dessa última posição, pois é a partir dessa fase que é possível se tentar medir com ainda mais precisão a contagem das horas até o próximo atentado, em vinte e quatro horas.

– E como você faz para medir o instante exato que desaparecem sem ficar plantado na janela, esperando o sinal da última etapa até o tempo retroceder.

– Não há possibilidade, porque a percepção do tempo futuro não é exata como a do presente. Em muitos casos, nessas últimas horas e podem ser abreviadas de acordo com um outro fenômeno do magnetismo das esferas reais com as imaginárias. Mas sobre isso eu não quero falar agora – disse Sam.

– Por quê? Está confuso?

– Não.

– Por favor, Tenente, ele está apenas sendo entrevistado.

– Certo, Capitão.

– Mais algum esclarecimento do que foi adicionado ao relatório ou alguma outra pergunta que queiram lhe fazer? – disse o Tenente Bajur.

– Sim – falou o próprio Capitão Bareta sorrindo para Sam. – Fui eu mesmo quem redigi a parte final do relatório e tenho uma dúvida.

– Pois não, Capitão. É uma honra para mim – disse Sam abrindo um sorriso.

– Uma vez você me disse que muitas vezes, logo depois da revelação dos presságios, tudo parece uma ilusão, pois as esferas se somam a outras até então inexistentes e podem atingir grandes dimensões, cores, brilhos e até efeitos sonoros que servem muitas vezes de alertas das consequências das premonições que se avizinham, certo?

– Sim.

– Como então elas passam a se movimentar nessa última fase?

– Quase sempre se deslocam em trajetórias parabólicas, e passam a gira em sentido anti-horário. Na verdade, vêm de fora para qualquer lugar que eu possa estar tumultuando todos os sentidos com o que há pelos arredores, assim como a cronologia dos fatos e a percepção espacial que fica prejudicada.

– Todos satisfeitos? – disse o Tenente Bajur, demonstrando que estava satisfeito.

– Sim – responderam em uníssono.

Então Lima se levanta e pede para aproximarem-se apenas os agentes, chamando cada um pelo nome, como se Sam não estivesse lá, o que parecia uma descortesia, embora pudesse pensar que talvez fosse um procedimento comum com que devesse se acostumar.

Conversavam como se estivessem imbuídos em discutir ali a melhor forma de empregar a nova aquisição que poderia influenciar e muito o modo da polícia operar e não tinham o menor pudor em manter em segredo o que diziam, mas o chamamento era um simples modo de entender que não deveria participar ativamente da conversa.

Porém, Sam, deslocado, permanecia ainda no mesmo lugar e naquela hora fazia questão de não chamar a atenção para ele, como se não tivesse nada ali nem no final da sala e, naquela hora, se sentia, no máximo, como o facilitador que poderia ser apenas o computador mais moderno que uma empresa tivesse adquirido apenas para ser consultado quando necessitassem dele, ou nem isso.

Entretanto, nem teve tempo de se lamentar, pois via o capitão Bareta vindo em sua direção com um sorriso.

– Vamos! Quero lhe apresentar uma pessoa.

– Não se preocupe – disse Sam.

– Não é preocupação, apenas um contato de muitos que deve ter por aqui. Já deve ter ouvido falar no Tenente Paulo Duarte – justificou ele quando já caminhavam pelo corredor para pegar o elevador.

– Não. De quem se trata?

– Ele e o Tenente Ivan Lima foram os únicos da cidade do Rio de Janeiro que foram selecionados juntamente com integrantes das perícias criminais de outras capitais, como Fortaleza, São Paulo e Goiás, para um acordo de intercâmbio firmado com o Federal Bureau of Investigation.

– Uau!

– Essa iniciativa sem dúvida é uma oportunidade sem precedentes para o aperfeiçoamento técnico que esperávamos, com cursos de capacitação e treinamento ministrados por agentes do FBI.

– Deve ter sido bem concorrido – disse Sam.

– Imagine quantos candidatos das quatro capitais não se interessaram para que apenas doze fossem selecionados e, destes, apenas seis pudessem, no final, se inscrever no intercâmbio.

– E quais seriam as áreas? – quis saber Sam.

– São apenas três: Impressão Digital, Desastres em Massa e Balística.

– Duarte, vim lhe apresentar nossa nova aquisição, um novo talento para a Corporação, Sam Pulver.

– Muito prazer e seja bem-vindo, senhor Pulver – disse o oficial, com pouco entusiasmo na voz e sem se levantar para cumprimentá-lo.

– Da mesma forma – falou Sam, naturalmente e sem demonstrar nenhuma espécie de desconforto ou empatia exagerada por imaginar que um dia pudesse vir a ocupar o seu cargo.

– Vai trabalhar em que área?

– Colaborador na área de exames físicos, químicos e biológicos.

– Então se prepare porque vai ralar bastante. Boa sorte, garoto! – disse em linguagem popular, causando certo repúdio em Sam, que preferiu apenas um – assim espero – como resposta, pouco antes de se despedirem.

Naquele momento, ele pretendia apenas voltar para casa, finalmente, e se adaptar a viver sozinho num velho apartamento da família na Avenida Domigos Ferreira, em Copacabana, que havia sido desalugado.

Contudo, antes não deixaria de tentar obter no departamento de pessoal a data aproximada em que sairia a publicação da portaria com a nomeação para o cargo que ia ocupar de colaborador na área de perícia de exames físicos, químicos e biológicos, pois, de acordo com a norma, a posse deveria ocorrer apenas quinze dias a contar daquela data.

Sabia que, mesmo não tendo participado de nenhum curso de formação naquela área, de acordo com o edital, sua função estava garantida, pois era atípica e não exigia nenhum aprofundamento ou prática correlata.

Entretanto, às vezes ainda se arrependia, mesmo que jamais lhe faltasse a humildade necessária para recomeçar e apenas mostrar suas verdadeiras habilidades e dar sua contribuição mais efetiva. Se não estivesse determinado, jamais teria feito as revelações e se exposto daquela forma só pensando em ser útil por um salário irrisório e voltaria para o museu, mas já havia conseguido o que queria.

Não havia mais nada a fazer senão ficar em casa aguardando a posse. Nesse intervalo, sabia que seria também convidado a prestigiar os colegas agraciados com as inscrições no intercâmbio, pois, segundo o Capitão Bareta, tudo já estava certo.

Até que o Delegado Dagoberto convocasse todos os agentes para uma reunião sigilosa, em menos de cinco dias, da qual iriam participar Bareta, Bajur, além dos agentes que tiveram as inscrições acatadas, tornando-se, assim, aptos a participarem do intercâmbio de treinamento com integrantes do FBI.

Naquele dia, o último a chegar, e ainda atrasado, era Bareta, que esperava uma grande festa e um ambiente de comemoração e homenagens reservadas, para a importante ocasião. Entretanto, a julgar pelas expressões dos rostos, via que, mesmo contentes, todos pareciam inquietos e passados.

– Desculpem o atraso – disse o capitão.

– Sente-se. Talvez o senhor possa esclarecer esse mistério a respeito das inscrições – falou o delegado.

– Pois não.

– Seis vagas foram oferecidas, depois de todo um processo seletivo desgastante e extenuante para o anúncio dos que poderiam ser aptos a se inscrever no final.

– Sim, e daí? Algum problema?

– Daí que uma sétima vaga será destinada a um oficial que supostamente seria daqui, mas nem consta dos registros dessa unidade, em uma área de perícia que não havia sido disponibilizada antes para a seleção de agentes.

– E que área é essa?

– A de exames físicos, químicos e biológicos – explicou o Delegado Dagoberto ao capitão, que no mesmo instante arregalava os olhos.

– De onde veio a determinação?

– Do FBI, como foi averiguado há pouco.

– E qual o nome do agraciado? – perguntou o capitão, lívido.

– Sam Ian Pulver – disse o delegado, acompanhado do silêncio e da indignação indisfarçável no rosto dos demais oficiais que participavam do encontro.

– Não é possível – expressou o capitão contendo o riso.

O VERÃO

A estação veio depressa e a sensação térmica de calor era ainda maior com o sopro da brisa morna e úmida do mar, quase no fim da madrugada, chacoalhando as persianas e invadindo o recinto pelas enormes janelas escancaradas do velho apartamento na Domingos Ferreira, localizado a poucos metros da praia, onde celebrava a primeira noite fora do hospital, como o despertar da morte depois do atentado.

O sono não vinha naquela noite e parecia torturante contar cada minuto de expectativas se alongando das poucas horas que ainda faltavam para matar as saudades, como se tivesse nascido para viver só ali e em mais nenhum outro lugar da Terra.

Mas o mundo havia mudado e parecia ressurgir subtraído das maiores afeições a que havia se apegado e fizeram tanto sentido em outras épocas remotas. E, assim, a cidade, pouco antes do alvorecer, parecia já querer preveni-lo de que estaria só e, sem nenhuma explicação lógica, deveria compreender melhor a angústia e as saudades dos parentes que haviam partido.

Isso, de certa maneira, poderia tornar ainda mais difícil descobrir espontaneamente a causa das premonições com que havia sido obrigado a conviver a vida toda e julgava que tivessem por finalidade prevenir acidentes. Entretanto, não tinha escolhas nem podia saber ou talvez fosse cedo demais para entender as reais motivações do destino.

O mundo, como a velha representação artística ou alegórica de seus fantoches, deveria então ser recriado e isso não significava que não pudesse mais ser resgatado ou repintado com outras tintas inexistentes, depois de apagado da perspectiva única que a vida oferecia nas cores mórbidas da lembrança de todos os outros que também se foram, perderam-se de si e não puderam mais ser encontrados.

Então, era hora de sair e libertar-se das paredes ou de qualquer outro obstáculo que separasse das ruas, como do leito do hospital que já tinha se livrado e, mesmo assim, fazia conviver com a preocupação de que, caso sobrevivesse, talvez viesse a lidar com alguma sequela, pois o ferimento temporal originário do traumatismo craniano era profundo e nem os médicos, que recomendaram que permanecesse de repouso naqueles primeiros dias, podiam entender como havia se recuperado daquela forma.

Saiu do apartamento e, ao descer do elevador, a poucos metros da entrada da portaria, já sentia o contraste da temperatura interna do ambiente com a humidade morna que invadia o edifício e, poucos passos adiante, a brisa do mar no rosto que se misturava com o cheiro das ruas, como se toda a atmosfera de agitação do litoral fizesse novamente os instintos exacerbarem e se aflorarem numa apoteose que o levava a ser ditado pelo fluxo marinho, no mesmo movimento ritmado das marés e das correntes oceânicas que balançam, levitam, tumultuam e fazem pulsar, de uma só vez, compassadamente, toda a vida subaquática.

E na alegoria da alucinação crescente de que se via tomado, sentia-se tão peixe quanto o homem que necessita respirar e consumir o plâncton marinho, sem sequer imaginar a possibilidade de sobreviver de novo confinado ou distante, em outro ambiente que não poderia mais ser o seu. Mas era perceptível que a razão principal estava ainda mais ligada à saudade intensa da vida que recuperava o seu sentido e não podia ser saciada com tanta facilidade.

Graças ao retorno da família, desde a época em que Peter havia se deslocado de Los Angeles para lá, com o ânimo de se estabelecer em definitivo, tudo havia mudado e, do mesmo modo como ele costumava fazer, dedicaria a vida a elucidar aquele caso, pois era perfeitamente capaz de sentir a presença do terrorista quando a atmosfera se tornava densa e carregada, a ponto de macular e destruir o encanto da percepção alheia, corrompendo a identidade de cada indivíduo forjada na memória associativa que traduz a sensação de prazer e beleza presente na natureza, na cultura ou na história da humanidade, como um vírus que, com a maior magnitude destrutiva possível, permanece ainda ativo em cada perímetro urbano para que o lugar venha a tornar-se árido, turvo, insípido e vá se decompondo, até desaparecer por completo, definitivamente.

Sem dúvida que a caminhada no final da madrugada pela praia de Copacabana seria revigorante para um notívago que, em outras épocas, preferiria estar na cama àquela hora, quando nunca poderia imaginar que fosse permanecer tanto tempo cativo ao leito de um hospital, inalando oxigênio, atrelado a parafernálias e aparelhos, inconsciente e estático como um vegetal e fosse depois até capaz de se restabelecer para se lembrar de tudo, no tempo remanescente.

Naquela hora, a cidade ainda dormia, mas não demoraria a despertar aos poucos com pessoas surgindo de vários pontos, na movimentação que se estendia pela orla e parecia obedecer ao ritmo e às ações no tempo delas.

Contudo, de tanto observar, via que não eram mais os mesmos indivíduos, ou tão indivíduos como os que se observava antigamente, pois, embora dispersos, pareciam concatenados e divididos em duas categorias apenas: a dos que procediam mais devagar ou pausadamente às mesmas ações e movimentos e a dos que já eram mais afetados pela pressa do que o tempo cronológico dos relógios digitais das esquinas ou dos próprios celulares que já não mereciam tanta importância como antes.

Porém, por que vinha à tona a impressão de haver uma lacuna ainda maior entre o tempo e ações de grupos distintos de pessoas? Era difícil imaginar e muito menos interpretar aquela percepção no ritmo da rotina que parecia assim imposta, inconsciente e predefinida.

E, conforme clareava, também era impelido a se movimentar, prosseguindo a caminhada, inalando o ar mais puro e fresco da manhã, até não resistir de novo à tentação de parar só para ver de perto o mar tingir-se com as cores do céu, sem nenhuma pressa ou estereótipo a seguir, depois de até já ter perdido a noção do que era rotina.

Contudo, mesmo dali, era impossível não observar de perto os sinais mais evidentes de ansiedade no povo, sobretudo porque não se via nem um pouco afetado por ela, ainda que o tempo real fosse o mesmo para todos, considerando-se o que ainda restava das duas semanas que precediam o último mês do fim do ano, ou mesmo até diante das expectativas por grandes mudanças e dos fatos que ainda viriam a se suceder para reconstruir a vida e o próprio tempo novamente.

Mirava pela terceira vez o relógio digital da esquina que já marcava 6h30min, precisamente o horário no painel que calculava como real e voltaria de novo a adivinhar, o que talvez fosse um indício de que mudanças de comportamentos alheios há pouco verificadas possivelmente viriam dele mesmo, com a percepção maior que tinha do presente, facilitada pela quase ausência de compromissos e uma agenda esvaziada.

Isso não importava, diante de qualquer detalhe ou inferência que parecia se organizar na mente com muita facilidade, de forma mais precisa e não tão intuitiva quanto antes, embora mudanças psicológicas na cronologia dos acontecimentos, como a consciência que readquiria do passado, parecessem também alteradas e determinantes para que o tempo não voltasse a correr do mesmo jeito ou nem as mesmas visões voltassem a se configurar do mesmo modo.

Por isso, mesmo que não parecesse intencional, como de fato não era, a sintonia com o presente, que deixava de ser mera interseção dos tempos, atraía o seu interesse e parecia propícia para que tudo transcorresse de forma mais clara e evidente possível, naquele curto momento de reabilitação, como jamais havia sido.

E cada minuto a mais do passado ignorado se distanciando contribuía para sentir-se de volta à vida, e não vinha mais apenas das últimas lembranças associadas do hospital que lhe serviram há pouco de referência, depois de ter nascido ali de novo naquele tempo. Era a vida que passava a pulsar ao redor e parecia dar o tom de que tudo estava prestes a mudar para que fosse um protagonista cada vez mais assertivo depois do acidente.

Interrompeu a breve caminhada por um instante, só para admirar da praia o tom cada vez mais azulado que o mar assumia, conforme o dia ainda clareava.

E, além do sol se elevando, não havia mais nada de diferente no horizonte que pudesse denunciar a formação, mesmo discreta, das estranhas esferas enigmáticas, um motivo a mais para não cometer o pecado de não permanecer ali observando o breve espetáculo da natureza só para ver de novo carros e mais pessoas surgirem de diferentes pontos da Avenida Atlântica.

Pouco depois, voltava à caminhada na tentativa inconsciente e inútil de resgatar o máximo dos cinco anos que havia perdido em cada detalhe, do barulho da avenida se misturando ao ruído indecifrável das vozes perdidas que se confundiam nos gestos e expressões corporais desconectadas que tentava captar das pessoas que passavam e voltavam seus olhares para ele. E teimava em não querer mais acreditar que algo também permanecia muito estranho.

Do outro lado, por onde ia, o mar aparecia ainda mais distante da linha da arrebentação e, em alguns pontos, já totalmente oculto pela areia, mas surgia de repente e de surpresa de outros ângulos, como se despejasse de uma só vez toda a energia do oceano na cidade e ao mesmo tempo pulsasse com ela, da maneira como se via ou melhor se quisesse enxergá-la, fosse dos movimentos sinuosos das linhas ondulantes do calçadão português, que abria em movimentos o compasso permanente do balanço das ondas, no mesmo ritmo da agitação e da ginga carioca, revelando ainda o contraste preto e branco que fazia tão bem lembrar a simbologia distorcida do yin e yang se estendendo e prolongando-se em sentido longitudinal até perder-se de vista, indefinidamente, ou por terra adentro e adiante, irradiando vibrações invisíveis como em nenhuma outra cidade litorânea do planeta.

E era como se o Rio de Janeiro dali mesmo se revelasse e declarasse, a sua maneira, como era e deveria ser aceito, desde a chegada de tantos imigrantes que trouxeram a sua fama na mistura presente na beleza das curvas, na criatividade que se tornou a marca do povo brasileiro, como também na cultura do samba, bossa nova, na literatura, ou simplesmente na alegria incondicional do carnaval e no otimismo exacerbado em cada registro e percalço da população que ali morre e continua renascendo em berço esplêndido, só para celebrar a vida a cada dia.

E a cidade, assim, sempre reviveria a memória e o legado de seus expoentes que se imortalizaram, conhecida desde sempre como maravilhosa, comprovada nas breves passagens dos turistas que iam, vinham e coabitavam ali todos os anos, partilhando o mesmo clima de sonhos de um povo caloroso e iludido, como se os problemas não existissem ou fossem constantemente adiados.

A paisagem ainda mudava no trajeto e as impressões também fluíam sem parar, quando se via aturdido pelas mesmas ondulações no chão que direcionavam para o farol e o Forte de Copacabana. Muitas pessoas passavam e o notavam, talvez, como o mesmo ser de aparência exótica ou o personagem fictício que ressurgia das propagandas de Shampoo, muitos anos depois, quase irreconhecível, sem conseguir mais esconder, nem das crianças, a farsa de que a força estaria nos cabelos ainda pujantes.

Algumas garotas já vinham sorrindo de longe, outras se admiravam com o que viam e chamavam a atenção das companheiras distraídas. Entretanto, muitos fãs ainda olhavam fixo e permaneciam do mesmo modo encarando-o despudoradamente, como se soubesse e não quisesse revelar a eles o motivo de terem se decepcionado ao final com a aparência pálida e abatida, com as marcas irrecuperáveis de espinhas no rosto e a palidez decorrente dos dias de confinamento hospitalar.

Ele, contudo, mantinha-se inalterável, com o mesmo olhar amistoso e sereno de quem não se importava de ser relegado a um mero resquício do vigor que possuía antes e da juventude que inspirava e havia ficado impregnada na lembrança de alguns jovens de sua época que viviam ainda acreditando que a aparência fosse tudo.

Entretanto, a impressão que tinha é de que jamais se prenderia a lembranças torpes que o renegavam, diante da mudança aparente de perspectiva que tinha da vida. E prova disso não eram só os momentos que se intensificavam, mas o desejo, naquela hora, de ter a chance de encontrar velhos amigos ou mesmo conhecidos seus que não pudessem ser reconhecidos com tanta facilidade, mas que nunca se perderiam da memória uns dos outros, mesmo que se tornassem irreconhecíveis.

Com esses, que poderia até chamar de remanescentes, ainda não se preocupava, pois estavam ou estariam muito bem em qualquer fase de suas vidas. No entanto, temia pelos outros que, a exemplo de muitas almas perdidas, se prendiam nas lembranças e armadilhas de um passado breve e irrecuperável, com Jack sempre à espreita e provavelmente também por ali, naquela hora.

Contudo, não o temia e mantinha a mesma disposição de caminhar, voltando em seguida as atenções para o chão, para o desenho sinuoso do calçadão, em linhas sempre contínuas que pareciam conduzi-lo sem esforços como uma corrente marinha, impedindo-o de interromper a trajetória para levá-lo além de onde ainda pudesse ir, até um lugar desconhecido em que já não fizesse mais questão de se lembrar do que havia ficado para trás e, assim, quem sabe, não descobrisse pelo caminho um sonho ainda perdido e não revelado no presente.

– Shampoo!

Escutou alguém gritar com uma voz bem conhecida, o Zé lelé do coco novamente, oferecendo um para ele. O sol estava forte e o calor já incomodava. Procurou a mesinha que o Zé sempre reservava para os clientes especiais e sentou-se virado para o mar mais uma vez, saboreando cada gole da água de coco mais procurada da zona sul.

Há muitos anos, os surfistas da Barra já não vinham parar ali. Mas, se aparecessem, viriam incomodá-lo com certeza, e ele não resistiria à tentação de um desafio, na água ou mesmo na areia, para uma partida de futevôlei, frescobol ou uma pelada, se desse conta, que ocorria com mais frequência no final das tardes, quando o clima arrefecia e a praia esvaziava.

Ainda pensava, naquela hora, na paixão pelos esportes, em qualquer modalidade, e persistia o mesmo desejo. Até que, dito e feito, não precisou esperar muito, pois, se lembranças não parecessem tão propositais, muitas vezes atraíam boas surpresas para qualquer otimista, como os pressentimentos que surgiam para ele, mas sem as certezas das tragédias e muito menos as piores evocadas das tão terríveis amnésias futuras.

– É você, Xande Pulver? – Ouvia-se de longe o grito de Mauro, um compadre das antigas que chamava ele assim e vinha na frente, fazendo propagar de uma vez, quase em uníssono de monossílabos indecifráveis da boca dos demais que vinham trás, ao reconhecerem-no de longe, como se vissem marcar um gol contra o time adversário.

Grande parte de um imenso grupo ainda coeso de amigos, a temida tropa de elite, como também passaram a ser chamados pelas habilidades que possuíam e em referência ao filme dirigido por José Padilha, que foi e continuou sendo por muito tempo sucesso de audiência.

Inclusive dois dos que pertenciam à Força Especial da Polícia Militar do Rio de Janeiro não estavam por lá naquela hora e faziam parte de uma campanha de jovens que só crescia e pertenciam ao que já se podia denominar também de liga do bem, termos muito difundidos para um movimento crescente contra as tendências do tráfico de influência.

E, se aguardavam com expectativa, viram um Sam quase plenamente recuperado, depois de tanto tempo, o que já não era surpresa para Siri, o inseparável JB, seu melhor amigo, que vinha logo atrás, com o Jacaré, o Buscapé, um Casca Grossa do Jiu-Jitsu, e o resto da galera que continuava chegando do Arpoador. O time ainda estava desfalcado e ele não podia deixar escapar aquela oportunidade.

– Vamo nessa? – disse o crustáceo.

– Bora lá, parceiro – respondeu.

Então, formou-se o time e menos de duas horas já foram suficientes para uma melhor de três que tiraria qualquer dúvida do time que se sairia vencedor. Abraçou a equipe e saudou os perdedores, agradecendo também a pequena torcida que se formava por ali, até se despedir de lá com um mergulho revigorante, como se a vida voltasse a pulsar de verdade em suas veias.

Em seguida, atravessou as areias escaldantes e, poucos minutos depois de cruzar a Avenida Atlântica e entrar em casa, tirou o aparelho do carregador para verificar as mensagens e imediatamente sentiu-o vibrar nas mãos. Só poderia ser a ligação que aguardava há vários dias.

– Capitão Bareta!

– Shampoo!... – Fez-se um silêncio. – Desculpe, Sam, sempre me esqueço disso.

– Tudo bem. Algum problema?

– Nenhum problema, mas uma grande novidade.

– Novidade, em apenas dois dias?

– Não. Não é o que está pensando, mas seria melhor que nos encontrássemos mais tarde para falar sobre isso. O que acha? Que tal almoçarmos juntos?

– Claro, Capitão. A que horas?

– Tenho um horário livre às 13h. Alguma sugestão?

– Sim. Que tal um filé no Mondego? É próximo daqui e um bom lugar para curtir a brisa do mar.

– Mondego! Onde fica mesmo?

– Na Avenida Atlântica, Posto 4.

– Ótimo. Você é meu convidado.

– Perfeito. Estarei lá.

Eram quase meio-dia e ainda teria tempo para colocar um pouco de ordem no apartamento, convencido de que seria um bom começo para organizar também os pensamentos para o que viria. Entretanto, havia muitos objetos para desencaixotar e até parecia difícil saber por onde começar.

Escolheu então uma das caixas menores e mais leves, onde parecia haver objetos de uso pessoal mais imediato, mas deparou-se com fotos antigas e, assim, pensou em dedicar um pouco do tempo separando todas as que fizessem lembrá-lo do que não era mais a verdade com que convivia ou não pudessem mais alimentá-la e recolheu boa parte do passado que devia desaparecer e não valia mais a pena alimentar, como tecidos mortos de algumas feridas que necessitavam sempre de uma ação externa para cicatrizarem e com tanta convicção que era como se alguns capítulos da vida nunca tivessem existido.

Olhou novamente o relógio e faltavam menos de trinta minutos, o tempo necessário para um banho rápido e para evitar deixar o convidado esperando. Sabia que tinha muito a oferecer e talvez até pudesse estar muito adiante de todos em qualquer investigação, porém, sem a humildade, somada à experiência e ao conhecimento que eles tinham, não poderia chegar a lugar nenhum.

Para o caso específico que investigavam, não levaria o sentimento na forma primitiva que pudesse alimentar o adversário e, a partir daí, o serial poderia ter um oponente à altura. Assim, quem sabe o mal não pudesse ser extirpado com todo o sofrimento que trazia de uma espécie rara de ansiedade do futuro breve que acabaria por extinguir de vez o passado no sentimento de todos, incluindo no das novas gerações?

Estava pronto e em trajes leves, mas elegante, e não precisaria caminhar nem uma quadra para encontrá-lo, já que o Mondego ficava a menos de trezentos metros de onde estava morando. As ruas não estavam tão cheias e a sensação térmica de quase quarenta graus fazia crer que a praia é que devia ainda estar lotada.

Foi até o final da rua, caminhou mais alguns metros até o semáforo e de lá mesmo já enxergava de longe o capitão com uma tulipa de chope na melhor mesa que alguém poderia ter escolhido. Cumprimentaram-se e sentaram-se os dois.

– Está gelado? – perguntou Sam, olhando o copo, sorridente.

– Sente-se. Vou pedir um para você – falou, confirmando com um gesto e sorrindo só com os olhos para Sam, como se já pudessem se comunicar melhor através deles do que apenas com palavras.

– E aí, gostou da vista? – disse Sam, animado.

– Gostei. O garçom me falou que os pastéis de camarão são bem pedidos de entrada e sugeriu a moqueca de badejo. Já pedi uma porção.

– Reparou na idade avançada dos garçons? Eles continuam sempre os mesmos desde muitos anos e nem preciso dizer o que vou pedir que, até hoje, ainda sabem – disse Sam, convencido.

– É mesmo? – disse o capitão, que parecia ainda querer desviar o assunto.

– Fale logo o que tinha para me dizer, Capitão. Já me deixou curioso demais!

– Ainda não. Antes, vamos pedir mais uma rodada!

– É sobre alguma pista de quem procuramos?

– Não.

– Então fale – quis saber Sam.

– Parece que você é quem tem alguma coisa para me contar – disse Bareta.

– Eu? Mas não sei de nada. A única notícia que eu poderia te dar seria a respeito de minha posse, mas ainda estou aguardando me chamarem – disse Sam com um meio sorriso no rosto.

– Então, vou começar a estória e você termina com o final que deu a ela?

– O que está tentando me dizer?

– O desfecho, que foi obra sua – disse o Capitão Bareta com uma expressão meio velhaca que faria rir qualquer pessoa.

– Ainda não entendo aonde quer chegar. – Riu Sam com o mesmo sorriso quase apagado no rosto.

– Então, como disse, eu vou começar. Você se lembra de que há dois dias o levei para conhecer as instalações do prédio, o laboratório e os departamentos da unidade e que, depois, pouco antes da sua entrevista, eu o apresentei ao Duarte e lhe contei que ele e Ivan Lima eram os dois tenentes escolhidos, os únicos do Estado, que foram selecionados para se inscrever no acordo firmado com o Federal Bureau of Investigation? – disse o capitão.

– Sim, do acordo de colaboração com o FBI, claro!

– E de eu ter dito que seriam apenas seis vagas para investigadores peritos, em todo o país, divididas em apenas três áreas: Impressão Digital, Desastres em Massa e Balística. Recorda-se disso?

– Lógico, sem dúvida. Por quê? – perguntou Sam, totalmente passado.

– Porque uma sétima vaga foi criada e para uma nova especialidade totalmente estranha ao programa de treinamento. Quer saber qual?

– Sim.

– A de exames físicos, químicos e biológicos – disse o capitão, depois do terceiro chope, se esforçando para manter a mesma expressão no rosto, enquanto Sam, com uma expressão fixa, ainda olhava para ele, pouco antes de sorver completamente o último gole da segunda caneca. – Quer saber o nome dele? Eu te digo: Sam Ian Pulver – revelou Bareta em tom rouco e mais alto, sem deixar escapar a risada, no instante em que Sam se engasgava com o mesmo gole e cuspia a cerveja no chão para não engasgar.

Nessa hora, o capitão não conseguiu se segurar e os dois riram juntos feito duas crianças, mas o capitão se conteve rápido e sinalizou para o garçom, com dois dedos erguidos, mais uma rodada.

– Agora é a sua vez, Sam, pode me contar o resto, a sua versão final – disse o capitão, insistindo para saber mais alguma coisa.

– Não, Capitão. Como havia dito agora há pouco, não tenho nada para falar, além de já estar impressionado. Mas acho que é você mesmo quem deve ter mais alguma coisa para revelar – disse Sam, olhando daquela vez bem fixo para a cara dele.

– Eu não fiz nada, filho. Apenas dei ciência do relatório que elaborei sobre você a quem de fato devia tomar conhecimento – explicou o capitão.

– Ao FBI, por exemplo… – falou Sam rindo de novo.

– Sim, em parte – disse o velho oficial, com uma breve risada, que disfarçava de novo, enquanto acendia um cigarro. Deu uma tragada e continuou: – Se você acha que esse é o final da estória, está muito enganado – disse, emendando o que acabara de dizer. – Mas é melhor pedir os pratos. Depois continuamos.

– Ainda não! Vamos terminar a cerveja! – disse Sam, curioso.

– O fato é que você concordou que revelasse o relatório apenas para pessoas confiáveis e que eu julgasse que pudessem aproveitar as informações da melhor forma possível. Entretanto, se a divulgação se restringisse aos agentes que atuaram na sua entrevista, talvez não obtivesse o resultado esperado, como ainda poderia correr o risco de não serem aproveitadas corretamente e, sabe-se lá, como poderiam ser utilizadas e trazer um risco ainda maior a sua própria segurança.

– E para quem mais você encaminhou esse relatório sobre mim?

– Pois é, por coincidência, ao pesquisar sobre o assunto do nosso interesse, a respeito do acordo de cooperação, surgiu uma oportunidade, pois descobri um contato na Polícia Federal que poderia me fornecer mais informações, além das poucas de que dispúnhamos e, como posso dizer...

– Privilegiadas – disse Sam, completando a frase.

– Isso mesmo, já que deu muito mais informações a respeito dessa parceria com o FBI, sobre as autoridades, como também a melhor forma de chegar a elas.

– Desculpe. Como parte interessada, eu poderia saber para quem foram distribuídas cópias desse relatório sobre mim? – disse Sam.

– Pode! As cópias foram encaminhadas e distribuídas, cada uma delas, para o diretor do FBI, o diretor-geral da Polícia Federal e o diretor de Investigação e Combate ao Crime

Organizado da Polícia Federal. Todos eles já detêm essas informações.

– Quais as ações prioritárias, ou melhor, quais as principais ameaças em que os dois países pretendem se concentrar nesse acordo?

– No desmantelamento de organizações criminosas transnacionais, informações biométricas e o tráfico nas fronteiras, basicamente essa informação que têm a oferecer.

– O que me preocupa nesse acordo é como são estabelecidas essas prioridades. Será que corremos o risco de não priorizarem as investigações...?

– Calma lá. Não terminei ainda. Afora isso, há outra ação voltada, um projeto ultrassecreto, que envolve segredo de Estado no que diz respeito a quem irá participar e é exatamente o mesmo do qual você virá a fazer parte, ou você acha que a sétima vaga surgiu por acaso?

– Não precisa me dizer mais nada, Capitão.

– Não importa o grau de sigilo, Sam. Você tem todo o direito de saber e estamos nisso agora, eu e você, até o final. Vou te dizer apenas uma coisa, e vai entender muito bem do que estou falando: combate a ações de extremistas radicais mais perigosos que têm recentemente ganhado grande repercussão mundial pela destruição dos templos e instituições culturais e ameaçam catedrais como a de Notre-Dame, o Coliseu de Roma.

– Minha nossa! A Itália – lembrou Sam.

– O quê?

– A Itália como alvo, berço da civilização ocidental, onde está localizado parte do patrimônio cultural da humanidade.

– Pois é. Vamos pedir a comida?

– Sim. O carro-chefe daqui é o filé.

– Ótima sugestão.

– Façamos então o pedido.

E assim o filé prevaleceu como sugestão do dia e, pouco depois, se irrompia um silêncio repentino e oportuno entre os dois que se distraíam calados com tantas belezas, como se tivessem a mesma impressão ou um pensamento comum que surgia e parecia ali tão evidente, a constatação de que, em plena quarta-feira da primeira quinzena de dezembro, o Rio já vivia um clima de feriado e a praia mais famosa ainda fervilhava de pessoas.

Naquela hora, o relógio da esquina anunciava duas horas da tarde e a temperatura já batia os quarenta graus, exatamente quando o sol parecia ainda mais forte e grupos de jovens ainda caminhavam pelas calçadas.

– Algum sinal das esferas? – disse Bareta, com os olhos fixos na posição em que o mar se encontrava com o céu no horizonte, embora também não perdesse de vista os pedestres que perambulavam pelas proximidades.

– Nenhum, Capitão. Na verdade, as imprevisíveis amnésias futuras me preocupam muito mais – disse Sam.

– Entendo perfeitamente os seus motivos, Sam. Acredito nas possibilidades reais que temos agora de lidar com esse gênio do mal, de alguma forma – disse Bareta.

– Não sou tão otimista. Há pouco tempo, vocês se preocupavam, na maior parte das vezes, apenas em desmantelar quadrilhas e não previam ameaças psicológicas muito mais sofisticadas.

– Tempo perdido – disse Bareta, admitindo.

– É. Mas não esqueça que ele nunca deixará o contrabando de armas e drogas, o maior filão, embora não cuide disso, diretamente.

– Continue – pediu o Capitão.

– Arte. É isso que ele faz. A intenção de um sádico pode ser indecifrável, como o abstrato ou até estar presente em pinturas contemporâneas, no sentido mais macabro e chocante que possa existir para obliterar o passado.

– O que quer dizer? A exposição no Museu do Amanhã, por exemplo?

– Sim, também fiquei sabendo do que ocorreu em seguida, logo após a explosão no Museu de Belas Artes, que serviu apenas para chamar a atenção das autoridades e remeter ao primeiro ato – disse Sam.

– Então, qual seria a sua opinião, meu jovem?

– A de que o homem que buscamos pode ser apenas um sentimento ou algo impossível de se extirpar dessa sociedade em mutação. Essa é a teoria à qual me filiei. Entretanto, ele vem de outro lugar. De um tempo que quer manter estanque e fazer prevalecer.

– Eu não iria tão longe, mas concordo que esse ódio ainda sem explicação pode significar que outros museus de artes seculares possam estar com os dias contados e ser os próximos alvos da lista.

– Pressinto que muito do que se investiga, como os métodos e paradigmas de outros mistérios que surgem antes de serem decifrados por vocês, não possa ser comparado e muito pouco aproveitado nesse caso específico – disse Sam.

– Estou gostando da sagacidade, rapaz.

– Os mesmos mecanismos continuam sendo utilizados nas explosões?

Bareta deixou escapar um meio sorriso nos lábios que formavam apenas uma linha torta no rosto quadrado e olhos miúdos, quase ocultados por largas sobrancelhas que mais pareciam bigodes, antes de responder:

– Poderia explodir com eles a Câmara Legislativa.

– Não. Impossível.

– Por quê?

– Ele não conseguiria provocar nenhuma comoção no povo para se saciar do ressentimento alheio – disse Sam, embora sabendo que políticos são o produto de grupos que os elegeram e que, mesmo assim, a democracia deveria ser considerada o melhor dos mundos.

– É mesmo – riu Bareta –, o verme não teria muito com que se alimentar mais. Nem para isso eles servem – riu de novo.

– Pelo menos a renovação seria mais rápida e imprevisível.

– Uma prova de que até o atual sistema de governo deveria ser repensando – disse Bareta.

– Antes vocês miravam mais políticos, como o grande foco das demandas, uma ótima maneira de lavar dinheiro com armas e obras de arte – disse Sam, que passou a se inteirar do assunto e sabia que Jack inclusive usurpava consciências de pessoas desse meio.

– Como assim?

– Embora demonstrem a capacidade de liderar, alguns, incluindo autoridades de outros poderes, no fundo, revelam-se pessoas fracas e mais predispostas a perpetuarem o tráfico de influência. O próprio caráter na essência é corrompido e favorece a abdução.

– Se for assim, estamos lidando com uma entidade invencível ou inalcançável.

– Creio que não. Pensando como um místico, talvez ele seja capaz de fazer proliferar a ideia de fortalecer sentimentos de repulsa ao passado, mas não ocupa vários corpos nem pode transportar-se com tanta facilidade assim.

– Essa não é apenas a sua opinião, muitos acreditam nisso e até eu não duvido. Mas fale. Quero ouvir mais coisas de um sensitivo, não de um místico que sei que você não é. Como acha que podem ocorrer as próximas ações nos museus?

– Nesse aspecto, ele tem uma abrangência ainda maior e pode comunicar-se através das pinturas e afrescos. As telas e as impressões dos artistas são a fonte e o caminho para se chegar a ele, seja nas obras inacabadas da inspiração incontida de alguns pintores que comunicam e divulgam melhor suas percepções mesmo depois de mortos e as deixam ali expostas, renascendo nos olhos de indivíduos que representam seus personagens eternos e históricos das gravuras, pois a imaginação não tem limites.

– Então, você faz uma leitura da mente de um artista que poderia ser o assassino?

– De ambos. Os quadros falam e nós interpretamos. Você sabe, eu já trabalhei com isso. A diferença é que Jack, além de inovar suas ações, pode querer subverter sentimentos e também antecipar o tempo e o destino das pessoas.

– Impressionante! Sem contar o prazer mórbido que ele tem em matar para produzir a arte inacabada de sua vida.

– Arte da vida dele? Como vocês descobriram isso? – disse Sam.

– Encontraram um rascunho que deve ter caído de algum lugar. As coisas que estavam escritas são tão horríveis que só podiam ter vindo de uma mente perversa e fantasiosa e, assim, não deu para tirar uma conclusão, mas falava de um plano de produzir um documentário sinistro, como a supremacia do futuro, que será divulgado brevemente. Além de uma lista com possíveis alvos, como o Museu Nacional e até a Catedral de Notre-Dame de Paris.

– Os temas se relacionam – falou Sam, cada vez mais convencido de que Jack tentava dominar o tempo de outro totalmente estanque.

– Pois é aí que você entra, meu jovem, com sua capacidade de antever as cenas futuras.

– Sim, mas não podemos esquecer que minha mente também funciona com pequenos lapsos das lembranças do que posso antever há poucos instantes, como um sonho que se perde facilmente logo depois de acordar, pelo menos até que o cenário imprevisível do que vai se desenrolar torne-se cada vez mais previsível para mim. O que tenho feito agora é fortalecer essas conexões e até anotá-las, quando possível. Da mesma forma que fiz um esboço para você quando estava internado e deu origem ao relatório.

– É sobre isso que estou falando, da possibilidade de alinhar nossos recursos com os seus esforços e o que você pode oferecer.

– Espero que não depositem tantas expectativas, pelo menos no começo, e venham a me comparar com...

– Com Peter? – interrompeu Bareta. – Ele era competente, rapaz. Como já disse, estava à frente das investigações e tinha um modo peculiar de trabalhar, além do prestígio, como todos sabem, mas talvez fosse o mais influente na forma como exercia a liderança, sem precisar aparecer, no contato com autoridades de todos os níveis, desde a fase inicial dos inquéritos até o julgamento nos tribunais. Resumindo, todos, de uma forma ou de outra, vinham comer em suas mãos. Nunca vou me esquecer da oportunidade que tivemos de trabalhar juntos. Entretanto, mesmo assim, acredito que fará a diferença.

– Agrada-me muito escutar isso e devo dizer que ele também te elogiava bastante. Disse uma vez que o senhor salvou a vida dele.

– Ele era precavido e trabalhava com a cautela necessária, mas era de extrema coragem. De fato, fomos muito unidos.

Graças a essa união, quase pusemos as mãos em Jack. Quero dizer, chegamos perto.

– Por conta disso, perdi minha família, mas ele não deve se arrepender, pois todos o apoiamos e também assumimos o risco, de alguma forma.

– Justamente. Não tenho palavras, Shampoo.

– Sam, por favor. Meu nome é Sam Pulver.

– Desculpe. Acostumei-me a chamá-lo assim – comentou Bajur, sem conseguir prender o riso por muito tempo.

– Entendo – disse Sam, pensando que não tinha mais como se livrar da pecha, além da horrível certeza de que, quando viesse a falecer, seriam até capazes de inscrever, em sua própria lápide, o apelido em vez do nome.

– Então vamos nos concentrar na estratégia que desenvolvemos para o nosso trabalho. Você deve trabalhar de forma independente.

– O que devo fazer depois de tudo o que me falou?

– Haja como se nada tivesse acontecido. Quando sair a publicação, tome posse normalmente. Isso vai ajudar a regularizar a sua situação no órgão até que as autoridades entrem em contato com você. Ah... Outro detalhe.

– Qual? – questionou Sam.

– Este mês será dedicado a mostras e grandes eventos artísticos que ocorrerão aqui na capital, como também há notícias de uma importante exposição que acontecerá em São Paulo – falou Bareta.

– Poderíamos supor que o elemento está planejando em breve destruir outro museu? – disse Sam, fingindo-se de inocente.

– Acredito que sim. Sabemos que a repercussão nunca é pequena nesses casos.

– Gostaria de estar lá – disse Sam.

– Se estiver confiante e quiser se antecipar para uma dessas missões como policial disfarçado ou agente que não tomou posse ainda e, por isso mesmo, permanece no anonimato, pode ser uma estratégia arriscada.

– Quero ter acesso a todas as informações privilegiadas, pois posso imaginar onde ele vai estar.

– É algum pressentimento? – quis saber Bareta.

– Não dessa vez, apenas uma sugestão.

– Vamos pensar sobre isso. Talvez não corra tanto risco de ser pego. Não podemos acreditar que o assassino...

– ...que o assassino pode não ser nada além de um sentimento de ódio profundo – completou, deixando escapar as palavras do pensamento que o capitão ia externar.

– O que você disse?

– Nada de mais. Tenho que ir andando e você tem que trabalhar.

– Vou chamá-lo a qualquer hora. Fique atento. Se puder se inteirar melhor de nossas táticas, seria uma ótima ideia para avivar a sua percepção ou premonição. Aqui está o endereço com os dias e horários dos treinamentos.

– Acredito muito nisso, Capitão. Boa tarde!

– Espere. Tenho um presente para você – interrompeu, enquanto pegava um pacote preto, contendo um grande estojo embrulhado com papel preto.

– Obrigado, mas o que pode ser? Vamos descobrir – disse Sam com um sorriso largo no rosto.

– Tenho certeza de que saberá apreciá-lo. Seu pai tinha algo semelhante e disse que você se tornou um ótimo aluno. Não abra aqui, por favor.

– Sim. Sem dúvida.

– Boa sorte! – falou Bareta, impressionado com o que havia escutado pouco antes, ainda plantado ali na mesma posição, observando embasbacado Sam se distanciar até perdê-lo de vista.

Ele andava vagarosamente e só se lembrava de uma impressão que teve, pouco antes de se despedirem, a de que eram observados e que ela ainda permanecia no ar, no momento em que recebia as últimas recomendações do oficial e o presente que, pelo peso, só poderia ser uma arma.

Quanto à sensação estranha, provavelmente não seria nada e deveria já se acostumar com isso porque a tensão constante fazia parte da rotina de qualquer policial. Além disso, Peter, antes de sua morte, havia lhe ensinado a atirar e ele sabia muito bem manusear uma arma.

Tinha consciência de que não era tão previsível quanto os outros e que o serial teria de lidar com um adversário diferente que se valeria cada vez mais das velhas premonições, cada vez mais confiáveis e precisas.

Os pensamentos continuavam a emergir da mente e imaginava, naquela hora, que, quanto mais próximo do local do perigo estivesse, com a devida antecedência, seria mais fácil antevê-lo com precisão e mais facilidade.

Entretanto, a partir daquele dia, tornava-se informalmente um membro da corporação e era como se tivesse sido, de fato, chamado a tomar posse, pois, se não fosse assim, talvez não tivesse tido a mesma oportunidade de atuar e seus passos passariam a ser seguidos assim que Jack soubesse daquela nova adesão, muito embora também pensasse que suas habilidades se manteriam sempre em sigilo por seus colegas.

Se por acaso se deparasse com o facínora, a tendência era achar que o mataria sem pestanejar e nem pensaria em códigos de ética que recomendavam atirar apenas quando o bandido representasse iminente ameaça.

Enfim, talvez não fosse bom se antecipar, até receber instruções definitivas e começar a trabalhar por conta própria naquele mesmo dia, quarta-feira, pois não poderia ainda fazer parte de nenhuma missão oficial do batalhão. Entretanto, não deixaria de participar de um evento imperdível, imbuído em uma missão secreta, forjada apenas em um acordo entre amigos.

A VIAGEM

Já se comentava há vários anos a possibilidade de que viesse a se concretizar um dia, mas a mídia vinha noticiando com mais frequência, nas últimas semanas, um evento muito aguardado e já programado para ocorrer em outra cidade. Para isso, negociações já haviam sido feitas a partir de um acordo firmado entre o Instituto Tomie Ohtake e o museu Van Gogh, de Amsterdã, no intuito de trazer as obras do pintor para o Brasil.

E, ainda que não tivesse a mesma disponibilidade de tempo para deslocar-se com tanta facilidade, depois que começassem as missões e atividades na corporação, não perderia jamais a oportunidade de ver e acompanhar de perto a mostra com os originais programada para acontecer no Masp, em São Paulo.

As passagens já estavam compradas para o dia seguinte, pois ter escolhido ir ao primeiro dia de abertura do evento, com certeza, não seria uma boa ideia. A menos que fosse convocado por antecipação, em uma missão oficial, pois o esquema de segurança já devia estar definido e preparado com antecipação, em outro Estado. *Melhor não, o primeiro dia de uma mostra é sempre muito tumultuado*, pensava.

Voltando-se, então, para o tempo em que estava, depois de uma longa e reflexiva caminhada, adentrou o edifício, subiu o primeiro lance de escadas da entrada principal que dava acesso aos elevadores e, em pouco tempo, estava em casa de novo, ansioso para abrir o embrulho, descobrindo, logo em seguida, que a surpresa não poderia ser mais agradável, uma pistola Desert Eagle da IWI, de uso restrito só para ele, e já autorizada pelo Exército.

A partir daquele momento, sempre que pudesse andaria com ela, principalmente em exposições como aquela, com tantos aficionados e o mal rondando a sua volta. O voo estava marcado para a manhã do dia seguinte e São Paulo sempre foi o tipo de cidade com as melhores opções de tudo que se possa fazer, de gastronomia a entretenimento, como vários tipos de eventos como aquele. Embora o objetivo principal da estadia fosse um só e a intenção era a de permanecer não mais que dois dias.

Passagens compradas, com reservas antecipadas para duas diárias no Renaissance, hotel bem localizado no bairro Jardins, perto da Avenida Paulista, que oferece muitas boas opções, como restaurantes sofisticados e boas lojas. Era o lugar perfeito, pois também oferecia aos hóspedes ingressos para uma peça em cartaz com Suzana Vieira que estava sendo exibida no próprio estabelecimento.

Além disso, tinha reservado uma mesa no restaurante Antiquarius, tudo para não perder o pouco tempo que dispunha livre por lá e, sobretudo, alegrar-se por desfrutar a companhia de Telma, uma amiga que já não via há muito tempo e mantinha apenas contato pelas redes sociais. Contudo, como ela mesma dizia, sentia sempre muitas e muitas saudades.

Era impressionante como o tempo era furtivo e parecia enganar as expectativas, pois, naquela mesma noite de sexta-feira, já estava no hotel e planejava o encontro pensando em buscá-la para jantar e terminarem a noite em um bar que acabara de ser inaugurado e, aí sim, encerrarem o encontro com chave de ouro, isso já fazia qualquer um sentir-se renovado apenas com a expectativa.

Eram aproximadamente 21 horas, a temperatura e a iluminação estavam agradáveis e praticamente o único som que se ouvia ao fundo vinha do piano que ocupava o centro das mesas do restaurante, enquanto saboreavam a sugestão do chef, um bacalhau e, para acompanhar, vinho branco.

As impressões também eram as melhores possíveis ao perceber que não havia sido traído pelas expectativas, pensava, enquanto admirava aquela beleza que inspirava vários temas, até se lembrar de novo da exposição e de uma pergunta que parecia inevitável e não ficaria para depois.

– O que pensa quando tem a chance de admirar peças tão raras sem precisar sair da cidade? – disse ele, para animar a conversa e externar certa preocupação, se tivesse a oportunidade.

– Talvez como se visitasse outro universo de minha própria cidade – dizia ela com um sorriso contagiante que já não minguava dos seus lábios úmidos e sensuais, cada vez mais próximos, ao responder com tanta naturalidade que era capaz de estabelecer uma sintonia ainda maior em cada gesto ou expressão, evidenciando naquela noite a intenção de satisfazer cada desejo e curiosidade do interlocutor.

– De que forma é inspirada e transportada para a natureza de épocas tão remotas? – vinha outra pergunta necessária de alguém que já se via quase totalmente alheio às respostas que receberia, quando o clima que havia se desfez um pouco, até que ela pensasse como deveria respondê-la.

– Não entendo muito de arte, como as pessoas que pesquisam minuciosamente sua origem e história. Leio mais referências dos acervos e só às vezes me aprofundo, e nem tanto nas que possam apenas me interessar um pouco, mas nas que chamam minha atenção de verdade. Talvez também por não ter desenvolvido tanto esse hábito ou seja realista demais para me transportar por outras épocas, embora esteja ansiosa e empolgada para ver a coletânea.

– E você tem alguma preferência em especial?

– A tudo que remeta à história do Brasil, e isso me faz sentir privilegiada, até porque os museus de São Paulo contam com muitas peças que ajudam a montar esse processo, numa retrospectiva, como o da trajetória do Brasil até a era moderna. Por outro lado, essa oportunidade única de ver a obra de Van Gogh é tudo de bom, né?!

– Sem dúvida, para mim é fantástico perceber os elementos naturais combinados com a realidade do tempo em que se vive, como o pós-impressionismo de Van Gogh, na força dos seus traços, como também as cores.

– É interessante se compararmos um período de transição, quando ele se afastou dos tons apagados e sombrios do realismo, por exemplo, A ponte debaixo da chuva, Caveira com cigarro aceso ou Natureza morta com absinto – disse ela, com o sorriso quase apagado dos lábios.

– Sim, foi pouco antes da fase em que produziu os Girassóis, época em que passou a adotar cores vivas e paisagens naturais – falou, lembrando que Telma às vezes se tornava dramática e tinha o hábito de abordar temas tristes, mas nunca se afetava com eles.

– Os girassóis simbolizam também a nostalgia.

– Concordo, mas me lembro de outro de que gostei, Wivenhoe Park, de Constable – disse, com a intenção de variar um pouco.

– Sim, John Constable, excelente – disse ela. – Mas meus pais vieram também à minha mente agora.

– Como estão eles?

– David Hockney – disse ela, com uma gargalhada, e seus olhos brilharam de alegria com a imagem de uma cena congelada que evocava de um cotidiano colorido, embora triste, enquanto outra mais triste ainda remetia ao passado e quase não contiveram as lágrimas dos olhos de Sam, que a fitavam, como se ambos brincassem com os sentimentos um do outro, mas um sorriso veio fácil, como sinal de que nada poderia mais abalar, por muito tempo, seus sentimentos.

– Engraçadinha – emendou, disfarçando com maestria a tristeza da expressão nos olhos que o fez lembrar dos pais e imaginar que já estavam em um lugar especial.

– Engano seu. Nada de engraçado – falou ela, agora séria, como se parecesse brincar com ele de novo.

– Desculpe! Se quiser me falar a respeito...

– Minha mãe tem Alzheimer. Ela se tornou um vegetal e meu pai quase não sai de perto dela. Foi um grande golpe, mas me conformo cada vez mais com o destino, pois ele, meu pai, me ensinou a nunca olhar para trás. Ambos ainda vemos alegria nos seus olhos e isso é o que importa.

– Magnífico.

– Fez até um poema e recita todos os dias, como uma prece, que dedicou só para ela. Ela parece não entender muita coisa, mas sempre sorri ainda mais depois para ele. Quer escutá-lo?

– Com certeza.

Tu és a planta que encanta a doçura e o perfume
que jamais verei no cume
onde fui te encontrar

Se acaso um dia se fores e não puderes me esperar,
Levarás contigo o outono, o verão e a primavera.

E se apenas o inverno me restar,
A esperança se manterá em mim acesa, como antes

Mas, se um dia, até a esperança se apagar
Saibas que é porque também me tornei planta
E um outro sol renascerá ainda mais forte para mim do azedume
Com a certeza inexplicável de que já não estamos mais distantes.

– Lindo! Seu pai quem fez?

– Sim, ele também é o autor do meu personagem nessa estória da minha vida – disse com inabalável sentimento de resignação, como se a existência dela se circunscrevesse a poucas páginas de um livro, em uma atuação importante que revelasse uma bela fase de superação e libertação, em companhia de outro personagem daquele capítulo inesperado de sua vida, e a fizesse perceber o quanto se pareciam, em cada atitude, depois de uma garrafa inteira de vinho consumida.

E um clima se restabelecia para elevar ainda mais a atmosfera inebriante que pairava sobre ambos, ao som do piano, para que retomassem outras impressões interrompidas, como se adivinhassem as intenções imediatas. Até que o beijo fez tudo girar a sua volta, para que um desejo ardente indicasse a única direção possível do hotel onde ele estava hospedado.

E antes da noite acabar, ainda embaixo do edredom, a cena se repetia, mas Telma não podia ficar até o fim da noite que se aproximava. Assim, foi deixá-la em casa porque haviam combinado de irem juntos no dia seguinte ao evento da exposição.

Ela não conseguia disfarçar a ansiedade de apreciar o afresco, mesmo sem saber o risco que poderia estar correndo se fosse desacompanhada, e, ainda que soubesse disso, parecia impetuosa o bastante para não deixar de ir, uma mulher que nunca se deixaria levar facilmente por qualquer sentimento de irresignação com a realidade.

Além do mais, com ele, um otimista incorrigível, que ainda confiava na intuição e se considerava imune a qualquer sentimento estranho e imprevisível de um tempo perdido e, desse modo, não suscetível às artimanhas de Jack, mesmo diante de um original como Starry Night.

Portanto, a única forma de abatê-los seria se o serial voltasse ao hábito das práticas antigas do primeiro ato, quando havia se revelado pela primeira vez como um franco atirador ou até plantando uma bomba, mas, nesse último caso, não era o tipo de artifício que costumava utilizar para os alvos principais, mesmo que não percebesse sinais de irresignação ou marcas do passado aparentes em qualquer personalidade que pudesse pôr em risco os seus planos. Ademais, um esquema de segurança muito eficiente havia sido montado na entrada e ele não deixaria de estar armado.

Ao descerem do carro, depois de um beijo, sentiu vontade de acompanhá-la até a entrada do prédio, quando lhe veio uma pergunta inevitável, cuja resposta dizia muito mais respeito a uma impressão que ele tinha da vida que da arte propriamente dita, mas que guardavam ambas uma relação tão íntima que não poderia deixar de responder a Telma e refletir sobre ela.

– A impressão que tem de uma obra é sempre a mesma? Se não, como você saberia interpretá-la, desde antes? – questionou ela.

– Não – disse Sam. – Penso que se renova, mas, como a perspectiva que cada um tem da vida é sua própria essência que também se revela de acordo com as circunstâncias, essa impressão não pode igualmente ser captada, comparada e muito menos explicada por outra pessoa, porque faz parte do indivíduo, de como sente e observa a vida em cada um de seus aspectos. Se na arte pensamos ser possível a aproximação, em grande parte é apenas uma impressão, como infinita e peculiar é a essência de nossa alma, do espírito criativo, muito além da razão. Somos universos estanques.

Ela não respondeu ou manifestou intenção de perguntar se aquela percepção desenvolvida da própria personalidade surgiu depois do acidente que ocasionara o trauma que ele havia sofrido, mas revelava no olhar apenas o mistério como um encantamento ainda maior. E, depois de mais um beijo, despediram-se, finalmente.

Assim, em poucas horas, voltariam a se falar e, como havia sido combinado, utilizando um transporte por aplicativo depois que Telma retornasse para o mesmo local do último encontro.

Embora a distância a percorrer do hotel até o Masp fosse muito curta, em uma manhã de domingo de pouco trânsito poderiam optar por aproveitar o dia no mesmo tipo de condução.

– A arquitetura do museu já vale o passeio e é, sem dúvida, uma viagem – disse Sam, ao ver a animação da rua com pedestres e ciclistas que aproveitavam o sol do feriado.

– Já é praticamente uma obra de arte na sua concepção – respondeu Telma, logo depois de desembarcarem na avenida e atravessarem o passeio e a ciclovia para iniciarem uma curta caminhada pelo imenso vão livre do prédio. – Um projeto arquitetônico arrojado e diferenciado de Lina Bonardi.

– Da última vez que vim aqui, estavam expondo uma coleção de arte moderna e contemporânea, com Francis Bacon. Na época, percebi que voltaram a ativar os cavaletes transparentes, para as obras do acervo permanente do segundo andar, e isso fazia parecer que flutuavam no ar, mas nem penso nisso agora.

– Imagino como deve estar se sentindo – sorriu Telma. – Vamos ver o que nos aguarda e fascina.

Chegando ao andar, permaneceram no elevador até as pessoas saírem e caminharam com calma até a exata localização do acervo principal da exposição temporária.

Quase no mesmo instante, ele iniciava uma varredura de olhos para verificar se não havia qualquer figura esquisita ou suspeita por ali.

Telma parecia querer abraçar o mundo naquela hora e nem sabia direito por onde começar, por isso sugeriu a ela que o acompanhasse para ver de perto a principal atração e, ao se depararem tão rapidamente com a obra, via como não era só pela beleza que causava fascinação, mas pela possibilidade que oferecia de conferir de perto a personalidade e as impressões conturbadas do autor, como em nenhuma cópia já reproduzida por Van Gogh.

Ergueu um pouco mais os olhos para os astros ou esferas fumegantes, no alto da tela, para o mesmo céu agitado que resgatava da memória quase a mesma visão que sempre anunciava a iminência de um perigo qualquer, mas estranhamente congelava-se para ele naquele panorama, como se o risco iminente fosse relegado apenas à lembrança de como Peter o acalmava e lhe mostrou, pela primeira vez, que sua aflição residia simplesmente na própria imaginação, quando ainda era criança.

Entretanto, a atmosfera do ambiente, com as imagens e o som, já parecia levemente instável e distorcida, enquanto se via ainda atordoado e hipnotizado diante da beleza estática da pintura que começava a se revestir aos poucos de realidade ainda mais sombria, lançando o imaginário para outra perspectiva psicológica que parecia coincidir com as impressões distintas da mente do renomado artista, com todas as aflições possíveis que provavelmente Vincent pudesse ter experimentado naquela época.

Então, outra mistura de sensações ressurgia e parecia trazer de volta do além a percepção de um leve som injustificável, proveniente do atrito de pequenas esferas se movimentando sobre uma superfície qualquer, que poderia se ampliar quando viessem a se aproximar rapidamente até flutuarem, multiplicando as dimensões.

Mas, pela experiência que tinha das visões, ainda que se constituíssem num sinal de alerta, não significavam um risco imediato, e tampouco acreditava que depois de tanto tempo chegariam ao ponto de reverberarem do horizonte com o poder que tinham, durante as estranhas percepções, de atração e arremesso para todas as direções contra tudo que ainda estivesse de pé, antes da consumação de uma tragédia.

Elas ainda permaneceriam estáticas como meras representações artísticas a qualquer outro observador de fora, como um amálgama de uma dimensão oculta e ainda inexplicável para eles, e talvez até para o autor, que já não pertencia mais àquele mundo, malgrado toda a perspectiva que havia criado.

O tempo não passava e a sensação, de fato, já não era mais a mesma de quando via anunciarem as amnésias futuras, ou do que merecesse ainda muito mais receio e precaução do que simples premonições, incapazes de revelarem um desastre iminente.

Porém, o som já alcançava outro patamar, assim considerado como o limite do suportável para ele, e não dava mais margens para dúvidas do que poderia ser. Até que, finalmente, passou a ver o quadro como apenas uma imagem da sobreposição de algo indistinguível que poderia estar bem próximo.

Sem poder mais concentrar-se em nada, apenas certificou-se de que Telma permanecia segura no local com ele e, com a outra mão, segurou com força o enorme e pesado volume sob o casaco, adaptado com um bolso que mais parecia um coldre improvisado para uma arma daquele calibre, que nunca havia sido usada.

Voltou-se de novo para a tela e, em seguida, para a companhia, percebendo que, compenetrada, ainda admirava o original, sem nenhuma afetação aparente ou estranha no olhar que denunciasse qualquer desilusão ou inconformismo que a remetesse do presente ao passado, como uma lacuna do tempo que não pudesse mais ser suprida.

E, nesse instante, uma figura indistinguível, como o vulto de aparência sinistra, aproxima-se do prédio lentamente até a recepção e consegue burlar com facilidade a segurança, pois nenhum dos três agentes escalados, aparentemente alterados e confusos, exigiu do suspeito que se identificasse e abrisse a imensa pasta de executivo que transportava com ele, como simples checagem exigida em inspeções de rotina para identificação de algo suspeito que pudesse estar levando em seu interior.

Em menos de um minuto o elemento já saía do elevador, praticamente invisível às câmeras e a todos que subiam com ele para o mesmo pavimento, no primeiro piso, onde ocorriam exposições temporárias de obras raras e mais valiosas que pertenciam a outros museus, como se tivesse o poder de se manifestar apenas por meio de uma alteração emocional no semblante das pessoas, mas que sempre desaparecia quando se distanciava delas.

Então, ao adentrar o salão, dirige-se até um dos quadros de Van Gogh, emprestados para a exposição mais importante das Américas. Ele observa também um homem alto, de cabelos bem compridos e aloirados, com uma bela companhia ao lado dele; ele mantinha um dos braços envolvendo os ombros dela.

O casal parecia admirar impassível a qualquer sentimento estranho, mas Sam, sem perceber, revela-se ainda um tanto suscetível a lembranças de sua vida que não conseguiria jamais esquecer ou resgatar de outro tempo, como uma espécie de saudade incurável, com uma dose de inconformismo que parecia incomodá-lo, mas não insuperável a ponto de sentir-se preso a ele o tempo todo.

E Jack, vendo aquilo, mantém-se estático, aguardando a certa distância, e saboreia a cena por um tempo, até que decide se aproximar e chegar perto o suficiente para começar a materializar-se novamente e, assim, poder saciar a sua fome com algo que tanto aguardava.

Contudo, Sam percebia o sinal e, finalmente, foi capaz de pressentir o que devia estar por lá. Olhou ligeiramente para os lados e para trás, mas nada via ainda, apenas sentiu um vento frio que destoava da temperatura ambiente e uma espécie de vulto que mais parecia uma ilusão de ótica, bem mais veloz que sua capacidade de interceptar o perigo.

Nessa hora, outro ruído parece ecoar e aumentar a pressão dentro do crânio, como se estivesse prestes a explodir, e fica ainda mais forte, agudo e distorcido, até atingir uma gradação absurda e quase insuportável, fazendo todos os astros de Starry Nights desaparecerem de sua visão, como se fossem transportados com toda a turbulência do afresco para o ambiente externo do salão de exposições.

Enquanto cobria a testa com as mãos, assistia incrédulo a um componente da obra que havia ignorado desde o início, o arbusto negro e sinistro rodopiando devagar e movendo-se lentamente, no quadro, para o lado oposto ao que estava, na medida em que parecia também se aproximar ainda mais dos observadores, até quase sair para fora, aumentando significativamente de tamanho na escala visual e revelando imediatamente uma feição tão terrível que era impossível descrevê-la.

Ele vinha lentamente de encontro, provocando certo pavor que disparava os batimentos, como um susto ininterrupto e constante, até também desaparecer de vez da paisagem, como os outros elementos. Embora tudo, com exceção do arbusto, se revertesse de novo, segundos depois, recompondo a mesma imagem da pintura original, enquanto o ruído forte não cessava e se tornava insuportável com a dor de cabeça pulsante e incontrolável que crescia.

A namorada permanecia tranquila, totalmente alheia, como se nada estivesse acontecendo, ainda fascinada com a pintura. No entanto, era estranho como o arbusto que também era referência da obra não tivesse se manifestado ao menos como uma ameaça para ela.

Mas, logo em seguida, oscilações variadas de frequências de energias incompatíveis ao redor se precipitaram de uma vez, como uma ordem para que sacasse a arma carregada da jaqueta, de um reflexo induzido para a reação que já não parecia precipitada, um alerta do destino.

E assim, num rápido movimento giratório à esquerda, com a arma em punho, por debaixo do outro braço, fez menção de disparar em direção ao possível alvo, confiante no próprio instinto de um paranormal que interceptava um espectro desaparecido da pintura para se transformar na própria morte que os cercava pelas costas.

Porém, o que se percebeu na sequência, de um barulho tão intenso que já atingia uma frequência insuportável e semelhante à do estrondo de um jato que ultrapassava e quebrava a barreira do som, era o som abafado por um único disparo, e o silêncio sepulcral e absoluto, segundos após sua cabeça parecer ter explodido.

E, em seguida, vieram os gritos e o céu do quadro aparecia maculado por uma grande e densa mancha vermelha com outras configurações de círculos menores de bordas salpicadas fora dele, escorrendo por todos os cantos, de fora para dentro da parte superior da tela, com respingos pelas paredes laterais que atingiam até o teto.

A sensação seguinte e inexplicável era a de que ainda estava vivo e de que o disparo não veio da arma dele, como também a de que partia e nem mais sentia o corpo físico de que havia sido expulso, despojado, e que ocupara a vida inteira. Apenas caminhava quase levitando em outro meio, como se já tivesse ido para uma nova dimensão, adiante, a uma distância considerável da cena do crime, ou como se o passado recente já não pudesse mais alcançá-lo ou detê-lo com facilidade, enquanto se antecipava para o futuro, por um atalho através da vila que nunca vira antes tão bela, com tanta nitidez e profusão de detalhes de fora da obra.

E, dali mesmo, a cada passo, era como se a memória aos poucos se perdesse da relação de espaço-tempo, formando-se obstáculos, atrás, que encerravam o destino com uma cortina de nuvens daquela última cena, para que não pudesse mais se lembrar do local onde esteve pela última vez nem reviver o terrível desfecho do episódio chocante, durante a travessia. Apenas fixava-se no transe que o impelia sempre a continuar vagando pela dimensão oculta que abria horizontes que talvez nem Van Gogh pudesse antecipar em seu imaginário.

Mas logo percebeu que nem ele podia mais imaginar, se quisesse, ou inovar com a mesma liberdade de um visionário que coloria o próprio caminho, se não estabelecesse uma relação de causa e efeito com o ocorrido. E, assim, cada passo parecia não ser mais o seu, noutra perspectiva da arte que se renovava e em que se enveredava por uma só rota mais segura e factível, naquele meio, do que qualquer outro lugar para onde tinha ido antes. Até que foi acometido por uma forte dor de cabeça.

***

– Permaneça consciente e lembrando-se de tudo o que ocorreu, pouco antes de chegar aqui – disse a voz familiar a Sam enquanto mantinha os olhos fechados.

– Não posso. Foi ruim demais para mim.

– É preciso. Tente.

– De minha cabeça esfacelada.

– Como foi? O que viu por último, antes de se assustar com a própria imagem? Tente.

– Uma mancha vermelha sobre a famosa tela original Starry Night. Não sei mais quem sou, nem posso mais pensar.

– Sua mente ainda está intacta. Vai conseguir, mas não se esqueça de que seu futuro está no mesmo quadro, entre as esferas da noite estrelada, exatamente naquela mácula do passado que corrompeu o seu destino e não deve mais permanecer ali. Você veio através dela. O caminho não tem volta e pode se tornar irreversível.

Tudo parou, enquanto continuava determinado pelo caminho imaginário e misterioso que o pintor não revelou, do lugar onde estava. E uma sensação parecida com a das estranhas amnésias futuras de antes era recuperada como insight do passado.

A atmosfera parecia significativamente mais leve e branda, enquanto caminhava por uma praia que já não parecia ter nada a ver com vales e horizontes secos e montanhosos da travessia. E não era só por isso que as condições eram outras e muito mais favoráveis, com o oxigênio tão puro e abundante, que se tornava difícil esvaziar os pulmões a cada arfada.

A mesma Copacabana de sempre era vista de um extremo a outro. Mas, do outro lado, o susto era com o futuro revelado em formas suspensas e curvas entrecortadas sobre esplêndidas praças que disputavam a preferência com os calçadões, por tudo o que podiam oferecer para apagar todas as lembranças.

E, embora só a poucos metros da praia fosse possível lembrar ainda do Rio como era apenas por ali e se sentisse em paz por enquanto. O calçadão foi mantido intacto e resgatava pelo menos alguma sensação de que estava mesmo em Copacabana. Entretanto, não demorou muito para se assustar com miniestruturas arquitetônicas abertas e quase flutuantes, distribuídas por ali, porém não muito maiores do que os pontos que existiam em pleno século XXI.

Tinham os contornos que mais lembravam caracóis entrecortados e se constituíam de um material que não retinha calor, muito elevadas e com a parte superior voltada para o litoral, retendo e maximizando, em seu formato auricular, a brisa do mar, além de ampliar o efeito acústico do som das ondas que quebravam e podiam ser acompanhadas durante sua formação e evolução até se desmancharem nas areias, como veio a perceber depois.

Eram tantas novidades naquele lugar futurista, que o passado parecia impossível de ser resgatado depois da fatalidade de que foi vítima, que faria impressionar qualquer peregrino alienígena desavisado, fazendo sentir-se mais perdido que um pobre caipira do interior, e de tal forma que parecia até difícil evocar lembranças.

Aquele acidente parecia não ter ocorrido por acaso ou se equiparava ao acidente anterior, mas, sim, fatal e definitivo, pois tudo flutuava por lá, como a imaginação com as combinações de cores e formas mais extravagantes.

Entretanto, aos poucos, um sinal parecia surgir para avisar que jamais esqueceria certos fatos que impregnavam de energia cada ponto, como as estórias da vida dele e memórias de pessoas vivas e mortas que pareciam renascer de cada local, tanto no futuro quanto no presente ou no passado, e a memória dava sinais de que ainda não tinha morrido.

Até que uma voz familiar, além do som das ondas propagado das espirais, chegava pelos ares, como um carma que o perseguia até depois da morte, mesmo que nascesse, morresse e tornasse a viver de novo, e a terrível alcunha tinha de vir, assim, da boca de algum infeliz naquela hora.

– Shampooo!

Ele virou e sentiu, no mesmo instante, a indignação se transformar em alegria e foi ao encontro do velho amigo de outras paradas, mas era estranho que viesse parar ali, no futuro, a menos que aquela figura também tivesse falecido.

E não esperou que Sam pedisse, simplesmente ofereceu, como de costume, o coco cortado ali na hora, com um instrumento portátil que parecia emitir um pequeno facho de raio laser, e que ele nunca havia ou haveria de recusar, mas percebia que não conseguia segurá-lo ainda e deixou cair no chão.

– Foi mal, esqueci de te avisar, vai demorar um pouco até reconstituir a estrutura molecular com as mesmas características, enquanto isso, parecerá etéreo, cumpade. Tá ligado? É assim que as pessoas surgem aqui – riu Zé.

– Muito tempo? – disse Sam.

– Não me lembro, mas acredito que não.

– O que faz aqui, Zé? – quis saber Sam, também se recobrando de uma amnésia passageira que o fazia entristecer-se ao se lembrar dos últimos capítulos de sua vida, antes de rever mais uma vez o velho conhecido já com uma idade tão avançada.

– Eu tô aqui, má num tô, sá cumé?

– Como assim, maluco?

– Num pertenço a este mundo, só me acostumei com ele. Guardo com dificuldade apenas a memória de outro universo, do sonho que ficou abandonado e não é mais a realidade, como o prazer que tenho agora de falar contigo, parceiro. Espero que possa me fazer lembrar melhor dos que ainda não vieram ou estiveram por aqui. Esse não é o Rio de Janeiro de outros tempos, maneiro como o outro que fazia lembrar a princesinha do mar, com a magia que desapareceu, dos shows, do samba-enredo do Carnaval, do fio dental e de tantas passagens do Réveillon. Acabou a graça, parceiro – disse José, quase se emocionando e sendo interrompido.

– Sim, Zezão, quantos Réveillons passamos juntos, assistindo aos fogos no céu, fazendo a noite virar dia e toda a praia repleta de gente e das oferendas a Iemanjá – disse Sam.

– De todos os poetas que nasceram, aqui cresceram e fizeram renascer lembranças de tantos outros e o público se proliferando, desembarcando de todos os cantos do mundo, como você, agora, que surgiu do nada, e quase se materializou – disse José, diminuindo o tom, a ginga e o sotaque, à medida que via alguns indivíduos estranhos se aproximarem.

– O que houve?

– Fale baixo! – disse, revirando os olhos. – Não devem escutar nossa conversa porque sou alvo de muitas suspeitas.

– Mas por quê? Deve estar acontecendo algo muito grave, mas tudo bem, vou seguir suas orientações, por enquanto – disse Sam, ao ver que os prováveis espiões passaram direto por eles e ainda se afastavam.

– Você, naquela época, deve ter deixado de ir à praia e nem ficou sabendo o que aconteceu, quando ainda circulavam as principais notícias pelos jornais e na boca do povo.

– Do que você está falando?

– Da identidade perdida, malandro!

– O que aconteceu também com você, afinal? – disse Sam.

– Alguém veio até mim saber notícias, um sujeito estranho e muito esquisito que me fez sentir terrivelmente mal.

– O que ele queria?

– Informações a seu respeito. Lembro de ter dito muita coisa a ele, muita mentira, mas o babaca queria muito mais e passou a me pressionar.

– E o que disse a ele?

– Não me lembro mais. Parece que não estou aqui por acaso e não estou mesmo. Se depois da ruptura do tempo quase todos perderam as identidades e com elas até a saudade do Rio como era, eu não perdi e nunca vou perder.

– Como assim?

– Parece que o futuro se abreviou e o passado foi se perdendo até desaparecer da mente de todos. Tudo já é tão natural às pessoas que é como se nada tivesse acontecido em suas vidas.

– Explique melhor – disse Sam, imaginando que lembranças perdidas pareciam ser ainda mais raras que suas premonições ocasionais naquele lugar.

– É tudo estranho porque podemos antever acontecimentos no passado de lugares onde poderíamos ainda estar e ações a executar se ainda fôssemos vivos, mesmo que seja impossível voltar e resgatar o tempo.

– Não parece um bom sinal – falou Sam.

– Pois é, percebo que, se perdi algo lá atrás que é impossível de recuperar aqui, outro canal se abre em minha mente com a percepção de tudo. Não posso ignorar, tá ligado?

– Como assim?

– Como uma noção tardia do tempo que devia ainda estar transcorrendo em outro lugar. É muito louco!

– Talvez não devesse estar aqui, mas está por alguma razão desconhecida – disse Sam.

– Pelo que observo, você mesmo tem um motivo e parece muito mais evidente – afirmou Zé.

– Como sabe disso?

– Pelo seu futuro encarnado logo ali, veja! Talvez necessite de alguns esclarecimentos. Talvez seja um sinal de que o passado se deteriora de todas as lembranças e você tenha um motivo a mais para regressar – disse Zé, com estranha convicção.

– Tarde demais, José; você deveria entender que como você eu não posso voltar, mas qual a importância que isso tem agora?

– Você vai entender em breve. Alguns poucos missionários se escondem por aqui.

– O que está tentando me dizer? – disse Sam, quase aflito.

– Não se preocupe. Na presença do Curador, estará seguro.

– O que mais?

– Primeiro me diga o que quer saber, parceiro, porque você parece determinado.

– Preciso encontrar o Museu onde trabalhei. Ele ainda existe?

– Sim, o Museu de Belas Artes. Talvez possa nutri-lo de parte de suas referências perdidas. Se é isso que procura, é um dos últimos resquícios que os lituanos ainda relutam em ver preservados. Além do mais, aqui em Lituno, corre o boato de que será incendiado, embora não possam destruí-lo ou se livrar dele, como fizeram, na Terra, com o Museu Nacional. Há uma conspiração nesse sentido porque eles não podem compreender que é uma marca do passado que não pode ser removida porque...

– Gostaria de poder ajudar a acabar com esse sonho ridículo, mas não tenho esse poder.

– Pense bem! – disse-lhe José.

Então, fechou os olhos, naquele instante, e uma sensação física totalmente estranha tomava conta, como um sonho que se consolidava em uma realidade em que não deveria acreditar e a impressão do passado começava a desaparecer com ele.

Esforçou-se por lembrar-se do quadro do museu, e, em seguida, do instante em que o ruído das esferas havia se iniciado e tornado insuportável, até cessar de vez e não se lembrar de mais nada.

Porém, algo daquela tela não podia se perder no esquecimento, uma impressão circular na gravura que parecia radiante como outras estrelas gigantes de Starry Nights, as mesmas que faziam lembrar esferas gigantes das premonições que abriam as dimensões para o perigo iminente da morte que se aproxima.

No entanto, era evidente como outra mancha salpicada, circular e arredondada do jato do próprio sangue lançado sobre a tela em um imenso respingo que passaria a compor não mais a insana e mórbida paisagem do passado que talvez passaria a ser valorizada e apreciada em Lituno, como a última imagem de tantos prenúncios que só viriam a revelar sua origem depois da própria morte.

Lembrou-se, então, do tom forte e suave da mesma voz que o fazia renascer para conduzir o próprio destino, com a advertência de que mantivesse a lembrança da tela que tão bem traduzia tormentos de sua história e até do destino que lhe abria o caminho com o sangue sobre a tela, de onde a vida havia cessado, mancha circular de sangue sobre tela, o último sinal de seus registros que podia se lembrar antes de adentrar e desaparecer na tela e do planeta Terra.

Fez menção de apressar-se e de seguir as orientações do amigo, mas algo ainda o detinha ali, pois o mundo parecia não girar mais tão depressa, depois que percepções remotas iam desaparecendo e sobrepondo-se em passados mais recentes, além da importância maior que se atribuía ao instante que se aproximava com outras ações automatizadas.

Até que alguém surgiu do nada, pouco depois que José voltava às suas ocupações e revelou-se ainda mais estranho do que havia sido no encontro anterior, como um personagem ainda mais evidente e autêntico do que outros habitantes sempre ocupados de Lituno, ligados a aparelhos eletrônicos ou atribulados com as mais diversas atividades laborais e colaborativas, pois o tempo ali, como em nenhum outro lugar, parecia estacionado para eles, de forma a dominarem e controlarem as próprias circunstâncias.

No entanto, o indivíduo, como todos os demais, parecia muito calmo e não revelava qualquer pressa ou ansiedade e, depois de observado com mais atenção, diferenciava-se ainda mais dos outros pela fisionomia anacrônica que não combinava em nada com a paisagem local, mesmo usando os mesmos trajes finos e elegantes que consistiam numa espécie de tecido fino, leve e tão maleável que parecia outra pele permeável sobreposta, mais confortável que qualquer vestimenta de passeio.

Porém, o que intrigava eram os traços que pareciam incrivelmente semelhantes e familiares, além de gestos tão previsíveis, que faria se passar por um parente falecido seu, de eras remotas.

Ele vinha e se movimentava há poucos metros, como se estivesse em câmera lenta e nada parecia interessá-lo, até que algo inexplicável aconteceu, como uma estranha sincronia de ideias ou impressões perdidas que se conectavam e precisavam ser recuperadas no mesmo espaço e tempo em que ambos se encontravam ali.

Assim, o estranho virou-se finalmente em sua direção, como se tivesse perdido algo e, em seu rosto, o semblante inconfundível ainda mais evidente parecia até assustador, apesar da grande diferença de idade entre ambos.

Ele mal teve tempo de reagir, ao notar que também já havia sido identificado, com o queixo erguido e um olhar fixo e determinado do ancião, quando veio ao seu encontro, sem diminuir os passos ou desviar o percurso enquanto se aproximava, como se fosse proposital para intimidá-lo e obrigá-lo a se desviar do seu caminho.

E tão próximo ele já estava que mal teve tempo de esticar um dos braços para detê-lo e evitar a colisão frontal, mas foi simplesmente atravessado, como se não existisse ou fosse nada mais que um dos zumbis ou fantasmas desencarnados, vítimas de Jack.

Então parou, depois do breve susto, olhou para trás de novo e viu que o homem, já a vários passos, havia de novo cessado a caminhada, com a mesma impressão de que perdia algo ali atrás. E então, de alguma forma, se viram finalmente, esboçando um só olhar de espanto e o outro parecia confirmar que ele, Sam, era quem não devia estar ali naquela hora.

Mesmo assim, Sam manteve a distância de, aproximadamente, quinze metros, suficiente para fazer notar que a expressão de espanto que havia em seu rosto mudava depressa e era substituída por outras de surpresa e curiosidade, como a de quem pretendesse interrogá-lo.

Até que, sem explicação, a estranha conexão que parecia existir entre os dois foi quebrada e, a menos de três metros, Sam voltava-se novamente para a barraca do amigo para fazer indagações. E tinha a intenção de se sentar depois de perceber que o ponto estava vazio e que ninguém mais parecia se interessar pelos cocos.

Assim, acomodou-se para falar com o Zé, sem perceber que dois homens, do outro lado, vestindo outras cores, conversavam como dois espiões e, ao mesmo tempo, observavam tudo ao redor.

– Zé, preciso falar com você.

– Desculpe, Sam, agora não. Já suspeitavam de mim e até você pode ter problemas por aqui.

– Por favor, preciso que me tire algumas dúvidas. Ninguém pode me ver além de você e aquele senhor ali.

– Eu já te disse. Não posso falar agora, devemos obediência à mesma entidade. Se descobrirem, poderemos ser considerados conspiradores do passado e as leis são rigorosas por aqui. Ele está esperando você. É melhor ir logo – respondeu, enquanto Sam, ainda mais confuso, já surtava e não acreditava no que ouvia e quase teve um acesso de riso. Não podia ser verdade aquela brincadeira toda. Era tudo muito surreal.

– Uma perguntinha só!

– Nem! Dá o fora daqui! Já disse.

– Não vou, enquanto não me responder.

– Ande logo então, enquanto eu trago um coco. Vou disponibilizar um teclado virtual no balcão, como se estivéssemos simulando uma dívida e eu calculando uma conta que veio pagar agora. Vou deixar registrada uma resposta simulada, mas não fale mais comigo, entendeu? – disse Zé, com uma eloquência irreconhecível de ator de novelas, já aumentando a voz e simulando uma discussão depois de pronunciar aquela última frase.

– Certo – digitou Sam.

Depois de ler, o vendedor fez um movimento rápido com os dedos, revelando uma breve resposta que Sam mal teve tempo de ler antes que fosse deletada. Mas conseguiu entender depois, em uma fração de segundos, o motivo de seus temores nas últimas quatro palavras que restaram:

– Leitura labial, meu caro.

Por mais que a frase parecesse um absurdo e Zé não demonstrasse saber a resposta, era preciso tentar descobrir outras informações que ele já não podia dar, como o que tinha de fazer para encontrar Starry Nights. E a resposta parecia ser simples demais, pois só restara um museu, no mundo, reconstruído em vários andares no subsolo, como um depósito gigantesco, um mausoléu que ninguém se dispunha mais a visitar. E se tivesse sorte, poderia encontrar ainda lá o que tanto procurava, a tela de Vincent Van Gogh, no Museu de Belas Artes.

Logo após a cena protagonizada com Zé, Sam ainda não perdia de vista o velho, já sentado, só para se certificar de que ainda estava lá e, assim, quando fez menção de ir embora, ele também se levantou como se quisesse segui-lo.

Ainda que sua fisionomia não revelasse ao certo a idade, parecia bem mais velho, como um avô para Sam, e, a julgar pela aparência, faltaria a ele poucos anos para cumprir sua missão; muito embora demonstrasse disposição e energia de sobra, seu olhar não escondia algum desânimo ou ressentimento com o destino, como se tivesse sido abandonado no tempo e fosse obrigado a estar lá por algum motivo.

Então, tomou finalmente a iniciativa e foi até lá abordá-lo.

– Bom dia! Devo apresentar-me – disse Sam, aproximando-se e, ao mesmo tempo, demonstrando espanto com uma inexplicável e estranha certeza que crescia.

– É também uma honra, meu jovem. Chamo-me Rock Iam Pulver. E você?

– Isso é muito curioso, senhor Pulver. Na verdade, esses são também meus sobrenomes de família. Não são comuns e, se considerarmos a ausência de registros de outros parentes próximos conhecidos, passa a ser uma incrível coincidência – disse Sam, mal conseguindo pronunciar as últimas palavras, antes de se identificar.

– E qual é o seu nome completo?

– Sam Ian Pulver.

– Pois parece muito mais do que coincidência, moço! – corou o velho.

– Por quê?

– Esse foi o meu primeiro nome de batismo, o qual ainda mantive por muitos anos antes de substituí-lo pelo atual – disse Rock, pensando na terrível alcunha que fazia lembrar Shampoo, a partir da associação infeliz com o prenome Sam e o sobrenome Pulver, mas que já não tinha a menor importância para ele.

– Realmente – concordou Sam, surpreso –, é quase impossível. Muito difícil mesmo de acreditar. É mais fácil ter ocorrido um erro de registro em duplicidade – disse ele ainda passado com o que ouvia.

– Então, me desculpe a franqueza, jovem, pois, se houve um erro, foi no seu registro. É só olhar para mim e notar que nasci bem antes de você.

Sam assentiu com a cabeça e se calou por um instante, mostrando-se ainda surpreso com a franqueza do interlocutor, e, assim, deixou que prosseguisse a fala.

– Talvez eu esteja ficando muito velho e enlouquecendo ou este mundo ilusório esteja perdendo ainda mais as referências com tantas mudanças. No entanto, vejo algo em você que me intriga. Seria bom se tivéssemos oportunidade de esclarecer algumas questões. O que pode me dizer a respeito?

– O que posso lhe dizer – disse Sam, calculando que era a hora exata de ser franco também com o ancião – é que pode parecer mais difícil ainda acreditar no que estou pensando agora, mas é a pura verdade.

– É mesmo? Então vá em frente!

– Olhe o senhor bem para mim, agora, e diga, com franqueza, que pode se lembrar do seu passado. É muito mais fácil que se veja em mim em alguma época da vida e me compreenda do que eu possa me identificar no senhor e lhe dizer alguma coisa. Desculpe, mas é apenas para entendermos melhor o que ocorre aqui, neste momento.

– Quer saber? Parece inacreditável. Só podem estar querendo me pregar uma peça e eu não vou participar dessa armação. Se o tempo se repete ou pode ser abreviado, não me lembro de ter passado antes por esta encenação grotesca. Mas, apesar de tudo, eu lhe digo com franqueza: se eu realmente sou você no futuro, jamais me esqueceria desse encontro casual que estamos tendo quando ainda tinha a sua idade e estava em seu lugar – dizia o velho Rock, tentando dominar a interferência de um sentimento ruim de baixas energias que parecia tumultuar os pensamentos dele.

– Não senhor! Talvez não possa se lembrar por um motivo muito simples: nem você ou este mundo em que estamos agora existiram antes de mim ou durante minha passagem pela Terra.

– Então, deveria saber também que a história não se repete aqui em Lituno, pois o tempo é estável no passado, no presente e no futuro, e as pessoas não tentam se colocar no lugar umas das outras.

– Salvo quando são o mesmo indivíduo – disse Sam.

– Mesmo indivíduo? O que lhe faz crer que isso seja verdade aqui como é na Terra, onde todos deixam de ser quem eram com a própria experiência acumulada. Aqui vivemos o presente, sem a perspectiva do passado suprimido.

– Talvez pense assim por ter se acostumado a não perceber o passado do mesmo modo e com tanta facilidade aqui, como em outro planeta percebia. Talvez o destino não tenha se interrompido lá para o senhor, da mesma forma, e seguiu seu curso natural, diferente do verdadeiro inferno onde devemos estar agora. Se for assim, o tempo pode ter ido muito além e adiante de onde parei agora, no ano de 2020. Talvez só muito tempo a partir daí tenha acontecido a sua transição e o senhor não me reconheça melhor, pois aqui é o seu lugar natural e em breve não será mais o meu. Mas responda-me, mesmo assim, se for capaz de se lembrar ainda: o que poderia estar acontecendo lá, para mim, a partir deste ano interrompido para mim?

– Não importa o tempo que corre fora daqui para você agora. Pessoas podem surgir de diferentes eras. Saberá no momento apropriado. Posso me recordar de várias coisas, porém, até hoje, não me lembro muito bem de como vim parar aqui – dizia ainda Rock, tomado por uma péssima energia.

– Por que você reluta e, com toda essa experiência, não aceita reviver os fatos para mim? Será que é apenas por estar aqui nessa ilusão, por muito tempo, num período prolongado? Se for assim, não se acostume, pois isso não significa ter vivido o suficiente, como se ainda estivesse por lá – disse Sam, naquele momento, cada vez mais certo de que o velho Rock não poderia significar mais nada para ele do que uma mera projeção sua, que provia ele com dados e informações do subconsciente que acessava com as visões que tinha no presente da Terra, desde quando lidava com as amnésias futuras, pois o personagem declarava viver há muito tempo naquele planeta irreal e podia saber tudo o que ainda ia acontecer na Terra.

– Por acaso acha que sou irreal ou estive lá por um tempo tão curto que não seria mais capaz de me lembrar de tudo mais que se sucedeu? – disse Rock.

– Sim, porque você é também sua memória e não vejo um saudosista na minha frente como um amigo real que encontrei há pouco, logo ali adiante – apontou. – Não sou tão parecido com você quanto imaginava, idêntico ao Rock e que pudesse estar no mesmo tempo e espaço, simultaneamente trocando impressões, ou mais do que qualquer outro lituano predestinado a viver, como você, aqui para sempre.

– Parece que você se engana de verdade, pois sou capaz não apenas de me lembrar, como sentir e ressentir-me muito mais do que você com outras lembranças. E, como não esteve aqui antes nem ficou mais tempo por lá, onde deveria permanecer, você é menos real do que se imagina, meu rapaz. A propósito, qual é mesmo a sua idade, digo a nossa, se ainda estivesse na Terra?

– Trinta e dois anos – disse Sam, pouco convencido de que poderiam de fato ser a mesma pessoa até terem completado a mesma idade e que, devido à piora de seu estado, o velho poderia ter sido acometido de alguma demência e não conseguia mais se lembrar de muitas coisas importantes, como a própria transição. Assim, confabulava historinhas em Lituno como se parecessem reais.

– Pois é! Vivi lá muito mais tempo que você, rapaz. Quer saber como foi?

– Sim, em outra oportunidade, e, mesmo já não me reconhecendo tanto no senhor, sinto um grande respeito, mais ainda do que sentiria por outro personagem – disse Sam, comovendo-se e até sentindo-se um pouco culpado pelo que o saudoso Rock, uma possível criação sua, poderia ter representado e vivenciado ali ou mesmo descoberto um dia que não era nada, mas mentia e revelava-se assim para ele, como qualquer criatura infeliz projetada da imaginação capaz de adquirir vida em Lituno.

– O que quer dizer com respeitar ou ser paciente? – disse o senhor enrubescido e cheio de brios.

– O que mais diria o senhor? – disse Sam, devolvendo a pergunta ao suposto personagem para não parecer deselegante.

– Que as pessoas daqui talvez possam descobrir mais coisas, mesmo desprovidas do passado.

– Ahhh! O quê, por exemplo? – provocou Sam.

– Que são capazes de lidar melhor com suas imperfeições sem se condenarem, se absolverem ou se ressentirem do passado para se superarem, pois, desse modo, acabam se negando ainda mais. Como parecem insensíveis, hein! – disse Rock a ele, em tom de ironia.

– Talvez! – disse Sam, pensando em seguida que ele, Rock, parecia ainda mais insensível por achar que poderia ignorar o passado, mesmo querendo ajudar as pessoas, buscando ainda melhorar sua própria condição ali.

– Não se esqueça do quanto a memória dos erros ou arrependimentos também pode lhe prejudicar, tanto pela insegurança ignorada quanto pelo medo inconsciente de errar de novo – disse Rock, adivinhando os pensamentos de sua memória apagada da Terra e já materializada na sua frente, enquanto também sentia sua consciência se iluminar naquela hora, como acontecia algumas vezes ao pensar no poder de abstração que tinham as crianças.

Sam, por sua vez, não pôde disfarçar a reação de surpresa ao ouvir uma voz que não parecia ser exatamente a mesma do interlocutor, mas parecida com a que tanto o encorajava antes e o orientava até a chegada àquele outro universo. Fez um silêncio prolongado e deixou, mais uma vez, que ele prosseguisse o seu discurso.

– Peço desculpas, meu rapaz. Você parece estar vivendo o mesmo drama que vivi na sua época e talvez nem possa imaginar como seria ter ainda sobrevivido por lá, mas saberá como o destino pode mudar as coisas. Vai chegar um dia em que correrá o risco de se esquecer de tudo e cada vez menos querer se lembrar dessas besteiras todas. O passado é rico, oportuno e vital para os poucos sobreviventes que vivem à míngua nesse mundo irreal de ilusões coletivas, mas também oferece as piores armadilhas, como o risco ignorado que todos os outros correm ao falar sobre ele.

– Parece fácil entender, porém difícil de pôr em prática toda essa experiência – disse Sam, mais atento do que nunca.

– Pode confiar em mim. É só manter a mesma perspectiva no futuro. Isso é o que o guiou até aqui para prevenir uma ameaça maior, pois, além de parecermos a mesma pessoa, somos também cúmplices e fomos o mesmo indivíduo na Terra, pelo menos até o limite da idade que alcançou e tem agora. Esse, aliás, é outro motivo pelo qual optei por manter quase intacta minha consciência até aqui, neste lugar, além de poder estar presente para dizer que você não pertence a ele e deve regressar.

– E como foi o drama? O senhor agora admite e tem as respostas – disse Sam totalmente confiante de que nem ali o destino o havia abandonado e as informações se encaixavam, no momento em que chegava até a acreditar que se via diante da expansão de sua própria consciência.

– Perfeitamente. Um encontro como esse ocorreu há mais de 2037 anos, quando o mal já se abatia naquela época. E te digo mais: onde o mal não se cura, ele prevalece e deve assim permanecer.

– Ele quem?

– Você sabe.

– Que assim seja! – disse Sam, porém já menos tocado ou inspirado pelo espírito de luz que iluminava o que parecia ser ali uma velha projeção sua, naquele instante; talvez para lhe revelar que a razão pura estaria na experiência do velho Rock ou fosse apenas para direcionar seu caminho e indicar que estaria no rumo certo, embora no lugar com as piores perdições que ainda pudessem subsistir. Sem dúvidas, era melhor, então, confiar no velho.

– Não posso negar que esse mundo tornou-se um lugar melhor para viver, mas não se engane, esse não é o seu planeta, pois o destino não poderia ter se abreviado assim para você. Digo ainda que esse futuro atemporal não deveria ser o meu, o seu ou o de alguns outros escolhidos, mas apenas o de criaturas diferentes que tiveram experiências parecidas e aí as semelhanças se acabam.

– Do que você está falando? – questionou Sam, ao reparar que a voz de Rock voltava ao normal.

– Estou dizendo que já superei essa possibilidade, a de que a identidade do ser humano não vem de sua história ou não se alimenta um pouco do orgulho de sua origem no passado. Isso não significa tanto para mim quanto para você agora, pois, se ainda puder voltar de onde veio, não deve cometer o mesmo erro que cometi.

– Como assim?

– Para que a história não se repita, dessa ou de outras formas, não pode correr o risco de cometer esses equívocos. Você tem de buscar ainda mais suas origens, principalmente na infância. Mas não apenas buscá-las, também resgatá-las para não se arriscar a viver novamente só da história como é pintada nas telas ou reconstituída apenas no imaginário coletivo.

– Como poderia ter dado errado?

– O erro não está em você ou em mim, mas no cuidado que deve ter em preservar intactas as raízes para evitar que tudo se acabe em desencanto.

– Então, você não é humano mesmo – disse Sam com a mesma risada irreverente do Shampoo, o personagem do passado que tinham em comum e era tão familiar, ao perceber instantaneamente tudo o que estava acontecendo.

– Talvez não. Imagino que a vida aqui também tenha se passado muito mais depressa do que a idade que adquiriu, somado ao resto que eu ainda teria para sobreviver por lá, mas o que está parecendo é que, com o colapso do tempo, o destino se antecipou para você e promoveu esse encontro – riu de volta o ancião.

– Se não fosse assim, não poderia encontrá-lo. Certo?

– Mas é lógico! – afirmou o velho.

– Será que é capaz de se esquecer de quando as pessoas o chamavam de Shampoo e não de Sam Pulver, antes do senhor também mudar de nome? Eu sempre tento e não consigo, embora já não tenha mais nenhum vínculo com esse personagem luxuriante.

– Sério? – disse Rock. – Chegamos mesmo a odiá-lo, mas não o vejo mais assim porque fez parte da nossa cultura. Além do mais, Shampoo estimula minha memória e guarda muita relação com este mundo de ilusões que tem a ver com as desilusões na Terra. Ele não tinha culpa, mas era, sim, a própria culpa encarnada por ter vivido como poucos da sua época, um teste para quem gostava de brincar de Deus, desde criança, e nunca havia incorporado um personagem ilusório, que teve de lidar com a própria soberba e perdeu o domínio de si depois, como os nossos fantoches, lembra-se? Nunca sequer sentiu-se merecedor de toda a sorte que ele tinha. Assim, não foi um mero conquistador, pois aprendeu e nos fez aprender muito com isso.

– Nem me faça lembrá-lo. Como você, posso me referir ao infeliz na primeira pessoa, mas não o comente, não seria autêntico evocar fantasias do seu passado como reles ilusões. Deixe que os outros o esqueçam, como faço no presente, mesmo que o senhor tenha poucos anos pela frente.

– Deixe de besteira, sempre fomos elegantes, como qualquer homem de boa índole que estivesse no nosso lugar, cada um a sua época, e você ainda mantém um pouco da bela aparência. Aquela sociedade perdeu demasiadamente o romantismo e, sem percebermos, pessoas como ele, digo, eu e você, trouxemos esse sentimento de volta.

– Romantismo com Shampoo?

– Sim.

– Não diga isso!

– Falo isso porque você ainda não viveu o suficiente – disse Rock com a autoridade de uma mesma pessoa com cem anos a mais de experiência –, e tanto ele quanto outros atores reais e fictícios do passado, que sucederam a sua geração, reverteram essa tendência de exageros no dia em que a sociedade percebeu que outros valores estavam em jogo, a beleza da conquista, o flerte, a iniciativa do macho e o domínio dissimulado da fêmea, os quais não deveriam ter sido desprezados e foram deturpados no passado. Isso ainda pode ser observado na natureza como algo mais instintivo, em sua essência, e muito belo, por sinal.

– É surpreendente. Não sabia que íamos chegar a esse ponto.

– Por muito tempo ainda se manteria, se parte do futuro também não se perdesse ou tivesse se revertido com a ameaça que assola a Terra. Mas que fique registrada só para você a confissão dessa lembrança acidental, neste ano de 2037, mesmo que já não faça mais tanto sentido, como um segredo que vai morrer aqui conosco. Se precisar de minha ajuda e, caso tudo se reverta, tente ao menos imaginar que a nossa personalidade será adaptada e não mais forjada em experiências do passado. Você esquecerá de tudo isso até chegar o futuro que lhe convier, pois ninguém deverá estar mais aqui esperando para comentá-lo com você ou lembrá-lo de que Rock já se foi, pois será eu. Além disso, talvez nem haja mais a possibilidade de coabitarmos mundos diferentes.

– Verdade. Se você é o futuro e eu o passado para você, não deveria ser assim. Entretanto, com toda a minha imaturidade, fico ainda espantado em saber como os habitantes deste mundo podem estabelecer uma coerência de ideias sem recorrer à memória – disse Sam.

– Eu ainda não me conformo com isso, mas é possível porque o passado recente que você classifica não é passado aqui e sim presente que se desdobra até ser descartado da breve experiência. Essa manipulação do tempo se tornou viável, porém o mal ainda é limitado na tentativa de desvendar a mente humana, em sua concepção divina, para que a consciência não se desenvolva.

– Aí você, como velho missionário, também desempenha esse papel fundamental aqui – disse Sam.

– Sim, tanto aqui como em qualquer outro lugar em que devesse estar, pois, como está escrito, todos sabemos que "a verdade os libertará".

– Só posso supor que o que esteja dizendo é verdade se for exequível, o resto é ficção.

– Sabemos que passado, como a maioria manipulada considera, é irrelevante e essa tendência é pura ficção. Nesse sentido concordamos.

– Sem dúvida. Eu só sei de uma coisa – disse Sam, mudando de assunto e ainda espantado com o que não conseguia entender muito bem –, eu corro perigo de onde venho e sinto-me disposto a voltar para lá e fazer alguma coisa para reverter essa situação.

– Certo. Não nos encontramos por acaso. Precisamos de um lugar na sua dimensão que permaneça ainda como um repositor de memórias perdidas. Mesmo aqui, elas não devem fenecer, por enquanto. Se isso ocorrer, você perderá muitos anos pela frente. Quanto à importância dessa memória para mim, vou ser franco...

– Até o dia em que perceberem que devem recorrer a ela, saberão que pode estar acesa. Mas isso não tem importância agora, não é mesmo? – disse Sam, interrompendo-o.

– Exato. O que importa é compreender o que está acontecendo. Em verdade, você deveria estar aqui agora e talvez ainda possa alterar o seu destino, como o de todos os outros – disse o velho Rock.

– Creio que haja uma maneira de reverter o episódio, o último evento trágico que me vitimou, e reconstituí-lo para que deixe de se consumar no passado?

– Está certo, Sam, pois o que considera real passa a ser aqui apenas o tempo atual que ainda tem o poder de alterar. É importante que se lembre de que, conforme avançamos, o passado se relativiza e tende a desaparecer em importância e significado de nossas memórias, se não tivermos as ferramentas adequadas e se não tiver chegado realmente a sua hora. Somos, na verdade, apenas um desdobramento. Vou te contar uma estória que é a mais pura realidade e diz tudo sobre o perigo que está vivendo agora.

– Sim. Mas e o tempo que ainda resta para fazer alguma coisa?

– Não se preocupe com isso.

– Certo. Prossiga.

– Um dia, o homem do futuro decidiu não olhar para trás, pois temia perder a própria identidade massacrada por outra com que já havia se habituado a conviver, mas acabou por libertar seu próprio medo do passado, um medo tão grande e destrutivo que não poderia mais coabitar com ele. Esse pavor era tão forte que se expandiu e se propagou para outras dimensões, em outro universo, onde existia um planeta gêmeo, chamado Terra. E lá se abrigou e encarnou a força do mal, com a alma terrível de uma abominável criatura.

– Jack.

– Isso mesmo.

– Por que ele tinha de se materializar exatamente no lugar de onde venho, do mundo que reluta em perder seu referencial e suas lembranças para se depurar, mesmo que muitas vezes não pareça estar no caminho certo?

– Ao ser Jack não convinha mais permanecer em seu inferno particular manipulando mentes apenas para que os habitantes do planeta originário cristalizassem uma única percepção de si no tempo, contudo sem ainda poder evitar a evolução das almas no futuro. Assim, teve a terrível ideia de manipular o tempo, propiciando um referencial futuro às almas perdidas e arruinadas por um drama qualquer evocado no passado, um sentimento perdido lá, onde seria difícil de obter respostas. E, assim, se tornavam cada vez mais vulneráveis ao sentimento predatório ao qual se curvavam e passariam a alimentar ao se renegarem. Então, a criatura adquiriu todo o domínio e não precisa de nenhum intermediário, com a agravante de que, caso venham a se extinguir de vez os últimos resquícios do passado, o futuro de toda a humanidade estará perdido.

– Qual outra justificativa teria para sacrificar os elementos relevantes e todas as coisas boas do passado?

– Responda-me você, agora. Onde ele poderia se saciar melhor de sentimentos perdidos em vez de permanecer aqui ocioso e em estágio hibernante?

– Talvez muitos desses lituanos estejam, de fato, condenados a encontrar seu algoz no inferno e tudo isso esteja fadado ao fracasso, pois o futuro, assim como o passado e o presente, a Deus pertence.

– Já pulamos essa etapa, por enquanto, meu caro. A crença que vigora aqui é a de que a consciência que o ser humano tem de si dilapidou a necessidade de memória e apenas os fracos deveriam evocar velhas lembranças, mesmo as melhores recordações, porque o avanço foi tão significativo que não vale mais a pena a consciências limitadas resgatá-las. A tecnologia também se desenvolveu tão depressa que nada há para contar do velho mundo porque até a natureza foi recriada e em grande parte regenerada com a engenharia genética mais sofisticada de todos os tempos. As relações sociais já parecem inabaláveis no mundo onde a moral e a ética do mesmo grupo também consolidaram só uma característica da personalidade, ao se olhar apenas para o futuro como forma de embuste à consciência divina, obscurecendo a compaixão e as afeições humanas mais profundas, pois, quando se veem diante de consciências discordantes, não relutam em eliminá-las de alguma forma, o que também fez com que representantes e governantes perdessem sua razão de ser. Agora me diga: se já era difícil na Terra, onde pode estar Deus aqui para eles?

– Não sei, mas o Demônio eles encontram com certeza, e é aqui que ele reside. O que alguns de nós sabemos é que a memória não se perde, assim como a verdade nos revela que a consciência é livre e não pode ser manipulada ou apagada.

– E onde estaria a fonte primária da energia mais pura a se somar à de Deus? Você ainda a mantém em grande parte do seu ser.

– Responda você – disse Sam.

– Na própria infância, pois a capacidade de abstração que um adulto tem e a noção do tempo não são a mesma de uma criança, com a memória quase imaculada do mundo e seus desejos simples. Como poderia aprender com elas?

– Posso perceber a vibração – disse Sam –, uma energia interior que irradia e está em harmonia com a de todo o universo.

Sam lembrava-se um pouco das estórias que o avô sempre contava, de muitas possibilidades factíveis no futuro existentes até em outra esfera ou dimensão exata. Mas, mesmo daquele planeta, a visão que se abria correspondia, ainda que lá parecesse ilimitada, ao poder de corromper até os menos vulneráveis que pretendessem não permanecer ali, como a matéria escura que possibilitava a transposição que o futuro anunciava e que tudo desaparecesse à volta dos amaldiçoados.

O museu ainda existia e tinha de correr para lá a fim de reparar um erro. A sensibilidade que havia desenvolvido desde criança, das incríveis e absurdas amnésias, que revelavam esferas descomunais que prenunciavam desastres e não significavam mais nada naquele lugar porque pareciam se originar de lá mesmo, onde estava, em outro tempo de outro universo, era um fato. Mas confiava mesmo assim nas predições do velho Rock de que, na Terra, o tempo não passava para ele. E, assim, foram para lá com calma.

Logo que entraram, o quadro surgia pendurado em uma velha parede e se revelava ainda bem conservado e preservado em um local destinado só para ele. A bela pintura em aquarela de Van Gogh era praticamente a mesma, no entanto, de perto, as cores já pareciam um pouco turvas e mais apagadas, embora mantendo uma particularidade característica, as evidências de um assassinato, com as manchas vermelhas muito escuras e salpicadas que foram mantidas intactas pelo ancestral de sua própria personalidade.

O velho, por muito tempo, não fez menção de limpá-las, não pelo receio de estragar uma das obras de arte mais famosas e consagradas já produzidas, mas porque era capaz de imaginar que, se o fizesse, poderia interferir no curso de um acontecimento qualquer, talvez até de um passado transitório que poderia não ter se consolidado para que o tempo voltasse a ter o seu curso natural. Entretanto, jamais pôde imaginar que um jovem poderia estar com ele para reverter o seu destino e muito menos que poderia ser ele próprio ou a memória que tentava salvar a qualquer custo.

Havia pouca gente ou quase ninguém ali para observar a cena ou imaginar que a pintura fosse outra, adulterada, ou que já tivesse finalmente perdido o seu valor para os lituanos; apenas um jovem e um velho que dialogavam como se fossem uma só voz de alguém falando baixinho.

Por um momento, Sam olhou para a mancha escura ainda inconformado em ver de novo a representação artística da própria morte que o subtraiu simplesmente do lugar para onde parecia impossível retornar e continuar o mesmo, pelo menos por enquanto.

Sabia que o sangue incrustado e envelhecido não era mais vermelho, mas era o mesmo e parecia ter poder, como um milagre, para reverter a terrível fatalidade e fazer com que pudesse voltar para o seu mundo e recuperar o tempo congelado apenas para ele e evitar o próprio enterro. Sabia, ainda, que o trabalho deveria ser feito apenas a quatro mãos, que envolviam o seu passado e o futuro que ali o representavam e se materializavam.

Estava ansioso e impaciente para começar a operação, mas tudo teria de ser muito bem feito e aguardava Rock retornar com o produto apropriado. Ele, Sam, deveria ainda estar presente lá apenas para iniciar o processo ou não poderia se reconstituir no tempo, o que foi feito em seguida, pouco antes de se despedirem. E, assim, com a sua partida de Lituno, Sam apagaria qualquer memória perdida ou a menor impressão de que um contato com o passado por lá havia se estabelecido.

Naquele instante, ele ainda assistia boa parte da operação, que consistia simplesmente em umedecer um pano limpo e macio para ser embebido de terebintina até que Rock desse prosseguimento ao trabalho cuidadoso de remoção da crosta de sangue. E, desse modo, a cada resquício da pequena nódoa que removia, fazia com que se revertesse vagarosamente o processo desde a primeira aparição de Sam em Lituno.

Assim, como peça de um tabuleiro, voltava de lá ressurgindo em cada posição, de todos os pontos que perfaziam a trajetória que cobria a paisagem fictícia do afresco, já figurando desde as mais distantes dimensões e diferentes perspectivas que havia antes imaginado na pintura para cruzar o caminho que se lembrava de já ter percorrido, durante a travessia, na medida em que a tela era reparada e a nódoa era removida, faltando pouco para o quadro ser restabelecido ao seu estado original.

Rock, aos poucos, também se desvinculava das últimas lembranças de Sam e permanecia lá sozinho trabalhando com afinco até que o tempo retrocedesse por completo ao estágio que pudesse prevenir o casal do assassinato que iria se consumar.

No entanto, um desgosto profundo abateu o velho ao notar que os últimos resquícios da mancha de sangue que sobravam haviam desaparecido por completo, sem que ele mesmo concluísse o trabalho de removê-la.

Não previa que outra equipe de Lituno já havia se mobilizado, trabalhando com uma cópia quase autêntica e impedindo que se operassem mudanças no futuro para modificarem o passado. E o tempo, assim, retomava o seu prosseguimento apenas no passado e se interrompia com a morte de Sam.

Dessa forma, Sam nunca mais voltaria para ressuscitar sua memória recente do ponto de onde havia partido porque estaria apenas vivo no futuro como o velho Rock que demorou alguns instantes para esquecer de todos os últimos acontecimentos, como se acordasse de um pesadelo e preservasse com ele apenas um mal-estar que não saberia explicar o que era.

Quinto Ato

Na Terra, um apresentador aparece em horário de grande audiência nacional, por ocasião de um debate exclusivo sobre o assunto do momento, que consistia nas declarações divulgadas sobre um facínora, um assassino em série que já havia virado um mito.

– Senhoras e senhores, estamos aqui hoje ao vivo para falar de um tema que não é de forma nenhuma agradável e fazer ainda um breve relato do que foi revelado e divulgado na mídia eletrônica nos últimos dias. Pelo que podemos perceber, o mundo inteiro parece estar vivendo o mesmo drama com casos similares cada vez mais recorrentes.

A ameaça é muito mais grave do que se imagina e pode ser classificada como uma tendência que se alastra e se dissemina pelo poder de uma entidade com o pseudônimo de Jack Street, que aniquila a memória coletiva e reivindica a autoria de vários ataques e destruição de instituições e órgãos culturais.

Ele age sempre furtivamente e, muitas vezes antes do ataque, costuma advertir que não adianta persegui-lo, pois é apenas uma abstração e tem o poder de se propagar em uma legião de encarnados que se denominam seus discípulos, cada vez mais numerosos e espalhados pelo mundo.

Pois bem, a partir desse instante, vamos também estabelecer um diálogo com o público e telespectador ouvinte que assiste ao nosso programa de um telão improvisado e selecionar perguntas que estão chegando aqui ao nosso estúdio, no programa de debates, onde pessoas ilustres encontram-se presentes. Mas, antes de apresentar os debatedores, vamos voltar às ruas para ouvir, nesse momento, o que o público tem a dizer, em companhia do nosso repórter e colaborador Marcelo Azambuja. Vamos lá, Marcelo! Está nos ouvindo, Marcelo...?

– Sim, Oliver. Estou aqui nesse momento com um grupo de estudantes da UFRJ. – Ouve-se uma gritaria.

– O que está acontecendo aí, Marcelo?

– Oliver, só para ter uma ideia do que ocorre, parece um protesto, mas virou moda por aqui incendiar bonecos que representam o poder do mal e seus discípulos.

– Peraí. Vamos dar um foco. – Ouve-se uma gritaria, com palavras ainda indecifráveis.

– Morra Jack! Morra Jack! Morra Jack!...

– Ótimo. Obrigado. Vamos voltar para onde estávamos. Quem está com você aí, agora?

– Essa é a Cristina, Oliver, estudante de Psicologia. Ela mora em Niterói e parece que quer dizer alguma coisa – disse o repórter, distanciando-se um pouco do tumulto.

– Vamos lá, Cristina. É uma grande satisfação poder ouvi-la. O que tem a dizer? – disse o âncora.

– Acho que temos de nos unir para combatê-lo e mostrar que temos brios e coragem para lutar contra essa ameaça que parece invisível.

– Muito bem. E o que você tem a dizer sobre todos esses ataques? Gostaria de falar sobre isso?

– Vivemos um grande surto de depressão, em alto grau, que se apossa da mente das pessoas, como algo que domina e adquire personalidade própria. Ele quer acabar com tudo o que foi construído por tantas gerações e uma das formas é por meio da arte, a expressão mais rica da humanidade no passado e impregnada em nossa cultura desde os primórdios da civilização.

– Obrigado, Cristina. Foi um prazer muito grande essa oportunidade de falar com você.

– Eu que agradeço. Obrigada! – disse ela, sorrindo.

– Muito bem. Olá, Marcelo! Tem mais alguém aí com você que queira dizer alguma coisa? Estamos ansiosos!

– Sim, Oliver. Esta é Aline, estudante de História, que mora em Jacarepaguá.

– Que ótimo! Mais uma contribuição para enriquecer nosso debate. Então, vamos em frente – disse Oliver.

– E você, Aline, o que tem a nos dizer sobre isso? – perguntou o correspondente Azambuja.

– Acho que o mal está em todo lugar, mas ele pode prevalecer invisível no sonho dos que insistem na ilusão de procurar por algo que não existe, criam expectativas e se deparam com os próprios monstros que criaram e não conseguem mais alimentá-los, sem imaginar como poderiam se tornar fatais depois que se instalam.

– Ótimo, Aline. Agora, voltando aqui para o nosso estúdio, temos uma opinião que outro espectador, Oswaldo Silva, nos enviou. Para ele, há maneiras ainda mais sutis de se subverter a razão, quando as mentes se tornam vazias e ociosas. A mensagem é um pouco longa, mas ele conclui o texto afirmando que o Anticristo veio para tumultuar a ordem, inclusive utilizando-se de dogmas e seitas religiosas que propagam o fanatismo, invertendo o sentido primordial da criação, condenando, assim, a humanidade até o final dos tempos e o passado com memórias apagadas de toda a verdade que veio das mãos de um Salvador para nos libertar.

– Obrigado, ouvintes. Devemos acreditar na esperança. Sem ela não poderemos preservar a verdade e lutar contra o inimigo oculto. O que temos de concreto aqui hoje são os episódios revelados nos quais o autor insiste em fazer propagar imagens trágicas do primeiro ao último ato. O que se imagina é que o que muitos já chamam de Leviatã é apenas uma fiel representação da falsa realidade, pretérita e distante que não se renova, como um embuste que faz de toda a história apenas uma ilusão. Atualmente, temos indícios de que motivos muito mais macabros podem ser interpretados dessas revelações e esta é apenas a primeira parte do programa. Acredito que as informações não vieram ao conhecimento do público por acaso.

"Portanto, vamos ao que interessa, já que o objetivo é promover uma campanha, que é dar maior visibilidade do que se passa à população para que possamos nos prevenir dessa ameaça invisível. Desse modo, nada mais importante do que a sua participação, ouvinte, que está sempre ligado conosco e nos assiste. Graças a vocês, podemos afirmar que atingimos o pico da audiência que jamais esperávamos obter.

"Falando nisso, não é por acaso que hoje trouxemos duas ilustres figuras, como nossos convidados de honra, para falar apenas sobre o delicado tema. Um deles é o conhecido e renomado antropólogo, historiador e professor da Universidade Federal do Rio de Janeiro, Dr. Moacyr Duarte, o outro é o Dr. Kleber Pontual, correspondente internacional, sempre conosco e, por isso mesmo, dispensa apresentações.

"E, como já disse, o tempo é curto, já que contamos nesse momento com menos de uma hora daqui até o final dessa discussão. Saibam vocês que, até agora, para ser mais preciso, registramos mais de cinco milhões de telespectadores e milhares de comentários e perguntas.

"Gostaríamos de responder a todos, a contento, se fosse possível. No entanto, no decorrer da entrevista teremos a oportunidade de esclarecer melhor o tema e, com isso, tirar muitas das dúvidas que surgiram ou que ainda possam surgir.

"Assim, vamos à primeira:

– Uma pergunta de Gabriel Onassis direcionada a mim mesmo? Que ótimo! É sempre uma honra, mas, como apresentador e mediador, o meu papel aqui é o de promover o maior diálogo e a participação da sociedade. Para isso, já formulamos uma enquete com grupos especializados em redes sociais que poderão respondê-la. Vamos ler então a sua pergunta: o que um psicopata como Jack pretenderia com a divulgação desse material, se não pode mantê-lo com os outros registros da lembrança do passado que pretende eliminar da mente das pessoas? Ele por acaso está se contradizendo?

– Ótima pergunta a sua, Gabriel. Aguarde um instante que iremos respondê-la.

– Senhor Oliver!

– Sim, Susi – disse ele à Secretária.

– Já temos a resposta de Aritan e Carla no twitter.

– Muito obrigado, Susi! Deixe-me ver! Acho que é suficiente!

– De nada!

– Gabriel! Ainda está nos ouvindo?

– Sim, Oliver!

– Vou ler as respostas que obtivemos.

– Sim – disse Gabriel.

– Aqui está! A primeira é a de um jurista, especializado na área criminal, o Dr. Aritan Gonçalves. Ele afirma que: "nenhum bandido ou facínora merece total credibilidade, o que já é um bom argumento para desacreditar essas razões". Mas aguarde aí, pois temos outro argumento muito interessante para tentar esclarecer melhor a sua dúvida e muitas perguntas semelhantes. Trata-se do comentário que a parapsicóloga Carla Losnovsky revelou há pouco para interpretar esses devaneios. Segundo ela: "para Jack, o passado se tornará cada vez mais uma ilusão e, assim como um sonho, nunca desaparecerá do imaginário". Ela continua afirmando que: "a predição pode ter ainda outro sentido, como a certeza doentia desse elemento que vê apenas no futuro uma realidade concreta e a única alternativa existente, a qual nunca se tornará uma ilusão quando se operar a desconexão do tempo com as outras etapas que o precederam. E assim, para ele, depois, tudo se estabilizará".

– Parece que temos mais uma pergunta que acaba de chegar. Não? Não é uma nova pergunta? – falou o apresentador.

– Não, é o mesmo – disse Susi.

– Certo! Entendi, agora. Ela foi redirecionada de Gabriel para a Dra. Carla Losnovsky. Parece que ainda há dúvidas. Pelo que se lê, ele ainda não se convenceu e questiona qualquer desconexão que possa haver no futuro que impeça a passagem do tempo porque essa ruptura parece ser meramente psicológica e induzida. Uma prova disso é que a ação contínua do tempo é verificada no processo de envelhecimento percebido com o passar dos anos na fisionomia das pessoas.

Porém, uma observação acabava de chegar, como resposta quase automática: Prezado senhor Onassis, a velhice não é transitória, pois, mesmo que você mantenha a mesma identidade, no passado recente, quando a transitoriedade desaparecer da ilusão coletiva do tempo que criamos a nossa volta, perceberá que não é mais o mesmo.

– Parece um absurdo – disse Oliver. – Mas, enfim, quero deixar registrado, antes de iniciarmos a entrevista, um vaticínio conhecido e muito apropriado, a meu ver, como expressão da verdade pura que se eterniza e ficou marcado como uma grande lição do dia a dia e que o passado me trouxe à memória, como prova de que não se interromperá no futuro para as próximas gerações. Foi exatamente o de um presidente americano que, não por acaso, morreu assassinado. Como se chamava? Escutem antes essas palavras dele e me digam, depois: "Pode-se enganar a todos por algum tempo; pode-se enganar alguns por todo o tempo; mas não se pode enganar a todos todo o tempo" (Abraham Lincoln).

Logo em seguida, abria-se no canal um panorama mais direcionado do cenário, onde se estabelecia uma conversa com o mediador Oliver no estúdio bem decorado e que também oferecia a visão aberta, envidraçada, ao fundo, de toda a extensão da paisagem noturna da cidade, com a figura do Cristo Redentor, em meio às luzes artificiais do Corcovado iluminado e logo abaixo a imagem de pessoas se sentando em sofás confortáveis.

Os que se acomodavam nas laterais eram exatamente os dois convidados que apareciam em primeiro plano, enquanto a perspectiva que se tinha do interior da grande sala vinha de todas as dimensões e diferentes ângulos e distâncias, focando principalmente os rostos por uma câmera móvel guiada por um robô e um cameraman, que nunca aparecia ou permanecia oculto na maior parte do tempo durante as gravações.

– Um dia o ser humano foi criado e se viu predestinado a viver na Terra para sempre, mas a verdade o libertou. Conte-nos, então, Kleber, o que se pode interpretar dessa nova realidade diante das experiências assustadoras? Em outras eras, o agente não podia ser visto e se revelava como Satanás que apenas nos filmes era. Entretanto, hoje em dia nem precisa encarnar tantas vítimas para tornar-se visível, como a pior realidade que estamos vivemos.

– Realmente é assustador, principalmente porque Jack passa a se materializar nessas ações e mostrar realmente a que veio, com um propósito bem definido. Pelo que se lê nessas estórias todas que roteiriza, ele declara não possuir apenas uma forma específica ou ser mais que um espírito condenado que assume o topo de uma espécie de hierarquia das trevas. Mesmo assim, já foi visto várias vezes, e continua sendo cada vez mais, embora a imagem nunca se evidencie suficientemente nítida. De alguns ângulos, dá até para notar que foge um pouco ao padrão de como ele é descrito e os traços não revelam seu aspecto com nitidez.

– Ele tem se revelado o verdadeiro Anticristo – disse o Âncora.

– Não o verdadeiro, mas talvez o único – riu ironicamente o entrevistando –, a julgarmos pelo que seria ter o azar de topar com ele, o mesmo ser que hiberna e se alimenta de sangue, mas necessita, na verdade, nutrir-se de sentimentos evocados de pessoas de diferentes épocas do passado. Desconfia-se até de que seja capaz de rastrear suas vítimas através do DNA.

– Isso eu ainda não escutei, nem ouvi falar – disse Oliver.

– Pois é, fala-se que tem essa habilidade de rastreamento e que até chegaria bem próximo de extinguir a humanidade por essa via, retrocedendo pelo DNA até chegar ao ancestral comum, mas é lógico que não obteve êxito. Se fosse assim, poderíamos acreditar que tudo seria bem mais fácil para ele. Entretanto, todo o poder do mal tem limites.

– Graças a Deus! De outra maneira, o que você poderia falar a respeito, baseado na incrível mudança de comportamento a que o elemento induz a sociedade? – perguntou o interlocutor.

– É possível que a ameaça tenha sido originada até em laboratórios ou mesmo fruto de uma criação tecnológica, como um vírus inteligente de desencanto programado por um alienígena qualquer. Para quem acredita, a evidência está no memorando, onde JS fala da ligação do futuro com o passado, do vínculo que ainda existe, mas se romperá quando um dia percebermos que não precisamos da memória que não seja recente para sobrevivermos ou que a mesma origem da felicidade é a da infelicidade a partir dessa predisposição humana. Portanto, essa mudança de paradigma parece algo que está sendo posto para demonstrar que o tempo sempre foi uma ilusão e, com base nisso, várias hipóteses vão surgindo.

– Porém, de uma forma geral, parece óbvio que só um tempo ainda não faz parte dessa conexão. Isso não se aplica exatamente ao futuro que não vivenciamos, por exemplo – interrompeu Oliver.

– Sim. Contudo, acrescento que, se visto e percebido o tempo presente diferente de como estamos habituados, apenas uma breve transição do passado para o futuro a que me referi, aí reforçamos a ideia de que tudo só não passa com maior rapidez porque ainda somos capazes de viver essa transição e refletirmos sobre ela. O que parece estranho é como temos cada vez mais, na atualidade, uma noção deformada do passado, isso é notado quando retrocedemos e bloqueamos, além do necessário, grande parte da memória imperfeita que incomoda, como se, de um dia para o outro, evitássemos olhar para trás e ignorássemos toda a experiência adquirida em vista das facilidades cada vez maiores e da qualidade de vida. Porém, o que é mais grave, isso acaba nos levando a ignorar nossos hábitos, crenças, religiões, dogmas e até nossa própria personalidade.

– Se pensarmos assim, não há salvação para a humanidade.

– Gostaria de ter uma visão mais otimista, considerando apenas o esquecimento como uma circunstância natural da vida que pudesse vir a se intensificar com rapidez apenas com o avançar da idade ou em decorrência de doenças demenciais. Contudo, saber que existe algo capaz de agir e fazer lembranças da própria identidade se apagarem tão rapidamente quanto um susto intenso, deixando vivo apenas o instinto necessário para que se possa continuar sobrevivendo, é realmente aterrorizante.

– Assim, pelos registros também não se sabe quando vai atacar, já que pode estar encubado, aguardando manifestações de sentimentos vagos para despertar e se libertar de algum lugar remoto. Mas onde o Demo estaria agora? Eis a pergunta. É cada vez mais difícil conviver com isso. Então, o que você acrescentaria? – perguntou novamente o mediador, olhando para o outro lado e voltando, de novo, as atenções para Kleber.

– Isso não teria tanta importância nos dias de hoje se estivéssemos no futuro, segundo essas predições, e com a alma perdida, não é verdade? – disse Kleber.

– Inclusive, sabemos, foram encontradas imagens e registros gravados de ações que ele quer deixar visível a todos para a posteridade – acrescentou Moacyr, ansioso e antecipando-se.

– Sim. Sem dúvida. Mas vamos adiante – aparteou Oliver –, porque o nosso tempo está se esgotando. Quero falar agora sobre os registros dos atos. Primeiro você, Kleber, continuando a sua análise, depois com Moacyr, se me permite. Quanto ao primeiro ato do documentário que foi criado e exibido nas anotações e que parece roteiro para um filme, o que pode ser dito a respeito?

– Bem, pelo que li, esse primeiro ato veio como um abalo brutal nos valores da sociedade, gerando grande repercussão diante da comoção proporcionada com a devastação da praça e, ainda, com a cena de profanação da cerimônia dos enterros dos agentes, algo que nunca havia sido feito ou divulgado. Porém, o que é ainda mais grave é que voltou as atenções de todos para outras questões abafadas pela repercussão do choque provocado, como a total insegurança diante das dificuldades que a polícia, como um todo, já vinha enfrentando antes.

– Então, teve ainda um lado bom?

– Acredito que sim. Embora não fosse esse o propósito, o documentário acabou chamando a atenção de políticos e autoridades, como nenhuma outra ação violenta poderia ser tão impactante para tornar visível o problema do combate à violência e a origem dela quando expõem as feridas da sociedade e os serviços que funcionam de forma precária, como saúde, educação, para não falar da corrupção que, como sabemos, dificulta ainda mais o controle de verbas orçamentárias destinadas para essas áreas.

Em poucos instantes, uma alteração da imagem do programa parecia ter mudado o brilho da transmissão, mas não parecia nada mais do que um problema comum de pico de eletricidade que afetava a iluminação.

Então, Oliver agiu do modo que deveria. Sinalizou com um gesto a falha para a equipe de apoio, mesmo faltando apenas quinze minutos para terminar o debate, pois talvez não justificasse mais pedirem outro intervalo comercial.

No entanto, o mesmo panorama que se abria da sala da emissora, com a incrível vista da cidade de morros iluminados ao fundo, como ainda era percebido por trás dos entrevistados, diminuía cada vez mais o brilho de maneira sistemática, apagando aos poucos o belo efeito visual com o que parecia ser uma espécie de neblina escura ou cerração baixa que trazia negrume a cada polegada dos aparelhos que transmitiam as imagens aos telespectadores.

– Engraçado – disse Oliver, tentando disfarçar as atenções –, quando escuto vocês falarem disso, vem à tona uma associação. Não precisamos lembrar tanto um acontecimento ainda bem presente, embora não consiga contextualizá-lo tão bem, não sei o motivo. É como se tivéssemos um quadro pintado aqui hoje, "Uma Primavera" (1941), dos autores Karl Bodek e Kurt Corad Löw. O quadro é a pintura de uma borboleta amarela pousada sobre uma cerca elétrica de arame farpado e, ao fundo, uma vista das montanhas e a fronteira da Espanha – disse Oliver, abrindo uma imagem projetada em 3D e fazendo-a desaparecer em seguida.

– Sim – responderam os dois.

– Você, Moacyr? – disse Oliver.

– Sim – disse ele, confirmando com um aceno.

– O quadro é extraordinário e fez parte da mostra "Arte do Holocausto". Como muitos sabem, foi pintado por dois detentos judeus no sul da França e é a expressão da esperança e determinação pela vontade de sobreviverem ao campo de concentração.

– A obra tem uma mensagem.

– Inclusive, para uma análise isenta, no futuro sem lembranças, a qualquer pessoa que esteja viva e possa estar lendo o teor desse memorando mórbido e queira resgatar algum sentimento na alma de perda ou saudosismo para melhor avaliar a história. Hitler foi considerado um Anticristo, como muitos outros até piores do que ele, pelas atrocidades que cometeu e suas consequências, mas ele se revelou marcante como poucos.

"Digo isso porque é difícil entender, mas não podemos duvidar como tais atrocidades, de alguma maneira, serviram para comover a humanidade e fizeram os povos lidarem melhor com um sentimento terrível que não seria exposto ou ganharia tanta visibilidade mundial para as gerações que sucederam, se o ditador não tivesse existido. Isso é um fato, não uma suposição.

"Basta, para isso, entender que as transformações e reações dos povos foram sensíveis e se refletiram em outras gerações no repúdio e perseguições aos considerados nazistas, com a criação dos tribunais de Nuremberg, bem como a possibilidade de os filhos, netos e bisnetos de raças perseguidas não se resignarem ou terem de conviver com o sentimento fragmentado em suas mentes, na forma de passividade e inferioridade.

"Isso deu ensejo a transformações e a uma união engajada pela busca por novos valores, direitos e dignidade. Quem poderia supor, naquela época, que a própria Alemanha devastada se reergueria na vanguarda dos direitos sociais e humanos, praticamente irreconhecível? Entretanto, a questão agora é que, diferente do que aconteceu naquela época, já não temos o mesmo poder, pois o mundo não pode se voltar contra a ameaça espalhada e invisível e muito menos recorrer futuramente ao passado para aprender, ressentir e rever os seus conceitos e valores – disse Moacyr, concluindo o discurso.

Naquele momento, novamente a falha era percebida pela transmissão, fora do estúdio, com fantasmas sombreados de imagens duplicadas nos sinais defeituosos, originários da própria emissora, ou, ainda, possíveis interferências de aparelhos e conectores a cabos, o que fazia com que imediatamente se perdesse o foco direcionado exclusivamente para o mediador antes do destaque que passariam a receber os demais entrevistados enquanto falavam.

– De fato – prosseguiu Moacyr, um pouco surpreso com algo que parecia ter visto, se perdeu e não se movimentava mais na frente dele, mas não interrompeu a sua fala –, não é necessário conviver muito com desvios de caráter e fragilidades para perceber imediatamente que essas questões são muito mais sentidas e só podem ser racionalizadas e interpretadas após as mudanças que ocorrem muito tempo depois e o mundo não foi programado para evoluir apenas da maneira como o destino se revela. É impossível, por exemplo, alguém querer interpretar as consequências da bomba Hiroshima ou estabelecer qualquer comparação olhando apenas para o futuro. Por outro lado, se tais lembranças forem constantes, podem ainda se mostrar inócuas ou até prejudiciais.

– Pois é... – disse Oliver, que parecia notar a mesma causa da imagem estática e disforme assistida pelos telespectadores quando faltavam apenas dez minutos para o encerramento do programa. Contudo, não se deteve e prosseguiu dizendo: – Mas amanhã a concepção será outra. Viveremos em um mundo ateu e agnóstico depois da ruptura do passado. Parece que Jack esteve quase simultaneamente em cada época remota com essa finalidade, embora a intervenção, de alguma forma, possa evidenciar no final que todas as relações de iniquidades, assim como os preconceitos, terão desaparecido com o passado das lembranças, no desdobramento dessa teia mortal. Essa é uma leitura que se faz do futuro.

– Ele fez do medo uma mudança de mentalidades, mas não se manteria na mesma era, pois se saciaria ou não poderia mais se alimentar do que ainda pudesse restar do sentimento anacrônico da sociedade que irá ruir com ele. Jack se diverte muito mais pela incitação de sentimentos, como mortes e vandalismos, que geram instabilidade e insegurança, como os que dão a tônica e o toque final de realismo, com ameaças que antecipam as próximas ocorrências na polícia e espalham o terror como nunca antes exibido em produções cinematográficas – concluía Kleber sobre a interpretação do primeiro ato.

– Porém, o que teríamos para falar do segundo ato? – perguntou Oliver.

– O segundo ato, pelo que verificamos, revelou ainda mais mortes e inconformismos, mas foi percebido de outra maneira. O planejamento e a parte operacional pareceram bem mais simples para ele, pois consistiu simplesmente em incendiar o arquivo municipal com documentos históricos. Afinal de contas, foi uma oportunidade de implosão não só da parte física do passado, que já estava corroída pela má conservação, mas uma resposta ao empenho conjunto em preservar a própria identidade da cidade e de nossas origens para os descendentes e para o mundo – disse Kleber.

– Há poucos anos, parecia suspeito também o incêndio do Museu Nacional do Rio de Janeiro ou o que se abateu na Catedral de Notre Dame – comentou Moacyr, provocando o debate.

– Ótima observação, Professor Moacyr. O que poderíamos falar a respeito, durante os seis minutos restantes que ainda temos? – perguntou Oliver.

– Diria que essas ações foram rápidas e favorecidas pelas circunstâncias que poderiam levar a acreditar que tudo não passou de um acidente. Talvez outro sentimento ou um mero desdobramento de Jack que refletisse o próprio descaso da sociedade em cuidar da preservação de seus acervos. Na França, o incidente se constituiu como a primeira evidência de que Jack poderia estar por lá, como em outros lugares, fora do país, conforme vem acontecendo. Mas, no caso da Catedral de Notre-Dame, houve uma resposta da sociedade que se mobilizou... – disse Kleber, que nem teve tempo de terminar a frase.

***

Uma parte do recinto escureceu de repente para os protagonistas do show e para os que os assistiam no cenário que ia se turvando e apagando, como uma falha inicial na iluminação. Um vulto passava com incrível rapidez, como uma sombra que jamais seria identificada.

E, nesse instante, a maioria das pessoas ainda não tomava conhecimento do que poderia ser o sinal defeituoso, assistindo apenas ao trabalho da equipe de apoio, que se esforçava e trabalhava para manter no ar os últimos sinais da emissora.

Contudo, o efeito das luzes com espécies de borrões permanecia e a ele somavam e mesclavam outras sombras na iluminação fraca e remanescente, com falhas ainda mais intercorrentes no sinal menos homogêneo para o público.

Até que o apresentador interviesse para interromper de vez as gravações, com acenos frenéticos, no final da entrevista. Entretanto, o programa permanecia e a câmera rotatória fora de controle continuava gravando as cenas que iam se sucedendo até que o próprio apresentador passasse a ser o centro das atenções de todos, com um close direcionado e detalhado do rosto dele.

Entretanto, seus olhos não miravam mais o público ou qualquer dos entrevistados. Eles saíam para fora das órbitas, como se sofresse um ataque convulsivo ou epilético, mas que, na verdade, mais parecia o choque revelado pelo pânico de quem se deparava com algo que não conseguia acreditar que existisse e do qual, muito menos, conseguia escapar.

As câmeras haviam então cessado o movimento e aquela provavelmente seria a última tomada da cena registrada com a mesma música do final das apresentações diárias dos telejornais que se repetia.

A iluminação diminuiu ainda mais um grau, em contraste com a luminosidade mais intensa e direcionada para o rosto dele, com os olhos prestes a saltar das órbitas, enquanto parecia possuído e ainda querendo pronunciar uma palavra, mas os movimentos dos lábios não concatenavam as palavras e a boca passava a se mover e escancarar-se até que o maxilar se retorcesse já fraturado para os lados, com o queixo quase alcançando as orelhas. E uma voz que parecia o ronco de uma coisa desumana vinha aos bufos da garganta, com a boca se escancarando ainda mais, como se fosse se separar do crânio, emitindo finalmente um grito ininterrupto que vinha da própria alma. Entretanto, não era um grito, mas o próprio espírito que estava sendo despojado e devorado.

Então, outras tomadas se seguiram e o projetor focava outras pessoas remanescentes. Porém, um dos convidados não estava mais lá, ficou para ver o desfecho ou foi hipnotizado pela Besta. Kleber, naquele momento, tentava abrir desesperado a porta dos fundos obstruída por outro corpo que o impedia de sair, mas teve sorte e conseguiu uma abertura do tamanho do diâmetro da cabeça, o que foi suficiente e permitiu a passagem.

Contudo, para sair do prédio e ter alguma chance de escapar, precisaria dar a volta por uma passarela do terceiro piso e descer as escadarias ou percorrer outro sentido em direção ao elevador panorâmico que ficava ainda mais próximo. Ele parecia confiante de que o tempo era suficiente para escapar.

No entanto, quando já se apressava em direção às escadas, ouviu um ruído atrás dele que parecia vir da mesma porta que permanecia obstruída pelo corpo inerte e ensanguentado.

Apressou-se ainda mais, porém os movimentos rápidos das passadas pareciam descoordenados e a impressão que tinha era a de que a pressa já não abreviava mais a distância que ainda restava, mas fazia com que permanecesse a mesma, como se estivesse parado.

De repente, o barulho de um estouro o fez girar o pescoço para trás e conferir que a porta se partia em vários pedaços e o corpo que obstruía e parecia ser o do Professor Moacyr era lançado a vários metros de distância, se arrastando já sem vida pelo chão.

Vendo aquilo, instintivamente, quase em choque, não parava de correr, ainda mais desesperado por alcançar o hall da escadaria, mas um homem com um terno escuro e as feições do rosto indefinidas, passava a caminhar lentamente em sua direção e aparecia cada vez mais próximo.

Queria evitar o choque, mas o desespero e a adrenalina despertavam outro sentimento que poderia ser definido como um gesto de insanidade que o fazia até mudar de ideia e acabar logo com aquilo, como um homem tinha de fazer com o último gesto de dignidade que ainda lhe restava. Assim, o instinto o fez olhar de novo para trás, como se quisesse também se iludir de que a aparência do estranho não lhe parecia tão suspeita.

Contudo, ao olhar mais uma vez, percebeu que a fisionomia ia se definindo com um rosto deformado, traduzida como o pior susto iminente e capaz de arrebatar a alma e, com ela, toda a memória traduzida numa gama de sentimentos, como a identidade que se perdesse e sem a qual jamais pudesse se reencarnar, condenado até o final dos tempos para permanecer como um ser vagante no mundo esquecido do passado ou outra sede do inferno que seria fundada ali.

Entretanto, o barulho de outra porta sendo destrancada e se abrindo logo atrás fez com que as atenções se voltassem para outro ponto que parecia ser a outra entrada para o estúdio que permanecia trancada.

Com isso, a imobilidade parecia desaparecer naquele para que retomasse os movimentos. Assim, Kleber, aproveitando a única oportunidade que tinha, adiantou-se como um foguete para as escadas.

Conseguiu descer finalmente vários lances e já passava pelo segundo pavimento em direção ao térreo, onde ficava a entrada do edifício, do ponto em que ainda não era possível enxergar, mas apenas ouvir o movimento da cidade, com os veículos e tudo que o fizesse lembrar de que ainda estava vivo.

No entanto, o silêncio completo se apossou, pouco antes de ser quebrado novamente pelo som de passos lentos e cada vez mais pesados que anunciavam a maior proximidade do que o perseguia. Aos poucos, as passadas tornavam-se ainda mais fortes, como marretadas que faziam tremer o chão.

Então, percebia que não podia mais descer ou se mover de novo, pois os movimentos lhe faltavam. Naquele instante, a única imagem que lhe vinha à mente já não era mais a do pavor, mas a da própria família que queria proteger do perigo e das imagens terríveis da sua morte que seriam registradas no memorando.

Aquela realidade e as piores sensações que surgiam com os sentimentos mais inusitados pareciam terríveis demais para acreditar. Kleber, então, surtou e pensou apenas em acordar imediatamente do pesadelo. Naquele instante, uma voz metálica e muito baixa, como a de um autofalante que reverbera o som adiante, interrompeu seus pensamentos, mas ele não pôde ver nada, ainda que se postasse do lado ou à sua frente. Olhou direto para trás e não viu qualquer imagem.

Sem poder movimentar-se, decidiu finalmente apenas fechar os olhos e despertar daquela angústia e sentiu algo suave e envolvente sobre o ombro esquerdo. Abriu os olhos e identificou o que parecia uma mão enrugada, repugnante e fria. Tentou lutar sem querer ver o rosto do que seria o pior azar de todos os tempos e apenas tentou debater, mas, mesmo assim, o pavor tomava conta.

Então, seu último gesto seria de coragem e quis ver o que realmente poderia ser aquilo e, em choque, teve a infelicidade de se deparar com o susto ininterrupto que ocultava a figura revelada do capeta. O pavor crescia e não deixava de se intensificar e ele próprio assistia naquela hora a alma, como uma tripa, sendo puxada e separada do corpo.

E, desse modo, com precisão cirúrgica, abria-lhe o tórax como um paletó e, com muita facilidade e maestria, Jack alcançava finalmente o coração desprotegido de um ateu e sorvia-lhe toda a energia que o habitava. O que restou, então, era apenas outra alma possuída pelo demônio, como o fantasma de um zumbi condenado a vagar irreconhecível e eternamente assustado pela Terra.

Era a última cena do quinto ato que propagava a mesma ação de desencarne de todos os que assistiam ao último programa de suas vidas, alastrando-se com a morte em cadeia nacional, reproduzindo a mesma ação, simultaneamente, em cada residência. O objetivo da entrevista foi alcançado.

Era quase o fim do programa, do público e dos participantes, bem como da equipe dos bastidores. Atrás de Jack, com os olhos vidrados, o cameraman, que tinha sido a última pessoa a sair do estúdio, desligava as câmeras e terminava o seu trabalho, dando por encerrado o expediente.

E, apenas horas depois, sua mente estaria programada para sair daquele transe, sem jamais lembrar-se de Jack, no máximo de alguns detalhes necessários do passado recente para continuar vivendo. Porém, jamais se lembraria de como as ações se transcorreram, ou da forma como tudo havia se passado.

A EXTINÇÃO DO PASSADO

Em seguida, um ser sinistro assumia novamente o aspecto de uma sombra e se movia furtivamente pelas paredes, que ladeavam o mesmo caminho, e seguia de volta até o estúdio para possuir o corpo já sem vida do apresentador Oliver de Souza, para um último registro dirigido aos poucos espectadores que ainda sobreviviam, com a finalidade de anunciar que se iniciaria em breve o teletransporte para um outro mundo e que tudo ocorreria sem que precisassem fazer nada.

Ele voltava ao ar, naquela hora, como se nada tivesse ocorrido e parecia manter as mesmas feições, mas com a fisionomia ainda alterada, revelando cacoetes nunca vistos e quase os mesmos traços da convulsão que havia sofrido antes de morrer, como os olhos arregalados e saltados para fora. Entretanto, a voz havia mudado totalmente e parecia grave e rouca para uma última transmissão que nada mais era do que o registro da narração obscura da realidade de todo o passado que Jack suprimiu e confinou em apenas cinco atos.

Naquele instante, Jack pretendia explicar o real objetivo das ações de seus comparsas, uma legião de discípulos que nada mais eram que reproduções daquele vírus, oriundo do mesmo sentimento faminto, em cada parte do mundo, que voltavam a se concentrar e a se fundir, finalmente no mesmo personagem originário e deletério de sentimentos irrecuperáveis do passado.

O canal da emissora ainda operava e permaneceria rodando, com a audiência inacreditável, reunindo todas as pessoas sintonizadas em seus aparelhos, embora, em sua maioria, o que havia restado delas fossem apenas corpos falecidos, com os olhos vidrados e fora das órbitas, num quadro que poderia ser interpretado como a expressão desoladora do mal que se alastrava e dominava a humanidade quase inteira naquela hora.

Mas, fora do prédio, uma cena estarrecedora parecia se repetir, a dos fantasmas amorfos que zuniam e gritavam transtornados pelos bares, shoppings, praças, vilas, quarteirões inteiros e arredores. Alguns deles se metiam nos becos mais escuros, como também em porões e nos quartos menos visitados das residências. Outros permaneciam inconformados e passados por não se lembrarem de quem eram de fato e sentavam-se amontoados sobre as coberturas dos edifícios e telhados das lojas, confusos e sem saberem se o caos se transformaria em sonho ou pesadelo.

Porém, não precisaram esperar tanto para acompanhar o processo de transferência entre mundos que abria uma fissura até outro universo, anunciado em todos os canais de comunicação, principalmente pela TV aberta do programa que se conectava diretamente do passado com o futuro ilusório, onde se reunia um conselho, em uma sala reservada e adaptada para receber sinais através dos tempos, ou do tempo exato que se desejasse buscar, como a simples mudança de canal de uma emissora, até que tudo se concluísse com sucesso.

Entretanto, pouco antes de atingirem o resultado esperado, era preciso que se levasse a efeito outro procedimento, que consistia na verificação do legado do mal, desde muito antes do início do século XXI, para que as lembranças desaparecessem com o passado, desde a sua origem.

Dessa forma, para a extinção da vida inteligente na Terra, seria necessário que períodos de transição se completassem, em continuidade, até que, ao afinal, o processo se interrompesse de vez e pudesse recomeçar do zero em outra era.

Assim, cada etapa anterior em retrospecto do presente para o passado que se findasse em curtos períodos seculares corresponderia a outra equivalente e equidistante que se adiantaria em continuidade, no futuro estanque em Lituno, de onde se originavam outras estações se sucedendo em sincronia com as que fossem retrocedendo, quase no mesmo compasso em que o passado se extinguia e era substituído, obliterado da mente de todos os terráqueos sobreviventes, até chegar-se a um termo, o tempo limite estipulado e desejado para que, no novo mundo, a história se transplantasse de uma vez e possibilitasse a tão aguardada ruptura, iniciando-se a contagem para a recriação da humanidade.

Só assim o destino seria burlado para que a noção do tempo alterada recriasse as condições para que as mentes apagadas ainda estivessem predispostas a serem reprogramadas.

* * *

Então, depois do embuste, um novo canal em Lituno se abria na nova era, por meio de uma programação calculada e detalhada, e as pessoas iam sendo plantadas em avatares idênticos, como sementes selecionadas e geneticamente modificadas que eclodiam e renasciam ali, com novas personalidades e outros propósitos, em diversas propriedades idealizadas e forjadas nos seus sonhos, inseridas em instituições bem mais eficientes e operantes no novo universo, cujo planeta mais lembraria um ambiente virtual inconcebível, de uma história que recomeçaria a ser contada por Satanás, com o auxílio da imaginação de todos.

E, assim como na Terra parecia ter se verificado com Sam, perante o destino, outros tantos teriam a capacidade de vislumbrar apenas no futuro o fruto imediato de seus esforços, não o resultado final bem diferente, na maneira como Jack julgava que tudo deveria se suceder em Lituno.

As necessidades também passaram a ser outras para um povo que renascia com uma nova mentalidade, com desejos previsíveis e tão insípidos que sempre se repetiam do mesmo modo, destituídos de inspiração, entusiasmo e grandes ideias, sufocadas na memória distante e indecifrável do passado perdido, cada vez menos autônomos e incapazes de imaginar que, com as almas perdidas, deixariam de evoluir.

Mas, entre os dois mundos, havia similaridades curiosas, já que o passado em desencanto desconstituía-se da Terra e formava-se, simultaneamente, como o momento presente em Lituno, quase da mesma maneira como a criação havia se operado durante os sete dias, porém de forma mais estruturada, organizada e diferente da concepção divina, com a configuração continental das nações praticamente invertida, no modelo como transcorreria aos poucos o curso da nova história da civilização humana.

E, assim como ocorreu no planeta de origem, em seu processo de desenvolvimento, colonização e independência das colônias, durante o século XV, a partir do continente europeu, a história se iniciava bem mais previsível e com outra configuração geográfica no século XXIII, mais precisamente no ano de 2230, quando a primazia se daria com o nascimento de um novo modelo de civilização já pronta, planejada, estruturada e consolidada, política e economicamente, em outro continente.

Além do mais, por serem idênticos os planetas, a área geográfica ocupada pelo Brasil receberia o mesmo nome, mas não seguiria o mesmo traçado das fronteiras, como na Terra, nem a mesma orientação política, econômica e religiosa já consolidada nos ideais de nações como os Estados Unidos, para tornar-se uma República ou Confederação dos Estados Independentes, a exemplo de como as sociedades mais modernas começaram a se desenvolver em seus primórdios, partindo dos mesmos ideais iluministas de autores ilustres, como Montesquieu, Jean-Jacques Rousseau e tantos outros, pois, se em Lituno havia muita abundância material e sua configuração seguia o traçado dos sonhos que o arquitetavam, não existiria mais nenhum espaço para mudanças do que já havia sido estabelecido como um dogma.

Assim, surgia, no início e em fase embrionária, uma comunidade composta de lituanos em uma pequena localização geográfica considerada a mais aprazível e com o melhor clima do planeta, no coração de onde passaria a pulsar toda a vida que faria crescer o clone maldito da nova civilização extirpada e manipulada da Terra.

O povoamento ficaria, por enquanto, restrito a uma pequena porção de terra correspondente ao Estado do Rio de Janeiro, que passaria a crescer apenas pelas encostas do Atlântico, sem pobreza e com praias ainda mais paradisíacas, com vias mais extensas e transversais que cortavam e atravessavam vários outros túneis e poucas pontes interligadas que facilitariam outros meios de locomoção mais avançados, assim como vias aéreas com faixas de altitude exclusivas, destinadas a velocidades controladas para seus bólidos espaciais. E tudo se constituía como a fascinante vitrine de um vasto continente que correspondia a um Brasil diferente, mais ampliado para o Oeste, que jamais havia antes se submetido a tratados que restringissem suas fronteiras, ocupando, sozinho, do Atlântico ao Pacífico, toda a extensão da América do Sul.

O comando do governo tinha o seu núcleo originário em uma única entidade maligna, desdobrado permanentemente no Conselho Mundial ou instituição com poderes de se ampliar por meio de mecanismos de repressão contra novas ideias incompatíveis que pudessem surgir, como tentáculos gigantescos e repressores de um Estado ditatorial centralizado, mas praticamente invisível, que tinha sede nas profundezas das trevas, de onde o planeta parecia acender-se e abastecer-se ainda mais ativo do que sob as emanações celestiais de luz natural e energia da estrela em que orbitava solitário ao redor.

Desse modo, conforme tudo havia sido planejado, não haveria leis, normas e muito menos Constituições que resguardassem avanços e conquistas sociais e pudessem ser constantemente revistas, reformuladas ou inspiradas em qualquer modelo de direito natural que se adequasse à sabedoria e à cultura de um povo que, no início, mal sabia que não tinha mais autonomia de ideias.

No entanto, na origem, a concepção original da mente humana permanecia intocada, assim como os seus segredos não revelados eram, por si sós, divinos e a consciência do povo, de uma forma ou de outra, tenderia a desenvolver-se em qualquer meio ou destino que viesse a ser imposto ao seu, o qual se buscava corromper.

Pensando nisso, o mal já arquitetava um plano para que, mesmo diante do equilíbrio maior e inevitável que propiciasse ao homem uma maior reflexão, o dogma prevalecesse fortalecido e instigante para o mesmo propósito de dominação que pretendia consolidar em outro universo.

Assim, tampouco haveria opções religiosas para evitar que subvertessem a ordem aparente, um controle maior que se buscava em Lituno, mas só até que a verdade não pudesse mais ser ocultada, até que as consciências se ampliassem, se rebelassem e, no final, se resignassem com a revelação derradeira de que suas almas se perderam possuídas desde suas origens apagadas e remotas, quando renegaram o presente e a própria realidade que viviam. E, finalmente, todos se certificariam de que optaram e foram condenados a viver como estavam, sem a menor possibilidade de evoluírem de outra forma que não visasse a conquista do universo.

Naquele estágio inicial, a população perdida e aprisionada no tempo ainda não sabia disso, ou seja, que havia morrido, como se considerasse as evidências de como o poder estava espalhado furtivamente ou concentrado, desdobrando-se de uma só fonte.

Para eles, era preciso apenas perceber que começariam a se formar e a se organizar numa nova civilização, com todos os recursos necessários renovados com o próprio esforço e sem nenhuma forma de privação material, cujos habitantes despertavam a cada dia bem mais leves e dispostos a empreenderem atividades do que se ainda pertencessem à Terra. Um motivo tão natural e satisfatório, que não haveria outro melhor para convencê-los, por enquanto, das possibilidades de um dia refletirem sobre possíveis insatisfações, o que parecia impossível depois de terem se alijado do passado.

Contudo, se todas as circunstâncias presentes só levavam a pensarem que, para eles, outro planeta nunca havia existido, além daquele, reinava uma estranha relação inexplicável de causa e efeito com o passado, como uma brecha que surgia em uma obra mal-acabada do futuro, que ainda possibilitava estabelecer estranhas conexões, a partir de um sinal originário de um ponto, de uma galáxia qualquer.

Tal indicação vinha, no início, como uma inspiração imotivada de um universo diferente do idealizado, onde parte das consciências parecia ter ficado aprisionada, e surgia apenas em determinada época do ano que bem correspondia ao período de transição do tempo perdido da evolução das almas. O sinal era visível, mas só às mentes mais predispostas a captá-lo e que voltassem as atenções para o horizonte.

Apenas assim viria a sugestão, como um insight inesperado que surgia da visão de Lituno, capaz de provocar um transe e fazer despertarem, por um instante, da ilusão em que viviam e dar a eles a noção do passado, como um embrião ainda vivo se desenvolvendo no imaginário ou no subconsciente.

O fato é que entre os lituanos não havia motivos para pensarem que os dois planetas não fossem, na verdade, apenas um. Talvez, no máximo, depois do transe, admitissem que seu novo mundo fosse mais do que uma mera projeção futura do que havia sobrado da Terra e devesse assim prevalecer como a única verdade, na hipótese provável de que pudesse ter havido uma catástrofe natural inevitável e necessária para que tudo se reconstituísse, de alguma forma, muito tempo depois, com florestas e rios despoluídos em locais isolados, desabitados e ermos, onde o clima e o relevo favorecessem a plena ocupação; como os astronautas dos filmes, que adormeciam e despertavam séculos depois sem memória, após aterrissarem em outro planeta e, no final, descobriam chocados que não seria outro, mas o mesmo.

Contudo, estranhos símbolos ou representações raras do mesmo mundo renegado existiam em certos locais isolados e evitados por todos. Tais estruturas ou escombros preservavam relíquias e tinham de permanecer intocadas e preservadas como nenhum outro monumento, mesmo diante da ação potencial de um poder maior que pesava sobre elas e, estranhamente, se desdobrava, invisível, para mantê-las intactas, mas havia um motivo.

Para o Estado, elas poderiam ser mais comparadas a pústulas ou tumores onde o passado se escondia, assim como verrugas cancerígenas que, se fossem arrancadas, passariam a sangrar e a disseminar o câncer, como as metástases, contaminando o futuro com as chagas do passado. E o que, por enquanto, corresponderia apenas a uma visão, passaria a se irromper das mentes de todos como o tempo pretérito, revelado e desanuviado, com muita facilidade.

Eram construções inexplicáveis, como verdadeiros mausoléus ou estruturas mal concebidas e desagradáveis à visão, pois nenhuma delas compunha ou combinava de nenhuma forma com a paisagem local, mas pareciam preservar ainda a mesma força incompreensível e misteriosa em seu interior, como as únicas reminiscências que, mesmo fadadas a desaparecerem naturalmente com o tempo, atestariam para alguma alma desavisada que aquele mundo já havia sido habitado antes pelos mesmos loucos, renegados, de quase duzentos anos que passaram a considerar, que lá renasceram como os últimos saudosistas irrecuperáveis que se recusavam a morrer e mantiveram-se conectados ao passado.

Porém, não havia outra saída e eram obrigados a suportá-los por alguns motivos relevantes; um deles se justificava por serem os mais indicados e propensos a realizarem o trabalho sujo de manter as estruturas em pé e preservadas até que se apagassem naturalmente da história do planeta imaginário as pústulas do passado.

***

Assim, os outros habitantes do futuro voltariam a se confinar na noção limitada que o tempo impunha para viverem em paz e melhor com a própria consciência limitada.

Não havia dúvidas de que os lituanos não teriam outro motivo para entenderem a razão da existência e pouco importava que o mundo deles habitasse um universo paralelo com suas verdadeiras origens alienígenas, que ainda convergiam e atraíam a mesma interseção de astros e estrelas de diversas galáxias adiante ou que Lituno um dia tivesse alimentado a imaginação de um garoto que brincava no passado com o avô de adivinhar como era possível a existência de outro Asteroide gêmeo da Terra, resgatado de suas alienações e premonições pueris, e que pudesse gravitar em torno de uma estrela com as mesmas características do Sol, girando em torno de seu próprio eixo e cumprindo o mesmo período de translação da terra, com um satélite natural tão parecido e com as mesmas dimensões da Lua.

Contudo, o garoto, desde tenra idade, brincava de Deus com seus fantoches em seu passado particular para alterar o presente, investido em uma redoma de vidro que parecia mantê-lo afastado dos outros e oculto em seus pensamentos, mas fora de lá passaria a revelar-se, com o tempo, um verdadeiro profeta.

O dom, no entanto, não esclareceria os fatos e as dúvidas constantes que surgiam, como um enigma, composto de partes estanques e desconectadas do tempo que, de forma sutil, vinha perdendo a razão e a continuidade. Mas por que não poderia existir passado em um planeta tão distante no futuro?

***

Em Lituno, a ideia de passado, mesmo recente, parecia, em regra, não existir, pois se constituía tão breve à razão, no curso dos acontecimentos, que se confundia com o presente e era assim considerado, com a finalidade apenas de demarcar na linha do tempo as ações que importassem, tivessem de se repetir e fossem consideradas válidas para atividades futuras.

E, naquele planeta, os fatos transcorriam de maneira tão inconstante que se descartava todo o excesso de memórias ou lembranças despropositadas e desprezadas pela moral futura e, assim, tornavam-se predisposições espontâneas de ideias consideradas nocivas pelo Conselho, possibilitando que se levasse a efeito as sanções do Presidente que, embora não possuísse a capacidade de ser onipresente, habitava, espalhado e desdobrado, os lugares mais inusitados para surpreender suas vítimas e nutrir-se daquela fonte, como havia se acostumado a fazer na Terra, consumindo a consciência das almas que se perdessem no tempo, como ovelhas apartadas e destinadas para o sacrifício.

Só que, no futuro, tais ocorrências eram raras e, embora parecessem humanos, os lituanos já eram desprovidos, em sua maioria, de inspiração e não eram incentivados a criar, pois inventos eram, no máximo, adaptações de supostas ideias aperfeiçoadas e não podiam ser valorizados naquele planeta iminentemente jovem que renascia com o hábito já difundido em sua cultura artificial de reconstrução, de um modelo desaparecido, reeditando estudos, acordos e normas, incessantemente, do mesmo modo como se operava o descarte sucessivo para que um repositório sistemático de bens, valores e ideias possibilitasse a melhora da convivência e da qualidade de vida de todos.

Por tudo isso, possíveis gênios detentores de grandes ideias que pudessem surgir para afetar de alguma forma o sistema, quando não eram eliminados em sua origem, acabavam descobrindo que todas elas não serviriam ali e pertenceriam ao império do mal, que detinha a iniciativa e o poder de censurá-las, mantê-las e regulá-las da forma como achasse mais conveniente.

Porém, alguns deles surgiam tão misteriosamente quanto desapareciam da Terra, e os outros, sabendo disso, permaneciam ocultos, embora o estilo próprio e os hábitos estranhos os denunciassem, às vezes, fazendo com que passassem a ser vistos com desconfiança e, só depois de muito tempo, talvez voltassem a ter a chance de provar o seu valor e, assim, se enquadrar de novo no sistema, tentando ser tão participativos e perfeccionistas quanto os demais com sua quota de contribuição.

E assim viviam os lituanos, sem desconfiarem ou ficarem preocupados em descobrir suas reais origens ou qual seria o verdadeiro propósito da criação, desde o instante em que Deus se rebelou e redimiu a humanidade inteira na Terra. Nenhum deles tinha a noção de que o mundo se originara de outro modo, num tempo estanque sem continuidade e não recriado com aquela configuração.

Além do mais, não temiam o mal fora dali, pois não se arrependiam, se comoviam ou se lastimavam por nada porque todos os acontecimentos vividos nos anos que se foram, inclusive o passado recente, eram deletados das lembranças, a exemplo das oportunidades perdidas de que se esqueciam, logo depois de renovarem as mesmas metas no presente para o futuro, como modo de se aperfeiçoarem, já que eram altamente competitivos. Essa característica, aliás, tornou-se mais evidente no processo de implantação estrutural das sedes e departamentos operacionais para o desenvolvimento dos projetos globais e extra globais a longo prazo.

E, também por isso, no final, sentiam-se obrigados a agradecer por tudo o que possuíam a uma Divindade Satânica que os consumia no temor presente, o que para eles havia se tornado natural e era suficiente para que ainda não desconfiassem de que já estavam condenados ou que todo o mal se revelava e prevalecia com outro nome, mais previsível que na Terra, manifestando-se sempre que subvertessem a ordem que ele próprio havia implantado ali.

Imaginavam que era possível prescindirem do sentimento inócuo da saudade e do hábito de cultivarem lembranças, em troca de expectativas que criavam para se tornarem prósperos, mais competitivos e mais aptos a operarem as mudanças de que necessitassem, pela capacidade de que dispunham e iam adquirindo para conquistar o universo, desenvolvendo outro método racional que não se baseasse na descoberta ou na procura pelas origens, o que já era inconcebível, como a explicação ignorada e infundada de como foram induzidos e obrigados a viver num plano físico que se acostumaram a chamar de novo, como a mais moderna ditadura do inconsciente coletivo.

Entretanto, algo que não podiam ainda compreender muito bem subsistia na alma e intrigava, mesmo que os desejos e as ambições dos lituanos se revelassem ainda mais fortes, a partir do modernismo muito mais aprofundado do século XXIII, considerada a última evolução dos povos há muito tempo libertos das amarras e interferências do passado.

E a tendência vinha para evidenciar e valorizar cada vez mais os avanços para os quais estavam programados, agregando ainda mais prazer e atividades à qualidade de vida e, assim, evitarem as reflexões infundadas por algo que buscavam instintiva e incessantemente desde suas origens e não encontravam em nenhum lugar para preencher o vazio que ainda existia naquela sociedade, mas o que estaria faltando?

***

Desse modo, reminiscência alguma subsistia e não servia mais nem mesmo para saciar a curiosidade de jovens ou a vontade dos últimos fracos ou doentes que pudessem ainda estar por lá, saciando-se com aquele desejo, embora sequelas do saudosismo ainda existissem e, em raríssimas ocasiões, fossem reveladas pelos que ainda se aventuravam pelas fontes proibidas e as verbalizavam em público, pouco antes de serem eliminados.

Porém, as ideias não vingavam, visto que seus defensores mais fervorosos e temorosos já se tornavam relutantes e mais afinados com os ideais das novas gerações, passando até a desqualificar totalmente insanidades e as velhas iniciativas consideradas pela maioria esmagadora, pelo menos aparentemente.

Assim, o ano de 2235 se mantinha cada vez mais forte e estanque de um passado oculto na mente das pessoas e propiciava mais perspectivas, como também já se ampliava na vanguarda de um universo como o futuro cada vez mais promissor para fomentar a infinidade de desejos espontâneos e ambições desenfreadas que passaram a dominar ainda mais os pensamentos, além da realização que o trabalho proporcionava, para atingirem a plena felicidade.

Todavia, a proposta de Satanás de ter o total controle do futuro para tornar-se o verdadeiro ditador dos novos acontecimentos, estabelecendo-se finalmente como Deus das Trevas, era muito mais ambiciosa e apenas se completaria quando fosse capaz não apenas de dominar, mas de enredar-se ainda mais no mundo experimental para entender melhor os últimos detalhes do funcionamento da mente humana.

Talvez fosse fácil imaginar como a própria engenhosidade da inteligência poderia ser retomada para recriá-la como ferramenta de dominação para as próximas gerações a partir da descoberta do maior de todos os segredos da criação: o entendimento detalhado da mente, de como se processavam os pensamentos desde a origem da humanidade, mesmo antes de serem manipulados pelo mal.

Isso bastaria não só para impor uma cultura, mas para perpetuar a nova raça, alterando todos os padrões genéticos e, com isso, o processo de recriação poderia ser concluído. Mas até quando a humanidade estaria fadada a correr esse risco?

* * *

O século XXIII não transformava ou se renovava de experiências já consolidadas, apenas surgia, conforme as consciências se ampliavam, pois, como era sabido, os lituanos não nasciam, muito poucos morriam e, na maior parte das vezes, surgiam aos pares no mesmo período de tempo e na idade que haviam sido determinados. Além do mais, vinham estéreis e apenas a poucas linhagens era dada a faculdade de se reproduzirem.

Incrivelmente lá, como em nenhum outro lugar, o tempo não era percebido e, em poucas décadas, já se podia entender melhor como as mentes haviam se adaptado a trabalhar no presente sem muitas vezes pensarem em mais nada além do que era o objeto de suas atenções a cada instante, sem imaginarem os absurdos de que poderiam ter sido abduzidas para que, enfim, se operasse um colapso profundo e irreversível no passado.

Se comparada aos tempos idos, a moderna obsessão pelo novo já não era uma tendência ou movimento cultural como em outras eras da história que permearam os séculos XVIII, XIX e XX, despertando a vanguarda das ideias revolucionárias que influenciaram gerações e novas maneiras de agir até a chegada do futurismo, afetado pelo movimento literário "manifesto futurista", que sugeria às pinturas e à arquitetura a exaltação do futuro há vários séculos.

O mesmo movimento que caracterizava a primeira fase da história de Lituno, e não parecia estranho a outras eras muito mais remotas e afastadas, foi o que passou a ser conhecido como Neofilia, que se lançava como a tendência das novas gerações e parecia estar ligado a fatores genéticos provenientes de uma enzima presente nas mitocôndrias, decorrente de mutações genéticas, nas últimas gerações dos Terráqueos.

Contudo, em Lituno, não era fato novo nem biológico, pois já vinha arraigado nas almas perdidas dos lituanos. Eles apenas viviam o momento com a intensidade e a importância que merecesse qualquer outro, antes de o deletarem da memória coletiva, como algo corriqueiro e muito mais comum do que se imaginava que fosse a velha compulsão por novidades.

Por isso mesmo, já fazia parte da identidade do povo como um hábito, e não obsessão pelo novo, bem como estava muito mais relacionado à evolução dos seres que se tornavam cada vez mais desvinculados de suas origens, mais frios e indiferentes ao que não podiam mais se lembrar e muito menos precisariam esquecer depois.

Uma tendência, no entanto, ainda resistia como última amarra de tradições milenares, mesmo com a maioria dos templos fechados ou procurados apenas pelos seus mantenedores ou por outros que, na clandestinidade, tentavam ainda preservar incólumes as ilusões, sem propagarem sonhos passados ou seus valores cristãos.

Para esses sensitivos, que viviam uma espécie de premonição às avessas, com o poder de ressuscitarem as amnésias passadas como verdadeiros profetas do passado, era mais fácil perceberem as mudanças de mentalidade, por mais discretas que parecessem, e as verdadeiras ameaças que justificavam o temor das lembranças mais distantes que os habitantes daquele planeta não podiam mais reviver.

E, mesmo que não parecesse possível, havia esperanças de que alguns poucos lituanos pudessem ainda se libertar e passassem a beber da mesma fonte, pois, embora ainda predominasse, o mal se tornava mais previsível no inferno de ilusões que havia criado e parecia ter se desvanecido com a história, quando os passadistas praticamente se extinguiram. Como se a entidade se congelasse no tempo de Lituno e pouco se preocupasse com isso depois do longo martírio dos que se foram.

Mal sabiam eles que, como antes, o sentimento aguardaria eternamente uma demonstração de fraqueza da próxima vítima, como um indício de deformação da realidade, pessimismo crônico ou todo e qualquer vacilo que a evidenciassem para atacar. E mesmo a firmeza da falsa estabilidade emocional de que pudessem se valer para enganá-lo não seria suficiente para evitar que fossem descobertos, reconhecidos como as últimas almas independentes e despojadas dos novos valores, pois a saudade incorporava e era o verdadeiro sentimento que os traía e do qual Satanás se alimentava.

Não conseguiriam se esconder por tanto tempo, exalando das almas os sentimentos mais ocultos e inconfessáveis, e com ele um sinal, mesmo depois de tantos séculos. Mas quem era, como era e onde poderia ser o controle da besta naquele momento?

Ele não era mais Jack, mas o imperador supremo que não revelava a ninguém onde poderia estar, pois o inferno lhe pertencia. Assim, tinha ainda mais capacidade de se desdobrar, como hibernar, abstrato e imortal, por dias e meses em qualquer lugar, num painel luminoso que chamasse a atenção de alguém na rua ou estar vigilante por anos, décadas e séculos em uma pintura exposta e esquecida em uma galeria de arte, no interior de um prédio, quase intacta, guardada por um discípulo que, sob qualquer alerta, reuniria as suas forças. O prédio ainda existia como um museu que destoava da paisagem e ainda teimava em permanecer erguido depois de ter sido quase totalmente arrasado em um atentado.

Aquela parecia ser a morada perfeita e consistia em mais um dos pontos de vigilância de onde talvez ainda pudesse se satisfazer. O único sinal de reminiscência concreta, a casca oca erigida da cultura destruída e esquecida do Museu de Belas Artes do Rio de Janeiro.

OS ÚLTIMOS REMANESCENTES

A ameaça era ignorada, mas ainda inquietava a população, depois que foram revelados alguns trechos dos registros de uma meia dúzia de escritores que se valiam de falsos pseudônimos para manterem o anonimato, pensava Alex, jurando que um dia poria as mãos no autor das publicações clandestinas lançadas ao mar. Não podia imaginar que ainda existissem livros apócrifos e muito menos combatentes anônimos, cheios de fantasias, que se dispunham a disseminar memórias alheias e apagadas pelo tempo.

O conteúdo resumia-se a um prefácio mal redigido, ofertando uma viagem no tempo por eras desconhecidas, e ainda desafiava quem estivesse disposto a usar um pouco da imaginação, porém não evocava ainda nos lituanos a menor curiosidade por um passado inexistente.

Podiam, no máximo, instigar os mais temerosos por mudanças tardias, levando-os a investigarem as denúncias de que havia um dogma imposto pelo pensamento atual e futurista que inibia o interesse por valores da época remota, como os legados dos ancestrais e suas respectivas crenças desaparecidas, desde origens ignoradas.

Outro argumento consistia em afirmar que era possível obterem autonomia e independência para criarem o seu futuro, cultivando grandes ideias pelo hábito da reflexão e, por isso mesmo, uma perspectiva mais aprofundada do passado se tornaria essencial, o que poria em risco toda a origem da recriação naquele outro universo.

Chegaram mesmo a afirmar no final que, diante das novas diretrizes, apenas a simples ideia liberta e descomprometida de suas mentes, se descoberta, já poderia corresponder a um sacrilégio e representar um risco à terrível divindade no novo tempo, se ela se disseminasse. De fato, apenas erraram, nessa nova assertiva, ao preverem algum risco, o qual era praticamente inexistente.

Diziam, ainda, e nisso só cria quem realmente tivesse a mente defeituosa, que o futuro, por si só, estava condenado e que o verdadeiro Deus não impunha a verdade nem reprimia qualquer forma de pensamento, apenas possibilitava escolhas. Falavam até de amnésias passadas, futuras, presentes e coletivas e sobre uma caverna situada no morro do corcovado, onde havia uma passagem secreta, mas isso não seria revelado no primeiro volume. E, daí por diante, as especulações não paravam de crescer para atrair curiosos.

Infelizmente, o esforço em recolher o material seria infrutífero, pois milhares de drives da mesma obra encapsulada eram lançados, como sementes cada vez mais estéreis de ideias inócuas, pelos ares, por drones sofisticados, e também atirados ao mar e espalhados pelas correntes oceânicas.

Então, vamos conferir as últimas pérolas!, pensava, finalmente, Alex, com ânimo irrefreável de espancar aquelas ideias absurdas.

Alguns poucos e raros ancestrais sobreviventes daquela raça assistiam a tudo, mas não podiam crer ainda no desaparecimento completo de sua cultura originária, observada desde as artes herdadas de gerações perdidas nas lembranças. Dessa forma, intimidavam-se e assumiam cada vez mais a condição de isolamento, no papel de despossuídos, no tempo, de sua personalidade e de sua história, pois viam cada vez mais ao seu redor semelhanças se acentuarem em comportamentos padronizados que massificavam praticamente todas as ações, como se tudo se processasse numa escala de produção até durante os momentos de descontração.

– Ridículo que ainda acreditem nisso – ponderava, ao acessar o teor do manifesto na introdução da última obra que chegou até ele. – Uma sociedade tem o direito a optar pelo melhor. Será que acreditam mesmo que basta estalar os dedos para decidir o tempo que queremos viver agora? Mas vamos adiante.

E assim se perfilam por grupos e não se destacam tanto mais em suas condutas e realizações pessoais que passaram a ser vistas apenas como motivações egoístas, como se cultura e tradições fossem motivo para todos se envergonharem, incluindo os hábitos e rituais fortalecedores dos laços duradouros de amizades. Até momentos importantes de ócio passavam a ser cada vez mais raros e tudo contribuía para que fossem ainda mais doutrinados e se curvassem ao sistema.

– Profundo, mas se o tempo se torna cada vez mais escasso no futuro é porque as pessoas se ocupam melhor e de forma mais satisfatória com ele, até para se divertirem. Se o homem se perdeu de si, é porque estava no tempo errado e em plena mutação, por isso não pode mais voltar atrás. O que mais se lê por aqui?

Não se dá mais valor aos currículos, os quais deveriam fazer diferença ainda hoje, nem que fosse uma mera seleção para prestigiar-se a experiência adquirida, como o mérito que deveria ser dado à cultura que só se adquire com o tempo. Em vez disso, tudo o que se observa é o incentivo ainda maior em se formar e desenvolver capacidades executórias limitadas para problemas reais e imediatistas, como se tudo se constituísse de uma só máquina, limitando-se cada qual a uma especialidade certa. Mas o que é ainda mais estarrecedor é o conformismo dos poucos que não se manifestam, com suas visões perdidas e distorcidas do tempo.

Assim, a previsibilidade e a nova ditadura imposta à maneira de pensar, com seus arquétipos e perfeccionismos crônicos e estéreis, em detrimento da sensibilidade, da sutileza e da criatividade que antes nasciam com abundância das mentes de tantas outras gerações do passado, demonstram como o espírito humano se perdeu no futuro.

– Isso é evidente – esboça. – O espírito humano foi recriado e não se perdeu porque o conhecimento só se renova e aperfeiçoa-se com a prática, o resto desaparece com o tempo. E o perfeccionismo bem como o pragmatismo são a receita para quem quer vencer, ter um propósito de vida e não correr riscos.

Em seguida, Alex levanta-se e dá uma volta pela sala, o horário da reunião se aproximava e era isso que importava, pois, como todos sabiam, ele mantinha uma linha de investigação mais afastada e uma identidade secreta apenas de informante do Conselho Supremo e, apesar da alta posição que ocupava, ainda não tinha poderes como os asseclas mais próximos e desmembrados de Jack, como a capacidade de se espalharem e concentrarem-se em uma só entidade, mas ainda sonhava com essa possibilidade. Entretanto, Jack precisava de seus serviços como o de alguns outros departamentos investigatórios, pois o mal ainda não tinha a plena faculdade de ser onipresente.

Refletia, naquela hora, como poucos futuristas deveriam fazer e admirava-se de que pudesse ser criticado por isso, embora fosse preciso para entender melhor e rebater as motivações que pudessem levar a argumentos infrutíferos dos que queriam transformar as mesmas ideias retrógradas de antes em realidade.

Entretanto, já era muito fácil provar que o raciocínio metódico preponderava e o que não fosse feito assim seria relegado apenas à ficção pura dos loucos sensitivos ou solitários desmotivados, pois a razão não estava nas velhas crenças e sim na ciência, que não parava de evoluir com descobertas constantes e alicerçadas na lógica, nos padrões renovados e na concepção de hipóteses das teorias que não paravam de surgir.

Ali, a razão não se afinava com a sensibilidade espontânea e despropositada que não correspondesse a simples entusiasmos, sempre inspirada em outras novas ideias, pouco antes de outras que ficaram relegadas ao completo esquecimento. E, assim, se capitalizavam ideias, como a riqueza que tinha de circular para não estagnar e perder o seu valor.

Se são tão ávidos por lembranças, por que não perseveraram com elas e tentam, só agora, quando já é tarde demais, resgatá-las no futuro? Onde estavam os intelectuais desaparecidos e reconhecidos pela história, no instante da ruptura, para provar que estavam certos?, pensava, sem estranhar que ainda pudesse ser rotulado de liberal por cumprir a agenda ou a missão de tentar entendê-los e rebater qualquer argumento contrário, mesmo sem precisar ter vivido em tempos tão remotos.

– O passado só conhece quem viveu – diriam alguns incorrigíveis que viam o Carnaval passar uma só vez e ser lembrado durante todo o ano, até desaparecer no tempo, mas nunca de suas lembranças eternas; como os que viram também nascer ali, a poucos metros, a Bossa Nova. E, no final, tudo se resumisse em frases como "Tristeza não tem fim, felicidade sim", de um de seus maiores expoentes.

Talvez ainda fosse assim na Terra porque não conheciam ou quisessem, um dia, enxergar Lituno, onde as consciências despertariam mais fortes, com o poder de conceber novos sonhos, tão bons ou melhores que os do passado, onde se viam aprisionados.

E, assim, mesmo que não fossem melhores, pensariam diferente, se libertariam da limitação e saberiam caminhar para frente sem olhar para trás para, assim, renovarem-se, porque nada poderia limitá-los além da entidade – responderia Alex aos supostos interlocutores.

Mas por que ainda teimavam?, perguntava-se, enquanto assistia ao pôr de uma estrela, como o sol, do Forte de Copacabana, bem do alto de uma plataforma, local em que se situava o escritório, de onde era possível vislumbrar detalhes das nuances dos últimos reflexos dourados que vinham do crepúsculo sobre as ondas que quebravam alinhadas dali em diante, por toda a extensão da orla da praia. E a penumbra do final da tarde que mal chegava a se formar desapareceria quando a cidade toda se acendesse, como outro dia se sucedendo fizesse parecer que o tempo fosse um só e não tivesse continuidade.

***

– Dr. Alex, o representante do Departamento Federal Mundial de Investigação acaba de chegar – disse a assessora.

– Faça-o entrar, por favor, Sheila.

– Mr. Oswald, you may enter. It's a pleasure to see you again – disse Torres.

– Por favor, prefiro o bom português. É uma honra a oportunidade de retornar a este continente.

– O prazer é todo meu. O senhor deve ter ideia de por que, nesse momento, é ainda mais importante a sua presença aqui.

– Sim, não temos dúvidas disso.

– Vamos nos acomodar, então. Aceita uma bebida? – disse o anfitrião oferecendo um dos sofás, que mais pareciam plataformas flutuantes.

– Não, obrigado.

– Como sabe, o assunto é ultrassecreto.

– Sim. Qual o nome do problema? – perguntou Oswald, curioso.

– Chama-se Rock Pulver. Não pode imaginar o risco que representa, embora também não deixe de ser hilariante o cenário.

– Como assim? Pelo que sei, desconfiam de que a insanidade dele é contagiante.

– Não é só isso – disse Alex, com um meio sorriso –, sua mente parece indevassável, pois não pode ser monitorada, o que torna os pensamentos tão ocultos que informações sobre suas intenções só podem ser obtidas a partir da comunicação que se estabelece entre ele e seus interlocutores.

– Então, afinal, ele se torna uma verdadeira ameaça – disse Oswaldo.

– Exato. Todos sabem que é um arquivo vivo, popular e até capaz de subverter a ordem, sobretudo pelas ideias revolucionárias. Além do mais, conta com algum prestígio inexplicável, embora seja por muitos ignorado, em função das insanidades que parecem ir muito além da obsessão que tem pelo mausoléu. Talvez possa surgir assim uma liderança.

– Liderança? Difícil de acreditar!

– Isso mesmo. Desconfio de que o suspeito seja o mesmo homem que procuramos, que tenha adeptos e que o número deles pode estar crescendo – disse Alex.

– Improvável! Como um ancião de quase cento e setenta anos, com ideias retrógradas, teria algum poder de influência por aqui? Um simples cidadão que não produz nada, além da experiência que tem e da qual não se tira proveito algum.

– Não é bem assim, Dr. Oswald.

– Vamos ser práticos, a razão de minha vinda aqui, Dr. Torres, é sondar a questão e, com base nessa investigação, exarar um relatório conclusivo para acabar com essas suspeitas e pôr um fim nisso tudo.

– Com certeza. Estamos juntos nisso.

– E, por acaso, qual seria o motivo de preservarem aquele espaço? Um prédio em ruínas em uma praça, ocupando um grande terreno. Disseram que estruturas como essas só podem ser destruídas depois que as reminiscências quase apagadas do passado desaparecerem.

– Sim, são como se fossem verdadeiras fontes dessas reminiscências, o último recurso de uma geração composta por, no máximo, duas dezenas de pessoas que ainda não despertaram para o futuro e defendem essas ideias absurdas. Isso é o que chamam de realidade, a dura realidade deles. O prédio, nesse caso, como alguns outros, são os únicos testemunhos que restaram de autores que já não podem mais renascer da memória coletiva. Entretanto, acredita-se que, mesmo depois, tanto essa como outras poucas sedes que restaram não devam ser destruídas.

– E por que não?

– Porque os escombros que restam são como mausoléus, assim considerados como túmulos do passado, que não devem ser profanados, mas destruídos apenas pela ação natural do tempo real e transitório que foi interrompido no pretérito para eles, ou o próprio destino, se prefere chamar assim.

– Certo. E então?

– Então, temos o Sr. Rock Pulver como curador, o melhor mantenedor que poderíamos encontrar e só se mantém vivo ainda por causa disso. Ele não sabe e não deve nunca saber desse motivo.

– Sim, claro que não deve, pois, do contrário, já teria destruído tudo – disse Oswald.

– Exato. Até porque, além de destruir os templos, ele poderia fazer desencadear do imaginário dos lituanos a ideia de que o futuro próspero, com que tanto sonham e estão condicionados, não é real, como de fato ainda não é, e não poderia existir para eles, pois foi suplantado aqui dois séculos adiantado. O elo perdido deveria, como sabemos, ser mantido assim para que o destino implacável não se configurasse.

– Então – disse Oswald – eu pergunto: qual o risco que corremos se ele não sabe disso? Esse é um segredo de Estado que nunca será revelado até que a transição se complete nesse novo universo. Fique tranquilo que os poucos de nós que sabem disso estão imbuídos nesse propósito.

– O risco é grande porque temos outro complicador – lembrou Alex.

– E qual seria?

– Rock é um paranormal, um sensitivo e, como tal, deve ser constantemente vigiado porque ainda não somos onipresentes, mesmo com todos os poderes atribuídos a grande entidade – disse Alex.

– Se você diz que é porque ele seria capaz de pressentir algo, não haveria dificuldades em controlar seus passos. Inclusive, já sabemos onde ele pode estar praticamente todo o tempo, durante o dia. Além do mais, acredito que a vigilância seja diuturna e permanente em todos os templos e museus que restam – disse Oswald.

– Isso. Embora seja oculta para os visitantes, com certeza o chefe permanecerá operante – disse Alex.

– Esses museus são os mesmos locais de nossa oferenda, cujo alimento são os espíritos dos fracos que despertam para a realidade e não podem sair daqui?

– Sim, dos raros subversivos que vão até lá matar sua sede de reviverem o passado e abreviarem a sua existência naquelas obras. Gostaria de pensar assim – disse Alex.

– E por que não?

– A maioria sabe, quer combater o sistema, mas não visita os locais, por algum motivo. Devem saber de alguma coisa ou estar desenvolvendo um plano. Já não são como os que desapareceram da Terra e sumiram das lembranças, como se nunca tivessem existido. São velhos centenários e até bicentenários, com os dias contados, mas sabem o que querem.

– Entendo a necessidade que surge, como uma medida de prevenção dessa influência, embora tardia – disse Oswald.

– Isso não apenas assegura a ordem, mas traz a certeza de que o passado está condenado. Mal sabem os ingênuos lituanos, nos quais me incluo, que poderão um dia até terem escapado do Juízo Final.

– Temos de acreditar que o Juízo foi antecipado. O passado praticamente já foi condenado e demonizado por nós, o nosso povo, constituído no sentimento conjunto de aversão reunida. Em breve, não precisaremos mais de ruínas. Não há mais espaço para isso na mente das pessoas, não as deste século XXII – falou Oswald.

– Agora, mudando de assunto. Quanto aos acontecimentos que você classificou como raras evidências, para lituanos menos informados, contra a campanha dos passadistas, podemos fazer o seguinte: atribuir a razão dos desaparecimentos eventuais a mentes fantasiosas e promover outra campanha divulgando serem eles a origem do problema. Assim, esses que contam com, no máximo, meia dúzia de indigentes e que não podem se revelar, cairão ainda mais no descrédito, antes de desaparecerem ou serem eliminados.

– Certo. Então voltemos a outro ponto, a realidade – disse Oswald.

– Perfeito. Como você deve saber, o espaço é tombado e ele, Rock Ian Pulver, o curador. Com certeza o velho não irá viver muitos anos e não haverá mais pessoas tão interessadas e influentes, mas um ou outro que possa dedicar ainda menos tempo em troca de nada pela manutenção e restauração de peças que perderam o valor – falou Alex.

– Assim, qualquer resquício ou ameaça do passado tende a desaparecer.

– Se pensa que é fácil erradicar o passado assim, por completo, pense melhor. Imagine o que está sendo disseminado nos livros, a conspiração de uma sociedade secreta que se oculta como insetos sob a cidade, tomando morros como gigantescos cupinzeiros. É inexplicável como parecem inatingíveis, só na imaginação, é claro.

– Não fosse a repercussão do motivo absurdo que querem atribuir a essa última morte, eu não estaria reunido com você aqui – disse Alex, finalmente, abordando o último assunto daquela reunião secreta.

– De fato, Oswald, eles estão tirando proveito desse caso.

– E, quando a poeira baixar, Rock também desaparecerá para sempre – disse o visitante.

– Sim, além dessa última vítima, é questão de tempo até encontrarmos a melhor maneira de eliminá-lo. Os poucos defensores do velho mundo só podem sobreviver na clandestinidade, mas, diferente de como se sucedeu nesse caso, o seu eventual desaparecimento deverá, sim, ser reportado, assim como os motivos. Até lá, temos esse novo problema pela frente, Dr. Oswald.

– Como devemos começar a agir, então?

– Posso agendar uma videoconferência com ele, hoje à tarde, para o senhor conhecê-lo melhor. O que acha?

– Ótimo. Mal sabe ele que já tem um pé na cova.

– Seguimos, durante muito tempo, os passos do velho e sabemos até que pode não ser ele quem fez circular o material, mas é quase impossível que não conheça os meandros ou não tenha influência sobre o grupo que procuramos.

– Outra questão é saber se devemos promover desde logo a campanha – disse Oswald.

– O Conselho é quem decide. O que é o passado hoje para nós? Eu lhe respondo: é um tempo tão recente que se equipara ao presente e nada mais. O que quero dizer é que ele corre a nosso favor, que o futuro nos pertence e temos tempo para investigar até que a Entidade se convença e decida o melhor momento e o modo de agir, já que os inconformistas querem fazer acreditar que são muitos. Desse modo, não devemos dar visibilidade maior do que a que estão procurando obter.

O VELHO ROCK

Ele observava, muitas vezes, de onde quer que estivesse, toda a cidade, em cada milímetro de seu perímetro urbano, se acender do chão, sem qualquer iluminação externa ou outra aparente.

Se vista à noite de alguma embarcação ou plataforma flutuante no oceano, evidenciava-se com um aspecto bem diferente aquele novo panorama da cidade maravilhosa, em um enquadramento espacial alongado que se estendia pela costa do Atlântico, muito além dos seus limites antes definidos.

Contudo, numa perspectiva ainda mais abrangente, aérea ou numa distância ainda maior, verificava-se que tudo surgia de repente ao anoitecer e desaparecia ao alvorecer, sem que houvesse um ponto originário. E o aspecto da coloração era intenso, como a pintura em cores radiantes no vazio, de um continente que parecia só flutuar na escuridão, evidenciando ainda outras belezas, como as rajadas de cores estanques em certos pontos pouco acima, como uma abóbada colorida e dispersa que aparecia também em determinadas épocas, durante as madrugadas, mas não tão naturais e esplêndidas quanto eram as espetaculares auroras boreais.

Ademais, ainda assim, não era nada que merecesse a atenção devida dos lituanos, já tão familiarizados com aquilo como outro efeito natural comum.

Porém, apenas ali, de uma posição onde se podia ver grande parte dos limites da cidade já desprovida da maioria de seus morros e construções tão arcaicas e elevadas de antigamente, delimitavam-se melhor os seus contornos do restante do continente, que correspondia à América do Sul, pela importância ainda maior que detinha aquela instância, como sede do Governo de um mundo utópico.

E era assim que a natureza agredia os olhos de quem jamais iria se acostumar com ela, mesmo os daqueles que já estavam lá por tantas gerações, sem poderem se lembrar de nada mais que pudessem comparar àquilo, com o poder de suplantar até o aspecto natural da tonalidade diurna de monumentos e de cada cenário que se irrompia no espaço em cores tórridas, ainda mais definidas e sem nenhum reflexo aparente, durante as noites.

De fato, era de impressionar até quem já estivesse acostumado, pois o efeito parecia tão encantador quanto devastador à mente da população que apenas concebia o mundo daquele modo e nem fosse difícil crer que a explicação lógica era a de que nada refletia a luz, mas de tudo se emanavam cores, em decorrência da ação automática das menores partículas combinadas com a manipulação dos fótons.

Isso era o que diziam alguns habitantes de Lituno que se vangloriavam da vida que levavam, sem quererem saber do resto, do que impunham os compiladores do futuro, da natureza e da razão daqueles pobres de espírito, como se a obra divina pudesse renascer de um experimento científico em outro universo e era tudo o que bastava para eles.

Rock, por sua vez, não tinha interesse em descobrir o que ocasionava o efeito maléfico que, para ele, estaria mais ligado à segunda hipótese e associado às labaredas subterrâneas do inferno que acendiam sem arder em chamas a superfície do planeta do inferno, invertendo tanto a ordem quanto a rotina de um lugar sombrio onde, desde o começo, o dia se tornara noite e tudo se invertia para a população, como convinha ao Conselho, que ditava o ritmo e as regras a que se enquadravam os lituanos, sem perceberem.

Um povo tão diferente dos quase extintos indigentes conhecidos como ele, JB e José, que ainda se orientavam do alto, como se olhassem para o firmamento à procura de respostas e tentavam pautar sua vida com migalhas ou o resto da memória recente de que ainda pudessem dispor.

E, assim, o céu muitas vezes se revelava como o único repositório das orientações que precisavam obter, onde o passado recente ainda se prolongava e não se interrompia com tanta facilidade, fosse pela leitura que aprenderam a fazer dos astros, como a de duas luas menores e uma estrela não tão incandescente como era o Sol, mas davam sinais do transcorrer do tempo e da passagem dos dias. Sem contar as estações, apenas três delas ainda eram consideradas.

E Rock se fiava como nenhum outro nessa possibilidade, procurando o destino ainda mais distante no passado, com o mesmo interesse que tinha Sam, há séculos, ao vislumbrar o futuro se antecipar na Terra por meio das esferas enigmáticas que revelavam seus augúrios.

Entretanto, as belezas daquele planeta surreal, por mais fascinantes que parecessem, não vinham de Deus e, embora se sentisse ali um missionário, às vezes se via perdido, louco ou condenado como os demais, mesmo que tanto ele como o pequeno grupo parecessem ainda se constituírem apenas dos últimos remanescentes, preservando a mesma estrutura molecular e constituição biológica, como se tudo ao seu redor fosse irreal ou uma grande mentira se consolidando aos poucos.

E se isso também não fosse motivo de tristeza, nunca pensou que viver naquelas circunstâncias se tornaria uma agonia, pois a angústia de ver sumir aos poucos a própria identidade pretérita não parecia apenas ilusória a ponto de não se concretizar, ela era como a depressão de outros tempos bem remotos que ressurgia em outra dimensão, onde o destino um dia se interrompeu, e traduzia-se em uma só mensagem programada para se autodestruir de um comando qualquer dos conspiradores do futuro, até a morte definitiva dos remanescentes em outro universo.

No entanto, mesmo que nunca tivesse sido nada ali, no máximo um sentimento regurgitado de alguma lembrança ainda prestes a falecer na Terra, Sam, o seu passado, ainda se manifestava vivo e o reconstituía para que um velho como ele se mantivesse vivo e motivado, tanto em sonhos eventuais quanto na memória de poucos confidentes que lhe davam algum conforto naquele planeta do inferno.

Eles eram cada vez mais raros e, quando apareciam, já não podiam ser contados nos dedos de uma só mão, os que tantas vezes o haviam criticado, elogiado, reprimido ou se revelado para dizer a Rock que sua alma era mais rica ainda com eles, desde outros tempos conturbados, com que já não se identificava tanto.

E era exatamente nessas horas que Sam surgia e parecia suplicar para que não o renegasse e não o deixasse morrer de vez daquela forma no esquecimento, pois, mesmo que seu retorno tivesse sido visto como uma fatalidade, ele era o último indício de vida que não poderia ser relegado ao esquecimento.

No entanto, Rock, um ícone de épocas bem remotas, já não se via mais disposto a participar daquele teatro que era como, cada vez mais, considerava as reuniões que pareciam encenações, no máximo estava disposto a ir a alguns encontros, quando um ou outro amigo o requisitava para escutar diferentes versões dos mesmos fatos corriqueiros e confirmar velhas impressões repetitivas, insípidas e reprimidas em Lituno.

E, ainda assim, no final dessas conversas, parecia estranha a forma como insistiam em vibrar com um entusiasmo quase inexistente, já sabendo que o mais importante para sobreviverem ali conscientes e convictos de seus valores era permanecerem autênticos às mesmas atitudes, aos velhos erros e aos princípios para não se entregarem à fobia coletiva, se anularem e desaparecerem no futuro.

Assim, a luta dos saudosistas se tornava cada vez mais improfícua, diante de um passado cada vez mais inconsistente e irrecuperável à razão do tempo que não podia mais existir ou se adequar àquele lugar; como um membro necrosado que, mesmo depois de amputado, não devia ser sentido, mas doía e pulsava como se existisse, estivesse lá, com a mesma dor cruel e lancinante das piores lembranças para alertá-lo de que não valia mais a pena tentar se lembrar de outra vida, de outro mundo, em um outro universo, e fazer cessar o tormento.

Entretanto, Rock resistia e sobrevivia em Sam, seu passado, e tentava caminhar com ele, antes de entregar a alma ao Diabo, que assistiria de perto e pacientemente, como um abutre, até o final, sua agonia para possuir a sua alma e ver os últimos resquícios do passado desaparecerem com ele daquele último refúgio.

O velho se manteria, mesmo assim, a cada passo, paciente e resiliente, buscando forças que só o espírito lhe provia, pois suas raízes eram profundas e, mesmo com mais de cento e sessenta anos, mantinha-se conservado, com a aparência selvagem e o ímpeto de um guerreiro que o ajudava a tentar recompor frações do tempo desaparecido.

***

Com a mesma cabeleira e uma barba desleixada, não conservava mais a mesma fisionomia de um homem de meia- idade, mas guardava com ele quase a mesma energia e uma silhueta que indicava que a saúde estava em dia, como se fosse capaz de enganar o tempo e a si mesmo.

Talvez parte do segredo, além da genética, fossem as longas caminhadas diárias de quinze quilômetros que imprimia até o local de trabalho, somadas à mesma distância que teria de percorrer na volta todos os dias.

Desse modo, Rock era visto sempre pela cidade e passava a fazer parte da ilusão de todos que, embora o ignorassem, já haviam se acostumado com ele e o reconheciam até como o notório curador do Museu Nacional de Belas Artes, com experiência acumulada e formação únicas para lidar com um assunto que ninguém mais queria se envolver e se constituía numa questão delicada, talvez o maior mistério da estranha realidade de Lituno.

E não era por acaso que ele parecia ter sido transposto ali como um personagem indissolúvel e permanente, um problema que a maioria dos habitantes desconhecia e se constituía em um nó cego que, se desatado, ajudaria a explicar a ruptura do tempo e trazer de volta o passado às consciências perdidas de Lituno.

Mas isso não parecia mais do que mera suposição, como outros boatos de que havia um pacto de silêncio e uma ameaça velada do Estado, e que nem Rock poderia se dar conta do poder que possuía para fazer com que tudo se desanuviasse e, ainda, de que ele nunca saberia como e quando planejavam eliminá-lo.

Assim, vinha sendo, desde o começo, o único encarregado de administrar o patrimônio que compunha o acervo das obras mais raras do mundo e ainda preservadas que restavam no futuro perdido, doadas e obtidas, em sua maioria, de outros museus já extintos e que apenas se mantiveram no Velho Mundo, na mesma cidade maravilhosa, que nunca mais voltou a ser assim chamada ou considerada como "Rio de Janeiro", apenas como "Rio", sem nenhuma referência temporal que evocasse, como antes, a passagem de cada um dos anos perdidos e enterrados com o passado em cada Réveillon.

Embora, como já se soubesse que, em sua concepção urbanística original, nunca, em qualquer lugar ou época afastada de suas origens, a cidade de praias tropicais pudesse ter sido mais fascinante e exótica do que se apresentava ali, havia detalhes ou características visíveis ao pequeno grupo de passadistas que jamais os fariam se acostumar com o novo modelo paisagístico, como se já soubessem por antecipação que aquela arquitetura jamais poderia compor a mesma beleza natural admirada ou materializar-se tão bem ao espírito e no seu imaginário como antigamente.

O Cristo Redentor, por exemplo, que sempre fora o ícone da paisagem local, não parecia apenas ter desaparecido porque, simplesmente, não poderia estar mais lá, depois de ter sido implodido, com o passado, das memórias alheias dos lituanos e das lembranças ainda confusas de alguns inconformados; embora causasse ainda espanto e comoção a esses últimos, sempre que olhavam para o alto e outra visão distinta e imponente se transfigurava no Corcovado, onde havia sido erigido o mais alto observatório do planeta, tão elevado que seu cume não podia ser visto de nenhum outro ponto da cidade.

O observatório surgia, assim, não por acaso, como uma construção impossível ou milagre da engenharia de uma era bem adiantada e aclamada pelos lituanos. Ele simbolizava o poder do Demônio ou entidade do futuro incorporada que quase todos idolatravam, mesmo sem se lembrarem das revelações ou das reais ações do mal que haviam sido por ele perpetradas ou se preocupassem em entender a história do pequeno grupo de saudosos dissidentes, onde ainda existia um apego ao mesmo sentimento albergado do passado que não deixavam morrer, por algum motivo, com tanta facilidade.

Para esses, aliás, prevalecia o mesmo vazio infinito de sempre, que não poderia mais ser preenchido de novo, como antes, com elementos futuristas com as quais nunca seriam capazes de se acostumar ou com outros elementos que, mesmo que pudessem reproduzir e reconstituir o passado impecável como era, com todas as suas características, seriam apenas falsas representações materiais, pois eles não se reportariam ou poderiam testemunhar circunstâncias precisas de nenhuma outra época para nutrir sua saudade, de onde já nem mesmo o destino podia se libertar para que tudo tivesse continuidade e se reconduzisse ao tempo certo.

Em contrapartida, recrudescia ainda mais a ilusão sombria, que comandava o outro universo e se materializava nas mentes dos lituanos, guiados pelo mal e seus asseclas, representações das mesmas forças demoníacas e invisíveis de outrora, ou a própria e famigerada depressão que se abateu da forma mais intensa e se fartou um dia do passado dos infelizes na Terra.

Revelava-se, às vezes, repentinamente, em Lituno com as fisionomias mais estranhas e horrendas, mas lá eram tão adoradas e cultuadas pelos lituanos que, ao contrário, viam-se tomados por um breve entusiasmo ou agradável surpresa quando surgiam nos mínimos detalhes e desapareciam, como se o susto se manifestasse ali de outra forma para eles, como um bom presságio. E, dessa maneira, demônios eram capazes também de reconhecer qualquer manifestação de medo ou terror dos que não eram legítimos lituanos e nunca estariam acostumados com eles, pois assustavam-se de verdade e acabavam se denunciando.

Então, se os passadistas ainda eram capazes de nutrir-se de poucas e velhas lembranças ou evidências anteriores do mundo perdido, ignoradas por quase toda a população de Lituno, também os demônios criados dos altos escalões, como Jack, as consumiam e extinguiam-nas ainda no nascedouro, tanto nas iniciativas quanto na memória manifesta dos condenados quase extintos que insistiam em renascer com o passado ali de novo.

Entretanto, de alguma forma, por mais imperceptível que parecesse, o espírito fortalecido do passado pairava no ar e parecia indissolúvel em uma ou outra alma dos últimos adeptos que haviam restado, cujas mentes tampouco podiam ser lidas ou monitoradas com facilidade, se não se manifestassem.

E, mesmo no inferno, ou tão próximos a Satanás como eles se encontravam, algo do passado escasso ainda não se continha em sua mente e muito menos podia ser debelado ou consumido em definitivo pelos compiladores do futuro, como a fonte inesgotável do sentimento que abastecia a alma de algumas criaturas dali, tanto nas músicas eternas de seus ídolos e heróis desaparecidos, como nas vozes e letras dos maiores poetas e romancistas imprevisíveis a quererem, como verdadeiros profetas, conduzi-los sempre de volta ao tempo já desaparecido para sempre da face de Lituno.

Portanto, mais de dois séculos depois, e contrariando todas as expectativas, pareciam ainda querer mostrar que o Rio de Janeiro sobrevivia, não na aparência, mas na união de espíritos independentes e imbuídos em remodelar a cultura e sua verdadeira personalidade. E, mesmo que ainda parecesse estranha tal pretensão aos insensíveis executores, a esperança de meia dúzia de velhos corajosos era a de que os lituanos, com suas mentes nerdianas arquitetadas e preconcebidas, ainda sobrevivessem à ilusão forjada e desenfreada, pudessem despertar e se recompor, de alguma forma, libertos do espírito corporativo do Estado pervertido.

Era, assim, imprescindível a retomada para a única verdade apagada e cristalizada na razão do tempo, não importando o estágio precário e atrasado do caminho em que se encontrassem porque o destino pode parecer irônico, mas é contínuo e dá às almas o poder de optarem. E a opção, como a total autonomia, era algo que, na concepção de quase todos, só existiria para os loucos.

Assim, se já era difícil a possibilidade de surgirem novos expoentes, como Vinícius de Moraes ou Tom Jobim, que faziam renascer a cidade iluminada de inspirações e imaginações tardias, cantada em composições como "Garota de Ipanema", a cada esquina, ou na expressão da pura beleza que compunha a natureza, com a perspectiva de que, desde antes, só o tempo pretérito oferecia nas esperanças que renovavam e ressuscitavam do calor do romantismo, como na beleza que da vida se apagava em uma só canção "Pela Luz dos Olhos Teus"; ou mesmo na nostalgia de "Ligia", que podia ressuscitar nas lembranças uma paixão tão intensa como jamais pudesse ser ouvida no futuro, ou mesmo o Rock in Rio para tantos adolescentes, o Carnaval ou shows de astros que desapareceram com os sonhos de sucesso apoteótico que despertavam e nunca mais poderiam se apagar no tempo. Mas a evidência era a de que, cada vez mais, o sonho era o de poucos e já tão velhos que podiam morrer a qualquer momento.

***

Naquele final de tarde, o tempo parecia ainda mais agradável quando já havia percorrido mais da metade do caminho, o que incluía quase toda a orla de Copacabana, sem sentir o menor cansaço. Apenas se rendia à vontade de assistir à tarde indo embora e, com ela, um outro tempo prestes a se perder no horizonte de Lituno ao cair da noite.

O que poderia ainda restar do passado, prestes a ruir de vez?, pensava Rock, já acomodado no banco, onde alguém também sentava com ele, o mesmo banco do calçadão da Avenida Atlântica ocupado pela antiga estátua de Carlos Drummond de Andrade, uma das mais perfeitas representações de outros tempos e a melhor companhia que pudesse imaginar estar conversando naquela hora, no mesmo momento preciso e exato em que o Dr. Alex Torres esperava no escritório sua visita tão aguardada e observava, do Forte, o mesmo espetáculo da tarde que caía no horizonte iluminado por uma estrela de quinta grandeza, tão parecida com o sol que poderia até se confundir com o Astro Rei, não fosse o tom dourado ainda mais forte e uma tonalidade mais aberta, dissipando ainda mais luz natural e menos calor, o que, por isso mesmo, pareceria uma estrela mais nova naquele estranho universo.

O dourado ainda refletia para ele, do horizonte, na posição invertida à ocupada ao seu lado pela estátua imaginária, como se não precisasse enxergar o menestrel para que lesse seus pensamentos e soubesse que, de alguma forma, o ressuscitava ali de uma era bem remota em um poema dele conhecido como "O ano passado". E, assim, Rock não precisava ou se dispunha a saber além do que podia se lembrar, apenas da primeira linha da estrofe, adivinhando pensamentos que ali já não eram mais só os dele, mas também os do próprio Drummond que interagia, porque a interferência de outro timbre de voz e outras palavras invasivas não vinha apenas dos pensamentos do interlocutor, como as de que:

– O ano passado não passou – escutava Rock uma voz baixa que parecia sussurrar e ecoar nos seus ouvidos ao lembrar-se da coincidência de como seus pensamentos se afinavam totalmente com as palavras da primeira estrofe do poema do autor.

– Que continue assim e não se apague de minha mente – respondeu Rock, surpreendendo Drummond, que se calava no pensamento dele com as palavras de improviso adaptadas para o seu poema.

– Em vão marco novos encontros. Todos são encontros passados – falou o vate então a ele, no terceiro e quarto versos, que vinham intercalados na sequência da estrofe, dos quais Rock não podia ter se lembrado, imaginado ou, muito menos, ter feito brotar do esquecimento, mesmo diante da coincidência vaga que pudesse haver com o encontro que teria, em poucas horas, com JB.

– E será sempre assim daqui por diante. Não consigo evacuar o passado – disse Drummond, complementando um pensamento na última estrofe que surgia por encanto assim tão óbvia a Rock que não poderia ser sequer imaginada, pois, além de não refletir sua vontade, parecia ser a de outro amigo ilustre imaginário que se tornara real e teria mais um motivo para voltar e estabelecer outro contato naquele banco. Talvez fosse muita pretensão imaginar que o destino estaria de volta ou estivesse tão próximo.

Prova disso era um intelectual consagrado que estava ali, e estaria sempre, pois nem no futuro mais distante um imortal poderia desaparecer para sempre. E não apenas concordaram com isso, como ainda partilharam outras estrofes e verdades indissolúveis até a hora de sua partida.

Então, ficou por ali, depois que o poeta partiu, pensando como poderiam imaginar os piores espíritos que o passado estaria prestes a ruir de vez, ainda agonizante naquela última paragem, como uma metáfora, num planeta onde se considerava apenas a evolução com o futuro e nunca a razão de o tempo ter se perdido. Estaria o passado apenas confinado como um gigante entorpecido e sufocado que ainda implorava pela vida e clamava ao destino que viesse até Lituno, com outros intelectuais imortais, libertá-lo de seus verdadeiros algozes?

Diferente do modo como era naquele planeta subtraído do tempo, revelava-se inconstante, espontâneo e bem mais fácil de ser evocado na Terra. Talvez por isso mesmo fosse tão desejado para quem, de fato, ainda pudesse apreciá-lo.

O céu escurecia com o crepúsculo e uma inquietação tomava conta ao perceber que já havia passado a hora de ir embora quando via se acender do mar cada vez mais escuro a areia da praia, um cenário que sempre incomodava e o obrigava a continuar andando, no mesmo trajeto, até uma via oblíqua que tornava o caminho de volta, rente ao mar, até a Barra da Tijuca.

O mesmo caminho que tantas vezes, no passado, o levava de volta ao condomínio onde residiam os Pulvers reaparecia e desaparecia sempre, muito rápido, de suas lembranças, por mais que tentasse reter as mesmas impressões no pensamento durante o trajeto. Porém, o que se mantinha eram amenidades, como simples constatações de que, pelo caminho, não existia mais trânsito ou emissões de poluentes, há mais de dois séculos. Mas o que de fato causava estranheza era ver, nessas ocasiões, a cidade se acender aos poucos, homogênea, como brasa fria sob os pés e constatar que nada poderia ser mais fascinante ou já ter sido visto assim, em qualquer época da história.

Contudo, outras percepções que surgiam com facilidade e pareciam mais fortalecidas em conexões neuronais naquele planeta eram simples lembranças futuras. Pensando nisso, em pouco tempo chegaria a hora de rever também um velho amigo seu e dividir com ele impressões inusitadas de outro tempo, como pepitas de ouro que ninguém, como eles, saberia tão bem garimpar e valorizar em reminiscências que recolhiam nas praças, nos morros e até nas estações que já se repetiam por mais de cento e cinquenta anos.

Então, passava a pensar em Siri como um dos últimos remanescentes, o incrível personagem que evitava multidões, mas não se afastava de todos. E, ainda que não despertasse desconfianças na comunidade ou não fosse visto como um articulador subversivo ou formador de opiniões contumaz, ele era exatamente essa pessoa, embora tendesse mais a despertar as atenções pela aparência pouco comum e extravagante e soubesse muito bem tirar proveito disso.

Ele era contemporâneo e também o seu melhor amigo. Ademais, do pequeno grupo de indigentes espalhados pela região que se reunia raramente, eram os dois quem mais regulavam a idade. O velho JB, pelas suas contas, havia chegado aos cento e cinquenta e seis anos e ele, Rock, já com seus cento e sessenta e dois, descontava a diferença de idade e até invertia em seu favor, por ser ainda mais ativo e apegado à vida que o companheiro.

O primeiro tinha perdido a família inteira há mais de cinco décadas, mas era exemplo de superação e nem mais correria o risco de tornar-se, como os outros, uma espécie de eremita disfarçado, pois não suportava a solidão e preferiria morrer a viver assim. Ele estaria mais para agente infiltrado e habilidoso que se esforçava em interagir mais com lituanos, naquela era perdida, mas não da melhor forma que pudesse imaginar, uma vez que aqueles seres não tinham memória afetiva suficiente para outras afinidades além dos grupos a que estivessem congregados para concretizarem o sonho maluco, antecipado e condenado pelo destino; e, embora tivessem a inteligência desenvolvida no mais alto grau para serem bem-sucedidos em funções e tarefas executórias, tinham o espírito primitivo e tão contaminado que era difícil que pudessem expandir suas consciências.

Mas Rock e JB pareciam ter esperanças ainda de que pudessem despertar e ajudá-los a resgatar a consciência perdida na Terra, mesmo que, no início, fosse difícil evitar desconfianças – pensava Rock, olhando além do mar as cores naturais mais definidas de tudo o que se abria à visão em detalhes daquela paisagem com que nunca pôde se acostumar, ao ver se acender o horizonte, morros, solo, areias, conchinhas e até pedras que ficavam pelo caminho.

E da luminosidade própria que emanava da paisagem que se reconfigurava na distância percorrida, em cada trecho ou extensão do caminho, durante a caminhada, tudo se evidenciava de todos os ângulos, irradiando cores, sem nenhuma reflexão decorrente da incidência luminosa de astros ou qualquer iluminação artificial, em contornos, nuances e detalhes, parecendo ainda mais naturais do que de dia, sem variações de maior ou menor brilho que ofuscassem a visão e irritassem os olhos.

Ali a vista descansava e a harmonia parecia perfeita com o céu noturno, tornando até as estrelas mais reluzentes na escuridão da noite que não era nunca observada ou ao menos notada pelos outros habitantes de Lituno, que não tinham o hábito de olhar para o firmamento; a mesma noite de sempre que caía e parecia ser vista do mesmo modo ou de qualquer lugar, há séculos; só que intensa e menos contaminada por lâmpadas e luzes que perderam o seu propósito.

E, por mais natural que parecesse, a perspectiva não era verdadeira, com uma beleza tão intensa que lhe parecia sinistra e não condizia com a realidade, como uma pintura original recriada com recursos técnicos e eletrônicos. E, daquela forma, nunca deixaria de se surpreender, pensando na vida e vendo tudo, enquanto ainda caminhava.

Em breve veria o amigo, outro membro da confraria apegado ao passado, o qual vira abalar-se poucas vezes, já adaptado à carapaça de crustáceo da espécie Siri, alcunha, aliás, que já havia incorporado à personalidade dele e carregava como um carma. Ela também lhe servira esse tempo todo de armadura emocional invisível para o passado que lutava em preservar de qualquer forma. E já não se importava em ser chamado de Siri, o apelido que Shampoo lhe havia posto, em troca de outro péssimo apelido que só um sujeito esquisito poderia ter recebido.

Porém, eram ainda unidos e tinham um elo com o passado que parecia inquebrantável. Isso era ainda mais notado nas vezes em que se encontravam ao perceberem-se mais autênticos à imagem que faziam de si, pois não deixariam nem Shampoo ou Siri morrerem no além, abdicando das próprias consciências em nome de grupos de neófitos denominados legiões, para os quais, cada vez mais, passariam a não ser mais nada. Por isso, os velhos ainda se reuniam, contando com a possibilidade remota de surgirem remanescentes de outras eras como eles, que ainda pudessem despertar dos devaneios do futuro.

Esse, aliás, era um grande temor, pois mais difícil do que lidar com o saudosismo era não haver mais possibilidades de encontrar adeptos que defendessem a mesma corrente e tivessem o intuito de ajudá-los a trazerem de volta o mundo real, pleno e reconfigurado à população, sem fragmentos de lembranças entrecortadas e espalhadas como peças de um quebra-cabeças até que se consolidasse e materializasse de novo a velha realidade.

Como fariam?, pensava Rock, depois de ter chegado em casa finalmente.

Aguardar, talvez, e manter ainda acesa a esperança. Afinal, poucos tinham ainda o ideal de se aperfeiçoar, além de se focarem na execução de um projeto infinito e desconhecido de almas subjugadas. E, assim, passariam a ser tolerados e relegados a outras atividades-fim, como as do museu, que se constituía para Rock não apenas no trabalho de preservação de obras raras que conduzia, mas também em colher outras reminiscências que se acendiam naquele espaço isolado, como uma festa tomada pela alma de personagens diversos e restritos do seu tempo, de todas as épocas da história que saíam dos seus esquadros ou de qualquer objeto que os representasse e dessem as mãos à imaginação de Rock.

Em contrapartida, visões daquele tipo não só eram ignoradas, mas ainda agrediam os neófitos que raramente eram vistos por ali e nem tinham mais memória para resgatá-las da cultura de seu tempo estanque do mundo desaparecido da razão.

Fora isso, sobravam os poucos momentos de descontração, nas oportunidades que ele também pudesse estar em companhia de uma certa lituniana, como uma das oportunidades que restaram de reviver na prática o passado, como também sentar no bar com um velho parceiro e colocar o papo em dia, nesse último caso, um hábito a que ainda se arriscava, brindando os mais de três séculos que somavam as idades que possuíam.

Pensando nisso, havia chegado a hora de pegar o bólido e reunirem-se na taberna de outro passadista e companheiro ainda mais velho que os dois e que se tornara cervejeiro; quem havia mudado de profissão por conta de uma atividade que só poderia exercer na Terra e teria tudo para se sentir frustrado, não fosse a concessão adquirida, não sabia ainda como, naquele planeta dos infernos.

– Bareta, só vindo aqui para te ver de novo – disse Rock ao adentrar a maior bodega daquele universo.

– Ohhh, se não é o Shampoo... Desculpe, Rock – disse o velho capitão, fingindo uma tosse ao ver uma quase indisfarçável expressão de surpresa no rosto do amigo.

– É o tempo de Lituno que passa e a gente nem sente.

– Verdade. Mas, me diga, tem alguém te esperando?

– Sim, JB, o Siri, lembra-se?

– Claro, o JB, acho até que o vi, há pouco, em algum lugar daqui.

– Então, que espere um pouco – disse Rock, sorridente.

– Como vai a campanha audaciosa? Você nunca mais voltou para buscar os livros apócrifos que escreveu, tantas obras diferentes sobre o passado, que se tornaram a ficção predileta dos lituanos. Eles ainda pensam que são vários autores.

– Nem me fale isso. Devem estar nos investigando.

– Mas por que não continua? – questionou o Capitão Bareta, insistente.

– Com certeza. Foram milhares deles lançados ao mar – disse Bareta.

– Certeza é que o Leviatan já deve ter descoberto, talvez não em detalhes.

– É, mas não podem eliminar você com facilidade, depois que assumiu o encargo do Museu.

– Talvez não, mas podem encontrar alguma maneira cruel e covarde de se vingarem de mim – disse Rock, desconfiado.

– É, talvez possam. Fique de olho!

– Valeu, Capitão. Vou encontrar o Crustáceo.

– Valeu. A gente se fala.

O Capitão Bareta ficava lá o tempo todo. Gostaria de ter ficado ali com ele mais um pouco e, assim, falar mais do que ele já deveria saber, que o projeto de divulgação das obras que havia escrito como "O Compilador de Passados" não podia prosperar porque lituanos ainda não retinham na memória o passado, o que dirá obras que eram escritas sobre esse tempo, por mais que se interessassem.

Ele havia se estabelecido, reunindo parceiros habituais e suas reminiscências tão ricas que não poderiam se dissipar no esquecimento, no interior da Pedra da Gávea, num enorme túnel bifurcado em galerias, com luzes fracas e temperatura ambiente muito agradável, onde o velho Capitão Bareta mantinha o seu negócio produzindo o chope mais gelado do planeta. E parecia, apenas parecia, o lugar mais seguro e discreto para elucubrações remotas e intermináveis, mas a vigilância, como se sabia, era implacável contra possíveis conspirações.

– Quem diria que estaríamos juntos no inferno agora? – disse Siri quase gritando de euforia, lançando os enormes antebraços para o alto para saudar o amigo que tinha a mania de caminhar pensando.

– O que poderíamos esperar de tudo isso, sendo obrigados a enxergar o mundo imposto nesses padrões? – disse Rock aproximando-se, depois de vê-lo entocado no fundo de uma das galerias, guardando o seu lugar, e sentando ali com ele, em seguida.

– Verdade, é perturbador – falou JB, concordando e, ao mesmo tempo, reagindo ao comando visual de um estreito facho de luz direcionado para o centro da mesa, bifurcando-se para as bordas laterais das posições que ocupavam, para que, em fração de segundos, minúsculos e sofisticados drones baixassem de cima, fazendo pousar com eles as primeiras canecas solicitadas no cardápio digital e desaparecessem logo em seguida.

– Talvez – continuou Rock – possibilitar às próximas gerações e aos velhos de amanhã acreditarem que isto aqui seja apenas um pesadelo e não tenham de passar por tudo de novo.

– Acho difícil. Lituanos não envelhecem e continuam sendo plantados aqui com a mesma idade que tinham, de onde habitavam em outro universo.

– Eu sei, mas...

– É isso mesmo, velho. Está se confirmando agora.

– Creia em Deus! Todos parecem ter sido condenados, sabemos que o passado já se extinguiu das memórias deles com a ruptura da transição dos séculos.

– Nós que ainda não aceitamos esse fato é que vamos amargar o fim, se a grande ilusão se perpetuar como realidade, pois, se não fosse assim, difícil entender como eles também teriam chegado ao ponto de não poderem mais ser salvos. Encare isso apenas como um desabafo, mas será que poderíamos presumir que somos os únicos, nesse universo, que ainda possuem algum vínculo com o passado e também os únicos agraciados? Creio que não – disse JB.

– Agraciados, sim, se não perdemos a consciência, mas condenados da mesma forma, se sucumbirmos aos desvarios do futuro despropositado e não puderem nos resgatar desse pesadelo.

– Isso é apenas uma suposição temporária, meu caro. A realidade passa a ser o plano espacial que você considera e tem por verdadeiro. Assim, a Terra não é para mim e para você apenas um sonho, assim como Lituno deve ser para nós apenas um pesadelo – disse JB, parecendo convicto do que dizia.

– O raciocínio parece perfeito, pois ainda resta em nós a consciência, a estranha convicção de que é um pesadelo. Concordo com você.

– Eu sei, mas também não deve se iludir com desejos fúteis que se materializam e se tornam factíveis com facilidade – disse JB, com uma risada de deboche.

– Verdade!

– Se é verdade, então como é se relacionar por tanto tempo com uma lituniana?

– Do que está falando?

– Do seu *affaire* – disse o outro.

– Sissi parece um robô como qualquer outro lituano e aprendi a lidar com ela.

– Porém, na cama não é assim, como quaisquer outras aliens, ou estou enganado? – disse JB, esperando que o amigo falasse mais daquele caso, mas acabaria, como sempre, frustrado.

– Ela é um caso à parte e nem eu saberia te explicar.

– Afinal de contas, acabei também me convencendo de que éramos nós que deveríamos estar aqui – disse JB, mudando um pouco o rumo da conversa.

– É mesmo? E por qual motivo?

– Porque somos teimosos demais e muito obstinados.

– De acordo. Mas quase todos os habitantes desse mundo têm também seus motivos para não quererem enxergar o que vemos – disse Rock, provocando uma resposta do amigo que parecia ter um contato mais estreito com aquela sociedade.

– Sim. Para eles, é ainda muito mais difícil entender os motivos de alguns poucos velhos como nós quererem regredir. Isso é como um tabu. Pense no efeito que essa mudança de comportamento traria para as novas gerações. Entenda ter sido fácil para eles nem imaginarem, em meio à amnésia coletiva, como foi difícil sepultarem o passado para potencializarem ainda mais suas expectativas no futuro. Ao perceber que a mente desse povo funciona de modo diferente e como tudo se processa, é fácil compreender que não tenham sonhos, com desejos que se concretizam a todo instante. Parece sedutor para nós imaginar como grande parte das frustrações também desaparece e o futuro se renova, com experiências já vividas constantemente apagadas da memória. O que pode haver de digno e proveitoso para eles em quererem mudar tudo isso?

– A constatação de que vivem uma grande mentira. Tente se colocar na mente deles e não fingir uma falsa convivência diária. Além do mais... – disse Rock, pensativo.

– Diga!

– O pessimismo desapareceu com a depressão e com o inconformismo de todos, em troca de um mundo fantasioso. Não poderia restar muita coisa por aqui, o que é muito bom e natural para eles. Mas o ponto negativo é que não puderam evoluir o quanto deveriam.

– Certo, continue.

– Eles não percebem isso e os que não nos ignoram ainda teimam em nos chamar de fracos, logo nós que nos penitenciamos e tentamos nos superar desde o grande caos de outra era. Queria que tivessem vivido ao menos um quarto de nossa experiência no passado e tentassem apagá-la assim, ó – estalou os dedos. – Aí, sim, poderíamos aceitar a pecha de loucos que adquirimos – disse Rock Pulver, quase bêbado, esperando ansioso para escutar também o que o outro tinha a dizer.

– Você diz que com mais experiências passadas já seria possível aos lituanos se fortalecerem a ponto de evitarem a ilusão coletiva forjada em suas mentes pela ação de um agente que os induziu a concretizarem essa utopia toda e que assim, talvez, pudessem ser convencidos de que hoje estão sonhando e que nós, pouco mais de meia dúzia, é que não enlouquecemos?

– Com certeza.

– Quer um motivo para depurar melhor suas lembranças e não sucumbir a essas ideias malucas? – disse JB.

– O que quer dizer?

– Que sei que somos otimistas incorrigíveis, mas só isso não vai funcionar aqui. Por isso, faça o que pessoas como nós, verdadeiras fortalezas que ainda não sucumbiram aqui, podem fazer: traga o inconformismo à tona e combata o sentimento antes que ele acabe com você.

– Já estamos fazendo isso – disse Rock Pulver.

– Não. Apenas falar disso não resolve.

– De que modo, então?

– É, rê, rê, rê...

– Vamos lá. Fale logo, velho caduco – disse Pulver, que detestava aquela parte da conversa e estava quase prevendo uma outra loucura de Siri.

– Pois bem. Vamos lá: diga uma coisa de que gosta e lhe prende ainda ao passado.

– Ora, você conhece grande parte dele. Devemos apenas ser criteriosos para não nos confinarmos na nossa realidade e parecermos ainda mais estranhos, pois existem lembranças que não deveríamos reviver aqui.

– Rembrandt, Van Gogh... – provocou JB.

– De novo não.

– Starry Night.

– É golpe baixo.

– “Starry, starry night...”

– Pare com isso, Jota. Vai ser preso ou expulso daqui já, já, e eu não vou ajudá-lo.

– "Paint your palette blue and grey..."

– Não pode fazer isso aqui, já lhe falei...

– "Look out on a summer's day..."

– Vou lhe dar uma canecada nos córneos. Eu tô avisando...

– "with eyes that know the darkness in my soul..."

– Escute. Falo sério. O que está querendo provar, afinal, velho crustáceo?

– "Shadows on the hills..."

– Vou embora daqui. – Levantou-se.

– Espere! – Segurou o braço dele com grande força, tão grande que faria lembrar a das garras de um Siri, guardadas as devidas proporções.

– O que foi? Quer se suicidar, só porque tem mais de cento e cinquenta anos? – disse Pulver.

– Espere, vou levá-lo a um lugar especial.

– Onde? – falou Pulver, já se arrependendo de, naquele dia, ter ido lá só para se encontrar com o amigo.

– O velho museu da rua...

– O quê? Eu vou é levá-lo para casa agora. Você não está bem.

– Não – insistiu Siri, firmando a voz para disfarçar o sinal de embriaguez –, estou melhor que você. Já vivemos mais do que o suficiente para saber que o passado não nos prende ou intimida. Vamos encarar o diabo de frente. Você sempre teve a coragem necessária para lidar com os seus medos.

– E ainda tenho – disse Pulver, livrando o braço com um só solavanco.

– Então, vamos testar os limites.

– Por que pensa em fazer isso agora?

– Preciso resgatar um pouco da memória perdida para me manter vivo aqui.

– Tem certeza? Mesmo sabendo que precisamos estar juntos até o final para enfrentarmos essa atmosfera permanente de alienação?

– Sim – disse JB, sem hesitar.

– Como pensa em fazer isso?

– Com a prova de regressão – disse JB, decidido.

– Isso é muito sério, Jota, e arriscado, quase como uma roleta russa.

– Está me dizendo que vai desistir agora?

– Não, chame logo o módulo – falou Pulver, confiante na experiência que tinha.

– É assim que se fala, velho Pulver.

Em poucos minutos, depois de se despedirem do anfitrião e de mais outras duas pessoas, já se via no interior do módulo uma espécie de veículo espacial uniforme, no formato de um charuto, cujo comando vinha de uma estação a distância, e equipado apenas com poltronas quase invisíveis que se moldavam e adequavam-se à melhor e mais confortável posição que favorecesse a correta postura para os corpos.

– Então, estamos decididos!

– Sim.

– Como pensa em fazer isso? – quis saber Rock Pulver, curioso.

– Da mesma forma como já havia planejado fazer antes e nunca fiz.

– Então vou ser o primeiro – disse Pulver.

– Nada disso, a ideia foi minha.

– Não posso permitir isso.

– Então, que seja depois.

– Preste bem atenção, Jota! É importante que esteja pelo menos seguro e convicto disso.

– O risco que envolve um desafio nessa idade se resume a uma simples decisão, meu velho, fora do âmbito da razão.

– Sei que não vamos voltar atrás e talvez seja o maior desafio, mas pressinto que isso também pode não fazer bem ao espírito. Eu cuido pessoalmente do acervo e sei que o demônio também reside lá como guardião dos portais do passado.

– Ele não pode nos deter, Rock – disse JB, convencido de que estava certo porque, se fosse o contrário, já teriam sido eliminados há muito tempo.

– Talvez não – falou Pulver que, em seguida, estranhamente, começava a escutar um ruído suave parecido com o de esferas deslizantes sobre uma superfície qualquer, conforme o bólido os conduzia em direção ao centro da cidade.

O mesmo som inconfundível de esferas enigmáticas que, no início, denunciavam apenas pequenos distúrbios e aborrecimentos no lar e que, depois da adolescência, tomavam o céu alertando para possíveis fatalidades. E, assim, parecia também ali se intensificar. Mas algo como uma certeza, uma convicção de que a dupla de amigos era forte demais para lidar com qualquer problema com que se deparassem, fez cessar e apagar da mente o som das esferas.

Ao chegarem ao endereço, na Avenida Rio Branco, via-se que quase todos os outros prédios antigos e monumentos históricos haviam desaparecido e davam lugar à arquitetura futurista e harmoniosa, quase flutuante e aberta, que se revelava na praça Marechal Floriano e franqueava totalmente, na parte inferior, a passagem e a circulação livre dos pedestres, além de outros tantos caminhos e atalhos diversos que oferecia, com vias de esteiras flutuantes que sinalizavam em vários sentidos, rentes, e conexas, às novas construções e só compunham com a beleza da paisagem local.

E, em meio a isso tudo, apenas o museu pesava naquele espaço, como o último entrave à evolução, parecendo ainda mais deplorável a JB do que ao notório curador que já se acostumara com ele. Contudo, a primeira impressão logo se desfez ao entrarem.

– Pensei que o interior do prédio estivesse em condições piores. Você anda trabalhando bem.

– Você acha? Então, vamos dar uma volta para eu te mostrar o resto – disse Rock, sem nenhuma pressa.

– Muito interessante visitar o Museu, depois de anos, repleto de obras preservadas e antigas dos mais renomados pintores. Você pode me ajudar a escolher uma e vamos os dois juntos.

– É difícil dessa forma, porque a perspectiva que se tem de qualquer imagem é individual, já que as lembranças a que remetem também são pessoais e, em grande parte, não podem ser partilhadas. Outro motivo, como você sabe, é que um dos dois deve ficar de prontidão, em constante vigília, até o retorno do outro.

– Entendo.

– Mesmo assim, posso dar sugestões, se quiser – disse Rock.

– Não precisa, já estou percebendo uma cujo cenário é perfeito e me afeta de alguma forma. Veja!

– Outra de Vincent Van Gogh! – disse Rock, surpreso com a escolha.

– Sim. "Café Terrace at Night", conhecido hoje como Café Van Gogh. Ela foi pintada no período em que o artista esteve na cidade de Arles, no sul da França.

– Certo. E pode me dizer o que te faz lembrar?

– Sim, de minha família. Esse é o melhor desafio para comprovar a superação, mesmo com a certeza de que posso encontrá-las juntas, sem a possibilidade de trazê-las comigo.

– Pense bem. É uma experiência muito profunda.

– Eu sei, velho, mas a experiência é apenas ilusória.

– Será que é assim mesmo? E como seria para elas?

– O que quer dizer?

– Será que, nesse momento, uma nova experiência resgatada do passado de vocês não afetaria a todos, diante de qualquer mudança imprevisível em seu comportamento?

– Não sei te dizer, mas, pelas saudades que sinto, creio que só fará bem e ainda agregará uma lembrança melhor de mim, onde quer que elas estejam agora. Além disso, seria uma boa oportunidade de me liberar do inconformismo.

– Difícil é aceitar o fato, com um resultado que não parece tão previsível, Jota. Isso é muito forte. Talvez fosse melhor outra pintura, como a de um ambiente natural em uma época remota em que se sinta apegado de outro modo ao passado quase extinto de nossas memórias, onde encontre a verdadeira paz que nunca teve aqui, por exemplo, e não necessariamente um em que tenha de rever pessoas tão próximas. Imagino que será um martírio para você.

– Não, o passado não me prende e, se parte dele ainda me persegue, é uma boa oportunidade para me livrar. Lembre-se, temos mais de um século e meio de experiência. Não é para qualquer um. Esse é um desafio à altura.

– Seria bom pensar melhor em outros desafios, temos várias obras, em outras galerias que ainda não visitou, tão ricas e sugestivas à imaginação, que é até perigoso você ir e não querer voltar depois. Portanto, faço um último apelo, deixe a família fora disso e tudo o que há nesse cenário que possa lembrá-las. Pense bem.

– Negativo. Nada nos prende tanto ao passado que não seja possível controlar, com exceção do temor, companheiro, principalmente uma falsa armadilha emocional armada e montada nesse cenário. Quero provar, depois dessa experiência, que estou livre e desimpedido de qualquer entrave ou demônio e que a felicidade não pertence a esse mundo, sem continuar sendo induzido a participar dessa ilusão coletiva, o jogo que Jack tenta impor a nós e já impôs aos seus asseclas e escravos lituanos.

– Se está mesmo certo, então deve se lembrar de que perigo não é só uma palavra ligada ao risco de se perder e não querer voltar depois, mas de deparar-se com outro elemento contrastante à paisagem como um susto intenso e ininterrupto. Se isso acorrer, não tente lutar contra o demônio ou evocar o seu destino, porque este não existe mais nessas circunstâncias e não poderá protegê-lo aqui. Lembre-se, ainda, de que o pior risco não é simplesmente morrer, mas o da própria morte espiritual, que pode transformá-lo até em outro lituano. Por precaução, estarei aqui também para alertá-lo – disse Rock.

– Só mais uma coisa – interrompeu JB.

– Sim.

– Se algo acontecer comigo, não deve se arriscar agora, mas continuar vivo e lutando contra toda essa utopia.

– Mas você também não precisa tomar essa decisão agora.

– Já tomei. Vamos começar – disse JB, com Rock ao lado, olhando fixo a pintura de Van Gogh, que atraía o observador para a combinação de cores de fontes de luzes naturais no céu lilás e artificiais, como a luminosidade amarela propagada de uma só lâmpada do café e a imagem ao fundo de uma rua, com transeuntes e lojas espalhadas, que se estendia até desaparecerem na escuridão da noite.

O lugar parecia exatamente o mesmo, onde esperava a família, um dia antes do acidente. E da doce lembrança voltava a amargar o mesmo desgosto, como uma ferida aberta que nunca cicatrizava e não podia mais ignorar e evitar enxergar o seu inconformismo, com as mesmas alfinetadas evocadas de algumas lembranças inesperadas a que faziam referência, quando era pego de surpresa e lançado sempre no vazio da depressão, da qual, de uma forma ou de outra, acabava se recuperando, recompondo-se e voltando a cobrir o velho ferimento com a mesma armadura de sempre.

E assim via o quadro de fora e de outra perspectiva sentimental que já não era tão superficial e tentou, então, se projetar, acreditando muito que teria a chance de encontrá-las outra vez no café, que o encontro se materializaria e ocorreria naquela mesma hora, antes de saírem de lá, os três, para jantar.

Então, depositou ali todo o sentimento, olhando fixamente a imagem que se abria da tela, de cima, de baixo e dos flancos, e em menos de um minuto, já em transe, projetou-se, enquanto Rock se mantinha atento e monitorando de perto o seu corpo, do outro lado.

O combinado era que JB se manteria estável e exibindo os sinais vitais para que tudo desse certo, com total autonomia e controle sobre suas ações e, no máximo, tentaria simular o mesmo encontro, conforme ocorrera antes até o momento de se despedirem, pela última vez, do jeito certo.

E, embora não devesse jamais dizer a elas que a cena estava se repetindo ou muito menos se manifestar sobre a finalidade daquele encontro, além de estar convicto de que qualquer deslize poderia afetar tanto o seu quanto o futuro delas, o que JB mais queria era abraçá-las pela última vez e, no máximo, pensar em aceitar finalmente que não poderiam mais estarem juntos naquele tempo porque o destino assim havia decidido e, assim como elas, ele mereceria também ser agraciado com o manto do esquecimento.

Em seguida, o aspecto da pintura ia adquirindo um estado de menor solidez e se diluía aos poucos no vazio em cores menos concentradas, com a imagem da tela se ampliando, e em seguida os elementos iam variando os tons em nuances menos fortes e intermediárias de cores, até adquirirem o movimento próprio da realidade, alimentando outros sentidos, além da visão do observador de fora, que se somava aos odores próprios da estação e ao clima agradável da época, com o som de vozes proliferando e se misturando com a movimentação cada vez maior de pessoas que iam e vinham de todos os cantos.

E, embora o risco fosse enorme para um observador de outra era que daria a própria alma para estar ali, tudo transcorria melhor do que havia imaginado, em cada detalhe, naquele início do experimento, como se voltasse de novo a ter as mesmas características e aparências distintas das idades que se sucediam do passado, pois JB, em segundos, já havia rejuvenescido várias décadas, vivenciando a mesma experiência no café, que, na realidade, se localizava em Paris, onde as via chegar, naquela hora.

Ele já estava lá há alguns minutos, no mesmo lugar de antes, mal tinha se sentado à mesa e já se surpreendia ao vê-las chegar de novo, tão lindas e perfumadas, há mais de um século, apenas com a capacidade incrível que tinha de materializar sua saudade excruciante, contra a qual também pretendia lutar, em breve, com todas as forças, desvinculando-se daquele entrave para outras recordações viáveis que o fizessem sobreviver melhor em Lituno.

Contudo, o inconformismo ainda o consumia por dentro, ao ver tão sorridentes a filha Raquel, pré-adolescente, e a esposa Elisabeth, no segundo dia de uma viagem inesquecível e cheia de aventuras e expectativas que não iriam se concretizar e com o tempo cada vez mais escasso que restava para ficar ao lado delas, que reviviam o episódio apenas como mais um reencontro familiar em outro momento de descontração, a menos de um dia da tragédia que se aproximava.

Da maneira como havia previsto, ele ainda era capaz de se lembrar até de como ressurgiria a conversa no estabelecimento que já se enquadrava tão bem em suas lembranças e do modo como iriam vibrar com a possibilidade de irem todos juntos, após o jantar, fazer uma caminhada mais longa pela Avenue Montaigne que não poderia figurar de fora e nem no contexto daquela tela.

Logo depois, outros assuntos ressurgiam para alimentar o tema da conversa que travaram naquela época, nos poucos instantes que ainda permaneceram no café. Mas JB, ansioso, mal conseguia comunicar-se direito como antes. Ele até deveria ter o melhor controle das emoções, porém, em choque aparente, buscava falar de mais coisas que o tempo não lhe permitia e sempre se adiantava ao que iam dizer, interferindo nos pensamentos e despertando reações de estranheza, pois a saudade antecipada traduzida em inconformismo ainda maior se intensificava cada vez que se lembrava de que, tão logo deixassem o local, não poderia mais estar com elas.

E, com certeza, não precisava mais forçar a memória e escutar o que já sabia ou onde o assunto iria terminar, mas estava inclinado a não perder tanto tempo e interagir melhor com elas, como não lhe era permitido. Talvez fosse melhor ou mais prudente ir embora, como já havia se programado, para evitar que perdesse o controle e não correr o risco de alertá-las como um enviado irresponsável do futuro prognosticando um acidente iminente.

Contudo, não precisava ou estava disposto a fazer isso ainda, pois a experiência, aliada à sabedoria de seus cento e cinquenta e poucos anos, tinha grande peso. Além disso, não era apenas um jovem ou um ser estanque do futuro, de onde ele próprio se observava e assistia, modulando os seus desvios.

E, assim, voltou a se acalmar, tentando aproveitar ao máximo cada segundo daquela oportunidade única que se repetia no passado, certo de que saberia se desvencilhar de suas amarras no momento oportuno e se reconduzir curado de volta para onde estava. Precisava apenas de um pouco mais de tempo com elas para alcançar a chance que nunca teve de se despedir direito.

Porém, mesmo com toda a experiência de um ancião centenário, não era fácil lidar com a carência e o apego maiores que o tempo ocultava e fazia multiplicar naquela hora, como uma armadilha que jamais poderia evitar ser pego de onde ele estava, pois, mesmo no passado, as impressões psicológicas do tempo sempre fariam com que as experiências não se repetissem da mesma forma.

E o que lhe parecia apenas um sinal de imaturidade descambava para o inconformismo incontrolável e um sentimento doentio e crônico de querer saciar uma carência afetiva espiritual que não poderia nunca ser satisfeita apenas com abraços naquela hora. Mesmo assim, um impulso incontido de agarrar-se a elas e à vida que praticamente havia perdido depois que partiram, há mais de cem anos, fez evaporar toda a sabedoria, paciência e consciência que havia adquirido com a idade.

JB tentava não perder a razão e não se desesperar a ponto de tentar prevenir a esposa que, tão passada como a filha, não compreendia os sinais de nervosismo. E parte da consciência dele ainda o alertava de que mesmo toda aquela angústia não faria alterar o curso dos acontecimentos, pois não só não poderia fugir com elas, como já expunha ainda mais seu ponto fraco.

Ele já não parecia mais o mesmo JB, a metáfora do velho Siri tão equilibrado e blindado pelos anos em uma carapaça, contra as adversidades do passado, simplesmente por não querer mais admitir que a morte, em breve, as levaria de novo, nem procurou descobrir que algumas lembranças eram as armadilhas mais letais e perfeitas.

Assim, embora soubesse perfeitamente o que se passava e prestes a reviver a tragédia, como se fosse o mesmo trauma do qual seria inútil se desvincular, já não se importava mais com o que pudesse se suceder. Era demais para ele e, a partir dali, não se sentia mais responsável pelos próprios atos.

Portanto, não podia evitar revelar o segredo e o ímpeto final foi mesmo o de precavê-las do desastre iminente – não seria um bom começo –, como viria a saber depois.

– Jota, estou esperando – dizia Rock Pulver, do outro lado, de olho no amigo JB e preparado para correr com ele dali, caso percebesse alguma reação estranha em sua fisionomia, mas ele parecia firme e ainda em transe.

Ele relutava e, mesmo do café, ainda podia escutar Rock, com a voz cada vez mais fraca da consciência que passava a confundir-se com as de outras pessoas, de seus únicos amores que se assustavam e pareciam chocadas com a sua reação.

Mesmo assim, respondia ao amigo que precisava de mais um tempo com os sinais que haviam combinado, fazendo o corpo piscar de fora da moldura, como uma simples marionete para os seus últimos reflexos que sinalizava um ok, mas ocultava a verdade, que estaria prestes a transgredir uma regra fundamental, a do futuro que não podia ser revelado, se ainda estivesse no controle e consciente como deveria estar, mas não estava.

Então sucumbiu e, com um breve discurso, tentou prepará-las, em poucas palavras, até finalmente revelar às duas o seu trágico destino. Elas perguntavam e exigiam detalhes no começo, mas passaram a duvidar pela primeira vez de suas palavras, como se não olhassem mais para o pai ou o marido exemplar, mas para um demente que já não era ele e havia enlouquecido.

Contudo, a mesma reação de espanto e incredulidade foi também substituída em poucos segundos pela de desespero e de terror puros e incontidos ao repararem que a fisionomia de JB se transfigurava rapidamente da idade real de vinte e nove anos que tinha na época para a de um velho de mais de cento e cinquenta anos. Ele ainda demorou a perceber a causa, mas não teve a menor chance, mesmo suplicando e tentando inutilmente dar alguma explicação, pois o desespero das duas foi maior, se olharam aflitas e correram dele sem olharem para trás.

– O que está acontecendo aí? – perguntou de novo Rock, que parecia naquela hora estar a séculos de distância do pobre velho.

No mesmo instante, JB se desesperou e foi atrás das duas, mas, como deveria supor, o passado que havia fantasiado ali era ilusório, e não o da imagem que materializava o próprio inconformismo de ver mãe e filha sumirem de sua visão, instantaneamente, enquanto corriam na frente dele.

Então, já cansado, abatido e bufando, sem o vigor e a aparência de antes, do instante em que pôde revê-las, sentia o tempo reverter ainda mais o processo e a correr ainda mais depressa para o futuro que já não era o de Lituno, drenando o último resquício de energia, como se de fora do próprio corpo ele se deteriorasse até ser sepultado nas tintas da pintura que escolhera, mas seu espírito permanecia ainda obstinado e se mantinha na direção errada e contrária à da rua, na parte escura que desaparecia da tela, com a última esperança de rever Elizabeth, a esposa já falecida há mais de um século.

E, assim, imediatamente, vinha a sensação de que o próprio som do timbre de sua voz ou o barulho ofegante de cansaço que emitia já silenciavam e de que Rock não podia mais ouvi-lo de nenhuma forma ou até mesmo receber os seus sinais, afastando mais e mais a consciência para longe do ponto de observação, até se enveredar por atalhos perdidos, no breu absoluto que não fazia mais parte da paisagem, percebendo finalmente que não estava mais sozinho. E já não era o amigo ou existia mais alguém que pudesse acompanhá-lo naquele instante com uma energia tão negativa que consumia do espírito o sentimento de esperança e a vontade de viver.

– JB, você está bem? – perguntou Rock, novamente. – Jota!

Segurou-o, sem acreditar no que via, que ele havia perdido o pulso e não respirava mais. Pediu socorro, que veio logo em seguida, mas nada puderam fazer ou testemunhar, além de duvidarem da sanidade de Rock Pulver, por não encontrarem nenhum indício do que tinha de fato se sucedido, minutos depois de ele relatar que via o corpo do amigo decompor-se em fragmentos cada vez menores, até se desintegrar e desaparecer completamente, como se nunca tivesse existido.

***

Talvez o alerta dos sinais sonoros das esferas, antes da chegada ao museu, não merecesse tanta credibilidade, ou nenhuma em Lituno, o planeta que jazia no espaço de outro universo muito além do próprio futuro. Por isso, permitia-se não acreditar em fatos que não correspondessem ao tempo onde deveria estar de verdade e muito menos em prenúncios fracos de uma advertência qualquer, de acontecimentos improváveis como a morte, que viria a ceifar a alma de alguém.

O que poderia supor pela ameaça era que o risco seria real e iminente, mesmo que parecesse pavoroso demais para se tornar realidade até na fantasia dos neófitos, como, às vezes, ele também queria acreditar que tudo aquilo fosse diferente, como um longo pesadelo apenas. Provavelmente JB e ele não pudessem mais sobreviver ali por muitos anos e tivesse passado a hora de morrerem. Mas o destino não viria buscá-lo naquele inferno.

Não tinha esperanças de que viveria uma eternidade ou sentia-se tão imortal e motivado como qualquer lituano sem lembranças, pois o tempo é relativo e viver assim deve ser bem mais fácil para eles do que resistir a tantas tragédias e não poder se esquecer de nenhuma. Portanto, não sentia mais nenhum ânimo para sobreviver depois de perder mais um amigo.

E mesmo ele, JB, que já tinha experimentado tantos dissabores e testemunhado a passagem de tantos outros amigos, filhos, netos e até bisnetos deles, como até dos médicos, muito mais jovens do que ele e de outros que os sucederam, relendo os mesmos prontuários, afirmando sempre que só poderia ser um milagre ele continuar vivendo por muito mais tempo, mas todos eles é que já tinham ido.

Aquela noite deveria ser deletada e a vida parecia ter perdido o sentido, mas, mesmo assim, não podia entregar-se e teria que seguir adiante. Era hora de ir para casa e já não tinha o menor ânimo para caminhar. Assim, em poucos instantes, já se via a bordo do bólido, transitando a vinte metros de altitude ao longo da orla que delimitava as avenidas da Zona Sul.

O fascínio noturno das cores da cidade, que sempre evitava observar, parecia ainda mais intenso naquela hora e o fez mudar de ideia e se render à tentação de apreciá-las, a ponto de deixar-se arrastar, daquela vez, pelo tempo fictício e inexorável de Lituno que eliminava o passado, quase da mesma forma e no compasso que percorria a distância que ia ficando para trás e desaparecia no espaço, ávido apenas em perceber outras belezas da distância que faltava para chegar em casa, deletando todo o resto.

Assim, condicionava-se a perder a razão que ainda subsistia entre tempo e espaço, como um paliativo para se esquecer com mais rapidez de toda a tragédia, desde o instante em que havia se reunido com JB. No entanto, além de parecer um erro a qualquer terráqueo tentar esquecer-se de alguma coisa em Lituno sem correr o risco de perder a memória para sempre, seria impossível até mesmo evitar a trágica lembrança, sem ter ideia de que ainda pudesse estar vivo em algum lugar, como queria acreditar.

Por fim, já em casa, o cansaço só aumentava, somado à solidão e à tristeza profunda que pareciam criar formas sorrateiras de detonar suas últimas esperanças no passado, o último alento para sobreviver naquele planeta. Não havia mais nada a fazer a não ser render-se ao sono e mal teve tempo de se acomodar melhor para adormecer profundamente.

Durante o sono, ainda no início, ele tentava clarear a mente e até se convencer do contrário, de que o amigo estava vivo, e a certeza parecia tão real, que quis se certificar melhor, visitando-o nos lugares onde costumava estar, mas foi pior depois de descobrir que não havia nenhum registro dele e que, mesmo as poucas pessoas mais próximas com quem convivia, não sabiam quem ele era ou se tinha existido um dia.

Mas o velho Rock não desistiu e algo no subconsciente dele queria que, mesmo adormecido, permanecesse alerta e retornasse o mais rápido possível ao maldito Museu. Ele estava decidido a buscá-lo de qualquer modo e provar que seu sonho podia se constituir na realidade mais palpável que a daquele planeta vagabundo.

Ademais, um Pulver não deveria desistir ou ter medo de nada e, se tivesse, o que não lhe faltava era coragem suficiente para dominá-lo e se convencer de que deveria ir adiante.

Chegando lá, destravou o portal e prosseguiu do hall até o outro pavimento por uma escadaria, localizando a distância e sem dificuldades os sinais de onde deveria estar a pintura Café Terrace at Night. Como era óbvio, ele já sabia disso, mas, no sonho, foi até lá conferir mais uma vez.

Curiosamente, não precisou, de imediato, acender as luzes naquela parte do Museu, pois uma discreta e fraca luminescência sinalizava a entrada de uma das galerias, na penumbra do imenso corredor vazio, e confirmava, então, as evidências.

Ao entrar e ver a imagem, notou que o local no interior daquela arte, que muito tempo depois também passava a ser conhecido como Café Van Gogh, não só exibia o estabelecimento onde o amigo havia estado com a família falecida, mas se acendia para ele do interior do quadro, como um palco iluminado e não como uma referência na pintura.

Contudo, o sonho não parecia confiável a ponto de convencê-lo de que não continha alguma mácula disfarçada que fizesse transformar-se em pesadelo, mas permanecia firme e disposto a entender melhor o desafio que o amigo havia proposto e tentar resgatá-lo, nem que fosse na marra, com todas as suas forças.

Em seguida, parou em frente à pintura, na distância recomendada, tentando fisgar dali uma reminiscência com que pudesse se identificar. Contudo, o faria ao seu modo, dando início ao processo de regressão, pontuando em voz alta diferentes fases, como estágios, numa escala de percepções distintas da fase da vida em que conviviam.

Mas, como era óbvio, reparou que nem era preciso, pois o procedimento detalhado que havia adotado antes parecia tanto inútil quanto desnecessário no sonho, num meio etéreo em que confabulações diversas poderiam ser apostas e se tornar factíveis.

Dessa forma, só precisou entrar no clima, na órbita e, o melhor de tudo, na atmosfera fascinante de um dos lugares mais belos onde já havia estado na Terra, percebendo a imagem crescer em sua direção e abrir-se numa escala cada vez maior até incluí-lo na paisagem local daquela parte restrita da cidade.

Assim, bastaria imaginar uma noite em Paris que a experiência arrebataria a alma de qualquer sujeito que tivesse estado lá. E a Cidade Luz, inebriante pelo charme, com a aura permanente da cultura em tantos cafés, bulevares e pontos turísticos, fez pensar de novo na oportunidade que teve de visitar a capital francesa e, durante a estadia, já sentir saudades mesmo antes de sair de lá, onde o seu espírito ainda caminha sempre que se recorda e foi transportado naquela hora a uma das noites estreladas, começando por aquele ponto.

Em uma fração de segundos, sentia ainda mais o clima da cidade, em tantas vias e pontos turísticos ocultos quantos pudesse se lembrar e fossem além da simples perspectiva que se descortinava. Entretanto, aquilo não era apenas um sonho em devaneios, e sim uma missão importante, e, embora devesse continuar a percorrer o mesmo caminho inverso, era melhor se situar e permanecer naquela busca inebriante, por onde surgiam vias ocultas e incertas, mais difíceis de se situar em sonhos, mais distantes ainda da realidade perdida do que o modo como se utilizava da imaginação consciente para regredir.

Porém, não demorou muito para sentir-se estranho e invadido por sentimentos e reminiscências que já não eram só seus, mas que pareciam misturar-se aos de outra pessoa e, logo depois, eram roubados das lembranças como se algo se alimentasse delas e desviasse a mente de seu propósito final.

Assim, em determinado ponto, não podia mais ouvir a própria consciência ou mesmo era capaz de imaginar o que fosse, como a presença de um possível interlocutor ou de um amigo velho que pudesse estar ali o tempo todo acompanhando-o. Apenas havia uma sombra com ele que não agregava e só obscurecia as lembranças, cada vez mais escura e autônoma, um passo atrás e sugando o resto de suas energias e as tintas de tudo o que ainda pudesse sobreviver ali, até tomar a forma de um pavor sinistro e indescritível, como a mácula que suspeitava antes que pudesse contaminar o mesmo sonho e torná-lo um pesadelo.

Mas estava preparado para isso e, mesmo no limite do que um homem comum pudesse suportar, permaneceu no inferno sem querer acordar ainda, tomando como suas todas as aflições do amigo, até escutar o eco de súplicas e gritos de desespero perdidos que só podiam ser identificados pouco antes do pavor da morte certa.

Ele insistia em ficar e logo identificou o suficiente para conseguir diferenciá-los como se fossem de JB e dele próprio, como nunca havia percebido antes, mas iam sendo abafados e aprisionados em outra dimensão do tempo e do espaço e ninguém poderia também salvá-lo. Estava morrendo e via o demônio consumir aos poucos a identidade da alma, mas deixaria ainda um pouco de consciência só para que percebesse, no final, o reflexo de sua última agonia congelado na aparência transfigurada em desespero final, como um susto permanente e ininterrupto.

Despertou abalado, mas logo ficou aliviado ao perceber que ainda sobrevivia. O dia clareava e a enorme estrela que relutava em chamar de sol subia no céu de Lituno. Estava na hora de voltar aos afazeres e à rotina. Depois de um leve desjejum, quatro séries de cem flexões e um banho gelado e revigorante, vestiu-se e iniciou a caminhada de volta ao Museu.

O mundo inteiro parecia dormir, mas, na verdade, apenas diminuíam as atividades durante o dia de Lituno, com exceção de poucos que ainda via perambularem pelos calçadões e já nem pareciam mais tão indiferentes como antes.

Talvez estivesse se acostumando à privação do passado e a afinidade espontânea pudesse surgir um dia dessa maneira, mesmo não tendo ainda perdido o senso e a memória, pois, do contrário, não poderia mais nem sobreviver em Lituno.

Mesmo assim, naquela manhã, notava aquele mundo de tantas facilidades sob outra perspectiva e via-se até tentado com as possibilidades de adotar métodos pouco ortodoxos para os últimos remanescentes de sua colônia.

E então se perguntava, que mal faria pegar carona na rota de uma daquelas esteiras flutuantes, que nada mais eram do que finas camadas de extensões de campos magnéticos para pedestres, quase invisíveis, que se alargavam, estreitavam, encurtavam-se ou eram redirecionadas, criando vias instantâneas de acesso remoto em níveis de altitude baixa que se estendiam até onde se desejasse ir, uma comodidade para quem não quisesse se dar o trabalho de caminhar apenas, mas optar por ser levado caminhando pelos ares, vantagem de que muitos se valiam para irem e virem de onde quisessem, em vez de se aventurarem por longas e extenuantes caminhadas. E então responderia que algumas vezes era difícil até para ele acreditar como o passado ainda poderia significar completude.

E não era só, mas também por parecer conservador e ao mesmo tempo se frustrar por tentar entender como a mente livre e imaginativa era para todos uma ideia defasada e permaneceria engessada e sem nenhum reconhecimento diante da capacidade executória e extraordinária dos lituanos, que se prendiam às realizações e projetos coletivos impostos do futuro como verdadeiros exércitos. Então, acabaria sempre pensando que melhor era esperar a passagem do futuro certo, no tempo que a realidade exigia, autêntico e fiel às próprias convicções que não temia que pudessem desaparecer ou surgir no ar como as esteiras flutuantes.

E, assim, permanecia caminhando com seu inconformismo, apegado, como sempre, a reconfortantes lembranças que alimentavam e mantinham vivas e autênticas pessoas como ele. Porém, depois de mais cinco quilômetros, percebia que o céu estava claro e suas atenções voltavam de imediato para uma só direção. Nunca se acostumaria de novo com a visão do Corcovado como o sinal mais evidente de que o Rio havia sido reconfigurado.

– O que poderia justificar aquilo tudo para aquela gente? – perguntava-se.

Sabia que o motivo era forte e não bastaria a simples intenção de poderem contar com uma bela vista, mesmo que fosse o melhor lugar de todos os tempos para se ver tudo, com a perspectiva ampliada de todo o perímetro da cidade que muita gente tinha e que para ele, em particular, apenas valeria a pena que fosse a do céu, há muito ignorado e ofuscado pelas belezas artificiais daquele mundo.

Mesmo assim, quem sabe ainda não se animasse a desviar o caminho até o tal observatório que, de longe, era considerado o ponto mais procurado, mesmo sendo difícil suportar a evidente profanação que houve com a destruição da estátua do Cristo Redentor.

Ao caminhar pela mesma direção onde havia um túnel de saída para os aeroportos de que há quase dois séculos havia desaparecido, não podia tirar os olhos do monumento, como a construção perfeita e sem limites observáveis de altura que jamais poderia ter sido construído antigamente sobre um morro ou, nesse caso, do que havia sobrado dele.

Contudo, a tecnologia e os avanços da engenharia possibilitaram a fixação permanente da estrutura, com equilíbrio perfeito monitorado por sensores em cada estágio, fazendo girar e redimensionar da base os módulos da imensa torre, desde o alicerce, e corrigindo as menores oscilações verificadas para que se mantivesse firme e imune a qualquer ameaça previsível, com seus quase três mil metros de altura, alinhado também de cima por um satélite estacionário que mantinha a mesma rotação com Lituno.

E de lá, na mesma posição do espaço, abria diversos canais em todas as direções, operando uma varredura giratória contínua de sinais intergalácticos captados de uma infinidade de satélites móveis que orbitavam em torno de outros astros, aproveitando a aceleração rotatória para lançarem-se constantemente. E, dessa maneira, patrulhava-se do observatório quase todos os pontos daquele novo e pequeno universo.

Isso era só o que lhe era permitido saber, mas não era tudo o que sabia e que só ele parecia ter descoberto da leitura que fazia todos os dias dos céus, pois havia ainda os portais que se abriam, durante poucos minutos, de outros tempos e fechavam-se em determinada época do ano, como ondas que vinham do espaço.

Dessa forma, alguns fenômenos naquele universo podiam ser tão previsíveis a ele como era a rotina daquele planeta para os lituanos, conformados e iludidos com a felicidade, pois, como julgava óbvio, o mal se estabelecia de fora e de dentro da mente dos comandados para que não se operassem quaisquer desvios nas verdadeiras intenções de todos.

Porém, por mais que se impressionasse com o monumento descomunal e uma visita ao observatório sempre acabasse ficando para depois, pensava na possibilidade de ir até lá ainda naquele dia, um dia especial do calendário que ele mesmo havia elaborado e que, pelos seus cálculos, os portais se abririam de novo e dariam uma visão do céu aprofundada, ainda mais facilitada pela maior altitude.

Mas, antes, era preciso chegar ao Museu e cumprir a jornada diária. Não poderia se esquivar do dever, mesmo que o trágico episódio do dia anterior desse a impressão de que seria um verdadeiro martírio retornar em tão pouco tempo e permanecer por lá, poucas horas depois do incidente com o amigo.

Contudo, por mais que parecesse a todos penosa a responsabilidade e desse a sensação de ser constantemente monitorado e restringido em todas as suas ações, sentia-se livre no interior do museu como em nenhum outro lugar daquele mundo era permitido, pois o espaço fazia lembrar ainda muito bem da época em que era criança e do hábito que tinha de brincar com seus fantoches, do mesmo modo como fazia reviver neles tantos personagens de diferentes épocas que renasciam e partiam ali todos os dias.

O único lugar onde o passado e todos os seus elementos se libertavam com facilidade, de forma espontânea e fiel aos seus registros, sem a menor possibilidade de ser exterminado. Evadia-se de paredes, estátuas e de todas as telas, contextualizando o observador em cada sentido e emoções, de forma fidedigna, nas impressões e necessidades da época, do mesmo modo como se sentiria um figurante desavisado, em meio a guerras, revoluções, tratados e pactos assinados que mudariam o curso da história, cujos documentos remanesciam devidamente lastreados no gigantesco acervo do Museu.

E, assim, tudo conspirava para que não houvesse mais necessidade de correr riscos como um saudosista de plantão estaria fadado a correr. Mas, como já havia comentado com o velho JB, seria uma decisão pessoal de alguém que não podia se completar no tempo em que vivia.

Por certo, mesmo que parecesse restrito, o espaço do museu era mais do que suficiente, compreendendo galerias e seus enormes pés direitos em uma atmosfera bem diferente e preservada de Lituno.

Portanto, era quase um contato físico com a história e só não poderia ser mais próximo porque o passado também assumia outras feições mais graciosas para preservá-lo ainda vivo, em momentos em que necessitaria estar com alguém que não fosse parecido ou tão diferente dele, mas com quem pudesse estabelecer outras afinidades, em polos opostos, como velhos e arcaicos instintos de macho que não podiam ser ignorados desde a origem de seus primeiros ancestrais.

Dessa maneira, Sissi ressurgia, desde muito antes, como a velha namorada da Terra que deveria ter a sua idade, mas mantinha a mesma aparência de sempre, desde a época de Shampoo porque, para o seu desgosto, havia se tornado uma lituniana insensível e avessa a toda sorte de sentimentos vagos e irrecuperáveis do romântico que havia sido.

Ela havia, como quase todos os outros, sido plantada ali com a família em Avatares de mesma linhagem e, exceto pela aparência que possuíam seus familiares, a soma de todas as suas idades não se equiparavam à dele.

Entretanto, as energias permaneceram ainda intactas e compatíveis e o velho Rock, que parecia tão velho para ela, ainda era reconhecido como a mesma versão do Sam, porém melhorada, e ela o queria assim, como ia sempre continuar querendo, pois o velho se animava para o lado dela como nenhum outro garoto lituano poderia.

E ela gostava disso, apreciava suas fantasias e sabia animá-lo. E quando ela chamava e ele vinha, de qualquer lugar onde estivesse, parecia não ter mais nenhum outro interesse. Mesmo sabendo que ela já o havia esquecido diversas vezes ou demorassem a se ver de novo. Entretanto, a química que existia entre os dois era imune a qualquer esquecimento, como a senha do destino que nem Satanás em seu território saberia decodificar, pois o segredo da criação se manteria preservado na razão da consciência e imune à entidade maligna que só tinha o poder de recriar ou destruir.

Assim, cortando caminho por espaços onde antes proliferavam avenidas congestionadas, delimitadas por prédios térreos e subterrâneos de pesadas construções extintas de concreto, que pareciam nunca terem existido em lugar nenhum, só nas lembranças de alguns infelizes, porque desde tempos imemoriáveis já cediam espaço a estruturas revolucionárias demais para qualquer projeto arquitetônico terrestre já imaginado, uma concepção de equilíbrio perturbadora que dava a impressão de que quase não tocavam o solo.

Ele quase chegava ao seu destino e podia ver de longe a pesada e danificada construção do Museu de Arte Moderna que, mesmo em escombros, tinha alguma beleza e dava um toque de sobriedade que, além dele, parecia nunca ter existido naquele planeta.

Ao entrar, logo depois de subir a escadaria principal, em meio a lembranças e reflexões, já pensava no que devia fazer primeiro e poderia ser prioridade naquele dia, como a catalogação e redistribuição para o lugar de origem das peças mais valiosas e o recolhimento de outras para serem recuperadas.

Nunca era demais pensar que a escolha em permanecer vivo no futuro recaísse na possibilidade de resgatar o passado que havia renegado por algum motivo desconhecido. Por outro lado, embora parecesse ousado, havia o firme propósito de ajudar a desenvolver a consciência perdida daquele povo, uma missão que faria mais sentido permanecer por lá do que apenas a tentativa constante de redefinir a contagem do tempo perdido, do instante em que havia se interrompido em outro universo.

Ao examinar, depois de décadas, a bela e única Starry Nights, era difícil imaginar como um item tão valioso fosse parar naquele museu e ainda estivesse lá desde o final dos tempos. Não, não era só aquilo que chamava a atenção e fazia pensar, mas o fato de nunca mais ter voltado a repará-la, desde o dia em que Sam desapareceu e quase levou de volta todo o seu passado. Era algo a que nunca antes havia dado importância, sinistro e discreto na aparência.

Além do mais, se ainda não estivesse insano, não seria difícil pensar que uma representação do mal do século vivia ali plantada esses anos todos, pensava, enquanto olhava de perto a peça mais famosa de Van Gogh e examinava o arbusto que sempre ignorava como algo semelhante e disfarçado do que havia visto de pior em pesadelos.

Ele podia sentir a aura sinistra de um perigo próximo e iminente, capaz de despertar ao menor sinal de vibração no interior de um panorama qualquer ou mesmo da simples expressão convidativa nos olhares de personagens suspeitos de uma ou outra pintura clássica que remetesse a uma experiência remota, atraindo sentimentos órfãos de almas perdidas que, por um apego injustificado, ainda fossem fisgadas. Aí poderia facilmente se alastrar como um vírus naquele último reduto, ramificando-se pelo interior de todas as obras do museu.

Era incrível como todos os dias em que se acostumara a estar ali tão próximo de irrecuperáveis eras do passado, já não desconfiasse tanto do perigo e, mesmo assim, por uma questão de prudência, se acostumasse a apreciar de perto o que melhor o afastasse do perigo da perspectiva de fundo, como as pinceladas fortes da noite estrelada com seus astros que tão bem lembravam as esferas flutuantes e pouco atinava para o que poderia estar ainda mais próximo, mas, se olhasse bem fixo apenas o céu exótico, veria a terrível verdade presente da inquietação da sua alma.

O arbusto parecia se mexer discretamente sem sair do lugar, mas Rock ainda permanecia perto e, com a coragem que não lhe faltava naquela hora, jurou que não ia desistir, que devolveria ao algoz o pesadelo com outro desfecho e não apenas vingaria JB, mas todos os outros que imaginava que pudesse salvar um dia.

Ele tinha conhecimento de que, enquanto não representasse efetivamente uma ameaça, estaria, de alguma forma, seguro, pois não havia tanto interesse em eliminá-lo até a morte natural do último remanescente passadista. Aí sim, todo o passado se dissolveria de lá.

E, assim, permaneciam os inimigos muito próximos, Rock como curador legítimo e responsável pela manutenção do museu que funcionaria para ele como sua verdadeira morada, uma espécie de embaixada da Terra onde teria livre jurisdição para reviver o tempo que havia perdido, e Jack, como o guardião do mal dos portais do passado para que ninguém pudesse se libertar de Lituno. Porém, tinha suas limitações, pois, como se sabia, nem com todo o poder demoníaco que possuía, poderia circular pelas imediações do Museu ou evitar que, lá de dentro, o passado ressurgisse de todas as formas que pudesse ser evocado.

E mesmo a possibilidade de destruir o museu naquele mundo estaria fora de cogitação, por enquanto. A menos que os lituanos quisessem correr o risco de que o destino retomasse o curso da história e desvanecesse a ilusão que tentavam consolidar naquele universo sombrio, como uma verruga cancerígena que não podia ser extirpada com tanta facilidade e fora do tempo.

***

Já era hora de iniciar seu périplo de volta e, como previa, nenhum curioso havia estado lá naquele dia, e nem poderia mais um museu ser considerado naquele mundo como um lugar de visitações. Portanto, encerrou mais uma vez o expediente, fechando a porta de entrada, e procedeu à mesma checagem diária do final dos turnos depois de dispensar os dois estagiários que o ajudavam a manter tudo em ordem.

Naquele exato instante, escurecia e certificava-se de que não havia mais pendências, antes de ir embora, quase sem notar uma ligeira claridade, tão fraca que parecia originar-se de fora do prédio como as que invadiam as janelas em uma noite de lua cheia, alastrando-se pelo breu e dobrando a entrada da última galeria para quebrar o breu e alcançar o final dos corredores onde ele se localizava.

Entretanto, o edifício do museu não possuía janelas nem lâmpadas acesas àquela hora. Ademais, tinha certeza de haver passado por ali e notado que tudo estava apagado. Então, resolveu ir de novo verificar por conta o que ocorria.

Era aproximadamente cem metros a distância que o separava do fenômeno. Percebia ainda que a estreita faixa irregular de luminosidade oscilava das paredes até o chão para alinhar-se aos seus passos e recolhia-se com suas passadas como uma passarela, apagando tudo o que ia ficando para trás, no negrume da escuridão.

Rock sentia calafrios e pensava em desistir, mas sentia-se iluminado por dentro com uma força que parecia confortá-lo e dizer que não precisava temer o que quer que fosse, até chegar à tela e conferir com os próprios olhos que não havia de fato nenhuma lâmpada acesa e sim uma irradiação estranha e intensa que se propagava do único Salvador Dali que havia restado, com a pior imagem que Jack poderia utilizar para revelar-se e tentar intimidá-lo, por meio da pintura da velha e famosa caveira, porém os rostos que emergiam dela não eram mais os do original, mas dos próprios familiares já falecidos e surgindo de todas as cavidades, como almas penadas gritando desesperadas de baixo de suas catacumbas, de onde nunca poderiam escapar ou serem ouvidos os gritos de desespero. Mas o terror ainda não tinha acabado, pois algo parecia também querer sugá-lo, não de fora, através da tela, mas de dentro de sua mente, fazendo brotar toda a sorte de sentimentos para prendê-lo.

Contudo, uma força que ainda não sabia que tinha se manifestava como a consciência de sua verdadeira identidade e transfigurou-se em Rock, como um milagre. Porém, nem Jack ou ele mesmo ainda puderam ver de costas sua verdadeira face até recompor a mesma fisionomia de um velho de mais de cento e cinquenta anos e seguir adiante. E, assim, ignorou mais uma vez o demônio e dirigiu-se de novo à entrada do museu.

Abriu a porta e, antes de sair, olhou mais uma vez incrédulo a extensão da galeria totalmente apagada se acender de novo com a chama que se expandia na escuridão, atravessando todo o andar e fazendo-o sentir o calor causticante da pior ameaça, como se todo o andar se incendiasse nas labaredas do inferno e adquirissem o formato de letras de fogo forjadas no ar para uma mensagem bem dirigida:

No final, renascerá um só senhor dos tempos e todos os mortais serão confinados em suas lembranças perdidas até se cansarem e despojarem-se de seu passado que se extinguirá finalmente com eles, em suas catacumbas e em todos os registros inscritos e contados em capelas, igrejas e museus, como verdadeiras pústulas das mentes dos que testemunharam, em cada obra, os últimos sinais da criação divina consumidos em um incêndio descomunal e definitivo.

Trancou a porta, finalmente, e se afastou do prédio quase petrificado, caminhando como se fosse cair no meio da rua. Não pôde mais conter a forte emoção e chorou muito, como um velho não deveria, pois a carga era pesada e sentia-se só, às vezes renegando o próprio tempo em que vivia, depois de tentarem apagar tantas vezes suas origens. Mas era preciso suportar e teria de ser assim até que a verdade se manifestasse de algum lugar do passado, mesmo que morresse tentando.

Com o desabafo estava melhor e fortificado. E, depois de uma oração, sentia-se disposto como nunca a ajudar a salvar a alma das pessoas e já imaginava como começaria a pesar sobre si essa responsabilidade. Missão que vinha do alto e bem mais alto do que todas as suas elucubrações silenciosas e indecifráveis e começaria a guiá-lo em breve.

O DESPERTAR DE UMA ESPERANÇA

Era hora de caminhar de volta para casa e via a cidade se acender de baixo, maravilhosa como nunca poderia ter sido na realidade, o que sempre reforçava a convicção de que tempos memoráveis desapareceram por completo da mente de praticamente todos os habitantes de Lituno.

A rota da vez não deixaria de ser a predileta e quase se rendia à ideia de ir no embalo de uma daquelas esteiras voadoras que ascendiam do solo até dez metros de altura e tornavam o tempo de caminhada praticamente insignificante, sem contar a paisagem fantástica que poderia acompanhar se renovando de todos os ângulos.

Mas, se optasse por aquelas espécies de sedas voadoras, como ficariam as reflexões pelo caminho? Então, a intenção era inovar e tomar o rumo da Rodrigo de Freitas, escolhendo a trajetória pela orla da lagoa já despoluída e renovada na arquitetura também leve e modificada daquele bairro, não fosse a tristeza que sentia em recusar-se a acreditar no que havia sido feito ali.

O que lhe restaria de revigorante que não fosse a velha inteiração com os astros?, pensava, enquanto se deparava de longe com a imagem imponente que substituía o Redentor, que cortava o céu e continuava a incomodar a vista.

Como poderiam desaparecer os morros do Pão de Açúcar, da Pedra da Gávea, da Pedra Bonita, do Canta Galo e os Picos da Tijuca, da Pedra Branca e do Papagaio, implodidos das memórias de todo com tanta facilidade e, do nada, ressurgirem de repente ainda intactos, em algumas circunstâncias, como em certos dias de nebulosidades e, como formações remotas, bem anteriores às origens da raça humana?

Como poderiam ter sido destruídos assim em tão pouco tempo pela ação daqueles habitantes, apenas porque remontavam ao passado e dificultavam a expansão da cidade no formato futurista que desejavam?

Mas, mesmo assim, o que se via era que aquelas, e tantas outras elevações no relevo da cidade, pareciam também lamentar o fim dos tempos, como fantasmas gigantes e entorpecidos, em agonia, ainda figuravam como obstáculos estáticos às ventanias e assim ressurgiam na memória de um pobre velho senil.

E preferia ter enlouquecido assim, pois, se o ânimo dos últimos remanescentes se acabou, ele não só tinha, mas morreria tendo esperanças de reconstruir o sentimento daquela comunidade de seres perdidos no tempo, que ainda se iludiam com a podridão disfarçada em um paraíso concebido pela Besta e seu poder de recriar, onde a expansão de seu império se consolidava apenas pela capacidade de execução de seus asseclas e exército de subjugados.

Talvez apenas descobrissem que se perderam de verdade quando se dessem conta de que grande parte de seu potencial apagado no esquecimento só podia estar em suas verdadeiras origens, como no poder instintivo de observação, reflexão, crítica e autonomia de decidir da raça humana que perderam, não em virtude da própria evolução, mas, ao contrário, por se verem impedidos de renascer na Terra depois de se tornarem lituanos, sem consciência de que um dia foram humanos e, assim, não serem mais capazes de se imaginar à imagem e semelhança de Deus.

E, por mais que parecesse difícil aceitar e fosse se constituindo como uma certeza aquela ilusão sombria, ele ainda era capaz de se restabelecer da tragédia de JB e sentia-se novamente motivado. E não era só por tudo isso, e nem por acaso que, pela ótica de muitos passadistas, fosse considerado sempre um otimista incorrigível, mas por insistir sempre em reverter o alheamento habitual que parecia impossível de deter, pois sentimentos apenas podem ser vividos e nunca explicados.

Cessou por um instante a caminhada para situar-se melhor e percebia que, do ponto da cidade onde estava, podia ver com ainda mais clareza o Corcovado e todo o esplendor que havia ali, embora já se tornasse impossível tentar ignorar o observatório fincado sobre o que havia restado do morro ou ao menos tentar desviar os olhos dele.

Então pensou, de novo, na promessa que havia feito de ir até lá e de que não poderia mais se esquivar da pretensão de uma visita turística a que se impunha ao objeto de suas lamentações e ao mesmo tempo ter a possibilidade de observar de lá todo o céu do novo Rio em uma paisagem bem diferente da que estava acostumado.

E compensava não só por isso, pois o observatório era o único local da paisagem de onde ele mesmo não poderia ser visto de qualquer direção que escolhesse, pois apenas o panorama que se abriria de lá era oferecido, do monumento que cortava os céus e também espetava o coração da velha cidade irreconhecível e possuída.

– E, quem sabe de lá, o Rio de antigamente não ressurgisse mais parecido com o das passagens da época e outras admiradas e partilhadas em antigos cartões-postais, com todas as lembranças perdidas, surgindo aos olhos do Cristo Redentor que também viesse a se reconstituir por encanto da mesma realidade obliterada?

Essa última impressão veio, repentinamente, como um relance e parecia estar mais vinculada a uma visão realista do que a simples pensamentos cotidianos daquele planeta. Ela também parecia diferente e não se assemelhava às antigas premonições ou amnésias futuras, no tempo em que vivia na Terra, pensava.

Assim, tomou a decisão de desviar o percurso até lá e, por culpa da própria ansiedade, acabou cedendo à possibilidade de utilizar as esteiras voadoras que, embora parecessem quase invisíveis, interceptava dali com os olhos, onde se viam apenas pessoas se deslocando e ascendendo no ar como se caminhassem sobre miragens.

Não se preocupava com a segurança e nem precisaria, como veio a descobrir depois de utilizá-las pela primeira vez, pois, como já sabia, as esteiras eram magnéticas, elevavam-se e declinavam-se por estágios sem ondulações ou declives, proporcionando segurança a cada passada ao firmarem os pés automaticamente, liberando apenas no movimento de retirada de cada pé se o outro se fixasse logo em seguida, sem o menor desconforto ou sensação de restrição nos movimentos.

Assim, em seguida, não foi difícil encontrar o ponto de confluência, onde pequenos grupos de indivíduos mal chegavam e levitavam. E ele, então, também saltou, deslocando-se com rapidez no ar como em tapetes voadores estreitos contínuos e quase invisíveis, até poder saltar de volta à terra firme, em algum ponto do caminho íngreme que levaria ao seu destino final, de onde imaginava, embora não pudesse mais se iludir com isso, que de fato fosse subir a pé pela montanha e ver a mesma paisagem de antes, com a incrível visão natural que se tinha da floresta desaparecida da Tijuca, a Mata Atlântica que, com seu bioma, abrigava a beleza pura e exuberante do Rio já descaracterizado, como a maior floresta urbana que já havia sido replantada e manteve-se preservada por tanto tempo.

Mas não podia mais se perder em divagações naquela hora, o que, mesmo assim, seria difícil evitar, pois, em pouco tempo de caminhada extenuante, também estava prestes a deparar-se com outra lembrança que lhe vinha como um golpe no estômago, o desaparecido e amplo mirante que só permanecia ainda edificado em seu imaginário.

Entretanto, a alguns passos de concluir a rota, se surpreendeu em ver como o ponto turístico principal se mantinha ainda tão concorrido naquela hora em um dia útil como aquele, mesmo sendo véspera de um feriado que só faria sentido em seu planeta de origem, pois antecedia a passagem de ano de um tempo contado apenas na Terra. Além do mais, qualquer espécie de preparação que antecedesse festividades seria ali ignorada e normalmente ninguém saberia o que aquilo poderia significar.

Quando já estava quase lá, a menos de um quilômetro, começava a ver mais pessoas e o palpite naquele instante era o de que o clima parecia ser outro, de indivíduos sobressaltados, que, por um triz, mal continham as reações inesperadas, com a possibilidade de identificarem-se nos olhos a si próprios e não apenas a partir de grupos que os chancelavam e representavam como antes.

Ao chegar finalmente ao observatório, ainda chocado por nunca ter visto uma movimentação de pessoas daquele tipo em Lituno, via uma fila tão grande que parecia se perder de vista. No entanto, sabia que era preciso só esperar um pouco para que possantes elevadores panorâmicos estivessem lá para esvaziá-la.

Estava realmente disposto a ir até a última seção, lugar tão elevado que, como Siri costumava dizer para convencê-lo a ir lá, apesar da baixa temperatura que fazia, algumas vezes se surpreendia já na subida ao ver a paisagem desaparecer por completo na nebulosidade, mas, ao chegar à parte mais alta, era possível enxergar, abaixo da imensa cúpula, a formação de uma espécie de manta de algodão infinita que se estendia homogênea em todas as direções, até se perder de vista, o que dava uma sensação tão grande de completude, que só podia ser associada à paz revelada em toda a sua plenitude.

Assim, ao entrar no elevador e acomodar-se no ponto que oferecia uma boa visão, voltava a pensar como só essas lembranças já valeriam o passeio. O calor do sol já não incomodava tanto e, antes de subir, não esperou muito para que praticamente todos os outros elevadores chegassem e em poucos instantes a fila de pessoas que vinham atrás também se esvaziasse completamente.

Então, todas as cabines foram ocupadas até o limite da capacidade máxima permitida e um suave alarme disparava da porta para sinalizar que ninguém poderia mais entrar. Imediatamente as portas se fecharam e teve início uma subida, com tamanha rapidez, que tudo embaixo se encolhia e quase desaparecia bem mais rápido do que previa.

E, mesmo antes de completar a metade da subida, já era possível observar toda a cidade que, pela nova concepção paisagística e arquitetônica irreais, ocupava um perímetro reduzido da costa litorânea. Entretanto, estendia-se muito além das fronteiras originais laterais, o que possibilitava cobrir o que correspondia a todo o Estado do Espírito Santo, a Nordeste, e também o de São Paulo, a Sudeste.

Mas isso não era nada, pois naquela altitude de quase dois mil metros, a grande estrela ou sol daquele mundo ainda podia ser visto, enquanto embaixo a cidade se acendia em cada parte que a sombra do crepúsculo já havia coberto e revelava-se o mais belo cenário que se lembrava de ter visto, mesmo sem ainda ter chegado ao ápice.

Na sequência, despertava a atenção o fato de os elevadores panorâmicos subirem de uma só vez, quase alinhados, com perspectivas que pareciam bem diferentes, de outros pontos cardeais diversos se abrindo para cada um deles. Então voltava a olhar adiante, percebendo, de um ângulo mais aberto, que a elevada altitude proporcionava a visão única do Astro-Rei de Lituno afastar-se ainda mais no horizonte, muito além do que poderia ser visto lá de baixo, onde a noite já havia caído. E, assim, a tarde dourada ainda resistia e prevalecia naquele ponto, a Oeste, para os observadores, até que começasse a escurecer de verdade ali de cima.

Instantaneamente, do mesmo modo como a cidade era tocada pela noite, a memória também se iluminava para resgatar no tempo, e com facilidade, fatos menos notórios que há muito já haviam se apagado no esquecimento. E, desse modo, surgia uma estranha predisposição de estabelecer um diálogo silencioso com a velha capital do Rio de Janeiro, até que tudo voltasse de novo a sumir com maior rapidez da mente, em meio a outras tragédias que se sucederam.

Ao se aproximarem do destino, os elevadores se emparelharam ainda mais e era possível ver dois deles, um adiantado, a poucos metros acima, e o outro quase à mesma distância, logo abaixo. Contudo, um detalhe curioso era o fato de que quase todas as pessoas apenas olhavam em uma direção, como se vissem algo que iluminava e não deixava mais morrer a tarde.

Realmente, pareceu estranho ver a tarde reacender do Oeste, como se o dia voltasse a nascer do poente, mas o brilho que se via não vinha mais da grande estrela de Lituno, ao contrário do que imaginava, mas de outro astro consideravelmente menor, embora tão intenso quanto outra estrela solar. E, assim, a tarde reacendia entrecortada por fachos luminosos que pareciam vestir, de cima a baixo, o céu e a cidade de cores fortes e quase irreais como as que a cidade revelava ao acender durante as noites.

Imediatamente, o estranho fenômeno passava a repercutir e provocar reações inesperadas de alto a baixo do Corcovado, mas, ainda assim, Rock não se precipitou, pois pressentia que fosse algo ainda indefinido e incerto. Desse modo, ao finalmente chegar ao mezanino com outra dezena de pessoas, passou a verificar que aquele espaço que deveria abrigar com facilidade mais de mil pessoas por vez já estava praticamente tomado, pois o público, além de não querer descer, estava focado no estranho acontecimento e parecia ter só uma intenção, a de contemplar o mesmo sinal que vinha do Oeste, como se previssem mudanças naturais se sucedendo.

E, paulatinamente, todos eram tomados por uma espécie de catarse coletiva e o fato repercutia cada vez mais com imagens divulgadas pelas redes sociais para outros que saíam de suas casas e não paravam de chegar.

Mesmo assim, havia ordem ali e o controle operante recrudescia ainda mais, diante da recusa de muitos indivíduos que relutavam em sair e pretendiam permanecer na cúpula a todo custo, enquanto, lá embaixo, o número de pessoas só aumentava, pois somavam-se aos indivíduos que chegavam, outros que voltaram a descer para ocupar novas posições no final das filas quilométricas para terem a oportunidade de vivenciar a mesma experiência indescritível.

E com Rock o ânimo não parecia muito diferente, embora não parecesse estranho para ele notar a mesma atmosfera de confraternizações de tempos bem remotos, como a do clima de entusiasmos que surgiam nos finais de ano, uma forma de aproximação em clima de festas e calor humano entre as pessoas e que era totalmente inexistente naquele planeta. Até que, em seguida, ele também fosse convidado a descer e voltasse a ocupar a última posição na fila dos elevadores panorâmicos.

Incrivelmente, a única suspeita que tinha, depois de viver tantos anos em Lituno, era a de que o acontecimento poderia estar ligado à data que calculava em seu calendário como indicativo de mais um final de ano, com eventos memoráveis programados antigamente nas praias, principalmente as de Copacabana, previstos para o dia seguinte.

Contudo, depois da impressão de perdurar ali, sem perceber do alto o tempo passar, pela leitura que não conseguia mais fazer só dos astros, diante da visão do brilho congelado que se mantinha no céu e invadia aquele espaço, surgia a pergunta que não queria calar, depois de tudo o que já tinha presenciado na vida, desde a extinção do passado até a quase total previsibilidade do futuro:

– Será que o tempo havia realmente parado e, por ironia do destino, os seres passariam a se confinar no presente como fósseis, indefinidamente?

***

Em outro ambiente subterrâneo, que correspondia em trezentas vezes à extensão da superfície do solo até o ápice do observatório, em uma caverna tanto exótica e tomada de cores quentes a cada milímetro, quanto sinistra pelo clima pesado e carregado de energias negativas, e também onde se concentravam tormentos que assumiam sons e formas das piores imperfeições humanas, com semblantes que mantinham a mesma expressão indistinguível do susto definitivo dos que acabavam de perder a própria vida, ainda surpresos de que haviam sido condenados a penarem no inferno.

De fato, como já era do conhecimento de todos naquele planeta, nenhuma alma capturada e perdida em Lituno jamais poderia escapar para relatar depois, na Terra, todos os encantos que possuía aquele novo planeta, até porque não poderiam mais se lembrar de quase nada.

No entanto, jamais poderiam supor que o destino final teria sido aquele, depois de serem manipulados e terem as mentes reprogramadas, apesar de nunca ter sido possível a Satã decifrar as mentes com seus segredos da criação divina, até que fosse capaz de também conceber outra raça desde a origem.

Eles chegavam ali desorientados, sem imaginarem que o futuro quase certo que vislumbravam era o fim do caminho, que não continuariam prosperando e esquecendo todo o resto de suas experiências macabras e fracassadas, apenas descobriam que foram enganados depois de serem retirados do contexto, definitivamente, da mesma forma com que viam desaparecer de repente outros habitantes que julgavam que já estivessem em outra dimensão do futuro bem mais adiantada, naquele novo universo.

Mas não estavam enganados, pois o que viam ao chegarem eram apenas caminhos tortuosos dentre os menos piores que pudessem optar, em qualquer direção que decidissem seguir, levando apenas a lugares mais profundos e perdidos, até morrerem no esquecimento de todos, mas não de si ainda, pois não se esqueceriam, só por enquanto, do pavor que jamais tinham experimentado ao verem a própria identidade póstuma oculta na amnésia coletiva de Lituno mais uma vez revelada, a mesma que duvidaram que existisse e nada mais fosse que o próprio ódio que sentiam deles mesmos, projetados nas pessoas pela inveja alimentada e constituída como uma deformidade crônica da alma que não podiam mais sanar ou esconder na Terra e nem tampouco se livrarem, mas assumirem para se condenarem a arderem nas chamas do inferno, no momento da execução definitiva.

Mas a sede do inferno também abrigava outros terríveis propósitos com salões enormes e repletos de estalactites de cristais cintilantes que iam do vermelho rubi ao tom amarelado aceso e mais intenso das chamas, propagadas pela lava fumegante do magma que invadia espaços e se retraía delineando naquele momento o caminho de subida, contrário à rota das almas desnorteadas que acabavam de chegar, até outro posto onde o mal passaria a se concentrar e ainda mais acima daquela vez, de onde também se escutavam os últimos urros estridentes reverberados para fora dos corpos dos que acabavam de morrer.

A cúpula adorava aquele local ideal para reuniões como a que se iniciava naquele instante, onde uma entidade constituída de seus elementos primordiais se desdobrava em diferentes facetas.

Na oportunidade, todos vestiam corpos semelhantes e trajavam os mesmos ternos pretos que Jack costumava utilizar quando queria reuni-los e formalizar suas aparições, como naquele dia. E um conselho supremo do mal parecia finalmente ter se formado para deliberar.

No começo, o chefe não se pronunciou e muito menos cumprimentou os demais, que nada mais eram do que meras e breves projeções de Lúcifer, encabeçados por um Presidente e adaptados para constituírem-se por meio de um ritual único, que antecedia o evento, até a cerimônia de reunificação final, depois de prestarem suas declarações e fundirem-se de vez na mesma entidade.

– O tempo parou de correr no observatório, a ameaça ainda tem nome e vem do alto, desta vez – disse o primeiro diabo, voltando-se aos demais, ao mesmo tempo em que evitava olhar diretamente nos olhos de Jack.

– Negativo. A dita ameaça se utiliza de mais de um nome e não é física.

– O astro que todos veem da mesma posição não pode existir nesse universo. Ela é psicológica – disse o terceiro, com convicção, como se vários pensamentos reunidos fossem se completando.

– O que ocorreu? – aparteou Jack, voltando-se finalmente para um dos interlocutores que havia escolhido.

– Sam ainda está vivo – disse Alex, que também se desdobrava em atividades investigatórias da entidade, no forte de Copacabana.

– E o correspondente dele aqui, o Sr. Rock?

– Exatamente, uma brecha no destino.

– Não preciso ouvir mais nada. São a mesma pessoa – concluiu Jack, dando um soco na mesa e silenciando o diálogo, no momento em que se fundiam novamente para desconstituir o conselho geral e congregar o mal supremo mais concentrado e fortalecido do que nunca.

Entretanto, daquela vez, a intenção que tinha não era mais a de exterminar um a um dos últimos remanescentes inconformados que tentavam em vão ainda se manter conscientes e conspirando contra o sistema, depois da extinção definitiva do passado em Lituno; ele queria mesmo era eliminar o velho Rock, que já deveria há muito tempo ter sido extinto.

– Agora vão experimentar o último ato meu, um presente dedicado em sua homenagem para que se rompa para sempre o frágil liame que existe entre a Terra e Lituno. E as memórias que não forem breves e recentes também desaparecerão definitivamente daqui – profetizava com voz forte e grave a criatura das trevas.

E, dessa forma, saía de lá cobrindo a distância até a superfície, como fumaça escura de fuligem e cheiro de enxofre, concentrando-se em um ponto, formando uma pequena nuvem negra e muito baixa, o suficiente para assustar os passantes e, em seguida, fazia descer dela, em convecções, a tromba de um tornado até quase tocar o solo para aspirar todas as boas energias que convergissem até aquelas imediações do Corcovado, em uma primeira etapa de sua aparição.

Assim, logo ao baixar o vórtice por completo, abriu o diâmetro do funil para cercar a multidão que se concentrava, tentando desestruturar o clima contagiante com a fúria da ventania, circundando a base do arranha-céu. Dessa forma, qualquer luz direta que não fosse a natural de Lituno não lhe escapava na superfície. E foi assim, até finalmente divisar o seu único alvo, o foco de todos os problemas e o verdadeiro protagonista de seu último ato.

Naquele cenário, era possível notar parte da atmosfera que vinha sendo iluminada pelo estranho astro ainda imune às intenções do mal, como polos positivo e negativo delimitando-se e se mantendo imunes, pois, ao mesmo tempo que o ambiente se corrompia com energias sugadas pela antimatéria, luzes dispersas ainda chegavam até o pequeno espaço a impedir que desaparecessem por completo as lembranças que eclodiam das almas que lá permaneciam e se somavam à de outros que continuavam a chegar.

Então, o demônio impaciente avançou sobre eles, imediatamente, mesmo que já parecessem imunes e indiferentes ao terror e não tão fiéis à crença que havia se consolidado no mundo em que os havia confinado. Em seguida, converteu-se em sombra como uma nódoa de maldades se arrastava pelos flancos das fileiras, repelido pela corrente de pessoas que passava a se formar naquele instante, em um círculo de oração ao redor da torre, do qual Rock fazia parte, e era tido naquele instante como o profeta desconhecido que passava a ser aclamado e encabeçava um movimento de reconstituição do tempo invisível.

Ao perceber isso, Jack não tinha mais dúvidas e passava a concentrar todo o poder do mal no único líder que se evidenciava. E, mesmo quando já se aproximava dele sem ser visto, Rock era capaz de sentir a mesma força negativa que pareceu sugar-lhe o entusiasmo em várias passagens de sua vida, pouco antes de se revelar só para ele a terrível e medonha criatura de seus piores pesadelos. Entretanto, não sucumbiu de imediato à ameaça e apenas apontou ao alto o indicador para ele, na direção onde a batalha deveria se iniciar.

Ao ver no alto o fenômeno, Jack subiu o edifício, como um obstáculo muito fácil de se transpor, até bem acima do mezanino onde multidões em alvoroço ainda disputavam o melhor lugar, e apareceu como um relâmpago sobre eles todos, no último ponto da estrutura, para melhor investigar o estranho astro aceso que se mantinha estacionado na mesma posição Oeste, impedindo que o tempo continuasse a correr do horizonte, como se garantisse a todos que o mesmo clima de confraternização permaneceria indefinidamente se repetindo no presente.

Na verdade, parecia mais um astro e não tinha o porte de uma estrela, mas iluminava bem de longe toda aquela pequena parte do perímetro da cidade, impedindo os movimentos de rotação e translação do planeta Lituno ao redor de sua estrela cativa, talvez para que se viabilizasse o alinhamento perfeito de ambos, de outro universo paralelo. E toda aquela energia parecia mais influente do que qualquer manifestação psicológica que nem Satanás poderia decifrar com tanta facilidade, mas decerto já sabia que o destino, com a consciência das pessoas, havia chegado ali.

Portanto, sinais magnéticos eram captados sem nem serem interceptados do alto pelo satélite espião. E tampouco pareciam advir de qualquer meio de tecnologia precária de comunicação do passado, mas eram intensos, ininterruptos e alcançavam a multidão, cada vez maior, decodificados em linguagem telepática no espaço-tempo, despertando consciências e conclamando a união das almas afastadas, nos lugares mais longínquos e remotos de que os lituanos pareciam nunca ter ouvido falar, mas que, sem entenderem como, começavam mesmo assim a se lembrar de suas gerações passadas.

Nisso, a regularidade e a conectividade dos sinais extrassensoriais com os ancestrais eram ainda mais facilitadas por um sentimento emergente, fortalecido e recuperado, naquela hora, por serem ainda capazes de se lembrar em parte dos cultos e procissões que simbolizavam costumes milenares arraigados nas culturas do interior que passaram bem despercebidas a qualquer forma de interferência do mal na Terra, em meio à sua curta permanência repleta de destruições e mortes naquele planeta esquecido.

Eles vinham de redutos afastados e quase apagados na cultura aparentemente insignificante e ofuscada do interior pelos acontecimentos mais notórios que marcaram a história nos grandes centros históricos e financeiros das principais metrópoles da Terra.

Contudo, mesmo diante da destruição aparente e da marca que o mal havia deixado, nos galhos mais frágeis das gerações mais novas que não puderam antes resistir às intempéries e a toda sorte de calamidades, das quais tentavam em vão se regenerar, relegando o passado ao esquecimento. Ainda assim, as raízes fortes prevaleceram fincadas e intactas.

E o que sobrou da natureza indelével que mantinha-se de pé, no vale da morte, ainda crescia e semeava a esperança para as próximas estações e tornava aos poucos cada vez mais profícuas as futuras gerações, até finalmente se unirem e clamarem de seus redutos isolados a velha tradição valorizada de um povo heroico que ainda se mantinha contando os séculos de suas origens para ressurgirem nas lembranças apagadas do restante de seus despossuídos que habitavam em redutos bem distantes.

Então, de simples gestos, a energia voltava a disseminar-se de novos autores inspirados em velhas referências que também se eternizaram em grandes feitos de gerações pretéritas, preservados e recontados na arte dos museus particulares da história de seu tempo, na cultura dos rituais perdidos de poucas cidades pequenas do interior, em um só espírito de união e preservação para a posteridade.

O passado, assim, iluminava-se do breu dos vales dos esquecidos como um relâmpago e de uma faísca se ramificava indefinidamente e se acendia da mente dos que se perderam como um raio, numa rede que se alastrava e seguia o mesmo sentido até as eras mais remotas, para os últimos remanescentes da terra, de onde tudo parecia haver se interrompido com o último holocausto, desde a origem da humanidade.

Lembranças que nem sempre foram boas, mas preservaram a tradição e a autenticidade das origens, desde rebeliões e movimentos de emancipação contra a exploração colonial ou das entradas e bandeiras de que se tinha notícia e o *ânimus ficandi* de famílias que, desde a colonização, optaram por fixarem-se na terra a simplesmente continuarem migrando na tentativa de enriquecerem do ouro e aprofundarem suas raízes.

E, assim, mantinha-se firme a esperança na âncora das velhas gerações sobreviventes, as únicas referências preservadas do rompante dos que se aventuraram a migrar para capitais e grandes centros, tendendo a iludirem-se no futuro e serem mais facilmente subjugados, até desaparecerem no passado mais recente.

E, se os supostos fracos foram abatidos com facilidade, era porque mentiras se sedimentaram como verdades e se confundiam, a ponto de perderem a autenticidade, a alegria e o entusiasmo, pois falsas raízes não se sustentam ou vingam na memória dos desiludidos que, sem identidade, se deprimem até perderem-se do mundo em outro planeta do além.

E, nesse drama, o clímax se daria ao toparem um dia com o próprio medo que se massificava na sociedade, tornava-se crônico até caracterizar-se numa fobia coletiva com formas definidas e fáceis de imaginar, como a da Besta assoberbada e sedenta que havia chegado do futuro e apeado de seu cavalo branco para desviar ainda mais os desgarrados do rebanho perdido.

***

Contudo, era ainda de lá, das margens plácidas de um continente distante e perdido, onde parecia habitar o sentimento de terror de uma civilização destruída, tão longe quanto a distância de um outro universo, que se ouvia um brado forte e retumbante, que não parecia só ostentação imotivada de uma cultura dizimada e perdida no tempo, mas o orgulho de alguns integrantes daquela geração devastada que nunca se perderam.

O som vinha forte como um alarido que reverberava de um ponto fixo, contudo era distante demais, numa frequência perceptível só para poucos e não o suficiente para abalar a crença da maioria como a verdade absoluta.

E uma estrela de esperança que nunca tinha sido vista antes se acendia, no imaginário, mais intensa que o sol e passava a causar euforia estranha para os habitantes de Lituno.

De fato não era mesmo só uma estrela, mas um novo sol de onde se vislumbrava a liberdade em raios fúlgidos, que não podia ser mais ignorada do passado e despejava tanta emoção que mesmo o futuro compilado com toda a tecnologia se tornava estanque e estéril e quase apagado diante dela, como um chamado ao exterminador de passados para um ajuste final de contas e que retornasse logo à Terra para combater o bom combate.

Nesse momento, a população de Lituno até parecia viver de fato, por um momento, o fim do drama da ilusão global e a mesma predisposição continuava se disseminando do observatório em seu espírito, alcançando todos os redutos e alterando inconscientemente expressões frias e apagadas para rostos que já esbanjavam alegria genuína.

E, dessa forma, até os céticos e quase extintos remanescentes passavam a nutrir alguma esperança de que tudo viesse a se consolidar no dia seguinte, com a noção do tempo finalmente resgatada para a única realidade de que podiam ainda se lembrar.

Epílogo

O astro permanecia estacionado e não abandonava a mesma posição de onde o sol lituano já havia se posto há mais de doze horas e não voltava a nascer de novo.

Porém, o mesmo clima de euforia ao redor do observatório permanecia se renovando no presente, com milhares de pessoas que aderiam à comemoração imotivada e não paravam de chegar ao evento que nunca se interrompia ou acabava por algum motivo, como uma fantasia que pudessem estar vivendo em seu imaginário, com profusão de detalhes dos mesmos gestos que pareciam se repetir, como se tudo acabasse de ter início, de hora em hora, em um ciclo inesgotável.

E talvez toda a aglomeração se devesse só a uma questão pendente que ali repercutia de um outro universo e tivesse de ser logo resolvida para que o tempo voltasse a se estabilizar e a correr de novo.

Mas, na concepção do restrito grupo de passadistas intelectuais, como o Capitão Bareta e José Antônio da Silva, obrigados a viverem só ali todos aqueles anos derradeiros do final de suas vidas, havia várias outras explicações plausíveis, como a possibilidade da tomada de um mínimo de consciência tardia das mentes alienadas daquele planeta para que finalmente se sensibilizassem a ponto de se permitirem ao menos confraternizar e comemorar sua própria condição lituana no presente.

Para ambos, a mudança de humores daquele povo ainda não vinha de um clima favorável para se unirem e comprometerem a ordem vigente, a ponto de, a qualquer momento, desencadearem uma rebelião por simples mudanças, muito menos pelo resgate de suas memórias retidas, simplesmente porque, para os lituanos, o novo modelo instituído e avançado de império nem sequer devia ser avaliado e muito menos contestado.

E não deveria mesmo, em parte pelo poder singular e inalcançável do mal que reconstituía, com sucesso, o mundo idealizado, depois de já haver reprogramado as mentes, obliterando as melhores lembranças a que todos se apegavam para daí compilar o próprio futuro deles, voltado à conquista de um outro universo.

Contudo, de uma ínfima parte de seu passado decerto deveriam se lembrar, nem que fosse para repudiá-lo e dissociá-lo, como um trauma pinçado das demais referências, o que alimentava ainda mais o conformismo favorecido tanto pela qualidade da vida de que já dispunham, como pelo nível de satisfação muito elevado daquela sociedade perdida.

Então era isso. Talvez fosse demais para os dois amigos acreditarem em qualquer indício ou suspeita de verdade, de que todos os outros estivessem despertando finalmente suas consciências tardias de outra era, levando apenas em conta os comportamentos quase nunca observados como nas antigas confraternizações do passado motivadas por comemorações, pelas conquistas que já não eram algo inédito ou difícil de ocorrer ou dos sonhos comunitários ali sempre realizáveis, afetações ou convenções de que jamais um dia viriam a pensar em fazer parte, bem diferente da própria evolução calcada na verdade, a única forma que teriam de se libertar por inteiro do comodismo da ilusão coletiva que propiciasse aquele clima de união.

Contudo, Bareta e José Antônio pareciam os últimos e autênticos otimistas disfarçados que ali ainda tinham consciência e pareciam nutrir o mesmo pensamento, com a esperança vã de que de uma hora para outra uma percepção presente viria abalar e desanuviar aos poucos aquele pesadelo futuro, em uma reflexão conjunta a partir do sinal que observavam dali no céu, como um alerta que levasse os outros também a questionarem-se sobre as pequenas evidências que confrontavam suas ideias, como a da falta de explicação para muitos fatos insubsistentes em Lituno que não permaneciam muito tempo nas lembranças de todos e, assim, não eram mais curtidos ou comemorados, como só naquela ocasião parecia ocorrer, e não fossem quase instantaneamente relegados ao esquecimento.

E, não por acaso, tudo parecia até começar a fazer sentido com aquela aparição estática e enigmática no horizonte que fazia elevarem-se os olhares para o ocaso ou a aurora que lituanos sempre evitavam, como a brecha que se abria no passado invisível e possibilitava, num estalar de dedos, entenderem melhor os sinais da origem esquecida do seu tempo e de seu próprio drama, a visão perdida no belo cenário em que foram enquadrados e se tornado definitiva para eles; até chegarem ao ponto de um dia descobrirem, afinal, que não estariam mesmo preparados ou aptos a seguir adiante, pois o ser humano, em sua concepção original, nunca ficaria satisfeito, até se aprimorar no caminho da verdade interior, a única forma de se libertarem das armadilhas.

Contudo, o despertar dos lituanos não ocorreria por iniciativa própria e só seria possível por um simples descuido atribuído à tentativa de deterem as ações de um personagem que ainda sobrevivia através dos tempos em duas instâncias e realidades estanques, concatenando diversas ações simultâneas; um problema não tão simples de resolver até para a terrível entidade do mal.

Entretanto, como Jack já devia saber, humanos foram condenados a viver na Terra, quando passaram a ser donos de suas ações e tentados por ele próprio. Não obstante esse fato, deveriam apenas se submeter a um juízo final do Criador distante e omisso, que não influiria no poder de escolha da humanidade.

Portanto, ele, o mal proativo, detinha o poder de se antecipar, influenciar e induzir escolhas, e mostrar aos seus séquitos que nada daquilo deveria estar acontecendo. Era hora de regressar e concluir definitivamente o desencanto até o final das origens da humanidade.

***

E, assim, convergia de volta as atenções para o outro mundo, exatamente no ponto correspondente que na Terra era conhecido como Corcovado, de onde pareciam vir os sinais com a mensagem do desafio ou qualquer pendência que pudesse haver por lá, provavelmente enviada pelo mesmo personagem originário que Jack Street teve a chance de destruir diversas vezes.

E a transposição do espaço-tempo, assim facilitada como a mera predisposição psicológica, abria-se em um portal, sem nenhuma resistência ou distância a percorrer, desde que o passado renegado já havia se desvinculado das mentes de quase todos os que passaram a duvidar do destino incerto que, de alguma forma, ainda resistia de lá, de um único ponto aceso denominado esperança e que precisava ser interrompido e apagado imediatamente, com o rastreamento dos sobreviventes que teimavam em fazer prevalecer a verdade na origem, interferindo no tempo de Lituno. Dessa forma, com um único e breve passo, o mal regressava à Terra.

Ao chegar, notava como ainda podiam ser vistas as marcas de suas últimas ações, que correspondiam exatamente à destruição e às ruínas deixadas na mesma época que coincidia com a da formação de seu império, com os restos de uma estátua destruída que simbolizava a realidade apagada pelo último Anticristo.

Por lá, o tempo já havia parado e deveria permanecer correndo vagarosamente em sentido inverso, desde que o futuro havia sido compilado em outra dimensão extraterrestre, no mesmo compasso em que as memórias mais recentes, distorcidas e obliteradas, dos últimos sobreviventes terráqueos, vinham sendo apagadas na razão inversa que o tempo conduzia às suas origens.

Contudo, o Mal desencarnado vinha ainda mais forte, concentrado e sedento dos últimos sentimentos que ainda restaram e não foram eliminados, como verdadeiros entraves às suas reais aspirações. Portanto, era hora de exterminar de vez o passado e o primeiro passo era acabar de vez com Sam Ian Pulver.

Nem ele mesmo saberia explicar como o agente rebelde podia ter escapado de um de seus tentáculos, desde a primeira vez que fora visto, por ocasião de seu regresso, quando havia até chegado a percorrer o caminho do futuro para salvar a própria vida e, só por isso, conseguido ainda manter acesa com ele a memória de Rock em Lituno, quem de fato o evocava.

Mas já estava lá, mais uma vez, para o combate e pronto para sanar aquelas falhas, embora ninguém ainda se apresentasse no momento, sem nenhum sinal que parecia haver emitido o pretenso desafiante.

Então, resolveu iniciar a busca por uma varredura de ondas eletromagnéticas emitidas de uma visão ampliada por todo o perímetro da antiga capital até identificar o foco de onde deveria se propagar uma forte e intensa energia. E não demorou quase nada para que uma voz interior lhe sussurrasse, perguntando o motivo de tanta dificuldade para enxergá-lo de tão perto, como ele estava.

Ouvindo aquilo, Jack se eriçou revelando a aparência mais sinistra revelada nos piores pesadelos, que faria até tremer o mundo por sentir-se ultrajado daquela forma, com ânsia incontida em descobrir quem poderia ousar falar com ele daquela forma.

Contudo, imediatamente, o estranho alguém que lhe falava aparecia na sequência, a poucos metros, em pé e de costas para ele, com cabelos compridos e frisados, mas sem revelar ainda o rosto, em uma frequência temporal que, poucos segundos antes, o outro não era capaz de enxergar.

E, com o mesmo tom de voz que parecia contrapor os próprios pensamentos de Jack, ele lhe respondia, com segurança, como havia sido fácil encontrá-lo, pois um espírito tão maligno poderia ser pressentido de qualquer ângulo e distância, devido à ausência de luz, concentrando um vácuo de antimatéria e negação intensa de sentimentos ao seu redor, impossível de se dissimularem.

Desse modo, o predador de memórias adiantou-se mais para identificar quem não o temia, cuja voz parecia vir do vento e de várias direções aos seus ouvidos, mas com tanta suavidade que só não enterneceria o próprio Demo que se fizera anunciar.

Porém, viu apenas um jovem de pouco mais de trinta anos, que se revelava com a barba desleixada e a mesma aparência de Sam, encarnando a mesma memória intacta e imaculada que Rock tanto se esforçava em preservar de Lituno, onde, no início, julgava que tivesse sido apagada definitivamente, depois que ambos tentaram remover sem sucesso a crosta de sangue que corrompia o seu destino nos registros de Starry Nights, obra doada ao Museu de Belas Artes que ainda permanecia funcionando naquela outra instância.

E, sem compreender direito como poderia ainda estar vivo em duas dimensões e tempos tão distintos, disse-lhe a entidade do mal, antes mesmo de pensar em ceifar de vez, com um só golpe, o passado intrigante e altivo que lhe falava, sem nem mais querer dar-se o trabalho de efetuar a breve varredura em seu histórico que justificasse encontrar qualquer refúgio para o sentimento de inconformismo ou irresignação com a vida, relativo a algum tempo em que viveu para assim trancafiá-lo e extingui-lo de vez, como já havia feito com a maioria, isso porque sabia que com Sam não adiantaria aquele método, mas lhe falou:

– Sua outra identidade ainda sobrevive presa a você, por sua culpa, inconformado com as mudanças que determinei em meu império. Desse modo, vou abreviar agora mesmo sua existência, pois és apenas memória estéril que não condiz com o meu propósito, um entrave tanto para Rock, o seu próprio futuro, quanto para os demais habitantes de Lituno.

– Como tu mesmo sabes, com a fragmentação do tempo a que deu causa, a vida quase se extinguiu aqui, à revelia do destino. E, quando muitos se perderam por desvirtuarem-se, outros afortunados não se renegaram, por pior que fosse o presente. Estes mantêm-se ainda hoje de pé e conservam nas origens suas marcas, como até lutam por elas. Assim, advirto-o que mesmo as almas perdidas de Lituno que estão sob o seu domínio não serão abandonadas do acaso.

– E como, pela lógica e pela razão, pode ser confirmada essa suposição se não pode explicá-la? – disse, rindo, a Besta.

– Pelo mesmo erro cometido no processo de tentar recriá-las de outro modo, como fez compilando o tempo em Lituno, pois, sem outras mentes para ajudá-lo a continuar arquitetando o plano, o seu poder de criar é tão inútil e perdido quanto a tua alma.

– Cala-te, estúpido, você não tem identidade própria, não pode falar por si, e sim pelo outro, que o alimenta na memória – disse Jack, atingindo-o no rosto com a mão aberta.

E, ao ser atingido, ofereceu-lhe a outra face, que se revelava instantaneamente como a de Rock, bem envelhecida e castigada pelo tempo, causando verdadeiro impacto e espanto até no demônio, que confirmava naquela atitude que o outro renunciava à própria existência em Lituno e que não era apenas Sam quem dali o havia evocado de seu próprio futuro.

– Estamos juntos e nada pode nos separar agora – afirmou o velho, entoando outra voz, como se já houvesse se tornado Sam, definitivamente.

– Eu sei. Vocês são a mesma pessoa – disse Jack grunhindo para o homem, que já somava toda a sua experiência à de Sam, por reconhecê-lo com um gesto de humildade como o verdadeiro caráter de sua memória independente e mais atuante naquele processo de comunhão espiritual, por jamais ter se conformado com nenhuma espécie de abdução lituniana, enquanto tinha estado lá, mesmo sabendo o quanto havia penado e como não havia sido em vão todo o tempo perdido.

– Por que, hipócrita, atribuis a mim o sentimento conflituoso e destoante de seu povo, se você é o próprio desagregador? – perguntou Sam já em plena consciência, somando à dele a razão já agregada.

– Olha quem fala, o sensitivo Sam, que costumava dar vida a objetos inanimados, como bonecos, e criar personagens pueris em suas fantasias, como se fosse só para tentar perdoar e agradar pessoas. Diga-me, infeliz, onde estão agora os teus amigos a que se dedicou e as outras pessoas que se esforçou em perdoar a vida inteira? – disse Jack, atingindo-o novamente com um golpe tão forte que o fez cair no chão, abrindo um corte profundo que passava a sangrar com ainda maior profusão, devido ao inchaço que já havia no rosto dele.

Mas Sam levantou-se logo em seguida, como se tivesse sido amparado por um apoio moral invisível que o incentivava a prosseguir respondendo:

– Em verdade, agradeço por evocá-los de volta à lembrança, como parte de minha essência – disse Sam, exibindo o rosto castigado e elevando uma das mãos até o plexo.

– Chega, demente! – disse Jack. – Vou eliminá-lo de vez. Chegou a tua hora!

– Espere um pouco! Talvez não seja uma boa escolha e o destino possa não ser aqui tão previsível quanto espera ou como nunca existiu em Lituno – disse Sam, ainda confabulando, como um rei das ilusões e das caracterizações, para ganhar mais tempo e poder imaginar o melhor modelo de personagem que pudesse interpretar para o drama, que ainda não lhe vinha à cabeça, para poder, assim, lidar melhor com o agressor.

Mas, como um milagre, abria-se uma nova perspectiva do mundo para ele, com a consciência que ainda se ampliava, trazendo segurança e muito mais convicção, evidentes na expressão peculiar de serenidade e firmeza no olhar que assumia e passava logo a ser notada pelo interlocutor.

– Já que é assim, serei ainda pior do que imaginas que possa ser o seu destino para mostrar quem está no controle.

Sua morte, infame, será sofrida e não breve – disse o algoz naquele instante.

E, dessa forma, notando a rápida mudança expressiva de uma criatura elevada, Jack, parecendo ainda mais instigante do que nunca, e valendo-se de toda a perspicácia disfarçada que o mal poderia revelar, capaz ainda de reconhecer com facilidade a alma de um bom samaritano, ele já calculava a melhor maneira de lidar com um elemento daquele tipo, pela ânsia quase incontida de solapar do espírito do infeliz o sentimento altivo de superação e consciência percebida, mas de forma lenta, calculada e dolorosa. E disse-lhe, então, com essas palavras:

– Sam, como sabes, o teu legado compõe todos os ancestrais de tua história, o de outras pessoas muito próximas a ti e ainda repercute até Lituno. Foi isso o que me trouxe de volta até aqui. Porém, sugiro que sejas autêntico, pois são apenas os teus próprios erros, sem o apoio dos outros, que devem ser considerados. Mas, se mesmo assim insistes em viver aqui no presente sem recorrer devidamente à memória de suas falhas, é porque és um verdadeiro renegado e não o pregador da moral dos lituanos que diz ser.

As palavras soaram como verdadeiras e ultrajantes, atingindo o ego como dardos atirados em seu rosto, que não podia ocultar o orgulho ferido de não saber lidar tão bem com as adversidades, quanto utilizava-se de alegorias e confabulações de seus personagens, que sempre foram o seu apoio, mas que, naquela hora, feriam a sua própria dignidade.

Contudo, mesmo os resquícios de arrependimento que pareciam brotar em seguida como efeito das chibatadas ardidas de constrangimento que o faziam sentir-se como um usurpador, ou mesmo tivesse forças para não ser influenciado pela própria Besta, ele absorvia o golpe e ainda era capaz de responder que toda a ajuda que obtinha dos personagens reais ou fictícios não viria nem para si ou para eles, se ele não fosse o real protagonista de uma boa causa que os representasse.

Mas o argumento não parecia satisfatório e o orgulho lhe pesava nas costas como um sentimento ruim e artificial de soberba em que era lançado. Contudo, mesmo assim, assumia-o como culpa aparentemente imotivada que não compreendia muito bem, até porque não poderia ser o melhor juiz de suas próprias condutas como era para os personagens.

Logo em seguida, Jack olhou-o bem nos olhos com a expressão de outro juiz severo, tendencioso e impiedoso, com o que Sam nunca imaginaria se deparar, fazendo a leitura dos erros de seu passado, como um vidente, e identificando falhas de que só ele tinha conhecimento, de maneira até mais grave do que como se utilizava da consciência crítica para martirizar-se diuturnamente, com lembranças massacrantes de sua família de que nunca havia conseguido se libertar.

E o fez sentir, a seguir, vergonha e dor, reportando-se a um dos piores dias da sua vida, que começava com a lembrança devassada de um personagem luxuriante em uma manhã no shopping, onde proliferaram os pensamentos das fantasias mais obscenas possíveis, pouco antes das premonições que vieram em seguida, naquele mesmo dia, antes da explosão, como se pudesse ter adivinhado e evitado, se quisesse, a catástrofe com a bomba que o mesmo Jack havia plantado na residência dos Pulvers.

E, assim, o demônio esperava paciente, pela primeira vez, que Sam se negasse desde a infância diante dele, garantindo a possibilidade de livrá-lo de todo o seu passado, como um imenso fardo que deveria abandonar e voltar com ele de novo para Lituno, apenas como Rock, para que tivesse uma vida de Rei sem memórias. Para isso, era preciso apenas que fizesse a opção, degredando e tornando vil tanto o seu passado quanto o de todos os demais pecadores da Terra.

Contudo, Sam não cedia à pressão nem aderia à proposta, sentindo a dor moral da depressão intensificada sobre o seu calvário. E, nessa hora, com as péssimas recordações evocadas, sentia de imediato aumentar o imenso peso nas costas, pois preferia ser mortal com todas as expiações do que pactuar com o capeta.

Nisso o inimigo se animava, como um predador inebriado com o cheiro e o gosto de sangue da vítima, e explorava com maior veemência outros pontos vulneráveis, revelando-se incansável e dispondo de todo o tempo do mundo.

Porém, Sam ainda não chegava ao limite máximo de sua capacidade de suportar a dor, porque ele próprio constantemente se flagelava com as próprias imperfeições, e nem o algoz poderia ser tão impiedoso como ele já havia sido consigo mesmo.

Percebendo isso, o tirano o instigou a pensar de imediato que, se ainda merecesse estar vivo, o fardo não devia ser tão leve para o nível de consciência que ele tinha, mas além e até o limite de suas forças, e o taxou de egoísta, mesmo com as obras que mantinha em segredo e todo o empenho que tinha em despertar a consciência da humanidade perdida.

Assim lhe impingia, em troca, outra cruz mais pesada, tanto quanto pudesse corresponder à soma do peso das de outros que, no limite de suas forças, não suportaram mais viver a vida no presente para se transformarem em reles fantasmas desapossados de seus próprios sentimentos.

E, então, Sam recebeu a cruz, sem conseguir suportar o peso no início, caindo com ela, durante a escalada, mas levantou-se ainda assim e agarrou-a de novo, como ao carma a que tinha se apegado e passava a valorizar como o presente mais valioso e divino.

Entretanto, o inquisidor queria mais e passava a lançar sobre ele as experiências alheias de cada sentimento de desesperança e irresignação consumido de suas vítimas, como lâminas de um azorrague que laceravam o couro e abriam feridas profundas com as chibatadas. E, assim, o demônio alimentava o seu entusiasmo e a própria torpeza, açoitando ainda mais o indigente que ainda caminhava adiante, com o corpo já quase irreconhecível e repleto de ferimentos.

– Senhor, tende piedade de nós – dizia ele, enquanto experimentava a agonia de cada vítima de Jack que, pouco antes de perderem a consciência, ainda tinham tempo de se arrepender, mas não de voltarem atrás, depois de entregarem a alma ao demônio. E, desse modo, colhia, na passagem, as dores de numerosas consciências aflitas.

Nesse ponto já chegava à metade do caminho, no momento em que Jack aparecia cada vez pior, se transfigurando, na frente dele, em incontáveis imagens de suplícios que lhe causavam compaixão e ficaria ali contando até a última memória perdida em Lituno, só para escarnecer-se de sua dor.

Mas, ainda assim, no limite de suas forças, percebia que era capaz de avançar e, tentando resistir, se consolava com a memória da tragédia de todos os seus personagens na infância, quando brincava de Deus, fazendo-os renascerem caracterizados todos os dias, em cada um de seus fantoches, à sua maneira, com novas identidades, carmas e dramas pessoais, respeitando as limitações de alguns, como se fossem parte dele, até finalmente amenizar os seus tormentos e livrá-los das tragédias.

E, do mesmo modo, pouco entendendo o que o motivava a se lembrar dessa passagem naquele momento, passava a também ter esperanças de não ser abandonado naquela hora incerta, durante a maior provação de sua vida, mas nenhum sentimento de autocompaixão que lhe servisse de bálsamo acudia, desde que incorporava aquele papel que não poderia assumir só por orgulho, por não ser um predestinado. Mas era tarde e sabia que deveria interpretá-lo da melhor forma possível.

Contudo, piorava ainda mais e o rosto já coberto de ferimentos se consumia em uma só massa vermelha, na feição deformada e irreconhecível de sangue se condensando e escorrendo pelo corpo inteiro, lacerado e castigado pelo suplício que o fazia gemer e engolir a dor, sem ter o direito de desmaiar ou mesmo de optar por morrer, dando poucos passos adiante, e quase já não via mais nada.

Ele já parecia agregar, naquela hora, o sentimento de inconformismo da humanidade inteira. Vendo aquilo, como reconhecimento final, Jack relegava a Sam o fracasso da fé que poucos como ele ainda nutriam e não serviria para nada, em vista da consciência perdida dos lituanos, e o simbolizava com uma coroa de espinhos bem enterrados em seu crânio.

Assim, o mal consagrava finalmente o personagem mais relevante para valorizar sua vitória e melhor poderia ter expressado como o rei das ilusões perdidas para representar a cena do último ato do Compilador do Futuro, de forma tão realista que o desfecho se daria com o sacrifício do redentor que já não poderia jamais ressuscitar como antes. E uma nova bíblia seria revelada como referência, como um compêndio de Jack para sintetizar todas as eras perdidas, desde o surgimento da humanidade.

Portanto, havia chegado a sua hora, mas antes jogou sobre ele todo o seu escárnio, como água imunda para escorrer o sangue e revelar as feridas abertas, só para ver de perto o que havia sobrado das expressões do indigente e escarnecer-se.

– Pobre mendigo pretensioso e desfigurado – dizia o próprio mal às gargalhadas.

No entanto, para a surpresa dele, a vítima se recompunha e adquiria outra feição por trás de sua identidade. E, ao perceber como lhe ressurgia, Jack até se espantava em saber que o pobre homem não representava mais o seu próprio lamento, mas, na verdade, se fortalecia redimindo a criatura e resgatando totalmente o seu passado.

Ele expressava naquela hora compaixão nos olhos e nas feridas abertas, e Jack, sem entender direito, no âmbito de toda a sua incompreensão, o que aquilo poderia significar, pois o sentimento de pena só deveria partir dele, que atribuía aos outros o castigo como a pior das criaturas. Além do mais, não conseguia apagá-lo da frente dele ou dispor da vida do infeliz como fazia com os outros, o que significava, efetivamente, para ele apenas assumir o controle de sua consciência.

Nem poderia admitir que aquela imagem pudesse estar sob outra influência que não fosse a sua ou que o final daquela estória não lhe pertencesse mais. Apenas se esquivava daquele olhar de comiseração que mais parecia uma representação confusa dos últimos infortúnios daquele ser que, com certeza, não era humano.

Entretanto, a imagem que aparecia revelada a Jack era a do filho do homem, a quem não conseguiria mais ignorar, que passava a disparar luzes como flashes também de todos os poros, como energia pura e primária que alimentava os últimos remanescentes e emanava da Terra, cujo brilho superava o do Sol, mas não feria os olhos, exatamente como a estrela que ainda jazia sobre o horizonte de Lituno, o planeta onde o tempo também se interrompia naquele instante.

E fez ainda repercutir a luminosidade adiante e acima do morro, por onde a estátua destruída do redentor se reconstituía nova, como se nunca tivesse sido implodida, e o passado destruído nada mais fosse do que apenas uma ilusão perdida que não poderia mais se perpetuar no inconsciente coletivo.

Ainda incrédulo, o demônio indagava-se se o que surgia era fruto da mesma verdade que o evocava e pretendia ameaçar todo o seu império, com seus súditos e asseclas, mas negava com todas as suas forças aquele tipo de demonstração e não cria que pudesse se consumar em outra dimensão.

E uma voz interna o surpreendia de novo dizendo que sim, poderia se consumar, mas se ele fosse capaz de estar em mais de um lugar, do princípio até o fim dos tempos, simultaneamente.

Mas Jack retorquia, afirmando que as regras do jogo não seriam impostas para ele como eram para os outros, e, mesmo que não fosse capaz, já havia suprimido o tempo ou parte dele, que considerava desnecessário, da mente das pessoas, em outro universo, onde em breve se tornaria onipresente.

Então, a mesma voz interna reverberava, afirmando que o tempo nunca foi nada além de uma ilusão criada pelo mais simples dos mortais e que ele seria, como os demais, apenas uma peça desse jogo necessário para corroborar essa teoria a qualquer hora que quisesse brincar com ele.

– Quem me fala? – perguntava Jack, finalmente, olhando para os raios de luz que disparavam naquele momento de trás e para todos os lados do Redentor.

Mas a voz interior da consciência que ele nunca havia escutado já assumia outro timbre e não se originava mais de sua mente, da posição atual em que ocupava no presente. Ela vinha só do futuro próximo e imediato, ecoando as vozes de diversos outros Jacks, que lhe sucediam os próximos passos, como se olhassem nos outros o próprio passado recente dos pontos em que estavam, dando pequenas pistas do que viria em seguida, de cada um de seus pensamentos antecipados:

– Uma ilusão, ão, ão, ão... são apenas sobreposições de personagens, ens, ens... incompletos, tos, tos, tos... que se concatenam a ações correlatas, tas, tas...

Então Jack, com o poder que imaginava ter de se antecipar no tempo, caminhou até as projeções mais próximas de seus espectros para captar melhor o que diziam ou podiam-lhe revelar, mas não obteve sucesso, pois se apagavam com as falas, enquanto outros ainda surgiam, logo em seguida, consecutivamente, numa escalada de sons que pareciam ainda vir para completar os pensamentos dele, na sequência de seus passos, a partir do ponto anterior que já haviam ocupado, mas continuava sem obter as informações de que ainda necessitava, pois sabia que, mesmo parecendo cópias quase exatas, jamais se constituiriam idênticas como outros fantoches, do mesmo modo como qualquer pessoa não poderia ter sido em diferentes eventos e circunstâncias do tempo.

E, assim, o algoz tornava-se refém da própria mentira, a verdade mais absurda que queria fazer prevalecer porque não conseguia olhar para trás, como as ilusões e alucinações deturpadas de suas pobres vítimas. Mas permanecia ainda cético e exigia uma prova de como a realidade tardia poderia alcançá-lo eliminando as ilusões forjadas que havia plantado e praticamente se consolidaram tão bem em outro universo.

E a resposta veio imediata com a impressão ainda maior de que tudo paralisava e silenciava, de repente, com o tempo se congelando e fracionando na sequência das ações interrompidas a poucos passos da transição do passado para o futuro.

E pôde, com isso, ainda notar milhares de Sams surgirem próximos uns dos outros, cada um sem a memória completa de seu passado e nenhuma do futuro imediato, pois apenas uma reminiscência limitada de suas identidades pretéritas sobreviveria preservada em cada um deles, como a soma das memórias sequenciais e quase automáticas para os fatos que ainda se concatenavam.

Então, o último deles aproximou-se mais e perguntou-lhe:

– Você pode se lembrar disso?

– Não, apenas de sessenta e seis Sams, somados aos de seu passado e do futuro em que já estaria em Lituno – respondeu o Diabo, ironizando a pergunta que lhe havia sido feita e parecia idiota.

– E de quantas imagens ou passagens suas poderia lembrar-se sem aparecer, tentando ou influenciando alguém? Não precisa responder, eu me antecipo: não pode se lembrar de nenhuma delas que não estejam associadas à sua torpe experiência, simplesmente porque sua atuação é forjada e limitada nos eventos que não pode agregar ou mesmo não existem mais. Um dia foi banido e hoje é apenas um sentimento imaginário e deletério que perdeu a razão de ser. Por isso, precisaria registrar uma estória e fazê-la prevalecer como verdade absoluta, à revelia do destino.

– Você fala do passado, do presente e do futuro, mas veja como acabo com essa farsa – disse Jack, com a leitura minuciosa que fazia da memória imediata de cada evento que corrompia adiante, enquanto se desdobrava, e fechava o ciclo de várias das reproduções de Sam que já pareciam a mesma pessoa reunidas como um só baralho fechado e bem embaralhado, do presente trocado para trás e adiante dele, no instante tentava extingui-lo finalmente para fazer cessar toda a sequência de imagens dele propagadas.

Mas todos reapareceram como se nada tivesse acorrido. E o tempo se fundiu, descongelando-se contínuo em um mesmo espaço, novamente. E a mesma voz interna, que adquiria uma tonalidade infantil, de uma criança superdotada, respondia ao demônio:

– Não podes fazer isso, você é apenas um usurpador com poderes limitados. O acaso é quem dita a origem, o fim e o ciclo de todas as vidas daqui desse universo.

E, para demonstrar melhor o fato, notava-se que cada um dos indivíduos de que Sam se lembrava naquela hora ia ressurgindo como bonecos em sequência no ambiente do espaço-tempo unificados, levitando, depois de se teletransportarem de Lituno para a Terra, e reaparecendo instantaneamente dos céus, por suas mãos, como homens que choviam e lembravam muito Golconda, uma pintura a óleo sobre tela do pintor surrealista René Magritte, cuja exposição Sam poderia ter o privilégio de organizar um dia.

E, assim, além de a terra voltar de novo a ser povoada, pessoas que durante muitos anos não eram vistas passavam a surgir em sequência nos lugares mais inesperados, de onde não deveriam nunca ter saído, sem explicação. No entanto, tudo apenas passaria a funcionar melhor quando fosse redefinido um novo marco inicial para que o tempo voltasse de novo, de outra era, a ter continuidade em Lituno.

E, de fato, a realidade que voltava a se concretizar aos poucos surgiria para as supostas almas perdidas como confiável e merecida, retomando o estágio das consciências alcançadas, antes de serem extintas da Terra. E assim passavam a sentir-se vivos e autênticos como nunca, desiludidos com sua própria ilusão. E tudo passaria a ser orquestrado pela atuação de uma força que se revelava cada vez mais poderosa para uma parcela da população da Terra que se juntaria aos que nunca perderam a sua fé.

Mas Jack, inconformado e desnorteado, partia em direção a todos com incrível habilidade e rapidez, acreditando que ainda pudesse reverter o processo, tentando provar a si mesmo que era capaz de extinguir consciências com a mesma facilidade com que velas eram apagadas pelo vento.

Porém, ele ainda era capaz de se questionar sobre aquelas passagens para tentar entender melhor como poderia o destino evitar se corromper em um paraíso quase perfeito como o de Lituno.

E a resposta, mais uma vez, vinha como um relâmpago de tão rápida e clara a demonstração que ressurgia, como a simples visão que não podia ter dos humanos desaparecidos e destinados ao seu inferno particular, que continuavam surgindo do nada. E o último Sam com quem ele havia conversado apareceu finalmente, antes de todos os Sams suprimidos que se revelavam de outras posições mais próximas, pois, mesmo que o mundo e todas a encenações dos mesmos indivíduos parecessem meras reproduções, em breves passagens sequenciais, tinham todos, de alguma forma, plena autonomia e consciência variável que podiam ampliar ou limitar diante das circunstâncias passadas e futuras, caso o tempo se desarticulasse da razão de existirem.

Dessa forma, voltariam a se configurar, de um jeito ou de outro, para suprir a lacuna, formando um elo da cadeia que por algum motivo se rompesse no intervalo. Mas o elo que se estabelecia de tantas imagens parecia ainda continuar saindo da fonte do imaginário de uma criança que brincava com seus bonecos e, ao mesmo tempo, imaginava como um dia ele próprio pudesse ser no futuro ou tantas formas que fossem possíveis naquele transe, com as informações desconhecidas que só se completavam em seu subconsciente.

O menino Sam parecia ainda segurar no ar um boneco, enquanto remontava a cidade perfeita de papelão que Peter Pulver o ajudara a construir um dia e parecia não ver mais possibilidades para o vilão que mais parecia um boneco possuído encontrado no chão de um museu, lugar que havia ido visitar naquele mesmo dia, pela primeira vez, com a família.

Naquela ocasião, estava inspirado e algo parecia se irradiar ainda mais, como um relâmpago, do subconsciente.

Então estalou os dedos da mão direita e fez desaparecer, do pensamento, todas as versões de Sam que, como possibilidades futuras, demorariam a se concretizar um dia, para que o tempo real da sua estória voltasse a correr na Terra.

– Quem é você? – perguntou, só depois de ter se dado conta de que não era com Sam que conversava aquele boneco sinistro que parecia ter vida própria.

– O tempo como a ti se revela agora – respondeu o garoto que já sabia o que fazer com ele.

– Pois saiba que sempre irei negá-lo onde não se revelar – disse o anjo caído com ira incontida.

– Assim na Terra como no Céu você teve a sua importância, ser ingrato.

– Quem é você, afinal? Apareça, se for capaz – insistia Jack Street.

E outra projeção de imagens absurdas que se misturava surgia apenas para o boneco horrendo e aterrorizante, desde o horizonte até o céu com a imagem do chão de tábuas corridas, da residência dos Pulvers, onde havia sido montada uma cidade rústica de papelão no quarto de uma criança, cujo rosto ocupava todo o céu só para ele, revelando profunda decepção nos olhos, um sentimento que nunca teve por nenhum dos personagens que fazia reviver todos os dias e havia em seus contos, guiada apenas pela imaginação e o bom senso que parecia controlar todas as ações externas, em meio à tempestade de ideias que afloravam do seu subconsciente, em detalhes e diversidade de perspectivas dos bonecos que pareciam também se multiplicar em sentimentos, a cada capítulo, todos os dias.

– E o que sou agora, então? – perguntou ao próprio destino, que agora enxergava e não podia acreditar o que era.

E, em uma fração de segundos, Jack parecia ter sumido para sempre e, a partir daquele dia, o menino Sam passaria a evitar adivinhar o futuro e nunca mais sonharia com esferas misteriosas. Sam e Rock em breve se tornariam seres inexistentes na concepção do próprio Criador, pois jamais poderiam figurar outra vez no futuro breve ou distante, muito menos em suas estórias infantis em meio à ameaça que já havia se tornado extinta.

Mesmo assim, antes de completarem sua missão e se consolidarem em uma só consciência de um garoto de apenas seis anos, estariam ao seu lado no último instante para se benzer, com o poder divino da Santíssima Trindade que reunia, em um só tempo real, o presente, o passado e o futuro.

***

No Masp, antes de se fundir, o futuro ainda se desdobrava com a projeção futura e quase apagada da última memória tardia de Sam que parecia ainda se esforçar em reviver num transe sensações estranhas de que havia um vulto rondando ali por perto e desaparecia, dando lugar a uma paz profunda.

O arbusto mudava de posição enquanto ainda tentava, em vão, associá-lo a alguma forma sinistra e ameaçadora. Um círculo vermelho parecia também surgir ali como um alarme maior do que como se materializavam os seus presságios, mas, ao contrário dos outros círculos gravados na tela, girava em sentido anti-horário até desaparecer do original.

Era uma mancha vermelha que nunca tinha visto antes e parecia dizer muito mais do que outras visões, como um arrebatamento de toda a confiança que tinha antes de que poderia antever alguma coisa e estaria mais associado ao alto grau de ansiedade.

Pressionava ainda a arma contra o peito, mas teve uma sensação de paz profunda que parecia vir como um indício de que não precisava mais se preocupar. O alarme falso do fenômeno das esferas misteriosas não parecia apenas um falso indício diante daquele sinal que se abria como um portal para o futuro, diferente de qualquer panorama do passado revelado em um original, mas daquela vez não oferecia respostas, apenas uma estranha convicção de que tudo aquilo não deveria estar acontecendo.

Era uma decisão difícil a tomar, acabava de perder definitivamente a motivação de trabalhar para a polícia, o tipo de incerteza que parecia uma constante em sua vida. Não pensava mais na terrível criatura naquele momento nem na ameaça que pudesse representar e, por incrível que parecesse, muito menos vingar sua família pela tragédia do atentado que parecia inexistente.

Assim, voltava a admirar a obra de uma perspectiva mais superficial com uma espécie de alívio, como uma cruz que havia sido retirada de seus ombros para entender que, de alguma forma, desempenhava bem sua missão na Terra ou fora dela e que o futuro só ao destino caberia.

Telma parecia ainda fascinada com a experiência e de lá sugeria o itinerário para um ótimo restaurante para, assim, selarem aquele último encontro, antes de embarcar de volta para o Rio.

O tempo parecia voar e várias decisões foram tomadas naquela segunda-feira de dezembro, antes de receber um calhamaço de correspondências do correio. Algumas havia em grande número, com o mesmo envelope impresso com o timbre do Museu Nacional de Belas Artes oferecendo um cargo de curador, mesmo sem a publicação de um edital, talvez até porque uma concorrência pública e aberta em busca do perfil ideal não justificasse a escolha de um possível candidato com o histórico que ele tinha, em decorrência de toda a experiência que ele já havia adquirido lá.

Contudo, não respondeu de imediato, pois a primeira coisa a fazer era procurar o departamento de polícia para informar que não iria mais tomar posse e, logo em seguida, encontrar-se com o Capitão Bareta para esclarecer o motivo da desistência e devolver a arma que havia ganhado de presente.

Tudo se sucedia com muita rapidez e desembaraço e o tempo disparava sem controle, assim como a vida, sem nenhuma explicação lógica, parecia já não ter o mesmo sentido, não porque se desiludia com ela, mas pela sensação inconfundível de que o tempo em que estava não deveria ser aquele.

Diante da demora, uma semana depois, recebia de novo outra mensagem de um encarregado do museu solicitando, se possível, a sua presença, pois o Diretor Tobias Vasconcelos gostaria de conversar com ele pessoalmente e, se possível, contar com sua ajuda para organizar melhor o acervo, por conta de uma pintura que lhe parecia muito estranha.

Assim, atendendo de pronto o convite, foi ver o que era e aproveitar mais uma vez a oportunidade de rever velhos colegas que trabalhavam no estabelecimento e, antes da reunião com Vasconcelos, teve a oportunidade de examinar a peça tão comentada, uma pintura curiosa arrematada de um leilão de pintores europeus e depois destinada ao museu, sem assinatura ou sinal aparente de algum artista renomado que a reivindicasse. Tudo o que sabiam era que havia sido doada, com pedido de que os nomes do artista e do doador permanecessem, por enquanto, no anonimato.

Ela ficaria ainda exposta em uma mostra que estava acontecendo e, logo em seguida, ocuparia outro espaço predeterminado pela comissão que havia sido criada para isso, tão logo ele se manifestasse a respeito, no ponto de uma das galerias onde, estranhamente, nunca havia sido destinado para aquele tipo de trabalho e tampouco poderia alguém dar alguma justificativa razoável para isso.

Entretanto, chamava muito a atenção pela beleza e harmonia das cores que despertava a curiosidade e, misteriosamente, parecia impor certo limite à imaginação de quem a observasse em detalhes, como uma medida de segurança para que nenhum sentimento ou sensações imprevisíveis pudessem evocar com facilidade, além da imagem abstrata de variadas combinações de cores que revelavam extrema beleza em formas angulares e simétricas.

Porém, existiam nuances preservadas que pareciam ir além da faixa de visão humana que, embora ainda se mostrassem imperceptíveis, abriam caminhos à percepção para algum outro detalhe oculto e ainda intrigante naquela arte indefinida, mas que, como uma senha, só determinados indivíduos poderiam ter acesso.

Sam, logo ao chegar, analisava de perto todo o processo, como também dedicava a ela uma atenção especial. Percebia, no entanto, apenas uma perspectiva bem diferenciada de um prisma, em que o mal poderia ser notado, na origem e ao fundo, aniquilado em cores mórbidas, com o mesmo grito de horror concentrado que arrancava de cada uma de suas vítimas.

Mas, ali, o semblante modificado de desespero ressurgia estampado numa face bela, tão bela quanto poderia ter um anjo caído, como se fosse capaz de traduzir no olhar uma gama de impressões ocultas de frustrações dos desejos de quase todos os sentimentos destruídos e recuperados do passado, o passado que usurpou e nunca foi capaz de entender. Talvez precisasse do público, por enquanto, apenas para nutrir o seu orgulho, sendo constantemente observado, o único consolo que ele tinha, até compreender melhor, em sua complexidade, o sentido da consciência humana.

Afora todos os detalhes, não havia mais nada na gravura de inspirador e muito menos surgiam hipóteses que permitissem associar alguma ideia ou lembrança do nada para coisa nenhuma, nas impressões variadas que reportassem a algum momento especial ou irrecuperável da vida de algum indivíduo, pois a fobia generalizada do passado é que havia sido ali encerrada e extinta, com o sentimento torpe e ruim trancafiado nele.

E, não por acaso, o sentido da pintura era indecifrável e incompleto apenas para o espírito humano, enquanto não se completasse a obra divina e pudessem finalmente se abrir as portas do futuro à razão definitiva.

Era hora de se despedir, pois um elo parecia se restabelecer definitivamente com o passado em sua percepção e Sam sentia-se como se já tivesse cumprido uma missão. E, assim, era como se para aquela geração nunca tivesse crescido e muito menos convivido com os próprios amigos remanescentes.

***

Enquanto isso, em Lituno, dois passadistas remanescentes permanecem ainda observando o céu sem acreditarem na rapidez com que as transformações se operam, com pessoas desaparecendo ao seu redor ou indo embora de repente, sem serem vistas se movimentando de lá. E a impressão que dava era a de que passariam como os outros a não habitarem mais aquele mundo, ao passo que multidões inteiras iam chegando, mais amigáveis e afáveis do que nunca se tinha visto antes.

Desse modo, não sabiam mais em que acreditar, olhando incrédulos para o horizonte, percebendo que, logo em seguida, o estranho fenômeno ou astro brilhante que estivera lá por algum tempo também desaparecia de propósito de suas vistas para que o céu voltasse a clarear em Lituno.

Assim, conforme o tempo fluía, todas as pessoas que ainda estavam por lá pararam de desaparecer daquele planeta forjado em ilusões e sonhos que se realizavam, sem que os habitantes tivessem efetivamente se convencido ou se tornado verdadeiramente felizes como os humanos eram antigamente.

Ainda assim, ambos não se moveram e muito menos pareciam alterados com o panorama, mesmo sendo capazes de perceber tudo esvair-se com as cores exóticas e artificiais em desencanto nas proximidades, como também toda a arquitetura futurista e as facilidades que diferenciavam aquele recanto da Terra, quando havia sido relegada ao mero esquecimento.

E, sucessivamente, o breu da escuridão da noite e luzes mais fracas e homogêneas se revelavam numa atmosfera ainda mais pesada, denunciando logo em seguida o fim do sonho artificial, como um verdadeiro embuste para a extinção definitiva e só restasse o inferno subterrâneo que ainda não haviam explorado ou conhecido direito, como a pura essência de Lituno para o qual seriam tragados definitivamente.

No entanto, se, diante dos outros condenados, fossem apenas os únicos e verdadeiros remanescentes com a memória da Terra que tivessem restado, eles seriam capazes de se lembrar, como um último consolo, do que o velho Rock costumava dizer e havia lhes ensinado, na hora do desespero e provações, sobre como deveriam olhar para o céu mantendo viva a esperança, pois ela viria apenas do alto, além da leitura dos astros para prever o tempo real e calcular as horas, do modo como haviam aprendido também com ele.

– Tarde demais. Esqueceram-se de nós, companheiro – dizia Bareta, inconformado em meio à multidão que, de tão alegre, parecia estar ainda mais iludida e contaminada com uma alegria que não poderia ser real.

– Sim – respondia Zé Antônio com apenas um monossílabo e a expressão nos olhos de outro abandonado que havia ficado, não conseguia ver mais nada no horizonte e acabava de perder o chão na frente dele; com a mesma certeza de que nunca mais teriam a chance de estar na Terra, com todos os outros seres que não foram escolhidos e se perderam definitivamente do destino.

E ficariam ali juntos os dois, como dois velhos drogados, com os olhos esbugalhados no firmamento até morrerem de velhice ou de inanição, se pudessem, esperando naquela hora, para o seu desconsolo, apenas acontecer a virada do ano de 2235.

Contudo, por mais dopados que parecessem, de repente, não puderam ignorar ao lado as vozes em uníssono que, como na Terra, mas nunca antes em Lituno, reverberavam com a mesma contagem regressiva em gritos de euforia: seis, cinco, quatro, três, dois, um...

E dois pares de olhos ainda vidrados se encheram de lágrimas, no instante em que foram abraçados pelo povo, vendo fogos de artifício disparados acenderem-se com a imagem bem nítida de números coloridos que ocuparam todo o céu:

Feliz 2020!

facebook/novoseculoeditora
@novoseculoeditora
@NovoSeculo
novo século editora

gruponovoseculo
.com.br

fontes
Electra LT Std | Trajan Pro

Impressão: Gráfica Grass